CB061947

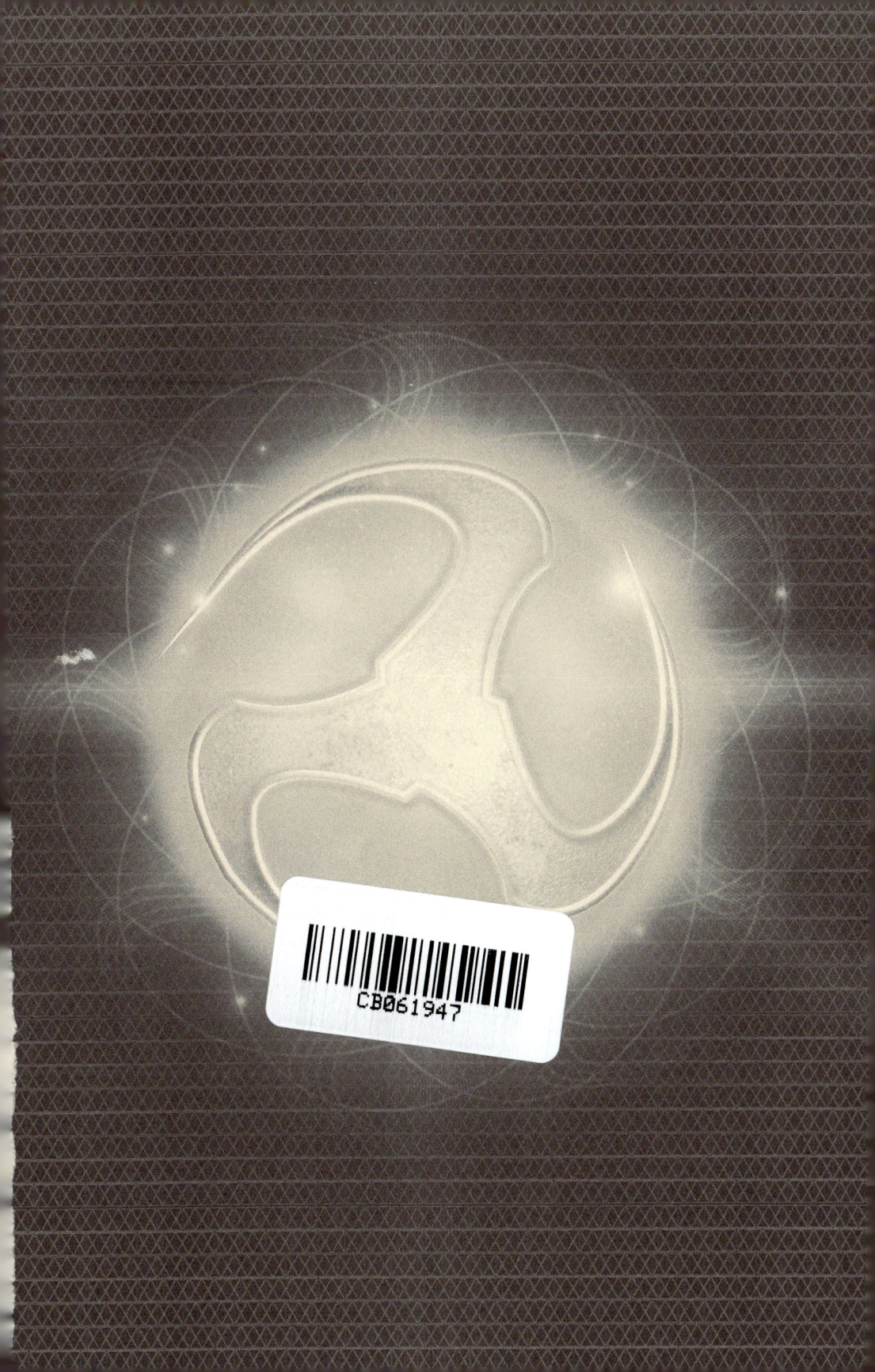

DAVID BALDACCI

O LIMIAR

ELES NÃO QUEREM QUE VOCÊ SAIBA A VERDADE

Tradução: Rogério Bettoni

GUTENBERG

Copyright © 2014 by David Baldacci
Copyright © 2015 Editora Gutenberg

Título original: *The Finisher*

Todos os direitos reservados pela Editora Gutenberg. Nenhuma parte desta publicação poderá ser reproduzida, seja por meios mecânicos, eletrônicos, seja cópia xerográfica, sem autorização prévia da Editora.

PUBLISHER
Alessandra J. Gelman Ruiz

EDITORA
Silvia Tocci Masini

ASSISTENTES EDITORIAIS
Felipe Castilho
Carol Christo

ESTAGIÁRIA
Andresa Vidal Branco

REVISÃO
Monique D'Orazio

CAPA
Diogo Droschi
(sobre imagem de *Sharismar Rodriguez*)

DIAGRAMAÇÃO
Christiane Morais

Dados Internacionais de Catalogação na Publicação (CIP)
Câmara Brasileira do Livro, SP, Brasil

Baldacci, David

O Limiar / David Baldacci ; tradução Rogério Bettoni. -- 1. ed. -- Belo Horizonte : Editora Gutenberg, 2015.

Título original: The Finisher
ISBN 978-85-8235-234-2

1. Ficção norte-americana 2. Ficção - Literatura juvenil I. Título.

14-12896   CDD-813.5

Índices para catálogo sistemático:
1. Ficção : Literatura norte-americana   813.5

A **GUTENBERG** É UMA EDITORA DO **GRUPO AUTÊNTICA**

São Paulo
Av. Paulista, 2.073, Conjunto Nacional, Horsa I,
23º andar, Conj. 2301
Cerqueira César . 01311-940
São Paulo . SP
Tel.: (55 11) 3034 4468

Belo Horizonte
Rua Aimorés, 981, 8º andar
Funcionários . 30140-071
Belo Horizonte . MG
Tel.: (55 31) 3214 5700

Televendas: 0800 283 13 22
www.editoragutenberg.com.br

*Para Rachel Griffiths,
obrigado por apostar em um escritor
chamado Janus Pope.*

"Só se pode chegar ao dia através das sombras."
— J. R. R. Tolkien

"Algumas vezes chego a acreditar em seis coisas impossíveis antes do café da manhã."
— Lewis Carroll

"As pessoas interessadas em buscar erudição nestas páginas serão processadas; as motivadas a encontrar um sentido serão exiladas; as que esperam desvendar uma alegoria serão tomadas por uma inspiração imediata."
— O autor

N W E S

CENTRO DE CUIDADOS

HOSPITAL

ARENA DE DUE[LO]

PEÇAS RARAS

BAR FEITIÇO DOS POMBOS

PREPARATÓRIO

A LESMA FAMINTA

PRÉDIO DO CONSELHO

CABANA DOS DELPHIAS

PÂNTANO

CASA DE MORRÍGONA

...AMPA-
...ÁRIO

SOLO
SAGRADO

LOONS   CONFEITARIA

...LAREJO DE
...RTEMÍSIA

RUA PRINCIPAL

MOINHO

PRAÇA

LOJA DE
ARMAS

ESTRADA BAIXA

CASA DA
FAMÍLIA DE
VEGA JANE

CASA DA ÁRVORE
DE VEGA JANE

CHAMINÉS

CABANA DE
QUENTIN HERMS

GLOSSÁRIO

O mundo de Artemísia, os wugmorts e além

A Lesma Faminta
Estabelecimento na Rua Principal que serve refeições para os clientes.

Adar
Animal de Artemísia geralmente usado como mensageiro e treinado para realizar tarefas aéreas. Embora pereça desengonçado no chão, os adares são criaturas graciosas e belas no céu, principalmente por causa de sua extraordinária altura e envergadura de asas. O mais notável é que os adares entendem os wugmorts e conseguem aprender a falar.

Amarok
Animal feroz e horripilante que vive no Pântano, conhecido pela capacidade de matar de diversas maneiras. Os amaroks têm presas superiores compridas como braços de um wug e supostamente esguicham veneno pelos olhos. Quando capturados, sua pele é usada para confecção de roupas e botas em Artemísia.

Átimo
Pequena unidade ou intervalo de tempo.

Bar Feitiço dos Pombos
O único bar em Artemísia.

Campanário
Lugar onde a maioria dos wugmorts vai a cada sete dias para ouvir um sermão.

Carabineiro
Membro da Polícia de Artemísia. Sua principal função é proteger os wugmorts da ameaça dos forasteiros que vivem no Pântano.

Centro de Cuidados
Lugar para onde vão os wugs adoentados e pelos quais os medicadores não podem fazer mais nada nos hospitais.

Chacal
Feroz cão de caça de Artemísia.

Chaminés
Construção ampla de tijolos em Artemísia onde se fabricam produtos para troca e consumo.

Ciclo
Unidade de tempo equivalente a 365 dias.

Cobol
Criatura tenebrosa do Pântano, formada por três corpos ligados pelos ombros e feitos do que parece ser pedra. O cobol tem três cabeças, três pares de miniasas nas costas musculosas e seis braços para atacar suas vítimas.

Colossais
Antiga raça de guerreiros formidáveis, cuja origem é amplamente desconhecida pelos wugmorts comuns. Os colossais têm mais de vinte metros de altura e pesam cerca de três toneladas.

Conselho
Corpo governante de Artemísia. O Conselho aprova leis, regras e decretos aos quais todos os wugmorts devem obedecer.

Creta
Criatura de proporções excepcionais usada em Artemísia para puxar o arado dos lavradores e transportar sacos de farinha no Moinho. Os cretas pesam quase quinhentos quilos, possuem chifres que se cruzam na frente do rosto, e patas do tamanho de um prato.

Dáctilo
Trabalhador das Chaminés cuja função é forjar metais com marretas e pinças.

Duelo
Competição que ocorre fora do centro de Artemísia, duas vezes a cada ciclo. Consiste na luta entre dois wugs do sexo masculino com idade entre 15 e 24 ciclos. Vistos por muitos wugs como um rito de passagem, os Duelos muitas vezes podem ser brutais.

Empório Noc
Loja na Rua Principal que vende objetos relacionados à observação da Noc e a previsões do futuro.

Estrada Baixa
Estrada antiga e deteriorada em Artemísia, com poucas lojas e menos frequentada que a Rua Principal.

Evento
Acontecimento misterioso em Artemísia, sem testemunhas. O corpo e a roupa de wugmorts que supostamente sofrem um Evento desaparecem totalmente do vilarejo.

Finalizador
Trabalhador cuja função é finalizar todos os objetos fabricados nas Chaminés. Os finalizadores precisam demonstrar habilidades criativas no Preparatório, pois os requisitos para o trabalho variam de pintar a queimar nos fornos objetos que serão usados pelos wugs mais ricos de Artemísia.

Forasteiros
Criatura bípede ameaçadora que vive no Pântano e pode se passar por wug. Acredita-se que os forasteiros controlam a mente dos wugs, fazendo-os obedecer a seus comandos.

Frek
Animal enorme e feroz do Pântano, caracterizado por um focinho comprido e presas maiores que o dedo de um wug. Sabe-se que a mordida de um frek enlouquece a vítima.

Garme
Animal enorme do Pântano, com quatro metros de comprimento e quase quinhentos quilos. O garme é uma criatura horrenda: seu peito sangra o tempo todo, seu cheiro é detestável, e sua barriga tem uma chama capaz de queimar as vítimas a metros de distância. De acordo com a sabedoria popular de Artemísia, o garme caça a alma dos mortos ou guarda os portões do Inferno.

Jábite
Serpente gigantesca com duzentas e cinquenta cabeças ao longo de todo o corpo. Embora as jábites raramente saiam do Pântano, poucos são capazes de interromper seu ataque depois que elas sentem cheiro de sangue. As jábites podem capturar wugs com muita facilidade, e o veneno contido em cada cabeça é suficiente para derrubar um creta.

Lavrador
Trabalhador responsável por cultivar as terras e plantações de Artemísia.

Loons
Hospedaria na Rua Principal.

Maniak
Espírito maligno capaz de encarnar no corpo e na mente de um wug, levando-o a uma loucura irreversível e provocando um medo jamais sentido.

Medicadores
Médicos que compõem a equipe do hospital.

Misturador
Trabalhador das Chaminés encarregado de combinar ingredientes que serão usados em outros produtos criados ali.

Moinho
Local de trabalho em Artemísia onde se refina farinha e outros grãos.

Mortiço
Arma de cano longo ou curto que dispara projéteis de metal.

Nanos
Raça rara de wugmorts conhecida por sua estrutura baixa e compacta e força imensa.

Noc
Objeto redondo, grande e leitoso que brilha no céu durante a noite.

Pântano
Floresta que circula Artemísia, lar de todos os tipos de criaturas ferozes e de forasteiros. Os wugmorts acreditam que não existe nada além do Pântano.

Peças Raras
Loja de roupas femininas na Rua Principal.

Preceptor
Wugmort responsável pelo ensino dos jovens no Preparatório.

Preparatório
Instituição frequentada pelos jovens até completarem 12 ciclos. É no Preparatório que os jovens adquirem as habilidades necessárias para trabalhar em Artemísia.

Quadrângulo de Peckwater
Arena na fronteira do território de Artemísia onde acontecem os Duelos.

Rua Principal
Rua de pedras em Artemísia cheia de lojas que vendem produtos básicos para os wugmorts, como alimentos, roupas e ervas medicinais.

Serrador
Trabalhador das Chaminés cuja tarefa é serrar madeira e outros materiais.

Slep
Criatura magnífica de Artemísia caracterizada por sua cabeça imponente, cauda longa, seis pernas e bela pelagem. Acreditava-se que antigamente os sleps podiam voar e que os pequenos sulcos visíveis no dorso marcavam o lugar onde antes havia asas.

Solo Sagrado
Lugar em Artemísia onde os falecidos wugmorts repousam.

Uíste
Cão de caça grande e domesticado em Artemísia, conhecido por ser muito veloz.

Valhala
Prisão de Artemísia. Ela é aberta para a visão do público e fica bem no centro do vilarejo.

Wugmort ou "wug"
Cidadão de Artemísia.

UNUS

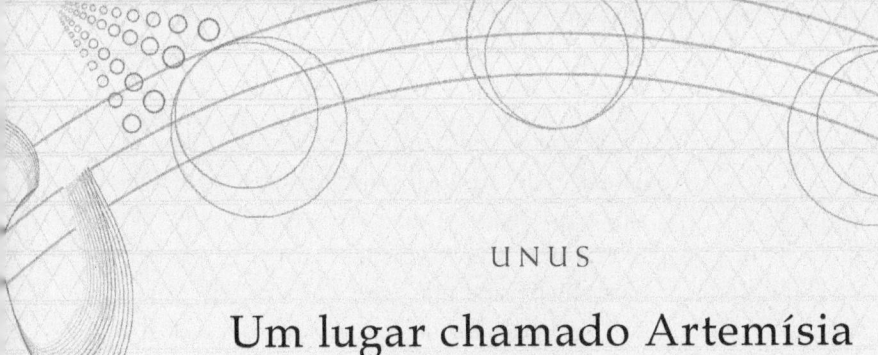

Um lugar chamado Artemísia

Estava cochilando quando escutei o grito. Atravessou meus ouvidos como uma rajada de tiros, deixando minha cabeça terrivelmente tonta. Um som tão alto e pavoroso que parecia estar acontecendo ali mesmo, naquele exato minuto.

Depois do som, veio a imagem da cor azul. Era uma névoa, como uma nuvem perto do chão, que envolveu minha mente, afastando todos os pensamentos e memórias. Quando finalmente desapareceu, minha tontura também sumiu. Até hoje acho que uma coisa muito importante aconteceu, mas simplesmente não consigo me lembrar.

Na mesma hora eu me sentei sobre o assoalho no topo da árvore. A imagem e o sono sumiram completamente. Quando nascia o sol, eu quase sempre estava no topo da minha árvore – um álamo maravilhoso, que apontava diretamente para o céu, com uma copa muito, muito alta. Para subir, eu usava vinte pequenas ripas de madeira presas ao tronco. Oito tábuas largas e lascadas serviam de chão quando eu chegava lá em cima. E o telhado era um pedaço de tecido à prova d'água que eu mesma havia impermeabilizado, esticado e amarrado bem firme com uma corda que peguei no lixo. Mas eu não estava pensando nisso. Nos meus ouvidos ecoava um grito que não era da névoa azul, pois aparentemente ela só existia na minha cabeça. Dessa vez, o grito vinha lá de baixo.

Andei ruidosamente até a beirada do assoalho e olhei para o chão, de onde escutei o grito mais uma vez. Agora eu também ouvia o latido dos caninos. Os ruídos perturbavam o que tinha sido um alvorecer tranquilo.

Os wugmorts não costumavam gritar quando amanhecia, nem em outra hora do dia ou da noite. Desci apressada da árvore. Bati com as botas no chão e olhei para a direita, depois para a esquerda. Era difícil saber de onde vinham os gritos e os latidos. A confusão dos sons misturados ecoava entre as árvores.

Quando vi o que se aproximava de mim, virei-me e comecei a correr o mais depressa que podia. Um canino havia se atirado de um arvoredo, estava com as presas para fora e o traseiro coberto de suor, prova do esforço que fazia.

Meus pés eram ligeiros se comparados aos de outras wugs, mas não havia wug nenhum, fosse homem ou mulher, que conseguisse fugir de um canino de ataque. Enquanto corria, eu me preparava para o impacto de suas presas na minha pele e nos meus ossos. Mas ele passou por mim como um raio e dobrou a velocidade, logo sumindo de vista. A caça daquele dia não era eu.

Olhei para a esquerda e vi, entre duas árvores, o vulto escuro de uma túnica preta.

Era alguém do Conselho. Ele deveria ter soltado os caninos.

Mas por qual motivo? O Conselho, com uma única exceção, era formado por homens mais velhos, wugs discretos que só conversavam entre si. Eles cuidavam das leis, das regras e de outros decretos que todos os wugs deviam obedecer; e, apesar da obediência, nós vivíamos livres e em paz, e até tínhamos certo luxo.

Agora o Conselho usava os caninos para procurar algo ou alguém na floresta. Será que alguém havia fugido de Valhala, nossa prisão? Mas nunca nenhum wug tinha fugido de lá. E mesmo se tivesse, duvido que os membros do Conselho estivessem por aí, tentando capturá-lo. Eles usavam outros meios para recolher os malvados.

Continuei correndo, seguindo os latidos e os passos acelerados, e logo percebi que o perigoso caminho me conduzia para perto demais do Pântano. O Pântano era uma barreira impenetrável que circundava Artemísia como uma armadilha. Nada mais existia além disso: Artemísia e o Pântano. Ninguém jamais havia atravessado o Pântano porque os monstros bestiais que o habitavam matariam qualquer wug num átimo. E como não havia nada além do Pântano, Artemísia nunca tinha recebido visitas.

Cheguei perto do limiar desse lugar terrível, que os wugs aprenderam a evitar desde os tempos mais remotos. Diminuí o passo e parei poucos metros antes do início do Pântano. Meu coração batia forte e meus pulmões queimavam, não só por causa da corrida, mas por estar tão perto de um lugar que tinha a morte reservada para qualquer wug estúpido que ousasse vagar por ali.

Os latidos pararam, bem como o som das pegadas. Olhei para a esquerda e vi alguns caninos e membros do Conselho entrando nas profundezas do Pântano. Não consegui ver o rosto deles, mas imaginei que estivessem tão apavorados quanto eu. Até os caninos evitavam entrar no Pântano.

Soltei o ar de mais uma inspiração profunda quando ouvi um barulho à minha direita. Virei a cabeça e percebi, ainda atordoada, um wug passar entre as vinhas e as árvores tortuosas que se erguiam como uma barricada no perímetro do Pântano. E aquele wug eu conhecia muito bem.

Olhei para a esquerda, para ver se algum membro do Conselho ou os caninos tinham visto o que eu vi, mas parecia que não. Virei de novo a cabeça, mas o vulto havia desaparecido. Será que eu estava imaginando coisas? Nenhum wug se aventuraria a entrar voluntariamente naquele lugar medonho.

Quando alguma coisa me tocou no braço, quase dei um berro. Antes que eu desmaiasse, senti uma mão me segurando e me mantendo em pé.

"Vega Jane? É você, não é?"

Levantei a cabeça e olhei diretamente para as feições duras do rosto de Jurik Krone. Ele era alto, forte, deveria ter uns 45 ciclos de idade e era um membro em ascensão do Conselho.

"Sim, sou eu", consegui dizer.

"O que você está fazendo aqui?", perguntou. Seu tom de voz era grave e questionador, e ele tinha uma hostilidade reprimida no olhar.

"Eu estava na minha árvore antes de ir para as Chaminés. Ouvi um grito e vi um canino. Depois, alguns wugs de túnica preta passaram correndo... e eu corri também."

Jurik assentiu.

"Você viu mais alguma coisa?", perguntou. "Alguma coisa além de túnicas pretas e caninos?"

Olhei de soslaio para o lugar onde o wug tinha entrado no Pântano.

"Eu vi o Pântano."

Senti os dedos dele apertando meu ombro com mais força.

"Foi só isso mesmo? Nada mais?"

Tentei manter a calma. O rosto daquele wug entrando no Pântano penetrava minha cabeça como uma espada reluzente.

"Foi só isso."

Ele soltou meu braço e deu um passo para trás. Olhei para ele de cima a baixo. A túnica preta lhe caía bem sobre os ombros largos e os braços fortes.

"O que vocês estão procurando?"

"Isso é assunto do Conselho, Vega", respondeu, ríspido. "Por favor, vá embora. Não é seguro ficar tão perto assim do Pântano. Volte para Artemísia agora. Para seu próprio bem."

Ele se virou e partiu, deixando-me sem fôlego e tremendo. Dei mais uma olhada para o Pântano e voltei correndo para a árvore.

Escalei as tábuas e me sentei de novo sobre o assoalho, ofegante e com o pensamento cheio de ideias pavorosas.

"E-e-e aí, Ve-Ve-Vega Jane?"

A voz vinda lá de baixo era do meu amigo. Seu nome era Daniel Delphia, mas para mim era apenas Delph. Ele sempre me chamava de Vega Jane, meu nome completo de nascimento. Os outros me chamavam de Vega, quando se davam ao trabalho de dizer meu nome.

"Delph?", disse eu. "Pode subir."

Escutei-o escalando as ripas estreitas. Eu estava a uns dezoito metros de altura. Também estava cada vez mais velha, tinha 14 ciclos de idade.

Ser uma garota e ter 14 ciclos não era algo muito bem visto em Artemísia, o vilarejo onde morávamos. Nunca entendi por que, mas eu gostava de ser jovem. E gostava de ser garota.

Aparentemente, eu fazia parte de uma minoria.

Artemísia era um vilarejo habitado por wugmorts – ou wugs, para abreviar. A palavra *vilarejo* sugeria um espírito de comunidade que não existia ali. Eu tentava colaborar com os outros de vez em quando, mas escolhia as ocasiões com cuidado. Alguns wugs não eram dignos de confiança, nem de compaixão. Muitas vezes, era difícil evitá-los, pois costumavam ser mais do que irritantes.

A cabeça de Delph apareceu na beirada do assoalho. Ele era muito mais alto que eu, e eu já era alta, se comparada às outras garotas: tinha um metro e setenta e cinco. Eu ficava cada vez mais alta, pois todos os wugs da família Jane cresciam até a idade adulta. Diziam que meu avô Virgílio cresceu mais dez centímetros depois dos 20 ciclos. E quarenta ciclos depois, aconteceu o Evento, e sua altura se tornou insignificante, pois não restou nada dele.

Delph tinha um e noventa e oito e seus ombros eram largos como a copa do álamo. Tinha 16 ciclos de idade e uma longa cabeleira preta que parecia amarelada por causa do pó que ele nunca limpava. Trabalhava no Moinho carregando sacos enormes de farinha, o que só colaborava para o acúmulo de mais pó. Tinha a fronte larga e lisa, lábios grossos e olhos tão escuros quanto os cabelos quando limpos. Pareciam dois buracos iguais no meio do rosto. Seria fascinante ver o que se passava na mente de Delph. E reconheço que seus olhos eram lindos. Às vezes eu, ficava toda acanhada quando ele me olhava.

Delph não tinha os requisitos básicos para trabalhar nas Chaminés, onde era preciso criatividade. Nunca o vi criando nada além de confusão. Sua mente sofria de lampejos que iam e vinham, como rajadas de chuva, desde os 6 ciclos de idade. Ninguém sabia o que tinha acontecido com ele, ou, se sabia, nunca me dizia. Acho que Delph se lembrava, e o que aconteceu causou alguma coisa na mente dele. Claro que não foi um Evento, pois, quando Eventos aconteciam não sobrava nada de quem o sofria. Mas foi algo bem parecido. Por causa das coisas que Delph me dizia, às vezes eu achava que sua mente era muito mais confusa do que suspeitava a maioria dos wugs.

Se, por dentro, a mente de Delph tinha algum desajuste, não havia nada de errado do lado de fora. Ele era bonito, na verdade. Já vi muitas moças dando-lhe uma "olhada" enquanto ele passava, mas ele mesmo não parecia notar. É claro que elas queriam ficar com ele. Mas Delph nunca dava bola. Os ombros largos e os braços e pernas musculosos davam-lhe uma força que praticamente nenhum outro wug tinha.

Delph se sentou ao meu lado, cruzou as pernas na altura dos tornozelos salientes e começou a balançá-las na beirada das tábuas lascadas. Quase não havia espaço para nós dois. Mas Delph gostava de subir na minha árvore. Ele não tinha tantos lugares assim para ir.

Tirei os longos cabelos bagunçados e escuros do rosto e fixei o olhar numa manchinha de poeira em meu braço magro. Não a limpei porque havia várias manchas iguais, e assim como a poeira do Moinho, onde Delph trabalhava, não tinha propósito limpá-las. Minha vida era cheia de poeira.

"Delph, você ouviu esse barulho todo?"

Ele olhou para mim.

"Que-que-que ba-barulho?"

"Os caninos e os gritos."

Ele olhou para mim como se eu fosse maluca.

"Vo-você está be-bem, Vega Jane?"

Tentei de novo:

"O Conselho saiu com os caninos, estavam perseguindo alguma coisa." Eu queria dizer *alguém*, mas preferi ficar calada. "Eles estavam lá embaixo, perto do Pântano."

Ele arrepiou-se ao ouvir a palavra, como imaginei que aconteceria.

"P-P-P..." Deu de ombros, respirando fundo, e completou: "Ruim".

Resolvi mudar de assunto.

"Você já comeu?", perguntei. A fome era como uma ferida aberta e dolorida. Quando ela vinha, não se conseguia pensar em mais nada.

Delph negou com a cabeça.

Abri uma latinha que equivalia a uma despensa portátil que eu sempre carregava comigo. Dentro, havia uma fatia de queijo de cabra, dois ovos cozidos, um pedaço de bolinho frito e um pouco de sal e pimenta que eu guardava em um dedal de estanho que eu mesma tinha feito. Usávamos muita pimenta em Artemísia, principalmente nas sopas. A pimenta curava vários males, como o gosto de carne estragada e de legumes velhos. Havia também picles, que eu já havia comido.

Entreguei a lata para ele. Estava guardando para minha primeira refeição, mas eu não era tão grande quanto Delph. Ele precisava de muito mais combustível para queimar, como se dizia por aqui. Eu podia comer depois, pois era boa em guardar energia. Delph não guardava nada. Para mim, essa era uma de suas qualidades mais encantadoras.

Ele jogou sal e pimenta nos ovos, no queijo e no bolinho e devorou tudo numa única e longa abocanhada. Escutei seu estômago roncar enquanto a comida ia descendo para o que antes era uma caverna vazia.

"Melhor?", perguntei.

"M-melhor", murmurou, satisfeito. "O-o-brig-gado, Ve-Vega Jane."

Esfreguei os olhos para espantar o sono. Diziam que meus olhos eram da cor do céu. Mas quando o céu estava coberto de nuvens, eles ficavam acinzentados, como se absorvessem as cores lá de cima. Era a única mudança que provavelmente me acontecia.

"Vai vi-visitar seus pais a-a-ainda hoje?", perguntou Delph.

Olhei diretamente para ele.

"Sim."

"P-p-posso ir c-com vo-você?"

"É claro, Delph. Podemos nos encontrar quando eu sair das Chaminés."

Ele assentiu, murmurou a palavra "moinho", levantou-se e desceu pelas tábuas estreitas até o chão.

Desci logo atrás dele e segui para as Chaminés, onde eu trabalhava fazendo várias coisas. Em Artemísia, era bom não ficar parada.

E eu não ficava.

Mas naquele dia foi diferente. Não consegui tirar da cabeça a imagem de alguém entrando no Pântano, o que era impossível, por ser sinônimo de morte. Até que me convenci de que não vi o que pensei ter visto.

Contudo, demorou poucos átimos para eu perceber que minha visão tinha sido perfeita. E minha vida em Artemísia, até onde eu poderia dizer que tinha uma, jamais seria a mesma.

DUO

Chaminés

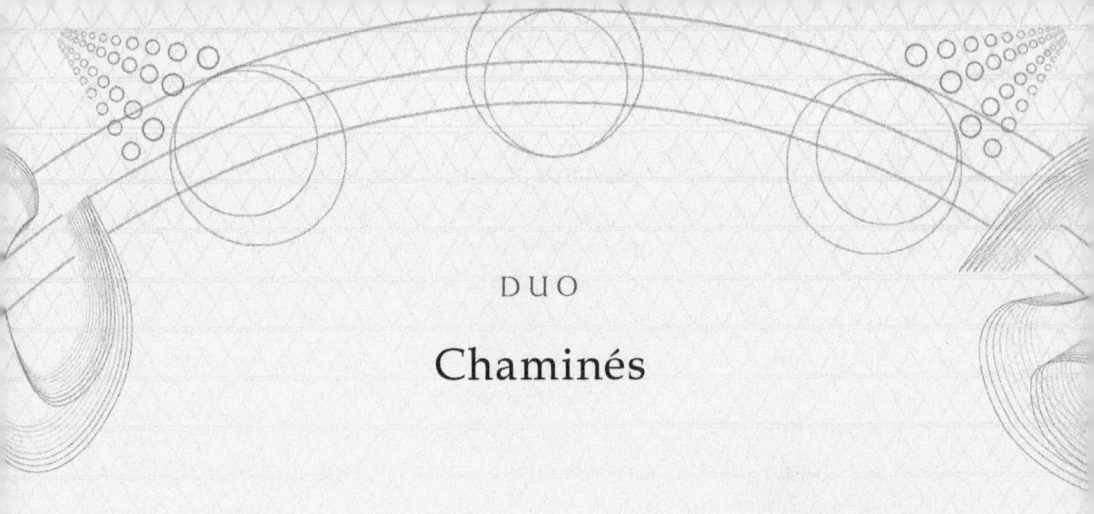

A FLORESTA AGORA estava mais tranquila. Enquanto caminhava, coisas que me disseram havia muito tempo, passaram pela minha cabeça. Não sabia exatamente por quê; o padrão de tempo *era* um pouco estranho, mas percebia que esse tipo de pensamento surgia na minha mente nos átimos mais bizarros.

O primeiro era, para mim, o mais inabalável.

O lugar mais horrível de todos é aquele que os wugmorts nem sequer sabem ser tão errado quanto o mais errado pode ser.

Meu avô me disse isso antes de sofrer o Evento e desaparecer para sempre. Acho que disse só para mim, e eu jamais mencionei a frase a ninguém.

Eu não era, por natureza, uma wugmort muito confiante. Aqui não podíamos confiar demais em nada.

Eu era muito jovem quando meu avô me disse aquilo, e pouco tempo depois ele sofreu o Evento. Tive de admitir que não entendia muito bem do que ele estava falando, e até hoje não tenho tanta certeza. Eu concordava que um lugar podia ser terrivelmente impressionante, mas que lugar seria tão errado quanto o mais errado pode ser? Nunca consegui decifrar esse enigma, por mais que tenha tentado.

Meu avô também me falou sobre estrelas cadentes.

Sempre que você vislumbrar a centelha de uma estrela cadente atravessando a esmo o céu, ocorrerá uma mudança com algum wugmort.

Uma ideia interessante para um lugar que não mudava nunca: como Artemísia.

Quando me concentrei de novo no que me esperava adiante – mais um dia de muito trabalho –, aqueles dois pensamentos desapareceram como filetes de fumaça se desfazendo no ar.

Ao chegar mais perto de meu destino, respirei fundo, e o cheiro me deixou atônita. Aquele odor já estava entranhado em meus poros e não sairia nunca, por mais que eu ficasse debaixo da chuva ou da água das torneiras. Dobrei a curva do caminho e avistei: lá estavam as Chaminés. Era preciso muitas delas para levar embora toda a sujeira e fuligem que passava por tijolo sobre tijolo sobre tijolo até chegar bem alto no céu. Eu não sabia qual havia sido o uso original daquele lugar, ou se já havia servido para outro fim além de fabricar coisas bonitas. Era imensamente vasto e extremamente feio, o que fazia de seu propósito atual algo bem irônico.

Sempre ficava um wug encarquilhado diante das portas imensas, com um carimbo na mão. O nome dele era Dis Fidus. Eu não sabia sua idade, mas desconfiava que tivesse uns 100 ciclos.

Aproximei-me dele e estiquei a mão. O dorso estava manchado por causa da tinta acumulada de dois ciclos trabalhando ali. Imaginei como seria dali a dez ou vinte ciclos. Minha pele seria permanentemente azul.

Fidus segurou minha mão entre os dedos esqueléticos e carimbou a pele. Eu não sabia para que servia aquele carimbo. Não fazia o menor sentido, e coisas que não faziam sentido me deixavam infinitamente intrigada. Minha suspeita mais forte, porém, era que devia fazer sentido *para alguém*.

Olhei para Dis Fidus, tentando encontrar em suas feições algum sinal de que ele tinha ouvido a perseguição. Mas sua aparência de nervosismo era tão natural que seria impossível perceber. Entrei nas Chaminés.

"Gosto que minhas encarregadas cheguem mais de três átimos adiantadas, Vega", disse uma voz.

Julius Domitar era grande e gordo como um sapo rechonchudo. Sua pele também tinha um curioso tom esverdeado. Ele era o wug mais prepotente que eu conhecia em Artemísia, e a disputa pelo cargo que ocupava era acirrada. Quando dizia que suas "encarregadas" deveriam chegar mais de três átimos adiantadas, ele se referia a mim. Eu era a única moça das Chaminés.

Virei-me na direção dele e olhei para dentro do escritório. Estava sentado atrás da mesa de tampo reclinável, sobre a qual havia vidros de tinta da Quick & Stevenson, a única fornecedora de tintas de Artemísia. Segurava uma longa caneta, e sobre a mesa havia diversos pergaminhos. Ele adorava pergaminhos. Na verdade, adorava o que havia nos pergaminhos: registros. Pequenas anotações do nosso trabalho diário.

"Três átimos adiantada ainda é adiantada", disse eu, e continuei andando.

"Há muitos cuja sorte é pior do que a sua, Vega. Jamais se esqueça disso. Você está indo bem, mas isso pode mudar. Ah, se pode!"

Corri para o piso principal das Chaminés. As estufas já estavam acesas havia bastante tempo. As fornalhas gigantescas que ficavam em um dos cantos jamais eram desligadas. Elas mantinham o ambiente aquecido e úmido mesmo nos dias mais frios. Os dáctilos musculosos esmurravam o metal com marretas e pinças, provocando um ruído igual ao dos sinos do Campanário. O suor gotejava de suas testas e costas esculpidas, respingando no chão junto a seus pés. Eles nunca desviavam o olhar do trabalho. Os serradores cortavam madeira e metais maleáveis. Os misturadores cuidavam de tinas enormes e mexiam dentro delas vários ingredientes.

Os wugs eram como eu, comuns em todos os aspectos, e trabalhadores esforçados, que faziam o suficiente para sobreviver. E faríamos esse mesmo trabalho pelo resto de nossos ciclos.

Fui até meu escaninho de madeira, que ficava numa sala no piso principal. Vesti calças compridas, um avental pesado de couro, luvas e óculos de proteção. Depois, segui até minha mesa de trabalho, que ficava perto dos fundos daquele mesmo piso. Era uma mesa enorme de madeira, cheia de manchas. Junto dela havia um carrinho todo elaborado, com rodas de metal, um conjunto de ferramentas grandes e pequenas que cabiam direitinho nas mãos, alguns instrumentos de teste para controle de qualidade e garrafas de tinta, corante, ácidos e outros materiais que eu usava de vez em quando.

Meu trabalho às vezes era perigoso, por isso eu usava o máximo de proteção possível. Muitos que trabalhavam ali, faziam o mesmo com dedos, olhos, dentes e até braços ou pernas faltantes. Melhor não me juntar ao grupo por perder alguma parte. Eu gostava do meu corpo do jeito que era: completo e adequado para a maioria das funções.

Passei pela escadaria larga de pedra, com balaústres de mármore, que levava ao piso superior das Chaminés. Era uma escada elegante demais para um lugar como aquele, o que me fazia pensar, não pela primeira vez, que ali nem sempre tinha sido uma fábrica. Sorri para o guarda parado junto ao primeiro degrau.

Seu nome era Ladon-Tosh, e nunca o ouvi dizer nada. Carregava sobre o ombro uma arma de cano longo chamada mortiço. Também tinha uma espada na bainha e uma faca dentro de um estojo menor de couro, preso num largo cinto preto. Sua única tarefa era impedir que qualquer um de nós subisse ao segundo andar das Chaminés. Com cabelos longos cor de carvão, rosto marcado de cicatrizes, nariz adunco que aparentemente havia sido quebrado diversas vezes e olhos que pareciam mortos, Ladon-Tosh já era assustador mesmo sem todas aquelas armas. Com elas, era aterrorizante em todos os aspectos.

Ouvi dizer que, um dia, bem antes de eu começar a trabalhar nas Chaminés, um mané qualquer tentou passar por Ladon-Tosh e subir as escadas. Dizem que o guarda o apunhalou com a faca, deu-lhe um tiro com o mortiço, cortou-lhe a cabeça com a espada e jogou os restos mortais numa das fornalhas que nunca se apagavam nas Chaminés. Não sei se acredito nisso, não tenho *tanta* certeza assim.

Por esse motivo, eu era sempre infalivelmente educada com Ladon-Tosh. Não me interessava se ele nunca olhava para mim, nem falava comigo. Só queria que ele soubesse que eu era uma amiga.

Quando comecei a trabalhar ali, havia um wugmort chamado Quentin Herms que me ajudava a dar acabamento nas peças. É o que fazia, eu era finalizadora. Quando pisei ali pela primeira vez, Julius simplesmente gritou: "Você está dois átimos atrasada. Que isso nunca mais se repita."

Naquele primeiro dia, olhei para minha mão carimbada e me perguntei o que estava fazendo lá. Só consegui encontrar minha mesa de trabalho porque havia meu nome escrito nela: um retângulo de metal escurecido, parafusado na madeira, escrito "Vega Jane" com letras prateadas. Não era uma placa bonita.

O tempo todo eu pensava: *Não é só meu nome que está parafusado nesse lugar. Eu também estou.*

Naquele mesmo dia, Quentin veio correndo me cumprimentar na minha mesa de trabalho. Ele era amigo da família e sempre havia sido muito gentil comigo.

"Achei que você começaria amanhã, Vega", disse. "Se soubesse que seria hoje, eu teria me preparado para recebê-la."

"Não sei o que fazer", disse eu, em tom de desespero.

Ele foi até sua mesa e voltou com uma estatueta de metal: um rapaz que acariciava um canino.

"É nisso que você vai dar acabamento, ou em coisas parecidas", disse ele. "Isto é metal. Você também vai dar acabamento em coisas de madeira, cerâmica, argila e outros materiais. Vou pintar o wug e o canino com cores alegres."

"Como você sabe que cores usar?", perguntei.

"Há instruções para cada item na sua mesa, mas você tem certa liberdade para usar a criatividade. Você vai pintar, entalhar, moldar e também desgastar objetos para que pareçam mais velhos."

"Mas ninguém me ensinou a fazer isso."

"Sei que você demonstrou habilidades artísticas no Preparatório", disse ele. "Do contrário, eles não te mandariam para cá como finalizadora."

Olhei para Quentin.

"Achei que teria algum treinamento."

"Mas terá. Eu vou treinar você."

"Fale mais do seu trabalho", pedi, olhando para os objetos inacabados sobre a mesa dele.

"Isto faz parte do seu treinamento: me ajudar a finalizá-los. Esperei muito por esse dia, Vega. Eu sempre soube que você viria trabalhar nas Chaminés."

E ele me ensinou. Dia após dia, eu chegava com um sorriso no rosto, mas só porque Quentin estava lá. Aprendi rápido, até que minhas habilidades se equipararam às dele.

Recordo-me disso agora não por nostalgia, mas por uma razão bem diferente.

Quentin Herms foi o wug que vi entrar correndo no Pântano, perseguido pelos caninos e pelo Conselho. Eu sabia que hoje ele não estaria nas Chaminés. Será que os outros demorariam para perceber sua ausência?

Minha cabeça estava mais apavorada do que confusa, então preferi me concentrar naquilo que eu sabia fazer: dar acabamento em coisas bonitas que seriam compradas por wugs que pudessem pagar por elas. E eu não era um deles.

Olhei minha primeira tarefa do dia: uma pequena tigela inacabada de porcelana que precisava ser pintada e depois queimada no forno. Enquanto erguia a tigela, a tampa escorregou e quase caiu no chão. Coloquei a tampa sobre a mesa e segurei a tigela com mais força.

Foi então que vi um pequeno pedaço de pergaminho lá dentro. Olhei em volta para garantir que ninguém me observava e, com cuidado, enfiei a mão na tigela e o puxei, escondendo-o dentro de um uniforme. Abri a peça de roupa sobre a mesa, esticando junto o pergaminho. A caligrafia era pequena e precisa, com palavras legíveis.

Não voltarei às Chaminés, Vega. Vá para sua árvore à noite. O que você encontrará lá talvez a liberte de Artemísia, se for este seu desejo. QH.

Amassei o pergaminho e o engoli. Enquanto sentia-o descer pela garganta, levantei os olhos e vi quatro homens entrando no escritório de Julius. Pelas túnicas pretas, via-se que eram membros do Conselho. Jurik Krone estava entre eles, o que não era nada bom. Ele tinha me visto perto do Pântano mais cedo. Além disso, o fato de eu trabalhar perto de Quentin não era para mim um bom agouro.

Passaram-se trinta átimos e levantei de novo o olhar, quando ouvi a porta de Julius se abrir. Todos os túnicas pretas olhavam para mim, nem um wug a mais, nem um a menos. Senti o corpo enrijecer como se tivesse encostado em um dos ferros quentes trabalhados pelos dáctilos.

Jurik Krone se aproximou e, atrás dele, vieram os outros membros. Ele ergueu um objeto. Senti um nó na garganta quando o vi, pois reconheci imediatamente, mesmo que não o visse havia muitos ciclos. Como será que ele estava agora nas mãos de Jurik?

"E nos encontramos de novo, Vega", disse, enquanto ele e seu bando circundavam minha mesa.

"Sim, é verdade", respondi, tentando em vão manter a voz estável, pois ela estava tão trêmula quanto as pernas de uma criança que dava os primeiros passos.

Ele ergueu o objeto no ar. Era um anel.

"Reconhece isto?"

"Era do meu avô", disse, assentindo.

O anel tinha um desenho inconfundível gravado na parte de cima, idêntico a uma marca que meu avô tinha no dorso da mão. Três ganchos ligados como se fossem um só. Nunca soube seu significado, e meu avô nunca falou sobre o assunto, pelo menos comigo, mas eu era muito nova quando ele sofreu o Evento.

"Você pode explicar como o anel de Virgílio Alfadir Jane foi parar na cabana de Quentin Herms?", perguntou Jurik Krone pacientemente, mas de forma incisiva.

Balancei a cabeça, senti pequenas reviravoltas no estômago e os pulmões se dilatarem mais rápido do que eu gostaria.

"Pensei que havia desaparecido junto com meu avô quando ele teve o Evento. Você sabe que não sobra nada dos wugs depois de um Evento."

Jurik jogou o anel em cima de minha mesa. Quando estiquei a mão para pegá-lo, ele cravou a ponta da faca no centro do anel e a fincou na madeira. Puxei a mão abruptamente e olhei para ele, com medo.

Ele soltou lentamente a lâmina da faca e pegou de volta o anel.

"Você conhece Herms?", perguntou, calmamente. "Ele é seu amigo, não é?"

"É amigo da família. O único finalizador, além de mim."

"Por que não veio trabalhar hoje?"

"Não sei", respondi, dizendo a verdade. No entanto, senti um alívio arrebatador por ter engolido o bilhete de Quentin. "Talvez tenha se machucado ou esteja doente."

"Nenhuma das duas coisas", disse ele, chegando mais perto de mim. "Sejamos francos. Você estava perto do Pântano ao nascer do sol. Você viu que estávamos atrás dele."

"Eu lhe disse, não vi nada. E você não me falou quem estava procurando." Olhei bem nos olhos de Jurik. "Mas por que vocês estavam atrás de Quentin?"

"Existem leis, Vega, leis que Quentin Herms transgrediu. E por isso ele será punido." Jurik me deu uma olhada tão penetrante que senti todos os poros da pele sendo tocados. "Se ele entrar em contato com você, informe imediatamente ao Conselho. As consequências por manter silêncio serão desagradáveis. Essa questão é séria, Vega. Muito séria, na verdade." Ele fez uma pausa. "Estou falando de Valhala para quem desobedecer."

Todos os wugs presentes, inclusive eu mesma, deram um suspiro profundo. Ninguém queria ficar preso naquela cadeia exposta e vigiado por Nida, aquele bestial, junto com o selvagem chacal negro.

Ele pôs a mão no meu ombro e apertou levemente.

"Conto com sua ajuda, Vega. Artemísia inteira precisa se unir para resolver esse assunto."

Então ele deslizou a mão até meu rosto, puxou alguma coisa e a suspendeu no ar. Um pedaço do pergaminho de Quentin havia ficado preso na minha pele. Tomada pelo horror, vi que havia uma manchinha de tinta.

"Vestígio do seu trabalho, talvez?", disse. Fui atravessada mais uma vez pelos olhos de Jurik. Ele então girou o corpo sobre o pé direito e saiu pisando forte com a bota no chão. Seus colegas o seguiram.

Olhei para Julius. Nunca vi seu rosto com um aspecto tão pálido e frio.

"Você *vai* colaborar ou *vai* para Valhala", disse ele, e quase caiu ao virar as costas para mim. Depois desapareceu, ao entrar no escritório.

Voltei a trabalhar e esperei a noite cair.

TRES

Hector e Helen

Depois que a sirene tocou, indicando o fim do turno nas Chaminés, vesti novamente minhas roupas puídas e comecei a caminhar de volta para Artemísia. Eu estava tão impaciente que minha vontade era correr por todo o caminho. Queria que já tivesse anoitecido para eu voltar para a árvore, mas não era possível acelerar o tempo.

A volta para Artemísia não demorou muito. O vilarejo não era tão grande assim. Era compacto, como um punho fechado pronto para acertar alguém. Na Rua Principal, pavimentada com pedras arredondadas, havia uma série de lojas, uma em frente à outra. As lojas vendiam tudo que os wugmorts precisavam, como roupas, sapatos, alimentos básicos, pratos e copos. Havia uma farmácia que vendia ervas curativas, bálsamos e bandagens. Existia até uma loja que vendia a sensação de felicidade, que parecia escassa no momento. Ouvi dizer que ali se fazia um bom negócio. Sabíamos que vivíamos bem em Artemísia, mas aparentemente era difícil acreditar nisso.

Enquanto eu caminhava, minha cabeça girava. Jurik e o Conselho estavam atrás de Quentin, que tinha fugido para o Pântano. Consegui vislumbrá-lo antes que ele sumisse totalmente. Vi no rosto dele a expressão de terror, mas com um toque de alívio. Alívio por entrar no Pântano? Era difícil conceber aquela ideia.

Passei pisando firme pela hospedaria Loons. Ali havia sido minha casa nos últimos dois ciclos, desde que meus pais tinham sido mandados para o Centro de Cuidados. A Loons era um retângulo de tábuas empenadas, vidros sujos e telhas de ardósia rachadas. Havia dois andares, sendo que o segundo tinha cinco quartos com catres simples e seis hóspedes por quarto. Isso somava trinta wugmorts com pouca higiene e bem apertados.

Por isso, eu preferia minha árvore.

Passei em frente à porta da Loons, e um wugmort que eu conhecia bem deu um passo para fora. Seu nome era Roman Picus, o dono da hospedaria. Estava usando suas roupas de sempre: um chapéu molengo com uma reentrância no meio, macacão azul não totalmente limpo, camiseta branca, colete preto, botas brilhantes e alaranjadas feitas de pele de garme e um longo casaco manchado de gordura. Ele usava costeletas compridas dos dois lados do rosto, que faziam uma curva parecida com um anzol bem no meio das bochechas queimadas de sol. Na frente da roupa havia um relógio pesado de bronze, pendurado por uma corrente intrincada. No mostrador do relógio viam-se as várias horas do dia e da noite, separadas em seus respectivos compartimentos.

"Bom dia, Vega", disse ele, mal-humorado.

Cumprimentei-o com a cabeça.

"Bom dia, Roman."

"Está vindo das Chaminés?"

"Sim, vou pegar John no Preparatório e depois vamos nos encontrar com Delph no Centro de Cuidados."

Ele deu uma risada de deboche.

"Nunca vou entender por que você ainda perde tempo com aquele saco vazio inútil. Mas suponho que você não tenha boa autoestima, e vou ter que concordar com você, mocinha."

"Se você acha Delph tão traste assim, por que não o desafia no próximo Duelo?"

Ele enrubesceu.

"Sou velho demais para um Duelo. Mas na minha plenitude, mocinha..."

"E por acaso, quantos Duelos você ganhou na sua plenitude, *mocinho*?"

Ele fez uma careta.

"É melhor você aprender, Vega", resmungou. "É preciso engolir uns sapos de vez em quando."

"A propósito, para onde você está indo, Roman?"

Ele olhou para mim como se tivesse levado um tapa.

"Você está me fazendo uma pergunta?"

"A conversa está ótima, não queria que acabasse."

"Quer ser denunciada ao Conselho, Vega?"

"De jeito nenhum. Ouvi dizer que, a partir de três infrações, o wug infrator já preenche os requisitos para virar algum tipo de prêmio."

"Não tenho átimos de sobra para ficar de lengalenga com gente feito você", disse ele. No entanto, fez uma pausa e me examinou com o olhar. "Quentin Herms?", perguntou.

"O que tem ele?"

"Soube que fez besteira."

"Talvez", respondi, cautelosa.

Roman deu de ombros e olhou para os pés.

"Talvez tenha sido pego por um garme. Rá."

"Já recolheu todos os aluguéis do trimestre?", perguntei, mudando intencionalmente de assunto. Não queria falar sobre Quentin Herms.

Ele deu um sorriso maldoso e esticou a mão larga e encardida.

"Falando nisso, vou coletar o seu, Vega."

Estendi a mão, segurando um pedaço de pergaminho escrito e selado.

"Paguei depois de levar John ao Preparatório. Seu caixeiro me deu um níquel de troco por eu mesma levar o pagamento, fazendo-o economizar a viagem."

Ele desfez o sorriso e franziu a testa.

"Ah, ele fez isso? Veremos, vou verificar."

"Conversa fiada, Roman."

"E que raios você quer dizer com isso?"

"Seu caixeiro me mostrou o documento que você assinou, autorizando o desconto. Gosto de saber coisas desse tipo antes de usar meu salário para pagar por um espaço nesse monte de esterco que você chama de hospedaria."

Roman podia chutar a mim e ao meu irmão para fora da Loons se quisesse. Talvez uma parte de mim desejasse isso. Mas ele simplesmente saiu andando imponente, e eu me apressei.

O Preparatório ficava em um imóvel perto da outra extremidade da Rua Principal. Tinha capacidade para algumas centenas de jovens; mas no momento, recebia menos da metade disso. O Preparatório era cursado em Artemísia, mas dedicava-se pouca energia a ele. Parada sobre as pedras da rua enquanto esperava, percebi que o telhado do imóvel tinha uma aparência triste: era curvado para baixo, como se estivesse descontente.

A porta se abriu e os jovens começaram a sair aos poucos.

Meu irmão era sempre o último wug a sair.

John Jane era baixo, magro e parecia muito mais novo do que era na realidade. Tinha os cabelos escuros e compridos, quase tão longos quanto os meus, e não deixava ninguém cortá-los. Meu irmão não era forte, mas lutava quando alguém tentava cortá-los. Tinha o olhar cabisbaixo. Era fascinado pelos próprios pés, desproporcionalmente maiores em relação ao corpo, uma promessa de que ele cresceria ainda mais. John Jane não prestava muita atenção ao mundo externo, mas sua cabeça estava sempre a mil por hora.

Ele costumava fazer observações sobre coisas nas quais eu nunca havia pensado. Era apenas nos momentos particulares, quando estávamos sozinhos, que eu conseguia perceber o que realmente se passava na cabeça dele. Seus pensamentos viviam cheios, muito mais cheios que os meus.

Um sorriso tímido brotou-lhe no rosto, e ele acelerou os passos desengonçados. Estendi minha latinha para ele. Eu havia parado no caminho para comprar umas frutinhas, e também havia uma asa que peguei para ele e defumei na base da fornalha nas Chaminés. John gostava de comer, embora não tivéssemos refeições assim na hospedaria. Ele atravessou a rua correndo, abriu a lata e viu a asa. Olhou para mim e sorriu de novo. Eu não entendia John na maior parte do tempo, mas adorava vê-lo sorrir. Não havia comida no Preparatório, embora se passasse muito tempo lá. Eles diziam que a comida distraía os jovens. Para mim, a falta de comida era que distraía todo mundo. Eu dizia isso quando era jovem. Hoje penso que foi uma surpresa eles me deixarem ficar até meus 12 ciclos, idade final do Preparatório. Achava muito cedo, mas quem fazia as regras não era eu, não é mesmo?

John segurou minha mão, e saímos andando. Olhei ao redor enquanto caminhávamos. Havia grupinhos de wugmorts aqui e acolá. Todos falavam rápido, mas sussurrando. Também vi membros do Conselho, vestidos de túnica preta, correndo de um lado para o outro, como ratos no meio do lixo.

Eu vi Quentin fugindo para dentro do Pântano. Ele não fugiu apenas porque o Conselho o perseguia com caninos. No bilhete, ele me disse que não pretendia voltar, então teve de colocar o pergaminho dentro da tigela antes de o sol raiar. É claro, Quentin tinha planejado ir para o Pântano, com ou sem Conselho e caninos. Mas por quê? Não havia nada no Pântano além da morte certa. E não havia absolutamente nada depois do Pântano. Mesmo assim, o bilhete de Quentin dizia que ele tinha me deixado uma coisa que me libertaria de Artemísia. Minha mente deu um salto e chegou à conclusão óbvia.

Existia um lugar além do Pântano. Ou ele acreditava que existia.

Concentrei-me de volta em John.

Eu e ele tínhamos um ritual. A cada dois dias, depois do Preparatório, visitávamos nossos pais no Centro de Cuidados, lugar para onde eram encaminhados os doentes, depois que os medicadores não podiam fazer mais nada nos hospitais. O lugar era vigiado por um wug chamado Non.

Non nos conhecia porque aparecíamos com frequência, mas, toda vez, ele nos tratava como se fosse a primeira visita. Isso me irritava profundamente, enquanto ele parecia se divertir.

John já tinha começado a comer a asa, e o líquido gorduroso da carne espalhou pela boca pequena. Enquanto caminhávamos para o Centro de Cuidados, vi Delph saindo das sombras escuras de um castanheiro, aparentemente nervoso. Estava com os cabelos ainda mais brancos por ter trabalhado o dia inteiro no Moinho, e com o rosto e a camisa molhados de suor. Ele nos cumprimentou timidamente com a cabeça e olhou para John.

"Olá, Delph", disse John, estendendo-lhe a asa. "Quer um pedaço?"

Sei que Delph ficou tentado, mas negou com a cabeça, e acho que sei por quê. A magreza do meu irmão era bem óbvia. Acho que Delph não queria privá-lo da comida.

Fomos andando até a entrada. Rangi os dentes e disse a Non que estávamos ali para visitar meus pais. Mostrei a ele o pergaminho do Conselho que autorizava nossas visitas. Non passou algum tempo examinando o documento, por mais que, àquela altura, ele já soubesse de cor todas as palavras. Devolveu-me o documento e olhou para Delph.

"Mas o nome dele não tá aí não, moça."

Delph deu um passo para trás, fazendo Non soltar uma risada maliciosa.

"Delph, para um grandalhão igual a você, tá mais parecido com uma moça, acha não? Com medo da própria sombra." Ao dizer isso, precipitou-se contra Delph, que deu um salto para trás.

Non deu uma gargalhada e jogou para mim a chave do quarto de meus pais.

"Entra logo. Não acho que gente igual a ele possa fazer algum mal."

"Se eu bem me lembro, Delph te derrotou no último Duelo, Non", disse eu. "Quanto tempo mesmo você ficou inconsciente?"

O sorriso de Non desapareceu. Enquanto passávamos, ele deu um empurrão nas costas de Delph que quase o derrubou no chão. Eu não disse nada e também não olhei para Delph, pois sabia que ele estava envergonhado. Em meus pensamentos, eu já havia matado Non mil vezes com um entusiasmo cada vez maior.

Atravessamos a porta e entramos em um longo corredor frio e escuro. Mesmo quando lá fora estava quente, dentro era frio. Não sei como aquilo era possível. Em qualquer outro lugar de Artemísia, a única forma de se refrescar era abrindo a janela, para esperar uma brisa, ou despejando água fria na cabeça.

Passamos por uma enfermeira no corredor. Ela usava uma capa cinza e um chapéu branco. Cumprimentou-nos com a cabeça, deu um leve sorriso e continuou andando.

Havia diversas portas que davam para o longo corredor, todas fechadas. Sei disso porque tentei abrir várias delas em visitas anteriores. Havia placas de latão presas nas portas, com nomes do tipo Judite Frigg, Wolfgang Spriggan e Irene Grine. Eu não conhecia aqueles wugs, mas já tinha visto alguns de seus familiares lá. Eles pareciam tão pálidos e desesperançados quanto eu provavelmente parecia.

As placas só eram retiradas das portas quando os wugs que ali estavam "escapuliam", como diziam em Artemísia. Muitas vezes, eu me via pensando em quando meus pais escapuliriam. Paramos diante da porta com duas placas de latão. Li-as em voz alta pelo que pareceu ser a milionésima vez.

"Hector Jane. Helen Jane."

Não sei por que fazia isso. Olhei para John. Ele nunca lia os nomes em voz alta, apenas murmurava-os.

Usei a chave que Non havia me dado, girei a maçaneta, e a porta se abriu. Entrei devagar, ainda hesitante. John veio atrás de mim, e Delph na retaguarda. Fechei a porta. Ela sempre fazia um ruído sibilante quando era trancada.

Havia dois catres no quarto, com uma mesinha de madeira entre eles. Não havia luminárias ou lampiões à vista. A única luz parecia vir do teto. Não sabia como aquilo era possível. Outro mistério. Também não havia janelas. Quando se estava no Centro de Cuidados, aparentemente a luz do sol não era necessária. Tampouco havia cadeiras para nos sentarmos. Talvez eles não gostassem de encorajar longas visitas.

Enquanto Delph vacilava, aproximei-me do primeiro catre.

Meu pai estava deitado, pequeno e encolhido, sob um cobertor escuro. Eu me lembrava dele como um wug alto e forte, o que não era mais verdade. Eu costumava ter uma sensação agradável ao olhar para o rosto dele, o que também deixou de acontecer. Não sabia muito sobre processos de cura e coisas que nos deixavam doente, mas sentia que o que faltava no meu pai era justamente o meu pai. Não sabia como se roubava o interior de um wug deixando seu exterior, mas era o que parecia ter sido feito com ele. E para isso, talvez não existisse remédio, pensei.

John se aproximou lentamente de mim e colocou a mão sobre meu pai. Quando olhei para John, vi que comprimia o rosto como se sentisse dor. Uma vez perguntei a ele o que era aquilo. Ele simplesmente deu de ombros e disse que a dor não era externa.

Abri minha mochila, que trouxe comigo do trabalho, e tirei um pano embebido na água das torneiras da Chaminé. Coloquei-o na testa do meu pai. Ele parecia estar sempre quente, embora o quarto estivesse frio. Tomei cuidado para que meus dedos não o tocassem. Eu adorava meu pai e amava ser abraçada por ele, mas alguma coisa naquele quarto me tirava a vontade de tocá-lo. Eu vinha lutando contra isso, mas ainda não conseguia superar. Era como se estivéssemos separados pela muralha das muralhas.

John pegou um livro na sua mochila e começou a ler calmamente para meu pai.

Virei o olhar para Delph, que estava parado como uma estátua no canto do quarto.

"Delph, não quer vir aqui dar uma olhada nele?"

Delph deu um passo para frente.

"Ele está-tá d-d-dormindo?"

"Mais ou menos isso, Delph."

Deixei John e Delph e fui para o outro catre.

Minha mãe também estava pequena e encolhida, embora fosse tão alta quanto eu. Seus cabelos costumavam ser compridos e iluminados, e sempre esvoaçavam como se dançassem ao vento. Agora estavam cortados bem curtinhos, quase como uma segunda pele. O cobertor escuro cobria-lhe o corpo mirrado até o pescoço.

Ela também havia sido roubada de seu interior, e para ela também não havia remédio. Todos os medicadores concordavam nesse aspecto. Por isso, nunca quis essa profissão. Se não se podia curar quem realmente estava doente, qual o propósito de ser medicador?

Cheguei mais perto dela. Talvez por ser menina, sempre me sentia mais confortável com minha mãe. Nós conversávamos, mantínhamos segredos. Ela era minha amiga, me dizia coisas que eu precisava saber para sobreviver em Artemísia, mas eu também sentia que uma parte dela havia sido ocultada de mim.

Abri a mochila de novo e peguei uma garrafa de água. Espalhei um pouco em seu rosto e observei a pele molhada: em menos de um átimo, as gotas foram absorvidas. Não sei por que fiz isso, talvez para me convencer de que ela estivesse mesmo viva, de que realmente ainda havia alguém naquele corpo.

Olhei para John. Ele também amava nossa mãe, embora parecesse existir um elo especial entre pai e filho. Enquanto olhava-o, ele levantou a cabeça, e seus olhos passaram por ela, deitada, no catre. Tive a sensação de que o coração de John doía mais por vê-la deitada do que por meu pai. Fiquei surpresa. Aquele dia revelava várias surpresas em Artemísia, onde nada acontecia nunca, e a única certeza era de que o próximo dia seria idêntico ao anterior.

Delph chegou mais perto e olhou para minha mãe.

"Ela era mu-muito legal co-co-comigo", disse Delph.

"Eu sei, Delph. Era o jeito dela."

Ele esticou a mão, mas não encostou em minha mãe. Em vez disso, sua mão pairou bem acima de onde as gotas de água haviam sido absorvidas pela pele.

Vinte átimos depois, voltamos pelo corredor escuro e frio e chegamos à porta onde ficava Non. Preparei-me para os comentários estúpidos. *Por que você se dá ao trabalho de vir aqui? Seus pais estão melhores hoje? Como isso seria possível?*

Mas quando olhei para o final do corredor, não vi Non. Tive a sensação de que minha mente havia falhado por um instante, pois Non estava sempre ali. Sempre. Naquele momento, no entanto, havia outro wug.

Era um sujeito alto, avultado, corpulento. Parecia preencher todo o corredor com magnitude e seriedade. Sua túnica era bordô, o que denotava a posição que ocupava no Conselho: o cargo mais alto. Não havia ninguém acima dele.

Seu nome era Thansius. Em muitos aspectos, ele *era* o Conselho. Por comparação, Jurik Krone não passava de um mosquito no traseiro de um corcel. Eu nunca tinha visto Thansius de perto, pois ele não caminhava nas pedras, não trabalhava nas Chaminés, nem Moinho, nem como lavrador. Se Artemísia tinha um líder, esse líder era Thansius.

John e eu diminuímos o passo. Ele também tinha visto Thansius e deu um suspiro. E imaginei que o pobre Delph provavelmente desmaiaria.

Demoramos o dobro do tempo para atravessar o corredor do que quando chegamos. Mesmo assim, me parecia um tempo muito curto. Quando chegamos a Thansius, ele não se moveu. Estava apenas ali. Era mais alto do que Delph. Seus ombros, de tão largos, pareciam tocar as paredes do corredor. Dizia-se que, quando jovem, Thansius jamais havia sido superado em um Duelo. Ele conquistava todos naquela arena. Agora que era mais velho e presidente do Conselho, não competia mais. A impressão que tínhamos, no entanto, era de que ainda podia competir. E ganhar. De perto, a túnica bordô parecia um lençol coberto de sangue seco.

Quando abriu a boca, sua voz baixa, embora grave e elegante, ainda parecia frágil, em comparação ao corpo largo. Eu, no entanto, fui arrebatada por cada sílaba.

"Uma conversa, Vega Jane", disse ele. "Precisamos ter uma conversa."

QUATTUOR

Thansius

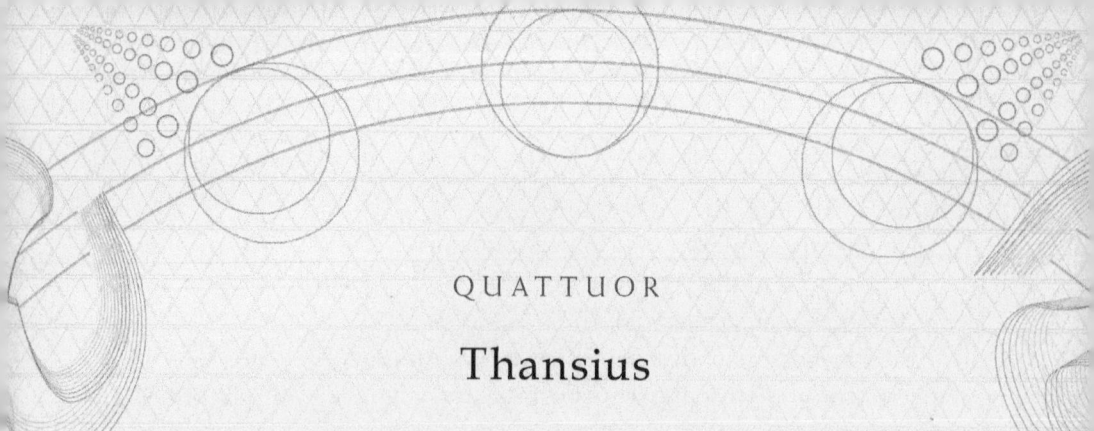

Em silêncio, John, Delph e eu saímos do Centro de Cuidados, atrás de Thansius. Na porta, nos deparamos com uma bela carruagem azul, puxada por quatro magníficos sleps. Sua plumagem cinzenta descia-lhes por todo o corpo até as seis patas longas e esguias. Dizia-se que os sleps já foram capazes de voar. Nunca acreditei nisso, embora eles tivessem uma leve reentrância no dorso, de onde antes talvez saíssem asas.

Um wug chamado Tomás Bogle cuidava da direção da carruagem. Ele parecia minha árvore, ereta, sentado na boleia.

Thansius se aproximou da carruagem e abriu a porta. Olhou para Delph.

"Pode ir andando, Daniel. Essa conversa é sobre assuntos particulares."

Delph saiu correndo. Suas pernas compridas o fizeram sumir de vista em poucos átimos.

Thansius nos conduziu para dentro da carruagem. Obedecemos. Não porque queríamos, mas porque era Thansius. Ele subiu logo depois de nós, tombando a carruagem para um lado só. Para provocar aquele efeito numa carruagem tão grande, ele devia ser muito pesado. Não que eu entendesse de carruagens. Na verdade, era a primeira vez que eu entrava numa delas.

Thansius se sentou diante de nós e endireitou o corpo, alisando a túnica com a mão. Depois virou-se para John com um olhar inquisidor.

Olhei para meu irmão, depois de novo para Thansius.

"Esse é meu irmão, John."

"Eu sei quem ele é", respondeu Thansius. "Estou pensando se ele precisa ou não ficar aqui."

Olhei de soslaio para as mãos de John porque senti que ele tinha sido tomado pelo medo.

"Estávamos visitando nossos pais", disse eu.

"Outro fato do qual eu também já tenho conhecimento."

De perto, Thansius parecia mais velho do que à distância. Mesmo que estivesse sentado na sombra, eu via seu rosto nitidamente. Tinha as feições pesadas, com marcas de preocupação e olhos pequenos envoltos por rugas. Todavia, mesmo com a barba cheia, seu rosto parecia muito delicado para o conjunto do corpo. Seus cabelos eram compridos e de uma tonalidade mista entre o creme e o grisalho, bem como sua barba, que parecia limpa e tinha o aroma de flores campestres. Em circunstâncias normais, eu adoraria aquele cheiro. Naquele momento, me deixava enjoada.

"Prefiro que ele espere lá fora", disse Thansius, finalmente.

"Eu gostaria que meu irmão ficasse", respondi, prendendo em seguida a respiração. Não tenho a menor ideia de onde tinha surgido minha atitude. Falar com Thansius era uma oportunidade única, mas *retrucar* Thansius era algo inconcebível.

Thansius inclinou a cabeça, olhando para mim. Ele não parecia furioso, apenas perplexo. E de Thansius eu preferia a perplexidade à fúria.

"E por quê?"

"Caso você me pergunte alguma coisa que diz respeito a ele. Assim não terei de repetir, pois tenho certeza de que minha eloquência jamais vai ser páreo para a sua, Thansius."

Disse isso com toda sinceridade do mundo. Thansius era um wug muito erudito, com habilidades comunicativas prodigiosas. Todos adorávamos ouvi-lo falar, mesmo quando não entendíamos o que dizia.

A perplexidade se transformou no esboço de um sorriso, depois seu rosto se transformou numa rocha.

"Quentin Herms", disse ele. "Não conseguimos encontrá-lo. Meu auxiliar, Jurik Krone, falou com você mais cedo sobre isso."

Concordei com a cabeça, sentindo o coração bater firme na minha caixa torácica.

Thansius tirou um objeto do bolso. Eu já sabia o que era antes de vê-lo: o anel de meu avô. Ao vê-lo assim, tão de perto, minha mente foi inundada por lembranças. Eu nunca tinha visto o desenho do anel em lugar nenhum, exceto no dorso da mão de meu avô.

Thansius ergueu o anel para que eu e John pudéssemos vê-lo direito.

"Tem um desenho bem interessante", disse ele.

"Você sabe o que significa?", perguntei.

"Não, não sei. Acho que ninguém saberia, além de seu avô. Virgílio era muito fechado em relação a essas questões." Ele guardou o anel no bolso e inclinou o corpo para frente. Seus joelhos largos encostaram nos meus, esqueléticos, quase esmagando-os. "Mas o anel foi encontrado na cabana de Herms."

"Eles eram amigos, então provavelmente meu avô deu a ele de presente", respondi.

"Em vez de dar para a própria família?", questionou Thansius, desconfiado.

"Como você disse, meu avô não falava dessas coisas com ninguém. Como saberíamos o que podia pensar ou fazer?"

Thansius pareceu refletir um pouco sobre minhas palavras. Depois disse-me:

"Quentin Herms lhe ensinava o ofício de finalizadora."

"Sim, é verdade. Ele me ajudou a aprender meu trabalho."

"Você gostava dele?"

Uma pergunta estranha, pensei, mas respondi verdadeiramente:

"Sim, gostava."

Mesmo assim, minhas entranhas se contorciam como vermes expostos ao sol.

Ele alisou a barba com a mão larga. Olhei bem para a mão dele. Era forte, mas macia. Ele devia ter trabalhado arduamente com as mãos no passado, mas não o fazia havia muitos ciclos.

"Não teve nenhuma notícia dele?", perguntou. "Nenhum indício de que ele possa ter ido embora...?"

Escolhi cuidadosamente as palavras.

"Que lugar existe para se *ir embora*?"

"Não deixou nenhuma mensagem para você?", perguntou, ignorando minha questão.

Avistei o perigo nos sinais corporais de Thansius, a mão recolhida quase em punho fechado, os músculos contraídos sob a túnica bordô. Franzi a testa e desejei que meu cérebro se esforçasse para dar a melhor resposta sem dizer nada de importante. A transparência era maravilhosa, mas só servia para as janelas.

"Não sei o que ele poderia deixar para mim." Isso também era a pura verdade. Eu não sabia o que ele tinha deixado para mim.

Thansius estudou cada uma de minhas palavras, ao que me parecia, como se fossem um quebra-cabeça que precisava ser montado. Olhou para o meu rosto com tanta tensão, que senti a pele derreter, abrindo caminho para que enxergasse minha alma.

Ele apoiou as costas no banco e olhou para o chão da carruagem por quase um átimo.

"Você e seu irmão podem ir agora."

Deveríamos ter saído naquele exato momento, mas eu precisava dizer algo. Por mais que metade de mim estivesse apavorada, a outra metade acabou me dando por vencida.

"Posso ficar com o anel, Thansius?"

Ele olhou para mim.

"O anel?"

"Sim. Era do meu avô. E como ele se foi, e meus pais estão, bem... nós somos os únicos familiares que restaram. Posso ficar com ele?"

Senti que John segurava o fôlego. Também segurei o meu, esperando a resposta de Thansius.

"Talvez em outra hora, Vega, mas não agora."

Ele abriu a porta da carruagem e acenou com a mão para que saíssemos.

Saltamos para fora o mais rápido que pudemos, embora John mal conseguisse mexer as pernas.

Vi que Thansius me olhava antes de fechar a porta da carruagem. Era um olhar enigmático, uma mistura de pena e remorso. Não consegui entender nenhum dos elementos. A porta então se fechou, Tomás Bogle sacudiu as rédeas, e a carruagem partiu, fazendo barulho.

Empurrei John na direção da hospedaria Loons.

Eu tinha muita coisa para fazer em muito pouco tempo. Sentia a cabeça girar com todas as coisas que me aguardavam. Eu estava mais empolgada e menos temerosa, sendo que menos empolgação e mais temor teria sido bem mais inteligente.

O tremor de John por causa do encontro com Thansius só passou quando chegamos na Loons. Não tenho certeza se o meu passou. Pelo menos eu não tremia internamente. Decidi me concentrar no que teria de fazer mais tarde.

Cacus Loon abriu a porta para nós. Suas sobrancelhas eram salientes, e ele não lavava o cabelo havia pelo menos um ciclo, talvez dois. As calças e a blusa estavam tão ensebadas quanto o cabelo, e ele tinha o hábito de ficar enroscando as pontas do bigode enorme, que parecia brotar de dentro das narinas largas. Cacus Loon era o gerente da hospedaria, embora o dono fosse Roman Picus.

Cumprimentei-o com a cabeça quando ele nos deu passagem. Era nítido que ele estava louco para saber alguma fofoca sobre Herms. Cacus nos seguiu até a sala principal do piso de baixo. Ela era ampla e continha uma longa mesa, onde fazíamos as refeições. As paredes eram formadas por toras de madeira, e as fendas entre uma e outra eram preenchidas com qualquer coisa que Cacus achasse conveniente. O assoalho consistia em tábuas de madeira irregulares, envergadas e carcomidas por cupim.

Adjacente à sala, ficava a cozinha, onde Héstia, esposa de Cacus, passava a maior parte do tempo realizando as tarefas pedidas pelo marido, como preparar refeições, lavar a louça e garantir que Cacus tivesse o que quisesse.

"Chaminés", disse Cacus, enquanto acendia o cachimbo, deixando a fumaça se espalhar bem alto.

Não olhei para ele. Estava andando em direção à escada para subir até nosso quarto. Nós dividíamos um quarto com outros wugmorts que roncavam e não se banhavam com frequência.

"Chaminés", repetiu. "Quentin Herms."

Olhei para ele, conformada por perceber que não nos deixaria em paz, até que suas perguntas fossem respondidas.

"Disseram que ele foi embora", continuou Cacus, tragando o cachimbo com tanta força, que a fumaça formava grandes névoas, quase ocultando-o de nossa visão. Pareceu que ele tinha entrado em combustão súbita, mas infelizmente não tive essa sorte.

"E para onde ele iria?", perguntei, inocente, adotando a mesma conduta que eu tinha adotado com Thansius, mas agora sem envolver as emoções. Cacus não passava de um palerma, por isso não chegava nem perto do desafio mental que Thansius representava.

"Você trabalha nas Chaminés."

"Mais de cem wugs trabalham nas Chaminés", disse. "Pergunte a eles."

Puxei John comigo pelas escadas. Felizmente, Cacus não nos seguiu.

DESCEMOS PARA O JANTAR quando a escuridão começava a cobrir Artemísia. Vinte e oito wugs já haviam descido para comer e estavam sentados à mesa. Eu e John nos espremermos nos últimos dois assentos, enquanto Héstia, baixinha e magrinha, corria de um lado para o outro com bandejas cheias de pratos, mas nos pratos havia pouca comida. Olhei para as duas jovens que trabalhavam na cozinha. Elas também eram baixinhas e magrinhas, e, por causa do fogão a lenha, tinham o rosto fuliginoso como o da mãe.

Elas não frequentavam o Preparatório. Primeiro por serem do sexo feminino, e, segundo, porque Cacus Loon basicamente não acreditava na educação. Uma vez me falaram que Cacus havia dito que não frequentou o Preparatório, e no entanto conseguia se virar. Para mim, isso já era motivo mais que suficiente para lermos religiosamente todos os livros que aparecessem em nossas mãos.

Cletus Loon estava sentado perto do pai. A cada dia, Cletus ficava mais parecido com ele, até nas pontas do bigode sobre os lábios. Ele era apenas dois ciclos mais velho do que eu, mas o rosto rechonchudo o fazia parecer ainda mais velho. Ele sempre tentava tirar vantagem de mim. Meu medo era de que abrisse os olhos e passasse a perseguir John. O fato de continuar atrás de mim mostrava que ele me temia, e o medo era algo excelente quando voltado para a direção certa.

Depois do jantar, o sol finalmente cedeu à escuridão. Eu e John fomos para o nosso quarto e entramos embaixo do cobertor, que havia muito tempo deixara de fornecer calor.

Esperei até ouvir o ronco dos outros, deslizei para fora da cama e vesti minha capa. Também peguei meu único pulôver e meu cobertor. Um átimo depois, eu já havia passado pela cozinha e saído pela porta dos fundos.

Fiz o possível para não ser seguida, mas, pelo que vi depois, eu deveria ter feito o impossível.

QUINQUE

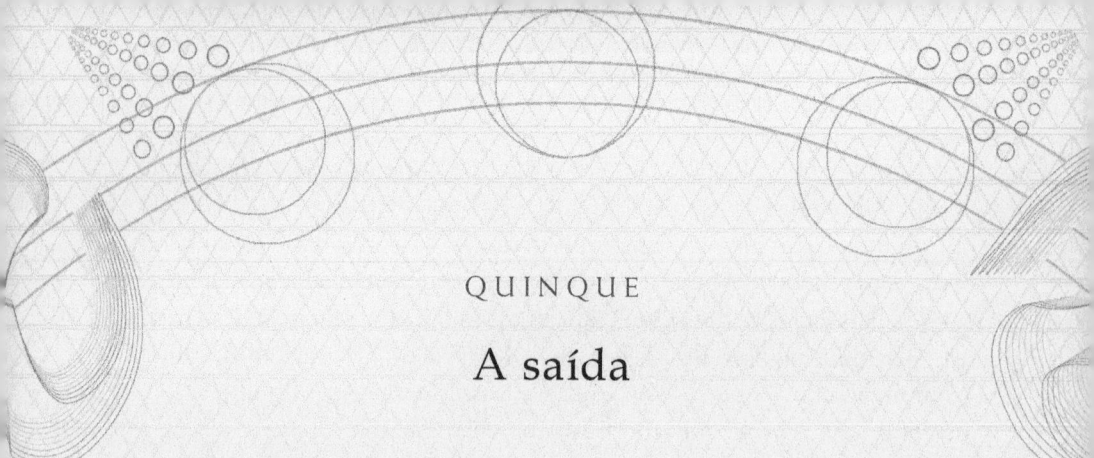

A saída

Eu GOSTAVA DA NOITE porque, na escuridão, podia fingir que não estava em Artemísia. Não sabia onde mais eu poderia estar, mas era inspirador imaginar um lugar que não fosse este.

Fazia frio, mas não o suficiente para que eu visse minha respiração enquanto caminhava. Eu havia enrolado o cobertor e o amarrado na cintura, com meu suéter. Se algum wug me visse e quisesse saber para onde eu ia, bastava dizer que dormiria na minha árvore.

O caminho até a árvore estava bem iluminado pela esfera leitosa no céu que chamávamos de noc, até que as nuvens a encobriram, e a escuridão tomou conta de tudo. Parei de andar e usei um dos três fósforos que tinha para acender um lampião que havia apanhado na Loons. Baixei a tampa e abri um pouco mais o anteparo externo para iluminar o caminho.

Foi quando ouvi um barulho. Todo ruído em Artemísia precisava ser levado em conta, principalmente à noite. Quando saíamos da parte calçada por pedras, era preciso redobrar a atenção. E naquela noite, havia mais algo ou alguém na rua. Virei o lampião na direção do som.

Enquanto esperava, coloquei a outra mão no bolso e agarrei uma faca pontiaguda que tinha conseguido nas Chaminés havia muito tempo. Ela cabia precisamente na minha mão, e eu conseguia manuseá-la com grande habilidade. Esperei, temerosa do que se aproximava e esperançosa de que fosse apenas Delph vagando por aí, como costumava fazer durante a noite.

Então senti um cheiro, confirmando que não se tratava de Delph.

Não consegui acreditar. Tão longe assim do Pântano? Aquilo nunca havia acontecido antes, mas aparentemente estava acontecendo naquele momento. Segurei a faca com força, mesmo sabendo que não serviria de nada, não contra o que se aproximava de mim. Minha mente se encheu de lembranças tão brutais, tão vigorosas e tão dolorosas, que senti os olhos marejarem, mesmo depois que me virei para fugir.

Descartei o lampião porque percebi que a luz era um atrativo, joguei sobre os ombros a corda que estava presa a ele e coloquei a faca no bolso, para libertar as mãos. Comecei a correr.

A criatura era bem mais rápida do que eu, mas eu tinha alguns átimos de vantagem. Segui o caminho intuitivamente, mas acabei virando no lugar errado e trombei com uma árvore. O erro me custou momentos preciosos, pois não demorou para a criatura me alcançar. Dupliquei meus esforços. Eu não ia morrer daquele jeito. Não ia. Meus pulmões se dilatavam ao máximo e meu coração batia tão forte, que parecia distender minha garganta.

Tropecei na raiz de uma árvore e me estatelei no chão. Virei-me e lá estava o animal, a menos de dois metros de distância. Era enorme, repugnante, e suas presas não eram o que tinha de mais aterrorizante. Quando ele abriu a mandíbula, concluí que só me restava um instante de vida, pois eu sabia o que sairia daquela abertura. Atirei-me para trás de um tronco grosso, um átimo antes de a labareda atingir o lugar onde eu estava. O solo ficou chamuscado, e senti uma onda de calor passando por todo meu corpo. Mas eu ainda estava viva, talvez não por muito tempo.

Ouvi a criatura dar uma longa inspiração, preparando-se para mais uma rajada de fogo, que certamente me engoliria. Restavam-me pouquíssimos momentos, e neles encontrei uma calma que não sei de onde surgia. Eu sabia o que tinha de fazer. E agora só me restava um átimo.

Saí de trás da árvore no momento em que a criatura terminava de tomar fôlego. Segurei a faca com toda força e finquei-a diretamente no olho da criatura. Infelizmente, ela ainda tinha mais três.

Enquanto o sangue jorrava do olho atingido e a criatura urrava furiosa, saí correndo outra vez. Aproveitei ao máximo os momentos preciosos que havia ganhado com o golpe. Corri como nunca havia corrido, nem quando os caninos tinham me perseguido ao nascer do sol.

Cheguei à minha árvore, segurei o primeiro degrau da escada de madeira e escalei, sã e salva.

O garme ferido, sentindo o cheiro de carne e sangue, se aproximava cada vez mais rápido – era como se voasse. Diziam que os garmes devoravam a alma dos mortos. Outros diziam que guardavam os portões do Inferno, para onde eram expulsos, por toda a eternidade, os wugs que se comportavam mal durante a vida.

Naquele momento exato, não me interessava qual teoria estava correta. Eu só não queria me tornar uma alma morta, ser mandada para o Inferno ou para outro lugar qualquer.

Eu odiava garmes com todas as minhas forças, mas era impossível lutar contra um deles e ter a esperança de vencer. Concentrada na fúria que comandava meus braços e pernas, escalei a árvore, mas talvez isso não bastasse. Eu conhecia seu tronco tão bem quanto as imperfeições de meu rosto. No entanto, na metade da subida, minha mão encostou em um objeto desconhecido. Agarrei o degrau seguinte e continuei escalando.

Senti que o garme estava praticamente em cima de mim. Era um animal gigantesco, com pelo menos quatro metros de comprimento e pesando quinhentos quilos. Expelia fogo por viver no Inferno, diziam, onde nada mais havia do que calor, chamas e a velha e mísera morte. Eu não queria sentir aquelas chamas no meu corpo. Ele se aproximava rápido, mas eu escalava mais rápido. O terror era capaz de incitar ações físicas extraordinárias. Cheguei ao último degrau, ainda escutando o som das garras na madeira. Senti que o calor subia para me alcançar. Parte de mim não queria olhar, mas olhei.

Lá em baixo, entre as chamas, avistei a couraça dura da cara do garme. Tinha o peito todo empapado de sangue, mesmo sem ter matado nada: de seu peito escorria sangue sem parar, como se fosse uma ferida constantemente aberta. Talvez fosse o motivo de seu humor ser sempre mortífero e desagradável. Com a língua fina e pontiaguda para fora, ele virou a cabeça na minha direção, olhando-me com os três olhos que restavam, frios e inertes. Famintos, perigosos, fatais. O quarto olho sangrava inexpressivo, ainda fincado pela faca.

Gritei para ele. Cuspi na direção dele. Eu queria matá-lo. Queria ter outra faca para atirar e atingi-lo bem no coração, mandando-o de volta para o Inferno por toda a eternidade.

Mas minhas ideias não tinham valor. Minha única redenção era saber que o garme, apesar de toda ferocidade e agilidade, não poderia escalar.

Ele deu um impulso e conseguiu sair alguns metros do chão, mas caiu de volta, atingindo o solo com um estrondo. Rugiu e lançou chamas para o alto, chamuscando a árvore e escurecendo a beirada de vários degraus de madeira. Mesmo que as chamas não pudessem chegar tão alto, eu saltei para trás. O garme bateu com o corpo contra o tronco, tentando derrubá-lo. A árvore chacoalhou por causa do golpe, e a lona que a cobria se desprendeu, provocando um desastre. Havia uma tábua solta, que foi puxada pela lona, virou para cima e me atingiu diretamente no rosto. Fui derrubada para trás e fiquei pendurada, segurando com as mãos trêmulas em um dos degraus estreitos. Meu peso quase arrancou-o do tronco. Aparentemente, apenas um prego o mantinha preso à árvore.

Enquanto meus dedos escorregavam da madeira, olhei para baixo. O garme estava apoiado nas patas traseiras, a menos de cinco metros de distância. Ele abriu a boca, preparando-se para soltar mais uma labareda que me transformaria numa casca tostada. Segurando o degrau apenas com uma das mãos, puxei a blusa e o cobertor da cintura, embolei os dois e arremessei-os dentro da boca aberta. O garme engasgou, tossiu e não soltou nenhuma chama. Pelo menos, não naquele momento.

Tomei impulso de novo com a outra mão e consegui escalar as ripas enquanto o garme urrava novamente, liberando outras chamas. Consegui senti-las roçar o tronco da árvore, subindo na minha direção. Saltei sobre o último degrau e me agarrei às tábuas do assoalho, ofegante, olhando para lugar nenhum, porque havia cerrado fortemente os olhos.

O garme tentou me alcançar de novo e caiu mais uma vez. Sua ferocidade inata era paralisante.

Um átimo depois, ele se virou e foi embora. Procuraria por uma presa mais fácil. Eu esperava que não encontrasse nenhuma, exceto Julius Domitar, Roman Picus ou o persuasivo Jurik Krone, em quem eu havia decidido não confiar, por causa da expressão obscura e hostil que ele mantinha nos olhos, e porque tinha dito que Quentin Herms havia transgredido as leis. Eu pagaria para vê-lo diante de um garme faminto, mas eles tinham armas que os garmes temiam, principalmente um longo cano de metal que atirava projéteis fatais. Nós a chamávamos de mortiço. Roman Picus havia matado um garme com uma daquelas armas, e, com a pele do animal, tinha feito as botas que usava. E diziam que Jurik Krone era o atirador de mortiços mais exímio de toda Artemísia, uma ideia que me deixava desconfortável.

Não se podia fazer muita coisa com um garme morto. A carne era venenosa. O sangue parecia ácido. Diziam que as garras matavam mesmo depois de o garme ser abatido, e que as chamas de seu interior nunca se apagavam. Por isso só se podia usar a pele.

Sentei-me no assoalho, respirando forte, deixando o terror fluir junto com a mera paranoia. Já quase não se podia avistar o garme. Eu mal conseguia enxergar suas chamas enquanto ele seguia na direção do Pântano. O que será que ele fazia por ali? Pensar no Pântano trazia Quentin Herms à minha mente. Ele havia dito que tinha deixado para mim algo que me libertaria. Algo que eu precisava encontrar.

Procurei na mochila à prova d'água que eu deixava pendurada em um galho. Não encontrei nada. Onde mais ele poderia ter deixado alguma coisa? Não havia outro lugar.

Olhei lá para baixo. Algo aguçava minha memória, mas eu ainda não sabia o que era. Procurei me lembrar da escalada, enquanto era perseguida pelo garme, e me lembrei.

Eu havia tocado em alguma coisa estranha.

Peguei o lampião e espiei pela beirada do assoalho. Não havia nada de diferente, exceto uma coisa: eu tinha pregado vinte ripas de madeira no tronco da árvore, e agora notava que havia vinte e uma.

Então foi naquilo que encostei. Uma ripa extra que não deveria estar ali.

Se eu estivesse certa, era porque Quentin havia sido brilhante. Se não havia percebido de imediato aquele novo degrau, quem perceberia? Talvez nem mesmo Thansius, por mais esperto que fosse.

Tremendo de emoção, desci até o degrau extra e examinei-o sob a luz do lampião. Felizmente, as chamas do garme não o haviam atingido. Ele parecia igual aos outros. Achei curioso, até que me lembrei de que Quentin era um finalizador de muitas habilidades.

Olhei para ver se havia alguma mensagem na frente, mas não encontrei nada. Afinal, uma mensagem tão nítida assim seria facilmente encontrada. Tentei puxá-lo, mas estava preso ao tronco. Comecei a me perguntar se Quentin era mesmo tão inteligente assim. Como eu conseguiria puxar a ripa de madeira sem cair e morrer lá embaixo?

Quando observei com mais atenção, percebi que a cabeça dos pregos não era exatamente o que parecia ser. Quentin havia pintado a madeira para dar a impressão de que estava pregada, mas então o que estava segurando o degrau? Tateei a beirada de cima da madeira e senti uma placa de metal sobre ela. Tateei por baixo e senti a mesma placa. Ela havia sido camuflada para que ficasse com o mesmo tom da madeira. Coloquei a mão na ponta do degrau e o puxei. Ele deslizou, desprendendo-se da tira de metal pelas laterais. O metal servia de trilho e apoio, para que a madeira deslizasse e fosse encaixada no lugar exato. Então, com a madeira solta, eu entendia que Quentin havia usado parafusos resistentes para prender o metal ao tronco.

A madeira era leve. Acho que era bom não ter pisado nela enquanto fugia do garme. Duvidava que suportaria meu peso.

Subi, apressada, até o topo da árvore e sentei-me sobre os calcanhares, colocando a madeira no colo. Virei-a ao contrário e lá estava: uma latinha pequena e achatada. Dentro, havia um pergaminho. Abri-o, perguntando-me como era possível ter cabido num espaço tão pequeno.

Iluminei-o com o lampião e segurei o fôlego. Era um mapa. Um mapa de algo que eu jamais havia pensado que poderia ser mapeado.

Era um mapa do Pântano.

Mais que isso, era um mapa com um caminho *através* do Pântano.

Quentin Herms havia me deixado uma saída de Artemísia.

Continuei sentada, olhando o pergaminho como se fosse tanto um saco de níqueis quanto um cesto de serpentes. Enquanto percorria com os olhos os detalhes dos desenhos e a precisão da escrita, fui tomada pela grandeza de toda aquela empolgação. Senti a pele latejar como se tivesse sido atingida por um trovão precedido de lanças que caíam do céu na forma de raios.

Quando será que ele havia colocado aquela madeira ali? Eu estava lá ao amanhecer, e só havia vinte degraus, eu tinha certeza. Eu tinha visto Quentin entrando no Pântano também ao amanhecer. Será que ele tinha voltado de lá para me deixar a mensagem depois que havia ido para as Chaminés? Se sim, por quê? E como ele havia conseguido sobreviver ao Pântano, antes de tudo?

No entanto, sem dúvida aquela mensagem era de Quentin Herms. Uma mensagem muito mais elaborada do que o bilhete enigmático que eu havia engolido nas Chaminés. Aquele mapa também podia ser interpretado como uma tentativa de contato, e Jurik Krone tinha me alertado especificamente sobre aquela questão. Se Quentin entrasse em contato, e eu não comunicasse ao Conselho, poderia ser mandada para Valhala. Durante quanto tempo, ele não tinha dito, mas mesmo um único dia e uma única noite naquele lugar macabro seriam mais que suficientes. E como era ilegal entrar no Pântano, certamente seria contra as leis guardar um mapa dele. Isso me colocaria em Valhala em menos tempo do que Delph levava para dizer "E aí, Vega Jane?".

Mas, para dizer a verdade, minha curiosidade superava o medo. Mexi no pavio do lampião, para aumentar a luz, e observei o mapa. O Pântano era um lugar incomensuravelmente enorme. Quentin não havia marcado as distâncias com precisão, mas tinha incluído no pergaminho uma área reservada para Artemísia. Estudei as duas regiões, uma ao lado da outra, e logo percebi que o Pântano era muito maior do que meu vilarejo. Também achei interessante o fato de que o mapa terminava no limite do Pântano. Se havia alguma coisa do outro lado, Quentin não sabia ou não tinha colocado no mapa por alguma razão.

Passei os olhos até o finalzinho do desenho e pensei num dilema óbvio. Todos os wugs sabiam que entrar no Pântano equivalia à morte certa, e eu jamais havia pensado em invadi-lo; mas, se sobrevivesse ao Pântano, aonde eu iria parar?

Sempre nos diziam que não havia nada do outro lado do Pântano. Na verdade, sempre nos diziam que não existia outro lado. Que eu soubesse, se atravessássemos o Pântano, cairíamos no esquecimento de um abismo. Mas mesmo que eu tivesse vontade de partir, não poderia por causa do meu irmão e dos meus pais. Na mensagem, Quentin dizia que eu podia escapar dali se tivesse vontade. Bom, eu não estava certa se tinha ou não vontade, mas abandonar minha família não era uma opção. Então, a resposta mais fácil seria destruir o mapa, uma vez que eu jamais o usaria. Talvez fosse melhor destruí-lo naquele exato instante.

Abri o anteparo de vidro do lampião e estendi o mapa sobre a chama, mas minha mão não se moveu. Não consegui encostar o pergaminho no fogo.

Você nunca vai conseguir atravessar o Pântano, Vega, então qual é o problema? Queime-o de uma vez. Se alguém encontrar esse mapa com você, sua punição será Valhala! Não corra esse risco.

Mesmo assim, minha mão não se movia. Era como se uma corda invisível a mantivesse imóvel. Lentamente, afastei o mapa do fogo e pensei no que fazer. Eu tinha de destruir o mapa, mas como poderia destruí-lo e guardá-lo ao mesmo tempo?

Desviei o olhar para a mochila pendurada e peguei dentro dela uma caneta. Eu a guardava ali porque costumava desenhar na madeira coisas que via do meu mirante: pássaros, nuvens, a copa de árvores imensas na altura dos olhos. Mas transferir o mapa de um pedaço de pergaminho para outro não era a solução para meu dilema.

Até que tive outra ideia.

Precisei de algum tempo, um pouco de contorcionismo e uma grande quantidade de tinta, mas quando terminei, ergui o mapa e encostei a ponta na centelha do lampião, até começar a pegar fogo. Soltei-o no ar e deixei que caísse no assoalho enquanto as extremidades se enrugavam e escureciam. Em menos de um átimo, o mapa se transformou em cinzas levadas pela brisa, desaparecendo no ar.

Desci a escada, segurando o degrau falso, encaixei-o de volta no trilho de metal e continuei a descida. Pisei no solo e olhei em volta, temendo ver o garme de novo, mas não senti seu cheiro, nem sequer o vi. Talvez tivesse voltado para o Inferno. Desejei de todo coração que permanecesse lá.

Agora eu tinha um mapa que jamais poderia usar para sair dali, mas também tinha outra coisa: um mistério em torno de um anel que havia pertencido a meu avô. Não era uma mera curiosidade, embora a minha fosse maior do que da maioria dos wugs. O mistério tinha a ver com minha família, com minha história, e, por isso, acabava tendo a ver comigo.

SEX

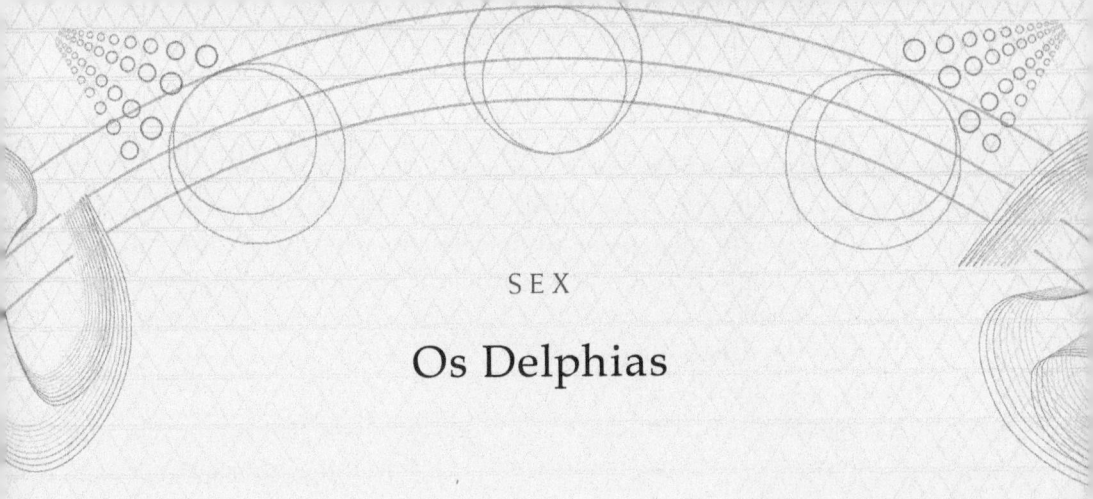

Os Delphias

No dia seguinte, eu e John descemos para lavar o rosto, as mãos e as axilas, usando água da torneira atrás da Loons. Tomei cuidado para a água não apagar a tinta do mapa que tinha desenhado com tanto esmero no corpo, enquanto estava na árvore. Fui fiel na reprodução de cada detalhe, porque sabia que Quentin era um wug metódico. Ele incluiria apenas os detalhes necessários, e eu queria muito estudá-los por completo, ainda que jamais fosse me aventurar no Pântano. Por mais que eu sempre soubesse da existência daquele lugar, ver detalhes como os que estavam no mapa era como aprender sobre um mundo totalmente novo, quando eu pensava que nada existia além do nosso.

Depois, nós comemos. Ou melhor, John comeu. Eu já havia colocado minha primeira refeição do dia na lata que guardava embaixo do catre. Conhecia a maioria dos caixeiros das lojas e usava coisas legais que eu mesma fazia com sucatas nas Chaminés, para trocar por comida e outras coisas de que precisasse.

Alguns átimos depois, dois outros wugmorts se juntaram a nós na mesa. Selena Jones tinha 30 ciclos de idade, mas parecia mais nova. Tinha os cabelos loiros e o rosto largo, sem rugas e basicamente inexpressivo nas primeiras luzes do dia. No entanto, ela transmitia paz com o olhar e parecia totalmente satisfeita com a vida que levava. Cuidava de uma loja na Rua Principal, especializada em produtos relacionados à observação da noc e previsões futuristas.

O outro wugmort sentado à mesa era Ted Racksport, de 34 ciclos. Engenhoso e empreendedor desde os primeiros dias de vida, ele era o dono da única loja em Artemísia que vendia mortiços, além de outras armas. Ted era um pouco mais alto do que eu, tinha ombros largos, pernas grossas, tórax abarrilado, rosto achatado, lábios ressecados, alguns pelos no queixo pouco saliente, cabelos longos e ralos, amarrados atrás da cabeça com uma tira de couro, e quatro dedos na mão direita. Diziam que um filhote de garme lhe havia arrancado um dos dedos enquanto tentava caçá-lo.

Ele era um wug trabalhador, mas não era agradável. Para minha felicidade, dormíamos em quartos separados. Ele tinha um eterno cheiro de suor, metal e pólvora, substância que dava aos mortiços sua força mortal. Eu já tinha visto um tiro de mortiço uma vez. Atravessou uma madeira grossa e o susto quase havia me mandado para o Solo Sagrado, onde repousavam os mortos. O olhar de Ted dava a entender que ele sabia do poder que tinha e era feliz por ninguém mais tê-lo.

Fiquei aliviada quando John terminou de comer e saímos. Nós nos separamos ao chegar à porta do Preparatório.

"Venho te buscar quando sair das Chaminés", disse eu.

Eu dizia isso para John todas as manhãs para que ele não tivesse com que se preocupar. Ele sempre respondia: "Eu sei que você vem."

Mas dessa vez ele não disse nada. Em vez disso, perguntou-me:

"Tem certeza de que vai voltar para me buscar?"

Olhei para ele, boquiaberta.

"Por que está me perguntando isso?"

"Aonde você foi ontem à noite?"

"Fui para a árvore."

"Por quê?"

"Para pensar. E precisei de uma coisa que tinha deixado lá."

"O quê?"

"Entre, John. Eu venho buscá-lo. Prometo."

Ele entrou no Preparatório, mas continuou olhando para mim. Senti vários níveis de culpa por mentir para meu irmão, mas eu não podia dizer mais nada. Para mantê-lo em segurança, eu precisava guardar segredo.

Virei de costas e saí em seguida. Tinha algo de importante para fazer naquela manhã. Precisava ver Delph.

A cabana dos Delphias ficava ao sul de Artemísia, e o caminho seguia reto até chegar a duas árvores grandes, com folhas avermelhadas permanentes. Ali virava-se à esquerda e descia-se por uma estradinha de terra que se enredava pela floresta. Enquanto caminhava apressada, olhei para mim mesma, verificando se eu havia coberto as pernas, os braços e a barriga, onde o mapa estava desenhado, e dobrei a velocidade, correndo até sentir a respiração ofegante.

Quando cheguei perto da cabana, diminui o ritmo da corrida para uma caminhada acelerada. Duf era pai de Delph, seu único parente vivo. Diferente de Delph, Duf era baixo, não devia medir mais que um metro e vinte. Levando em consideração a altura de Delph, sempre achei que sua mãe devia ter sido muito alta. Ela morreu quando Delph nasceu, então nenhum de nós chegou a conhecê-la.

A cabana de Duf não era comum, pois não era feita de madeira, pedra, nem nada parecido, mas sim de coisas que os wugs jogavam fora. Tinha a forma de uma bola gigantesca, com uma porta quadrada feita de metal pesado, presa com dobradiças grossas de latão. Perto da cabana, havia uma abertura que Duf e Delph tinham cavado numa encosta. Duf guardava lá seu material de trabalho.

Duf era adestrador, um dos melhores de Artemísia. Bem, na verdade ele era o único adestrador de Artemísia; mas, mesmo assim, era muito bom. Os wugs levavam seus animais até ele, que os ensinava a fazer o que os donos quisessem. Ele tinha um grande cercado de madeira, dividido em várias repartições, onde os animais eram mantidos separados uns dos outros.

Quando terminei de atravessar o caminho e cheguei à cabana, parei para observar os animais que estavam com Duf no momento. Havia um jovem slep, o que me fazia pensar que Thansius logo substituiria aquele que puxava sua carruagem. Também havia um adar, mais alto do que eu, com asas duas vezes maiores do que minha altura. Os adares costumavam carregar coisas e realizar tarefas aéreas para seus donos. Entendiam o que os wugs diziam, mas tinham de ser treinados para obedecer. Também eram capazes de repetir palavras, se fossem ensinados, o que podia ser tanto útil quanto uma chatice. Para não sair voando, o adar estava preso por uma perna a uma estaca cravada no chão.

Também havia um filhote de uíste, com menos de cinco quilos, pelagem cinzenta e carinha assustada. Aquele cão, depois de adulto, seria maior do que eu, mas levaria pelo menos meio ciclo para isso acontecer. Os uístes gostavam naturalmente de passear, e eram tão rápidos, que conseguiam deixar quase tudo para trás, inclusive garmes e seus primos mais cruéis, os amaroks.

Então avistei a maior criatura no cercado. O creta já devia estar com meia tonelada, embora ainda não fosse totalmente adulto. Tinha chifres que se cruzavam na frente do rosto, cascos enormes do tamanho de um prato, e uma cara que nenhum wug gostaria de ver diante de si. Ele era mantido em um outro curral mais para o fundo, onde a madeira era bem mais grossa. O espaço era pequeno para que o creta não conseguisse tomar impulso e saísse correndo, derrubando todas as cercas. Ele seria treinado para puxar o arado dos lavradores e carregar sacos de farinha nas costas, no Moinho. Ele parecia saber que sua situação de vida seria aquela, pois não parecia muito feliz enquanto remexia o chão com a pata, naquele cubículo.

"E-e-e aí, Vega Jane?"

Virei-me e vi Delph se abaixando para sair do buraco na montanha. Caminhei até ele enquanto seu pai saía da cabana.

Duf usava botas cobertas de terra, e suas roupas também não estavam limpas. Na cabeça, usava um chapéu de feltro encardido, com cordões nas laterais amarrados embaixo do queixo. Imaginei que servissem para evitar que o chapéu fosse levado por uma ventania ou arrancado por animais temperamentais durante o treinamento. As mãos, o rosto e os braços expostos eram cheios de cicatrizes e contusões de inúmeros confrontos com os animais.

"Bom dia, Vega", disse Duf. Ele tirou um cachimbo do bolso da camisa, encheu-o de fumo, acendeu-o com um fósforo de madeira, que carregava atrás da orelha, e deu algumas tragadas para fortalecer a chama. Seu rosto, além das cicatrizes, trazia marcas de queimadura do sol e do vento. Ele não era tão velho, mas a barba era grossa e tinha mechas grisalhas. Não era nada fácil a vida dele.

"Olá, Duf."

"O que faz aqui tão cedo?", perguntou, curioso.

"Queria falar com Delph. Aquele slep é para o Thansius?"

Duf assentiu, depois apontou com o cachimbo para o creta.

"Aquele canalha ali tá me dando um trabalhão. Teimoso que só. Mas os cretas sempre são. Chegou um adar outro dia, mas esses, quando aprendem a falar direito, não param nunca, parecem um bando de lavadeiras. Mas para ele já tem um lugar tranquilo. São bichos bons. Leais, apesar de tagarelas."

"Eu t-também seria t-t-teimoso se-se-se soubesse que passaria a vida inteira ca-carregando coisas na-nas c-costas."

"Acho melhor você conversar com Delph", disse Duf. Depois, apanhou uma rédea de couro e saiu andando para o cercado.

Observei-o durante alguns átimos e depois me virei para Delph.

"Preciso falar com você sobre algo importante. E você não pode contar para ninguém. Promete?"

Ele não parecia me escutar. Olhou para a noc, que ainda brilhava no céu cada vez mais claro.

"Q-qual deve ser a d-distância d-daqui até lá?"

Olhei para a noc, frustrada.

"Que diferença isso faz? Nós nunca vamos chegar lá."

"M-mas ela p-prova, n-não é?"

"Prova o quê?"

Senti que Delph ia me deixar zonza.

"N-não existe s-só nós, n-não é?"

"Por quê?", perguntei no que só podia ser descrito como um sussurro, um sussurro intenso, pois estava sentindo coisas que nunca havia sentido antes.

Delph, aparentemente, não percebeu a batalha que acontecia dentro de mim.

"Não po-podemos existir só n-nós. P-por que, sabe? Só A-Abs-Artemísia?" Ele deu de ombros e sorriu. "N-ñ-ñão f-faz sentido, n-não é? Só i-isso? N-não vejo droga de s-sentido."

Como ele parecia introspectivo, resolvi fazer uma pergunta, em vez de falar sobre Quentin.

"O que aconteceu com você, Delph?", perguntei. "Quando você tinha 6 ciclos de idade?"

Ele inclinou imediatamente os ombros para frente, franziu o rosto e não olhou para mim.

"Desculpe", disse eu. "Não é da minha conta, na verdade." Mas minha maior esperança era a de que ele tocasse no assunto.

"Eu g-g-gostava do V-Virgílio", murmurou ele.

"Ele também gostava de você", falei, surpresa pelo nome do meu avô ter surgido na conversa.

"O... Ev-Evento."

A cabeça dele, de repente, pareceu pequena para tudo o que acontecia em sua mente.

"O que tem o Evento?", perguntei, confusa com a declaração.

"Eu... Eu v-v-vi."

Foi então que concluí que o que acontecido com Delph coincidia com o Evento do meu avô.

"Como assim, você viu?", perguntei, com a voz cada vez mais alta, tomada pelo medo e pela surpresa.

"V-vi", repetiu.

"O Evento!", disse eu, aumentando o tom mais do que deveria. "O Evento dele!"

Olhei rapidamente para Duf, que ainda estava cuidando do slep. Ele olhou na minha direção, mas logo voltou a se concentrar no que fazia.

Delph assentiu sem dizer nada.

Com a voz baixa, perguntei:

"O que aconteceu?"

"O Evento. O Evento a-a-aconteceu."

"Ninguém nunca viu um Evento, Delph". Tentei desesperadamente não deixar que o pânico transparecesse em minha voz. A última coisa que eu queria era assustar Delph.

"Eu v-vi", disse ele, com a voz baixa e trêmula.

"Você se lembra do que aconteceu?", perguntei com a maior calma possível, embora ainda sentisse o coração palpitar dentro do peito. Doía. Na verdade, doía.

Delph balançou a cabeça.

"Eu... Eu n-não me lembro, Ve-Vega Jane."

"Como assim você não se lembra?", questionei.

"Não é nada bom testemunhar um Evento, Vega Jane", disse ele, tão claro quanto a luz do sol. A tristeza de sua resposta aumentou a dor no meu coração. Por mais que suas palavras fossem simples, acho que nunca tinha visto Delph falar com tanta eloquência. Ele pôs a mão na cabeça. "Não faz bem aqui." Depois colocou a mão no peito. "Nem aqui."

Meu coração se encheu de compaixão por ele, mas o que disse em seguida foi motivado pela cabeça, não pelo coração:

"Como você pode dizer isso, se não se lembra do que viu?"

Eu havia levantado a voz outra vez e percebi que Duf olhou para nós com expressão de preocupação. Olhei de volta para Delph e baixei a voz.

"Você entende por que preciso saber? Sempre me disseram que ele havia sofrido um Evento e que não tinha restado nada dele."

Delph pegou uma pá e a cravou no chão. Segurava o cabo de madeira com tanta força, que suas mãos ficaram vermelhas.

"N-não p-posso dizer nada", respondeu finalmente. Ergueu a pá cheia de terra e a despejou perto do buraco.

"Por que não?"

Foi então que escutei as rodas girando. A carruagem de Thansius surgiu na curva da estradinha. O mesmo wugmort desprezível conduzia as rédeas. Tomás Bogle era motorista de Thansius desde minha mais remota lembrança. Usava uma capa preta, tinha os ossos das mãos calejados, e seu rosto dava a impressão de que havia morrido havia muitos ciclos. A pele pálida e flácida pendia das bochechas, como um retalho de pergaminho, enquanto ele olhava para o flanco brilhoso dos sleps.

A carruagem parou perto do cercado, e a porta se abriu.

Suspirei quando a vi.

SEPTEM

Morrígona

MORRÍGONA ERA A ÚNICA mulher no Conselho. Em Artemísia, ela era *a* wug. Mais alta do que eu, mais esbelta, mas não delicada, pois seus braços e ombros eram fortes. Seus cabelos eram vermelho-sangue, mais avermelhados do que a capa de Thansius. Veio andando a passos largos para onde estávamos eu e Delph.

Estava toda vestida de branco. Seu rosto, sua pele e sua capa eram impecáveis. Nunca vi um wug mais limpo do que ela, em toda minha vida. Contraposto à capa branca, o cabelo vermelho era uma visão deslumbrante.

Os wugmorts respeitavam profundamente Thansius.

Os wugmorts amavam carinhosamente Morrígona.

Eu mal podia acreditar que ela estivesse ali. Olhei para Delph, que parecia ter engolido um creta inteiro. Olhei para Duf. Ele ainda segurava a corda, mas parecia ter se esquecido do jovem slep amarrado na outra ponta. O slep relinchou ao ver seus colegas maduros e imaginar seu próprio futuro, pensei.

Fiz a única coisa que podia. Virei-me para Morrígona e esperei que falasse. Ela estava ali para ver Delph? Duf? Ou eu?

Analisei seu rosto. Se em Artemísia houvesse a perfeição absoluta, eu estava olhando para ela. Senti meu rosto enrubescer sob a poeira que o cobria. Senti-me envergonhada por não estar mais limpa e mais bem apresentável.

A maioria dos wugs não passa de mais do mesmo; era difícil distinguir um do outro. Mas não Morrígona. Percebi seu olhar voltado para mim e tive de desviar o meu. Eu me sentia indigna de trocar um único olhar com ela.

Morrígona sorriu para Duf, que soltou a corda e caminhou na direção dela, dando passos hesitantes. Delph não se moveu. Talvez seus pés estivessem no buraco que ele cavava. Apesar de todo seu tamanho, agora ele parecia pequeno e insignificante.

"Bom dia, sr. Delphia", disse Morrígona, em tom suave. "Que espécime esplêndido esse slep. Estou ansiosa para ver mais um exemplo de sua incomparável habilidade, quando ele estiver nos arreios."

Sua fala era tão perfeita quanto ela. Eu queria falar daquela maneira. Claro que isso nunca aconteceria. Eu não sabia a idade de Morrígona, mas não acreditava que seu Preparatório tivesse durado apenas doze ciclos.

Aproximou-se de Delph e colocou-lhe a mão sobre o ombro.

"Daniel, ouço apenas coisas boas sobre seu trabalho no Moinho. Valorizamos muito sua força prodigiosa. E se isso for possível, acho que você cresceu um pouco mais desde a última vez em que nos vimos. Tenho certeza de que seus rivais no próximo Duelo vão tremer só de ouvir isso."

Entregou três níqueis a Daniel, enquanto eu, surpresa, a observava.

"Pelo trabalho que o senhor fez recentemente em minha casa, Daniel. Acho que me esqueci de lhe pagar."

Delph assentiu levemente, envolvendo os níqueis com os dedos grandes e colocando-os no bolso. Depois, continuou parado como um grande bloco de ferro, sentindo-se nitidamente desconfortável.

Morrígona se virou e se aproximou de mim. Pelos seus olhos, percebi que eu era o motivo de sua presença, o que significava que eu havia sido seguida. Minha mente girou, pensando nas possibilidades e armadilhas, e eu acreditava que ela tivesse percebido tudo aquilo na expressão do meu rosto. Levantei a cabeça e tentei sorrir, mas os wugmorts tinham tão poucos motivos para sorrir, que me senti fora de prática, com os lábios tensos.

"Vega, que surpresa agradável encontrá-la aqui tão cedo", disse ela. A afirmação era bastante inócua, embora o tom questionador demonstrasse seu desejo de saber o motivo de minha presença ali.

"Eu queria conversar sobre uma coisa com Delph", consegui responder.

"É mesmo, sobre o quê?", perguntou Morrígona. Suas palavras foram ditas sem pressa, mas senti o tom de urgência por trás delas.

Sabia que, se hesitasse, ela perceberia minha mentira, mas embora Morrígona pertencesse às elites de Artemísia e eu a respeitasse profundamente, pouquíssimos wugmorts podiam mentir tão bem quanto eu. O segredo era unir uma verdade a uma mentira, que soava melhor assim.

"Ontem dei minha primeira refeição ao Delph. Ele prometeu me dar a dele hoje."

Olhei para Delph. Morrígona também.

Delph agarrou a pá, como se fosse a única coisa que o sustentasse sobre o chão. Preparei-me para ouvi-lo dizer algo estúpido e arruinar minha mentira perfeitamente boa.

"N-não consegui comida para V-V-Vega Jane", gaguejou Delph.

Olhei de novo para Morrígona.

"Tudo bem. Tenho algo para comer antes de ir para as Chaminés."

Morrígona pareceu satisfeita com a resposta.

"Você é famosa por fazer coisas belas. Tão belas quanto as fazia Quentin Herms, acredito."

Fiquei decepcionada com Morrígona por usar uma tática tão óbvia. Quando olhei para ela com mais atenção, percebi que franzia de leve o canto esquerdo da boca. Ela não esboçava um sorriso, ao contrário. Por alguma razão, isso me acalmou.

"Quentin Herms se foi", disse eu. "Ninguém em Artemísia sabe onde ele está. Pelo menos, foi o que me disseram."

"Você esteve em sua árvore na noite passada", disse Morrígona.

Minha suspeita de ser seguida tinha acabado de se confirmar.

"Vou para lá com frequência", respondi. "Gosto de pensar."

Morrígona se aproximou um pouco mais.

"Você pensa em Quentin Herms? Ficou triste por ele ter nos deixado?"

"Eu gostava de trabalhar com ele. Era um bom wugmort. Ele me ensinou a ser finalizadora, então sim, fiquei triste. Também não entendo para onde ele pode ter ido."

"Você não tem nem ideia?"

"Que lugar existe para se ir além de Artemísia?", perguntei, usando de novo a mesma tática que tinha usado com Thansius. No entanto, a resposta de Morrígona me pegou de surpresa.

"Existe o Pântano", disse.

Duf respirou fundo e exclamou:

"Quentin Herms não é tolo. Por quê, em nome de toda Artemísia, ele iria para o Pântano? Balelas, acredite."

Apreensivo, Duf olhou para Morrígona, perdendo a expressão que antes estampava-lhe o rosto. Tirou o chapéu velho e manchado, revelando o cabelo sujo e grisalho, e seu rosto assumiu uma expressão de vergonha. "Perdoem meu linguajar, é... moças", disse, desastrado.

Morrígona continuou olhando para mim, aparentemente esperando minha resposta ao seu comentário.

"Ir para o Pântano significa morte", disse eu, lembrando-me do olhar no rosto de Quentin Herms enquanto corria para dentro do Pântano.

Ela assentiu, mas não parecia satisfeita com minha declaração, o que me deixava confusa.

"Então você nunca se aventurou perto do Pântano?", perguntou.

Não disse nada por um átimo: por mais que eu não tivesse problema em mentir, não queria usar minha habilidade sem necessidade. Não tinha nada a ver com aspectos morais, mas tudo a ver com não ser pega.

"Nunca perto o bastante para ser atacada por alguma besta que se esconda por lá."

"Mas meu colega Jurik Krone disse que você esteve na fronteira com o Pântano no último alvorecer."

"Eu ouvi gritos, vi caninos e membros do Conselho. Acabei seguindo-os por curiosidade e também para saber se eu podia ajudar de alguma maneira. Quando me dei conta, estávamos perto do Pântano."

"E você disse para Jurik que não viu nada, nem ninguém?"

"Porque não vi", menti. "Agora eu sei que eles estavam atrás de Quentin, mas ainda não entendi o motivo." Eu queria que Morrígona continuasse falando, pois talvez eu conseguisse descobrir alguma coisa importante. "Por que eles o estavam seguindo?"

"Boa pergunta, Vega. Infelizmente, não posso responder."

"Não pode ou não vai?", perguntei, só depois percebendo o que havia dito.

Duf e Delph seguraram o fôlego, e senti escutar Delph sussurrando algum alerta para mim. Morrígona não respondeu. Em vez disso, fez um movimento com a mão. Ouvi o ruído das rodas da carruagem. Bogle guiou os sleps e o veículo apareceu novamente.

Morrígona não subiu na carruagem de imediato. Seu olhar permanecia fixo em mim.

"Obrigada, Vega Jane", disse ela, falando meu nome completo, como Delph fazia o tempo todo.

"Sinto não ter ajudado muito."

"Você ajudou mais do que imagina", disse. Por algum motivo, seu sorriso agridoce fez meu estômago revirar.

Ela desapareceu dentro da carruagem. Em menos de um átimo, já havia partido.

"Rá", arfou Duf.

Era impossível não concordar com ele.

OCTO

Dentro de um livro

Q UANDO ME VIREI para Delph, ele já havia saído. Olhei para Duf, que continuava boquiaberto, voltado para onde tinha estado a carruagem.

"Para onde foi Delph?", perguntei, sem fôlego.

Duf olhou em volta, balançando a cabeça.

"Moinho, provavelmente."

"Que tipo de trabalho Delph fez para que Morrígona lhe pagasse em níqueis?", perguntei.

Duf olhou para o chão, batendo numa pedra com a ponta da bota pesada.

"Carregando peso, acho eu. Delph faz isso muito bem. É forte como um creta."

"Hum", respondi, tentando pensar no que Delph realmente tinha feito para ganhar aqueles níqueis.

"O que aconteceu com Delph quando ele tinha 6 ciclos, Duf?"

Ele imediatamente desviou o rosto. Parecia olhar para o slep, mas eu sabia que não estava.

"É melhor você ir para as Chaminés, Vega. Se outro wug não aparecer a tempo de carimbar a mão, sabe-se lá o que vai fazer Julius, aquele imbecil insuportável."

"Mas, Duf?"

"Ande logo, Vega. Aconteceu bulhufas. Deixa para lá."

Duf não esperou eu dizer mais nada, simplesmente saiu andando. Ainda fiquei um pouco ali, pensando no que fazer. Chutei alguns amontoados de terra para dentro do buraco. Delph podia ter ido embora, mas ainda me restava tempo antes de ir para as Chaminés. Pensei rapidamente no que fazer.

Eu iria até a cabana de Quentin Herms.

O céu estava coberto de nuvens, como um cobertor de algodão. Imaginei que as chuvas viriam logo, pois eram comuns naquela época do ciclo. E quando chegavam, demoravam bastante para cessar. Pensei em Quentin atravessando o Pântano escuro e sentindo as gotas frias e úmidas caindo do céu, mas talvez Quentin já estivesse morto. Talvez o Pântano tivesse feito jus à sua reputação.

Apertei o passo, imaginando que Julius Domitar estaria vigiando para flagrar quem não chegasse no horário. Segui apressada, tentando ver ou ouvir quaisquer sinais de Tomás Bogle e da imponente carruagem azul. O que será que eu tinha dito para Morrígona pensar que fosse alguma coisa útil? Ela era tão inteligente, que talvez tivesse percebido algo no que eu não havia dito.

Comecei a andar mais devagar. Faltavam poucos metros para chegar à cabana. Decidi me aproximar não pela porta da frente ou de trás, mas pelo lado direito. Ali era mais escondido, com arbustos e algumas árvores tão grandes, quanto meu álamo. O pequeno canteiro de grama que constituía a propriedade de Quentin era cercado por uma mureta baixinha de pedras empilhadas. Pulei a mureta e pisei de leve na grama. Escutei os pássaros nas árvores e pequenas criaturas perambulando pelos arbustos. Não ouvi nenhum ruído de rodas de carruagem.

Mas isso não me deixava menos desconfiada. Nem com menos medo. Mas engoli o temor e segui adiante, andando devagar e abaixada. Pensei no que poderia acontecer comigo se eu fosse pega ali. Eles pensariam que eu estava de conluio com Quentin, que o havia ajudado a transgredir sabia-se lá que regras ele havia transgredido. Também me prenderiam por invadir sua cabana, e eu seria mandada para Valhala. Wugmorts conhecidos cuspiriam em mim e me xingariam pelas grades, enquanto Nida e o chacal negro observariam.

Atravessei, apressada, outro murinho de pedra e me joguei ao chão. Bem na minha frente estava a cabana. Era feita de madeira e pedras, com as janelas sujas. A porta dos fundos estava a poucos metros de distância. Corri até uma janela na lateral e espiei lá dentro. Estava escuro, mas consegui ver alguma coisa pressionando o rosto contra o vidro.

A cabana tinha apenas um andar. Daquela janela, era possível avistar quase todo seu interior. Dirigi-me à outra janela, de onde imaginei conseguir enxergar o cômodo que faltava. Era o quarto de Quentin, embora houvesse apenas um catre com um travesseiro e um cobertor. Olhei em volta e não vi roupas. O velho par de botas que ele sempre usava nas Chaminés também não estava ali. Talvez por isso o Conselho tivesse concluído que ele tinha ido embora espontaneamente. Ele havia levado as roupas. Um wug não fazia aquilo depois de devorado por um garme ou de ter sofrido um Evento. Tentei me lembrar se Quentin carregava uma mochila quando o vi entrando no Pântano, mas não tive certeza. Eu só havia visto o rosto dele.

Respirei fundo de novo e segui até a porta dos fundos. Estava trancada, o que não me surpreendia. Venci a fechadura com minhas pequenas ferramentas. Estava me tornando uma infratora extraordinária. Entrei e fechei a porta da maneira, o mais suave que consegui. Mesmo assim, ela fez um ruído que parecia um creta sendo arremessado contra um muro. Meu corpo todo tremia, e sentir tanto medo me deixava envergonhada.

Endireitei o corpo, respirei fundo de novo e me livrei dos tremores. Eu estava na sala principal da cabana de Quentin. A sala também funcionava como biblioteca, pois havia alguns livros na estante. Também era sua cozinha, pois havia um fogareiro e, sobre ele, um bule escurecido. E também era ali que ele fazia suas refeições, pois havia uma mesinha redonda com uma cadeira. Sobre ela havia uma colher, garfo e faca, todos de madeira, dentro de um prato de cobre. Tudo limpo e organizado, como era meu amigo.

Enquanto meus olhos se acostumavam com o ambiente pouco iluminado, concentrei-me primeiro nos livros. Não havia muitos, mas poucos livros já eram mais do que tinha a maioria dos wugmorts.

Puxei um deles. O título era *Engenharia através dos ciclos*. Olhei as páginas, mas as palavras e os desenhos eram demais para minha mente insignificante. Peguei outro livro, que me deixou confusa: versava sobre cerâmica. Eu sabia, por experiência, que Quentin odiava trabalhar com cerâmica. Por causa disso, eu que finalizava todas as peças daquele tipo nas Chaminés. Então por que ele teria um livro daqueles?

Abri-o. As primeiras páginas de fato falavam de cerâmica, e observei os desenhos de pratos e copos em diversas cores e estilos. Mas quando passei as páginas adiante, descobri outra coisa. Um livro dentro do livro.

O título da página me deu arrepios no corpo inteiro: *O Pântano: a verdadeira história*.

O livro interno não estava impresso. Havia sido criado em pergaminho cortado com bastante precisão e escrito à mão, com tinta. Folheei algumas páginas. Havia palavras e gravuras desenhadas com perfeição. E as figuras eram verdadeiramente assustadoras. Todas pareciam criaturas que devorariam qualquer um na primeira oportunidade. Algumas faziam os garmes parecerem até fofinhos.

Procurei o nome do autor, mas não encontrei. Claro, Quentin devia ter escrito. A conclusão a que eu chegava era igualmente chocante: ele devia ter entrado no Pântano *antes* de quando o vi. E tinha saído vivo.

Separei o livro sobre o Pântano do outro e o enfiei no bolso da minha capa. O que estava contido nas páginas serviria para matar minha curiosidade, nada mais. Quentin Herms não tinha quem deixar para trás, era livre para tentar a sorte no Pântano. Eu não era, mesmo que tivesse coragem. Eu era Vega Jane, de Artemísia, e sempre seria Vega Jane, de Artemísia. No futuro, seria enterrada em um túmulo modesto, numa região bastante comum do Solo Sagrado. E a vida ali continuaria sendo o que sempre havia sido.

No momento seguinte, escutei uma chave virando a fechadura da porta da frente da cabana.

Escapuli para trás de um armário e prendi a respiração. Alguém tinha acabado de entrar na sala, e escutei a porta fechar. Ouvi pegadas e murmúrios, concluindo que havia mais de um wug por perto.

Então ouvi uma voz alta o suficiente para ser reconhecida e fazer meu coração quase saltar pela boca.

Era Jurik Krone.

NOVEM

A recompensa

TENTEI CONTER-ME ao máximo para não me mexer enquanto ouvia as pegadas ecoando no assoalho de madeira.

"Não encontramos nada de útil", disse Jurik Krone. "Nada! Não é possível. Ele não tinha essa capacidade toda, tinha?"

Não consegui ouvir a outra voz com clareza, mas o que percebi me pareceu vagamente familiar.

"O anel é o enigma para mim", disse Jurik. "Como ele veio parar aqui? Eu sei que eles eram amigos, muito amigos, mas por que o maldito Virgílio não o deixou com o filho?"

A outra voz murmurou alguma coisa. Comecei a ficar maluca por não saber o que era dito, ou de quem era a voz. E por que Jurik havia usado a palavra *maldito* para se referir ao meu avô?

"Ele entrou no Pântano, disso sabemos", continuou Krone. "E acredito que Vega Jane sabe de alguma coisa. Eles eram íntimos. Trabalhavam juntos. Ela estava lá naquele amanhecer."

A outra voz falou algo em um tom ainda mais baixo. Era como se o outro wug soubesse que mais alguém o escutava. Então Jurik disse algo que quase fez meu coração parar:

"Podemos dizer que foi um Evento, como os outros. Como Virgílio."

Tive o impulso imediato de dar um salto e gritar: *Mas que raios você está querendo dizer?*

Em vez disso, me segurei. Eu estava paralisada.

A outra voz murmurou uma resposta que não consegui escutar.

Eu sabia que era arriscado, mas também sabia que precisava tentar. Lutando contra minhas pernas aparentemente mortas, soltei o corpo e relaxei os joelhos. Havia um pequeno espelho na outra parede. Se eu conseguisse me esticar o suficiente para tentar enxergar um reflexo de Jurik e do outro wug...

A porta foi aberta e fechada antes que eu pudesse mover um centímetro.

Agindo dessa vez sem o menor juízo, saí de trás do armário e encontrei a sala vazia. Corri até a janela perto da porta da frente e olhei para fora. Vi a carruagem azul desaparecer, dobrando a esquina da estradinha.

Por que não tinha conseguido ouvir o galope dos sleps se aproximar da cabana? Ou o barulho das rodas? Quem estava na carruagem? Morrígona ou Thansius?

Mas o que poderia ser menos razoável do que eu tinha acabado de escutar? As palavras continuavam impressas na minha mente. *Podemos dizer que foi um Evento, como os outros. Como Virgílio.*

Isso significava claramente que a ideia de Evento era uma mentira usada para encobrir outra coisa. Se meu avô não tinha desaparecido por causa de um Evento, que raios teria acontecido com ele? Bem, Jurik sabia. E tenho certeza de que Morrígona e o resto do Conselho também sabiam. Aquilo destruía todas as minhas crenças, tudo que eu tinha aprendido. Fazia-me pensar no que Artemísia realmente era e no motivo de estarmos todos ali. Senti o corpo cambalear, achei que ia despencar no chão. Diminuí a respiração e acalmei o peito. Eu não tinha tempo para ficar zonza. Precisava sair dali.

Estava com metade do corpo para fora da janela, quando a porta da frente se abriu mais uma vez. Não olhei para trás, mas o som das botas pesadas me dizia que era Jurik. Ele não gritou, pois não tinha me visto. Ainda.

Escorreguei com a barriga para fora e bati com força no chão, dando um grito curto e involuntário.

"Quem está aí?", vociferou.

Eu provavelmente já estava para lá da mureta de pedras e longe da cabana quando Jurik chegou à janela. Nunca corri tão rápido em todos os meus ciclos. E só diminuí o passo quando estava a menos de vinte metros da entrada das Chaminés, sentando-me na grama alta, totalmente sem fôlego, com a cabeça confusa por causa do que havia escutado.

Alguns átimos depois, esfreguei a mão após o carimbo de Dis Fidus. Ele parecia ter envelhecido um ciclo desde o desaparecimento de Quentin.

Seu queixo envelhecido tremia, fazendo a barba rala esvoaçar sobre a pele pálida.

"Você não deveria se atrasar, Vega. Deixei água para você na sua mesa. O calor das fornalhas já está imenso numa hora dessas."

Agradeci e entrei apressada, ainda esfregando a tinta na mão.

O livro pesava no bolso da minha capa. Havia sido uma estupidez levá-lo para lá, mas não tive tempo para colocá-lo em outro lugar. Onde eu poderia escondê-lo, de modo que não fosse encontrado? Mesmo que eu soubesse que precisava me livrar dele, estava desesperada para lê-lo do início ao fim.

Enfiei a capa, junto com o livro, no escaninho e conferi se a porta estava bem fechada. Coloquei o avental, as calças de uniforme e as botas pesadas, antes de ir para o piso principal. Com os óculos pendurados no pescoço, vesti as luvas e olhei para a pilha enorme de coisas inacabadas perto da minha mesa. Eu sabia que seria um longo dia de trabalho. Beberiquei a água gelada que Dis Fidus havia deixado para mim e comecei a cumprir minhas tarefas, passando de uma para a outra metodicamente, lendo as instruções de pergaminho após pergaminho e improvisando quando as diretrizes me permitiam. Trabalhei com afinco e tentei me manter concentrada, mesmo com todos os pensamentos girando na cabeça.

Quando me dei conta, Dis Fidus já estava tocando o sino que anunciava o fim de mais um turno de trabalho.

Estava prestes a trocar de roupa, quando fomos chamados com urgência no piso principal das Chaminés. Fechei o escaninho e saí correndo até lá.

Julius Domitar apareceu e ficou na nossa frente. Enquanto nos alinhávamos, ele andava de um lado para o outro, e, ao fundo, Dis Fidus nos observava com o olhar assustado. Por fim, Julius chegou tão perto de mim, que senti o hálito de aguardente. Imaginei que o Conselho devesse ter pegado pesado com ele. E, conhecendo-o como eu conhecia, imaginei que descontaria em nós toda a dor sofrida. Foi então que suas palavras me chocaram.

"O Conselho declarou que haverá uma recompensa", começou.

Por mais que estivéssemos exaustos, a frase chamou atenção de todos.

"Cinco litros de aguardente. Meio quilo de erva de fumo." Ele fez uma pausa para dar dramaticidade. "E dois mil níqueis."

Todos fomos atravessados por um suspiro coletivo.

Para mim, a aguardente e a erva de fumo eram inúteis, embora talvez eu pudesse trocá-los por uma boa quantidade de ovos, pão, picles e latas de chá. Mas dois mil níqueis eram uma fortuna, talvez mais do que eu ganharia durante todos os meus ciclos trabalhando nas Chaminés. Mudaria toda a minha vida. E a vida de John.

As próximas palavras de Julius, no entanto, arruinaram qualquer esperança de ganhar aquela fortuna.

"A recompensa será paga a qualquer um que der para o Conselho informações suficientes para capturar o fugitivo Quentin Herms", disse ele. "Ou para qualquer wugmort que capturá-lo pessoalmente e trazê-lo de volta."

O fugitivo Quentin Herms?

Julius olhava para mim quando olhei para ele.

"Dois mil níqueis", repetiu. "Vocês não precisariam mais trabalhar aqui, é claro. Teriam uma vida de descanso."

Olhei para os outros wugs. Todos tinham família para sustentar. Tinham o rosto escurecido, as mãos ásperas e as costas curvadas por causa da labuta. Uma vida de descanso? Impensável. Enquanto observava seus rostos cansados e famintos, senti que aquele não era um bom presságio para Quentin.

"E preferimos que ele seja capturado vivo", acrescentou Julius. "Se isso não for possível, que assim seja, mas precisaremos de provas. O corpo, razoavelmente intacto, será suficiente."

Meu coração congelou e senti os lábios tremerem. Era praticamente uma sentença de morte para o pobre Quentin. Se ele tinha arriscado tudo para fugir, eu só conseguia imaginá-lo lutando com todas as forças para evitar que fosse capturado. Mais fácil seria simplesmente atravessar-lhe com uma faca. Senti os olhos se enchendo de lágrimas, mas as enxuguei com a mão suja.

Olhei mais uma vez para os wugs ao meu redor: todos falavam baixinho entre si. Pude imaginá-los indo para casa, pegando qualquer armamento pesado e saindo depois do jantar escasso para caçar Quentin, ganhar os níqueis e, junto com eles, obter sua vida de descanso. Provavelmente sairiam em grupos para aumentar a chance de sucesso.

"Isso é tudo. Podem ir", disse Julius.

Quando começamos a sair um a um, Julius me deteve.

"Um átimo, Vega."

Ele esperou todos os operários saírem e olhou para Dis Fidus, que continuava tremendo no fundo.

"Deixe-nos a sós, Fidus", ordenou, e o pequeno wug saiu da sala como um foguete. "Você poderia ganhar dois mil níqueis", começou. "Você e seu irmão. Além disso, manter seus pais no Centro de Cuidados não é algo barato. E você poderia ter uma vida de descanso."

"Mas não teria o prazer de vê-lo dia após dia, Julius."

Seus olhos pequenos ficaram ainda menores. Pareciam pequenas cavernas, de onde explodiria algo extremamente repugnante e perigoso.

"Você tem inteligência, mas às vezes é um completo fracasso no seu exercício."

"Um elogio misto", disse eu.

"Misto e correto. Dois mil níqueis, Vega. E, como disse, isso inclui informações que levem à captura de Herms. Você não precisa pegá-lo pessoalmente."

"Ou matá-lo. Como você disse, a morte dele também vale para obter a recompensa."

Ele arregalou bem os olhos, revelando pupilas mais escuras do que eu imaginava.

"Isso mesmo. Apenas repeti o que o Conselho me disse", comentou, dando um passo para o lado, reconhecendo implicitamente que o caminho estava livre para mim.

Quando comecei a sair, ele segurou meu ombro e me puxou de solavanco para perto de si, sussurrando em meu ouvido:

"Você tem muito a perder, Vega Jane. Muito mais do que imagina. Ajude-nos a encontrar Quentin Herms."

Saí correndo da sala quando ele me soltou, sentindo um medo enorme que há muito tempo não sentia. Maior até que durante o ataque do garme. No caso do garme, eu sabia o tanto que poderia me machucar. Com Julius Domitar, não tinha certeza. Sabia apenas que estava com medo.

Só parei de correr quando já estava a mais de um quilômetro de distância das Chaminés.

Enquanto corria, concluí que a recompensa não tinha nenhum sentido para os outros wugs. Quentin havia entrado no Pântano, então nenhum outro wug conseguiria encontrá-lo. A ideia da recompensa foi direcionada a mim. Eles queriam informações sobre Quentin. E imaginavam que só eu poderia fornecê-las.

Com os pulmões ofegantes e a cabeça saltando de uma conclusão estranha a outra, de repente me dei conta de que não tinha trocado de roupa. Pior ainda, eu tinha esquecido minha capa. E nela estava o livro sobre o Pântano.

Senti vontade de vomitar.

Será que Julius o encontraria no meu escaninho? Se o encontrasse, eu também teria de me tornar fugitiva? A recompensa oferecida por mim, viva ou morta, seria de dois mil níqueis? Dez mil níqueis?

Eu precisava recuperar o livro, mas se voltasse naquele momento, Julius ficaria desconfiado.

Então bolei um plano instantaneamente, um plano que mudaria por completo o rumo de tudo.

DECEM

Um par de jábites

Eram três horas da madrugada, e eu já estava na ativa de novo. O céu sobre Artemísia não estava claro. A noc tinha sumido de vista. Gotas de chuva caíam sobre mim, enquanto eu caminhava apressada, de cabeça baixa, com o coração cheio de temor. Ouvi um ruído no céu, seguido de uma luz e de um estrondo. Congelei. Todos os wugs, primeiro, viam lanças em forma de raios cortando o céu e, depois, ouviam os golpes do trovão, mas nem por isso o barulho era menos assustador. Alguma coisa estava me amedrontando mais.

Eu nunca havia ido às Chaminés durante a noite. Nunca. Agora, não tinha escolha. Precisava pegar o livro de volta antes que o descobrissem no meu escaninho. Pelo que imaginava, ele já tinha sido descoberto.

Parei a cerca de vinte metros antes do destino e levantei a cabeça. As chaminés erguiam-se imponentes na escuridão, como um demônio imperioso, à espera de uma presa que servisse como refeição fácil.

Bem, ali estava eu.

Não sabia se eles tinham guardas à noite. Se tivessem, não saberia o que faria. Correr feito o diabo, provavelmente. Pelo menos eu não entraria pela porta da frente.

Havia uma porta lateral escondida atrás de uma pilha de equipamentos velhos e deteriorados, que deviam estar ali desde que meu avô era da minha idade. Enquanto atravessava os montículos de lixo, em cada fenda e em cada recanto parecia habitar um garme, um chacal e até um amarok. Quando os raios cortavam o céu, seguidos de trovões, parecia haver milhares de olhos naquela pilha de metal, e todos olhavam para mim. Todos esperavam.

A porta era de madeira sólida, com uma fechadura grande e antiga. Inseri minhas ferramentas mais finas no buraco da fechadura e fiz meu truque mágico – a porta deu um clique e se abriu.

Fechei-a com o mínimo de barulho, molhei os lábios, respirei fundo e balancei a cabeça, como se organizasse as ideias.

Acendi o lampião porque, se não o fizesse, poderia trombar com alguma coisa e acabar morta. Movia-me lentamente, com a mão encostada na parede e olhando adiante. Eu também estava com ouvidos e nariz atentos. Conhecia o cheiro das Chaminés. Se sentisse um aroma diferente, fugiria dali.

Alguns átimos depois, abri a porta do vestiário e entrei.

Fui tateando cada escaninho até chegar ao meu, que era o sétimo da fileira de baixo. Não havia fechaduras nos escaninhos, apenas trincos simples, porque nunca ninguém levava nada de valor para lá. Pelo menos ninguém até que eu estupidamente deixasse lá dentro o livro que me mandaria para Valhala. Abri a porta lentamente e senti algo me atingir.

Larguei o lampião e quase gritei. Fiquei parada na mesma posição, curvada para a frente, tentando manter dentro de mim o escasso jantar que tinha comida na Loons, em vez de vomitá-lo no chão. Estiquei o braço, peguei o lampião e o livro, que havia caído e me atingido no braço. Reacendi o lampião e folheei as páginas. Estava tudo lá. Quase não acreditei na minha boa sorte. Não imaginava que seria tão fácil.

Meus pensamentos mudaram assim que escutei um barulho. Minha boa fortuna tinha acabado de se transformar em desastre.

Coloquei o livro no bolso da capa e baixei a chama do lampião para o mínimo possível, permitindo-me enxergar apenas o que estava a um centímetro de mim. Depois permaneci estática, com os ouvidos mais que atentos.

Muito bem, pensei com um movimento involuntário dos ombros, *esse barulho foi de uma coisa grande e veloz*. Eu conhecia diversas criaturas que fariam um som parecido com aquele. Nenhuma delas estaria nas Chaminés. Jamais.

Depois de permanecer mais um segundo imóvel, corri pelo corredor do vestiário, no sentido oposto da porta por onde eu havia entrado. Eu não poderia ter tido ideia melhor, porque um átimo depois a porta despencou no chão. O que provocou o ruído estava dentro do vestiário comigo, agora eu percebia. Não era o barulho de cascos no chão, nem de garras arranhando a madeira. Isso excluía freks, garmes e amaroks. Só restava uma criatura.

Balancei a cabeça, duvidando. Não podia ser. Enquanto tentava me livrar do pensamento, esperando estar errada a todo custo, escutei um sibilar. Meu coração parou de bater momentaneamente.

Nós aprendíamos sobre aquelas criaturas vis no Preparatório, e eu nunca quis ver uma de perto.

Elas se moviam muito rápido, mais rápido do que eu conseguiria correr. Não costumavam entrar em Artemísia e quase nunca perseguiam wugmorts, pois havia presas mais fáceis por aí. Até onde eu sabia, três wugs haviam sido mortos por aquelas criaturas ao se aproximarem demais do Pântano. Eu não queria ser a quarta.

Abri a outra porta com um chute e atravessei-a como se tivesse sido atirada por um mortiço. Mas o som ficava cada vez mais próximo. Quando cheguei ao corredor dos fundos, me vi diante de dois caminhos a tomar. Se seguisse à esquerda, conseguiria sair pela porta lateral por onde havia entrado.

O problema é que, quando me virei para aquele lado, vi que havia olhos grandes olhando diretamente para mim. Se eu tivesse tempo, contaria uns quinhentos. Meu pior medo acabava de ser confirmado e potencializado.

Havia duas criaturas me perseguindo.

Peguei o caminho da direita, que me levaria até a escadaria para o andar de cima, mas o andar de cima era proibido. Qualquer wug que trabalhasse nas chaminés e ousasse subir as escadas teria a cabeça decepada por Ladon-Tosh, que jogaria os restos mortais nas chamas da fornalha. Mas Ladon-Tosh não estava ali. E mesmo se estivesse, eu preferia arriscar enfrentá-lo, a continuar sendo perseguida por aquelas criaturas.

Apertei os passos da corrida, forçando os joelhos como nunca havia forçado. Cheguei ao topo da escada e virei à direita. Olhei para trás e vi uma quantidade incontável de olhos, a menos de dez metros de mim. Prometi para mim mesma que não olharia para trás outra vez.

Quem teria soltado aquelas criaturas ali dentro?

Pensei em uma coisa enquanto atravessava o corredor de cima. Aquelas criaturas eram guardiãs das Chaminés, mas só durante à noite. Não havia outra razão para estarem ali. Por isso, nenhum wug havia sido atacado por elas durante o dia. Ninguém deixava aquelas criaturas soltas por aí como se fossem animais de estimação.

Isso queria dizer que alguém em Artemísia podia fazer o inconcebível. Alguém podia controlá-las, embora sempre nos dissessem que eram incontroláveis. Duvido que Duf tentaria adestrar uma delas.

Encontrei uma única porta no final do corredor, e era claro que estava fechada. Por que pensei que estaria aberta? Peguei as ferramentas no bolso, minhas mãos tremiam tanto que quase as deixei cair. As criaturas se aproximavam furiosas, pareciam ter o ímpeto de uma catarata. O chiado de tantas bocas era tão agudo, que senti meu cérebro quase explodir de tanto pavor. Diziam que o chiado era o som que precedia o bote.

Desesperada, inseri as ferramentas na fechadura e não pensei em nada além de John. O que ele faria sem mim?

Senti que as criaturas quase me tocavam.

O chiado é o último som antes do bote.

O chiado é o último som antes do bote.

Eu não sabia se era corajosa por ficar de costas para o ataque ou se era a maior covarde de Artemísia. Quando girei a maçaneta, e a porta se abriu, escolhi a coragem.

Fechei a porta num golpe só e tranquei. Toquei na madeira com os dedos, esperando que fosse grossa o suficiente. Quando elas golpearam a porta, fui jogada no chão. Uma das presas atravessou as tábuas e quase fincou no meu ombro, em vez de apenas rasgar a roupa. Saí me arrastando pelo chão e trombei com a parede oposta, derrubando alguma coisa. Ouvi o tilintar de metais por todo canto.

Levantei a cabeça e olhei para a porta. Mais um golpe, mais presas rachando-a.

Menos de um átimo depois, uma das cabeças atravessou a madeira. Dois olhos me fitaram a menos de seis metros de distância. O buraco era pequeno demais para dar passagem ao resto do corpo, mas ou o buraco aumentaria ou a porta viria abaixo.

Comecei a tatear no escuro e senti uma porta minúscula atrás do objeto de metal que havia caído. Devia ter menos de um metro de altura, e a maçaneta era curiosa. Olhei mais de perto e vi um rosto, mas não um rosto qualquer: era um wug que gritava, fundido em latão.

Ouvi mais um golpe. Deu tempo de olhar para trás, enquanto a porta gigantesca vinha abaixo, e as bestas a atravessavam de uma só vez. Agora eu as via por completo e desejava jamais ter tido aquela visão.

Jábites eram serpentes gigantescas com uma única diferença. Havia pelo menos duzentas e cinquenta cabeças ao longo de todo seu corpo. E todas elas tinham presas com o veneno suficiente para matar um creta adulto com uma única mordida. Todas chiavam. E todas, naquele exato instante, estavam viradas para mim.

Elas pareciam mil pesadelos envoltos por uma muralha gigantesca de crueldade assassina. E seu hálito tinha cheiro de esterco queimado. Dessa vez não era especulação – tive ânsia de vômito quando respirei fundo, tentando recuperar o fôlego necessário para fugir.

Segurei a maçaneta em forma de rosto, girei-a, me joguei pela abertura e fechei a porta com um chute, mas não senti o alívio de um refúgio seguro. A porta, pequena e frágil, jamais conteria a força implacável de jábites atrás de uma caça. Diziam que nada poderia detê-las quando sentiam cheiro de sangue. Levantei-me e comecei a recuar. Peguei a faca que carregava comigo e esperei, com o coração na boca e a respiração ofegante.

Disse para mim mesma que não ia chorar. Prometi para mim mesma que daria pelo menos um golpe antes de ser morta. Diziam que elas demoravam para atacar, ameaçando a presa. Também diziam que o veneno talvez não matasse, apenas paralisasse – o que fazia a vítima sentir toda a dor de ser devorada. Ninguém sabia ao certo. Não havia sobreviventes para dizer o que acontecia.

Rezei a tudo e todos na esperança de que nada daquilo fosse verdade. Que o veneno então me matasse. Eu não queria sentir meu corpo desaparecer pouco a pouco, passando por suas gargantas.

"Adeus, John", disse eu, com a respiração entrecortada pela angústia. "Por favor, não me esqueça."

Todo wugmort tinha sua hora de morrer. A minha havia chegado.

Continuei parada, com o peito arfando, segurando acima da cabeça uma faca desprezível, numa posição de defesa ridícula, olhando para a porta e esperando que ela ruísse, dando prosseguimento à minha morte.

Mas a porta não ruiu. Do outro lado, o puro silêncio. Eu não me movia. Só pensava que jábites deviam ser criaturas traiçoeiras e talvez esperassem eu baixar a guarda antes de atacar. Minha razão, no entanto, logo dispensou tal ideia. Eu jamais conseguiria me defender daquelas criaturas. Elas só precisavam derrubar a porta e me devorar.

Átimos depois de átimos se passaram, e nada aconteceu. Minha respiração começou a se estabilizar, e a palpitação diminuiu. Fui baixando a mão lentamente, mas sem tirar os olhos da porta. Esforçava-me para escutar qualquer ruído – todas aquelas cabeças, com as presas para fora, chocando-se contra aquele frágil pedaço de madeira, ou os chiados que faziam o cérebro parecer em chamas. Mas não ouvi nada. Era como se o som lá de fora não chegasse ali dentro.

Soltei a faca. Eu havia deixado o lampião cair no caminho, do outro lado da porta, e não tinha a menor intenção de tentar recuperá-lo. Mesmo assim, por algum motivo, não estava totalmente escuro. Dava para distinguir as coisas, então olhei lentamente para todos os lados. Como a porta era pequena, imaginei que o recinto também o fosse. Ao contrário, era uma caverna ampla, com paredes de rocha, aparentemente maior do que as Chaminés. Não dava sequer para ver o teto, de tão alto. Fixei o olhar na parede do outro lado.

Havia um desenho. Dei um forte suspiro quando percebi o que era – três ganchos presos, como se fossem um só. O mesmo desenho marcado na mão do meu avô e no anel encontrado na cabana de Quentin Herms.

Esqueci-me dos ganchos quando olhei para as outras paredes. De repente, elas foram inundadas por diferentes luzes e sons. Dei um salto para trás, quando vi o que parecia ser um cavaleiro montado num slep alado, elevando-se contra a rocha. O cavaleiro atirou uma lança e houve uma explosão tão forte e real, que tapei os ouvidos, jogando-me no chão. Um milhão de imagens pareceu fluir através da pedra, enquanto eu observava com total descrença, incapaz de acompanhar tudo com os olhos. Era como ver uma grande batalha diante de mim. Gritos, lamúrias e gemidos se misturavam às rajadas de luz, sons e imagens de explosões e corpos caindo. Até que as imagens foram se apagando, e outra coisa surgiu em seu lugar, algo ainda mais apavorante.

Era sangue. Como se tivesse acabado de jorrar bem diante de mim, escorrendo pelas paredes da caverna.

Se eu tivesse fôlego suficiente, teria gritado. Tudo que consegui pronunciar, no entanto, foi um murmúrio suave e lastimoso.

Então outro barulho surgiu, dando um novo direcionamento a meus pensamentos apavorados: um rugido quase ensurdecedor.

Virei para a direita. O que antes era uma parede sólida havia se transformado na abertura de um longo túnel. Algo gigantesco se aproximava de mim, mas eu ainda não conseguia ver o que era. Só conseguia ouvir o som. Continuei com os pés fincados no chão, tentando decidir se tentava a sorte com as jábites lá fora ou se permanecia ali. Bastou um átimo para que eu não tivesse mais de tomar decisão alguma.

Uma parede de sangue explodiu de dentro do túnel e me engoliu.

Consegui me virar com um movimento brusco e me vi diante de outro túnel, para onde o sangue me levava. Lá na frente, o túnel acabava. Eu estava prestes a colidir com um simples paredão e só pensava na morte instantânea. O rugido ficou tão forte, que eu mal conseguia pensar, e então entendi porque o som era tão alto. No fim do túnel, o sangue simplesmente caía em cascata. Não sabia qual era a altura da queda, mas se eu pudesse interpretar o som que escutava como um sinal da distância, diria que era muito, muito longa. Faltava pouco para eu despencar.

Tentei nadar contra o fluxo e concluí que seria inútil. A corrente era forte demais. Faltavam menos de cinquenta metros para eu chegar à beirada, de onde se erguia uma névoa vermelha vinda do abismo, quando vi algo suspenso no fim do túnel. Eu não sabia o que era, mas imaginava o que poderia ser. Era minha saída daquele pesadelo – minha única saída, na verdade.

Talvez eu morresse, se errasse. Mas se não tentasse, morreria com certeza. Havia um afloramento de rocha à esquerda, exatamente embaixo do objeto suspenso e antes da queda.

Medi o tempo do salto da melhor maneira, pois não teria uma segunda chance. Saltei apoiando os pés na rocha do afloramento e esticando ao máximo os braços e os dedos, mas logo percebi que não seria suficiente. Não impulsionei com a força necessária, ou não saltei na altura necessária. Bati os pés como se estivesse nadando, baixei o ombro esquerdo e ergui ainda mais alto o direito. Estiquei o braço até senti-lo quase se deslocando do corpo. O abismo parecia gritar para mim. Escutei o sangue bater no que supus ser um aglomerado de rochas lá no fundo.

Encostei na corrente e fechei a mão. Os elos eram pequenos e brilhantes, e de início achei que não eram fortes o suficiente para aguentar meu peso. E aguentaram – por menos de um átimo.

Aos gritos, despenquei pelo tenebroso abismo. Quando pensei que minha situação não poderia piorar, senti algo verdadeiramente horrível.

A corrente começou a me envolver, elo por elo, até me deixar totalmente imóvel. Agora não tinha como nadar, mesmo que sobrevivesse à queda. Fechei os olhos e esperei o fim.

UNDECIM

A Corrente Destin

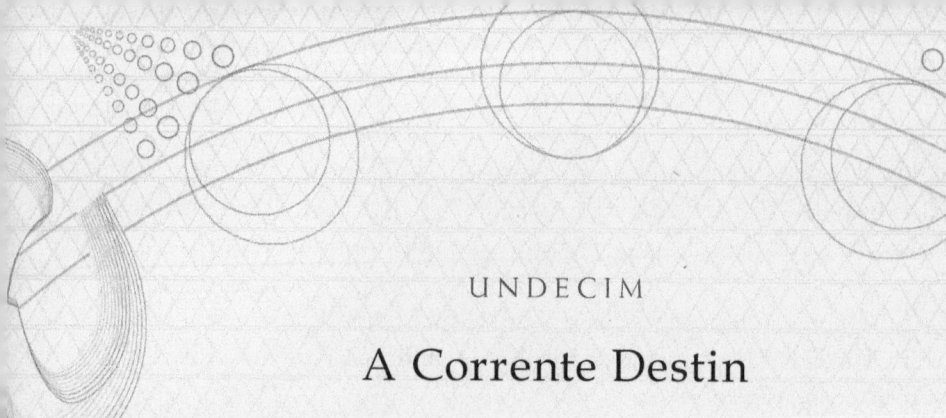

A QUEDA FOI LONGA. Não sei dizer se abri os olhos enquanto caía, mas minha imaginação se lembrava de imagens deixadas para trás naquele rio de sangue. Vários rostos surgiram das profundezas e me espiaram durante alguns átimos.

Meu avô, Virgílio Jane. Vi seu vulto surgir e me olhar com olhos tristes e vazios. Ele mexeu a boca, levantou a mão e me mostrou a marca no dorso, idêntica ao desenho do anel. Ele ia me dizer alguma coisa, mas desapareceu antes que eu conseguisse ouvir.

Outros rostos passaram por mim na descida. Thansius. Morrígona. Jurik Krone ria e apontava para mim. Ele gritou algo que entendi como *Sua punição, Vega Jane, sua maldição*. Depois vi Roman Picus com seu relógio pesado de bronze, e Julius Domitar bebericando aguardente. Depois surgiu John, que parecia perdido, seguido pelo meu pai, que esticava as mãos para mim. Por fim, surgiu minha mãe, com expressão de súplica ao ver sua única filha em direção à morte. De repente, todos sumiram. Fui envolvida por um redemoinho de sangue, que me abraçou como duas mãos gigantes.

Abri os olhos. Eu queria ver o que estava por vir. Queria encarar a morte com a pouca coragem que me restava. Atingi o fundo sem impacto. De alguma maneira, eu me sentia confortável, como se tivesse assentado nos braços de minha mãe. Não sentia mais medo.

Fiquei parada porque, bem, eu não conseguia me mover. A corrente ainda me rodeava, apertada. Prendi a respiração o máximo que pude para evitar engolir sangue, até se tornar inevitável: eu precisava inspirar. Imaginei que o líquido repugnante penetraria na minha boca, invadindo-me os pulmões e enchendo-os como se fossem dois baldes vazios. Não consegui deixar os olhos abertos.

Depois de respirar algumas vezes, notei que não havia sangue na minha boca. Abri os olhos só um pouquinho, pensando que, se a morte fosse realmente horrível, eu veria apenas uma porção de seu aspecto horroroso, pelo menos a princípio.

Lá de cima, a noc me fitava.

Pisquei e balancei a cabeça. Olhei para a esquerda e vi uma árvore. Olhei para a direita e vi um arbusto desmantelado. Farejei e senti o cheiro da grama. Mas eu não estava ao ar livre, estava?

Foi quando quase deixei escapar um grito.

A corrente começou a se desenrolar do meu corpo. Ela se soltou inteira, depois se enrolou primorosamente ao meu lado, como se fosse uma serpente. Recuperei o fôlego, sentei-me devagar e comecei a apalpar os braços e os ombros, tentando encontrar algum ferimento. Não encontrei nada, apesar da dor que sentia. Meu corpo sequer estava úmido e não tinha nenhum traço de sangue. Quando levantei a cabeça, levei um susto.

As Chaminés estavam bem diante de mim, a menos de vinte metros.

Como pude sair da queda em um abismo, acorrentada e pronta para morrer afogada, e parar do lado de fora, bem longe de onde estava antes? De início, pensei que tudo tinha sido um sonho, mas a gente sonhava no catre, e eu estava deitada no chão!

Imaginei que talvez não tivesse estado nas Chaminés. Mas estive: a corrente era a prova.

Enfiei a mão no bolso da capa e tirei o livro que definitivamente estava dentro do escaninho no vestiário das Chaminés. Eu *havia estado* lá. As jábites tinham me perseguido. Tinha descoberto uma caverna gigantesca onde havia presenciado uma batalha homérica acontecendo nas paredes e tinha visto o símbolo dos três ganchos. Fui atingida por um paredão de sangue e despenquei de um abismo rumo à morte certa. Durante a queda, vi imagens de wugs vivos, mortos e moribundos.

Agora eu estava do lado de fora, e minhas roupas sequer estavam úmidas.

Duvidava que até mesmo meu irmão, que tinha uma imaginação impressionante, conseguiria entender tudo aquilo com clareza. Precisei parar de pensar nos acontecimentos durante alguns átimos, enquanto me levantava, inclinava o corpo e vomitava. Com as pernas trêmulas, endireitei o corpo e olhei para a corrente enrolada no chão. Tive medo de tocá-la, mas não resisti e estiquei a mão.

Passei o dedo em um dos elos. Estava quente ao toque, ainda que o metal fosse frio. Segurei-o com os dedos e o ergui, desenrolando a corrente comprida. À luz da noc, parecia pulsar e tomar cor, como se fosse dotada de um coração. Olhei mais de perto e percebi que havia letras impressas em alguns elos. Juntas, elas formavam uma palavra.

D-E-S-T-I-N.

Destin? Eu não fazia a menor ideia do que significava.

Soltei a corrente e ela se enrolou novamente, sem fazer barulho. Eu conhecia o ruído de um metal tocando outro. Aparentemente, Destin não fazia ruído algum.

Quando me distanciei da corrente, o inacreditável aconteceu. Ela se movimentou comigo. Desenrolou-se e serpenteou no chão até ficar quase encostada nos meus pés. Eu não sabia o que pensar daquilo. Era algo tão inimaginável, que minha mente se recusava a entender. Resolvi me concentrar em outra questão mais urgente. Peguei o livro que estava no bolso. Ele era real, sólido. Um livro que eu conseguiria entender. Mas justamente por ser real e sólido, ele também podia ser descoberto. Pensei no que fazer.

Eu precisava escondê-lo, mas onde? Comecei a andar. Achei que me ajudaria a pensar; mas, na verdade, eu queria me afastar das Chaminés e daquele maldito par de jábites.

Eu já havia caminhado mais de um quilômetro com a corrente misteriosa serpenteando ao meu lado, quando uma ideia entrou, sorrateira, na minha mente cansada.

A casa dos Delphia.

Disparei a correr e só percebi alguns átimos depois que a corrente estava voando ao meu lado. Literalmente voando, completamente esticada, como uma vareta comprida. Fiquei tão assustada, que dei um sobressalto, sem fôlego. Ela parou bem ao meu lado e pairou por um instante antes de cair e se enrolar outra vez no chão.

Ainda fazendo força para respirar, baixei a cabeça para observá-la. Dei um passo adiante. Ela se posicionou, preparando-se para sair do lugar. Dei mais um passo, depois outro, e ela saiu do chão. Comecei a correr, ela assumiu de novo a forma de uma vareta e veio voando junto a mim.

Parei e ela parou. Era como um passarinho de estimação.

Olhei adiante e depois virei de novo a cabeça para a corrente. Ela pairava. Mesmo que eu estivesse parada, ela parecia sentir minha indecisão. Será que tinha cérebro e era aquecida por um coração?

Não sabia o que tinha dado em mim, mas estiquei a mão, agarrei a corrente, enrolei-a na cintura, fiz um nó e comecei a correr. Foi então que aconteceu: fui suspensa cerca de cinco metros do solo e comecei a planar adiante. Só percebi que estava gritando, quando engasguei com um inseto que me penetrou a garganta. Meus braços e pernas se debateram no instante em que cometi o erro de olhar para baixo. Perdi o equilíbrio, inclinando o corpo para frente, e despenquei diretamente para o chão, prosseguindo aos solavancos até parar de bruços, com o corpo todo torto.

Fiquei parada totalmente imóvel, não porque estivesse com medo, mas porque achei que tinha morrido. Senti a corrente se soltando do meu corpo e a vi se enrolar de novo ao meu lado. Virei-me para cima e passei as mãos em mim mesma para ver se tinha quebrado alguma coisa ou se havia sangue escorrendo de alguma ferida aberta. Tudo parecia no lugar – eu tinha sofrido apenas alguns arranhões.

Olhei para a corrente. Ela parecia tranquila demais para algo que tinha acabado de me deixar cair no chão. Levantei-me com as pernas trêmulas e, previsivelmente, ela se elevou no ar junto comigo. Comecei a caminhar, e ela veio flutuando ao meu lado a cada passo. Tive medo de colocá-la na cintura de novo. Então apenas caminhei, mantendo-me à distância. Quer dizer, não funcionava bem assim. Ela se movia junto de mim a cada passo que eu dava. Por fim, segui em frente, e ela simplesmente me acompanhou, pairando no ar.

Pouco mais de um quilômetro depois, dobrei na última curva e avistei a cabana de Delph. Olhei para os currais e cercados e vi a silhueta enorme do creta agigantando-se diante de mim, no fundo de seu cubículo. O jovem slep estava dormindo de pé, encostado nas tábuas desgastadas de seu lar.

O adar estava agachado num canto, com o pé ainda preso à corrente e à estaca cravada no chão. Suas asas enormes apontavam para baixo, e ele parecia dormir num casulo feito pelo próprio corpo. Não havia sinal do uíste. Minha esperança era de que estivesse dentro da cabana, pois aqueles cães faziam uma algazarra quando eram perturbados.

Tirei o livro do bolso e observei à minha volta. Eu precisava colocá-lo dentro de alguma coisa. Encontrei a resposta quando olhei para cima da porta na pequena encosta. Havia um velho lampião na entrada; acendi-o com um fósforo que encontrei ao lado.

Lá dentro, havia uma coleção muito antiga de coisas. Pilhas enormes de pássaros mortos, depenados e conservados no sal, além de pequenas criaturas, que supus servirem de comida para os animais. De uma parede pendia uma enorme pele de garme. Dela mantive distância.

Sobre um largo baú, havia uma fileira de crânios de animais, entre eles de um creta e do que parecia ser de um amarok. As presas superiores eram do tamanho do meu braço. Numa prateleira, havia uma série de latas velhas. Procurei entre elas até encontrar uma vazia. Coloquei o livro dentro e fechei-a com força. Apanhei uma pá que estava presa na parede e saí.

Cavei um buraco atrás de um grande pinheiro e coloquei a lata lá dentro. Tapei-o com a terra e espalhei agulhas do pinheiro sobre ele.

O creta havia começado a se mexer no cercado, e o adar agora estava com as asas abertas, olhando para mim. Senti-me um pouco desconfortável. A última coisa que eu queria era aquela criatura falando comigo.

Corri apressada pelo caminho de terra e passei pela curva. Resolvi enrolar a corrente na cintura de novo, temendo encontrar alguém. Não sei como explicaria uma corrente flutuando ao meu lado. Agora que havia me separado do livro, sentia uma mistura de alívio e preocupação. Pelo menos ninguém podia tirá-lo de mim, mas eu também estava desesperada para lê-lo. Queria saber, nos mínimos detalhes, tudo que Quentin Herms havia descoberto sobre o Pântano. Prometi a mim mesma que voltaria assim que pudesse, desenterraria o livro e o leria de ponta a ponta.

Cheguei à minha árvore e a escalei. Quando me deitei sobre o assoalho, comecei a pensar em algumas coisas. Levantei a blusa e as mangas, baixei as calças e olhei o mapa de novo. As marcas ainda estavam frescas e nítidas. Pelo desenho, entendi que a jornada através do Pântano seria longa e penosa. Ele era vasto e seu terreno era inóspito. Sorte minha, pensei, porque eu jamais tentaria fazer essa jornada. No entanto, fui envolvida por uma depressão repentina, que me abraçou como a rede de um caçador.

Enquanto puxava lentamente a blusa para baixo e levantava a calça, senti um leve puxão na cintura. A corrente estava se movendo.

Senti um sobressalto e tentei arrancá-la do corpo, mas não saiu do lugar. Continuei tentando, fincando os dedos na pele para puxá-la enquanto ela me apertava ainda mais. Duf havia me dito que serpentes faziam aquilo – tiravam a vida espremendo a vítima.

De repente, meu pânico passou. Senti o coração desacelerar e a respiração voltar ao normal. A corrente parou de me apertar e perdeu a rigidez. Não acreditei, mas concluí que ela estava apenas me dando... um abraço. Um abraço de confirmação!

Puxei a corrente da cintura e a ergui no ar. Estava quente, e a sensação de segurá-la era agradável. Fui até a beirada do assoalho e olhei para baixo. Eu ficava numa altura considerável, cerca de dezoito metros do chão. Olhei para a corrente e depois olhei em volta, para garantir que não havia ninguém me observando. E não pensei demais – apesar do que me tinha me acontecido da última vez, de alguma maneira eu me sentia confiante e sabia que não me decepcionaria.

Pulei.

Caí como num mergulho, aproximando-me do solo bem rápido. Na metade da descida, a corrente envolveu minha cintura com firmeza e aterrissei tranquilamente – a sola das minhas botas quase nem marcaram o chão. A corrente ainda estava quente e os elos se moviam de leve em volta da cintura.

Levantei a blusa e cobri a corrente com ela, respirei longamente e pensei algo impossível. Talvez nunca mais eu pudesse tirá-la. Olhei em volta. Eu sabia que não deveria, mas como seria possível? Eu estava quase completando 15 ciclos. Era uma moça. Era independente, teimosa, obstinada e, provavelmente, muitas outras coisas que não percebia ou não sabia como descrever em palavras. Também nunca havia tido muita coisa na vida, e agora tinha a corrente. Por isso tinha de fazer o que estava prestes a fazer.

Comecei a correr o mais rápido que pude; eu era leve e ágil, mesmo quando usava botas pesadas. Depois de uns vinte metros, dei um salto no ar. A corrente me segurou com força e me suspendeu. Inclinei a cabeça e os ombros um pouco para frente e nivelei o corpo na horizontal. Com a cabeça para cima, os braços para trás colados ao corpo e as pernas juntas, eu parecia um projétil disparado de um mortiço.

Ganhei altura e planei acima das árvores. Minha respiração acelerou, os cabelos foram jogados para trás pela ação do vento. Passei por um pássaro – minha presença o surpreendeu tanto que ele perdeu o controle e despencou quase um metro, reerguendo-se em seguida. Nunca havia me sentido tão livre na vida. Meu único mundo era Artemísia. Eu estava enraizada ali e nunca tinha sido capaz de superá-lo.

Até aquele momento.

A visão do vilarejo se espalhou sob mim. Parecia pequeno e insignificante, sendo que antes ele se agigantava como uma ameaça na minha vida.

E em volta de Artemísia, como uma grande muralha externa, estava o Pântano. Inclinei o corpo para a esquerda e dei uma volta lenta no ar. Assim pude ver todo o Pântano de uma única vez. Comparado a ele, Artemísia era microscópico. No entanto, mesmo naquela posição privilegiada, era impossível enxergar o outro lado do Pântano.

Voei durante um bom tempo antes de aterrissar. O céu estava clareando e o sol começava a surgir. Eu precisava levar John para o Preparatório e depois ir diretamente para as Chaminés. Voltei, ainda voando, para Artemísia, aterrissei a uns quinhentos metros da hospedaria e segui apressada pelo resto do caminho. Levei um choque quando entrei no vilarejo.

As ruas de pedra, que costumavam estar vazias às primeiras luzes do dia, estavam cheias de wugs conversando e andando em grupos grandes.

Parei um deles, Herman Helvet, que cuidava de uma ótima confeitaria e vendia coisas que eu jamais conseguiria comprar. Ele era alto, corpulento e tinha a voz tão robusta quanto seu corpo.

"Para onde todos estão indo?", perguntei, confusa.

"Assembleia no Campanário. Convocado especial", disse ele, sem fôlego. "Soube da notícia há uns quinze átimos. Todos os wugs saíram da cama. Quase fui parar no Solo Sagrado, de tanto susto, quando bateram na minha porta."

"Assembleia especial convocada por quem?", perguntei.

"Conselho. Thansius. Morrígona. Todos, acho eu."

"Para resolver o quê?"

"Bom, só vamos saber disso se formos até lá, não é, Vega? Com licença, preciso ir andando."

Ele se apressou para se juntar ao que parecia ser toda a população de Artemísia debandando de seu território.

Lembrei-me de algo instantaneamente.

John!

Corri até a Loons e encontrei meu pobre irmão sentado na porta, assustado e perdido.

Ele saiu correndo quando me viu e pegou minha mão, apertando-a com força.

"Onde você estava?", perguntou com tanta tristeza, que partiu meu coração.

"Eu... eu acordei cedo e saí para dar uma volta. Uma assembleia especial, não é?", perguntei, tentando mudar rapidamente de assunto para espantar a expressão de desespero do rosto de John.

"Campanário", disse ele, agora com o rosto tomado pela ansiedade.

"Acho melhor irmos, então", disse eu.

Muitas razões para uma assembleia passaram pela minha cabeça, enquanto caminhávamos. Depois eu entenderia que nenhuma delas era a correta.

DUODECIM

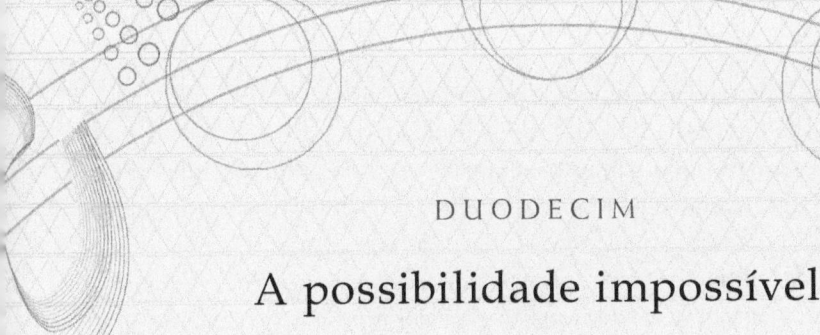

A possibilidade impossível

O LUGAR ERA CHAMADO Campanário porque lá havia um. Eu e John raramente íamos até lá. Antes de meu avô sofrer o Evento e antes de nossos pais irem para o Centro de Cuidados, nossa família ia ao Campanário a cada sete dias para ouvir Ezequiel, o Pregador, sempre resplandecente em sua túnica branquíssima. A presença no Campanário não era obrigatória, mas a maioria comparecia – talvez apenas para ver a beleza do lugar e ouvir a voz de Ezequiel, que soava como o vento soprando entre as árvores, com algumas trovoadas ocasionais, quando queria ressaltar alguma coisa com a força de uma marreta.

Quando chegamos, a carruagem de Thansius já estava lá. Passamos por ela com pressa e entramos. Eu nunca tinha visto aquele lugar tão cheio. Quando nos sentamos mais ao fundo, olhei ao redor. O teto era alto e ornamentado com vigas de madeira nodosa e escurecida. As janelas tinham pelo menos nove metros de altura e estendiam-se pelos dois lados da estrutura. Contei pelo menos vinte cores em cada uma delas, mais cores do que as que eu tinha para escolher nas Chaminés. As janelas continham representações de vários wugs em momentos de devoção. E também havia bestas, imagino que para demonstrar o mal que nos rodeava. Senti arrepios quando vi que uma jábite ocupava quase uma janela inteira. Só consegui pensar que ela era muito mais horrível vista de perto do que recriada em um vitral colorido na parede.

Na frente do Campanário havia um altar imenso, com um púlpito esculpido em madeira no centro. Na parede de pedra, atrás do púlpito, havia um rosto esculpido em pedra – o rosto de Alvis Alcumus, que supostamente havia fundado Artemísia. Mas, se ele fundou nosso vilarejo, tinha de vir de outro lugar. Mencionei essa questão no Preparatório uma vez e pensei que o preceptor me internaria no Centro de Cuidados.

Thansius e Morrígona estavam sentados perto do púlpito. Enquanto olhava ao redor, tive a sensação de que Artemísia inteira estava ali, até mesmo Delph e Duf, sentados no fundo, do lado direito. Inclusive os prisioneiros de Valhala estavam presentes, com as mãos amarradas com grossos cordões de couro, sentados ao lado do baixinho Nida, que felizmente estava sem o grande chacal.

O pregador saiu de trás de uma cortina bordada que eu mesma havia finalizado nas Chaminés.

Ezequiel não era nem alto, nem baixo. Não tinha os ombros largos como Thansius. Não tinha os braços fortes ou o peitoral dos dáctilos, e não havia razão para tê-los. Eu tinha certeza de que seus músculos estavam no cérebro, e seu vigor, no espírito.

Ezequiel parou e fez uma reverência a Thansius e Morrígona, antes de se dirigir ao púlpito. Eu nunca tinha visto algo tão branco quanto sua túnica. Era como olhar para uma nuvem, mais branca do que o manto de Morrígona.

Ele ergueu as mãos para o teto e fizemos silêncio. John se aconchegou perto de mim e coloquei o braço sobre seus ombros, amparando-o. Seu corpo não estava quente, e o coração acelerado me dizia que seu peito transbordava medo.

Ezequiel limpou a garganta, chamando atenção de todos.

"Muito obrigado pela presença de todos vocês", começou. "Recitemos."

O que obviamente significava que *ele* recitaria enquanto permaneceríamos sentados, em silêncio, ouvindo sua experiente eloquência. Ouvir um pregador que, antes de mais nada, adorava ouvir a si mesmo era tão divertido quanto ter os pés dilacerados por um amarok. Todos arquearam a cabeça, menos eu. Não gostava de olhar para baixo. Isso dava a qualquer um a oportunidade de olhar diretamente para mim. Cletus Loon estava sentado bem perto e já havia me olhado de soslaio duas vezes, com um sorriso malicioso.

Ezequiel olhava para o teto, mas imaginei que seus olhos alcançassem algo muito além, talvez alguém que só ele conseguisse enxergar.

Fechou os olhos e começou a entoar frases longas, eruditas e refinadas. Sorri ao imaginá-lo praticando diante do espelho. A imagem dava a Ezequiel uma dimensão impotente, e eu sabia que ele não gostava nada daquilo. Quando terminou, todos ergueram as mãos e abriram os olhos. Era impressão minha ou Thansius parecia incomodado por Ezequiel ter demorado tanto tempo?

Ezequiel baixou o olhar para nós e disse:

"Estamos aqui reunidos, para um importante comunicado do Conselho."

Estiquei um pouco o pescoço e vi os outros membros do Conselho, usando suas túnicas pretas resplandecentes, sentados em fila, diante do altar, de frente para nós. Jurik Krone destacava-se entre eles. Olhei para ele e seus olhos imediatamente encontraram os meus. Desviei rapidamente o olhar.

Ezequiel continuou:

"Nosso colega Quentin Herms desapareceu, e isso tem sido assunto de muita conversa fiada e especulações inúteis."

Thansius limpou a garganta com tanta força, que consegui escutar lá do fundo.

"Deixo a Palavra com o presidente do Conselho, Thansius", acrescentou Ezequiel, apressado.

Thansius se levantou e se dirigiu ao púlpito, enquanto Ezequiel se sentava perto de Morrígona. Os dois não se olharam, e meu instinto me dizia que um não se importava com o outro.

A voz de Thansius, comparada à de Ezequiel, era macia e menos enfadonha, mas prendia a atenção.

"Temos algumas informações e gostaríamos de transmiti-las a vocês", começou, bruscamente.

Apertei mais forte o braço sobre os ombros de John e ouvi.

"Acreditamos que Quentin Herms tenha sido levado à força", continuou Thansius.

Instantaneamente, todos começaram a murmurar. Herman Helvet se levantou e disse:

"Perdoe-me a interrupção, Thansius, mas ele não poderia ter sofrido um Evento?"

"Não, sr. Helvet", disse Thansius. "Sabemos que nada resta de quem sofre um Evento." Seu olhar atravessou a multidão e me encontrou lá no fundo. Parecia que Thansius falava diretamente para mim. "*Alguma coisa* restou de Herms. Encontramos a última roupa que ele usou, uma mecha de cabelos e isto aqui." Ele levantou a mão que segurava alguma coisa que não consegui distinguir com clareza, mas os wugs das primeiras fileiras sobressaltaram-se e viraram para o outro lado. Uma wug cobriu o rosto de um dos filhos.

Ergui-me para ver melhor. Era um globo ocular.

Senti o estômago embrulhando, mas o enjoo logo passou quando desconfiei que havia alguma coisa errada. Quentin tinha os dois olhos quando o vi entrando no Pântano. E eu duvidava que algum wug tivesse entrado lá para encontrar aqueles vestígios. O que estava acontecendo?

"E também não foi uma besta", acrescentou Thansius, de imediato. Ele parecia ter visto vários wugs se levantando e deduzido que aquela seria a próxima pergunta lógica.

"Ele foi levado por outra coisa à espreita no Pântano."

"Ah, e o que seria essa outra coisa?", perguntou um wug na segunda fila. Sua família era grande: havia pelo menos cinco crianças junto dele, além da esposa.

Thansius virou a cabeça com uma bondade feroz nos olhos.

"Algo que caminha sobre duas pernas, assim como nós."

Ouviu-se um suspiro coletivo na multidão.

"Como vocês sabem disso?", perguntou outro wug, tirando da boca um longo cachimbo, que estava preso entre os dentes. Seu rosto estava corado e franzido de preocupação. Parecia que estava prestes a bater em alguém.

"Indícios", respondeu Thansius, tranquilamente. "Indícios que descobrimos durante a investigação do desaparecimento de Herms."

Outro wug se levantou com o chapéu nas mãos.

"Com licença, mas por que oferecer recompensa se algo o levou? O que nos disseram é que ele havia transgredido as leis, entende?" Ele olhou para outros wugs perto de si e todos assentiram. Outros se manifestaram dizendo "Rá!", em voz alta.

Tudo começava a ficar interessante, eu tinha de admitir. Encostei-me no assento e toquei Destin por baixo da capa. Estava fria como gelo.

Thansius ergueu o braço, pedindo silêncio.

"Fatos novos, eis a resposta", disse ele, olhando diretamente para o wug que continuava de pé. O olhar de Thansius pareceu pesado o bastante para bambear as pernas dele e fazê-lo se sentar abruptamente, embora parecesse ainda satisfeito por ter se levantado.

Thansius olhou longamente para todos nós, preparando-se para o que diria a seguir.

"Acreditamos que existem forasteiros vivendo no Pântano", disse Thansius. "Acreditamos que eles levaram Quentin Herms."

Forasteiros? O que eram forasteiros? Virei a cabeça e me deparei com os olhos arregalados de John.

"Forasteiros?", balbuciou ele.

Balancei a cabeça e me concentrei de novo em Thansius. Forasteiros? Que bobagem era aquela?

Thansius respirou fundo e disse:

"Essas criaturas são bípedes e acreditamos que são capazes de controlar a mente dos wugmorts, fazendo-os obedecer a seus comandos."

Todos os wugs no Campanário viraram a cabeça e olharam para o próximo. Todos sentiram um arrepio na espinha. De repente, me dei conta, que, embora eu tivesse visto Quentin entrando no Pântano, eu não sabia o que tinha lhe acontecido depois.

Thansius continuou:

"Acreditamos que esses forasteiros estão planejando invadir Artemísia."

Se a intenção de Thansius era incitar o pânico, tinha conseguido.

Todos se levantaram de sobressalto. Os jovens e os muito jovens começaram a lamentar e chorar. As mães agarraram junto ao peito os wugs menores. Em todo o lugar ressoava o som de gritos, gestos e pés batendo no chão. Eu nunca tinha visto o Campanário tão caótico. Olhei para Ezequiel e vi em seu rosto um profundo ressentimento diante do rompante em um lugar sagrado.

A voz de Thansius explodiu com tanta potência, que a vibração quase partiu as janelas multicoloridas:

"Já chega!"

Todos os wugs, inclusive os mais jovens, ficaram quietos.

O olhar de Thansius era implacável. Nunca o tinha visto daquele jeito. Havia me esquecido de tudo sobre Quentin Herms e estava preocupada apenas com Artemísia sendo invadida pelos forasteiros, fossem eles quem fossem.

"Como vocês sabem, há muito, muito tempo, ocorreu aqui a Batalha das Bestas", disse Thansius. Todos assentimos e ele prosseguiu: "Nossos ancestrais, a um custo terrível, derrotaram as bestas que nos atacaram e que fizeram do Pântano sua morada. Muitos wugs foram mortos corajosamente defendendo nosso lar. Desde aquela época, os bestas se mantiveram em grande medida, nos confins do Pântano."

Thansius esperou os ânimos se acalmarem um pouco mais e continuou:

"Essa harmonia tem sido difícil em alguns momentos, mas não deixa de ser uma harmonia. Agora, no entanto, parece que foi perturbada com a chegada dos forasteiros. Precisamos tomar uma atitude para nos protegermos deles."

"Mas de onde vieram esses malditos forasteiros, Thansius?", perguntou um wug.

"Acreditamos que foram gerados pelo cruzamento inimaginável entre bestas desprezíveis e outras criaturas terríveis que viviam no Pântano, resultando em espécies completamente horrendas e decadentes."

Pensar que aquilo nos acalmaria era o mesmo que ter uma falsa avaliação da nossa capacidade de entrar em pânico. Mais gritos surgiram instantaneamente, junto com o barulho de pés batendo no chão. Os mais jovens murmuravam, as mães agarravam os filhos e gritavam. Meu coração batia forte a ponto de eu conseguir enxergar a blusa se mover sobre o peito.

"Já basta!", Thansius gritou de novo, e todos nos acalmamos, mas dessa vez demorou alguns átimos.

"Temos um plano para nos proteger, e esse plano envolve cada um de vocês", disse ele, apontando para nós para enfatizar sua fala. "Vamos construir uma muralha entre nós e o Pântano, cobrindo toda a fronteira. Apenas isso nos manterá seguros. Todos os trabalhadores, sem exceção, incluindo moleiros, lavradores, e principalmente quem trabalha nas Chaminés" – nesse instante ele olhou para mim – "serão convocados para trabalhar. Não sabemos quanto tempo nós temos. Enquanto a Muralha é construída, tomaremos medidas de precaução, o que incluirá patrulhas armadas." Ele fez uma pausa e disse algo que soou como a explosão do mais poderoso mortiço sobre nossas cabeças. "Mas é possível que Herms não seja o único wugmort forçado a se juntar aos forasteiros."

Outra vez, todos se entreolharam. A desconfiança estava nítida em cada olhar.

"Como podemos saber se esses forasteiros já não estão entre nós?", gritou um wug mais velho chamado Tigre Tellus.

"Não estão", disse Thansius, com firmeza. "Pelo menos ainda não."

"Mas como saberemos?", gritou Tigre, com o rosto pálido, as mãos no peito e o medo exalando a cada expiração. De repente, pareceu perceber para quem tinha levantado a voz. Tirou o chapéu, respirou fundo e disse: "Com sua licença, sr. Thansius, é claro".

No entanto, gritos semelhantes ao rompante de Tigre começaram a ser ouvidos. A multidão ameaçou sair totalmente do controle. Para mim, bastaria uma palavra de acusação para realizarmos um motim.

Thansius ergueu a mão.

"Por favor, colegas, deixem-me explicar. Acalmem-se, por favor." Mas ninguém se acalmou, pelo menos até o que ocorreu em seguida.

"Nós sabemos", disse uma voz firme, sobressaindo-se a todas as outras.

Todos os wugs voltaram o olhar para ela.

Morrígona agora estava em pé, olhando não para Thansius, mas para todos nós.

"Nós sabemos", repetiu. Ela parecia olhar para cada um de nós. "Como todos vocês sabem, foi concedido um dom a mim. E esse dom me permitiu ver o destino de Quentin Herms. Ele transgrediu a lei, quando entrou no Pântano e acabou sendo levado pelos forasteiros. Eles arrancaram seu olho e o obrigaram a contar algumas coisas sobre Artemísia e os wugmorts. Depois disso, não consegui mais saber de seu destino. Mas pelo que encontramos dele, está claro que Herms morreu. Meu dom também me deu a visão do que devemos fazer para nos proteger. E é isso que *faremos*. Jamais deixaremos que tirem Artemísia de nós. É tudo que temos."

Eu e todos os wugs havíamos prendido a respiração.

Expiramos ao mesmo tempo e a tensão se transformou num grande entusiasmo coletivo.

Morrígona ergueu o punho fechado para o belíssimo teto do Campanário.

"Por Artemísia!"

"Por Artemísia!", repetimos juntos.

Apesar de todas as dúvidas, meu grito foi um dos mais altos.

TREDECIM

O chamado de Morrígona

QUANDO SAÍMOS do Campanário, vi Cletus Loons e dois amigos íntimos provocando Delph, fazendo caretas imbecis e gaguejando como ele.

"D-D-Delph cheira ma-mal", gritou um dos imbecis.

"Já vi cretas com a cara mais bonita que a sua", gritou Cletus.

"Caiam fora daqui, bando de ignorantes", vociferou Duf. "Sumam do Campanário. Certeza que Alvis Alcumus está se revirando na cova por sua causa. Rá!"

Ele segurou no braço de Delph e o puxou para perto de si.

Por acaso, eu estava bem perto de Cletus e, por acaso, meu pé parou na frente dele, fazendo-o tropeçar. Ele caiu de cara na terra. Quando se virou e tentou levantar, pisei com a bota no centro de seu peito e o segurei no chão.

"Repita isso de novo, Cletus Loons, e minha bota acabará em um lugar que ninguém jamais imaginaria." Levantei o pé e continuei andando. Ele e os colegas passaram correndo, xingando-me de nomes tão feios, que acabei tendo de tapar os ouvidos de John.

Fazia calor no Campanário, mas lá fora estava frio e úmido. Cheguei a me arrepiar enquanto caminhávamos. Deixei John no Preparatório e trabalhei o dia inteiro nas Chaminés. Foi um dia curioso para todos os funcionários. Cumprimos nossas tarefas, mas era nítido que a cabeça de todos estava em outro lugar. Durante a refeição do meio-dia no salão comum, o único assunto, obviamente, era os forasteiros. Eu não disse nada e passei a maior parte do tempo escutando. Sem exceção, todos falavam de Morrígona e de seu plano de construir a Muralha. Embora eu tivesse muitas dúvidas, Morrígona havia sido convincente em seu plano de nos defender.

Quando eu e John voltamos para a hospedaria depois do Preparatório, acontecia, na sala principal da Loons, o que parecia ser uma reunião de guerra. Cacus tinha uma faca perto de si, ao alcance da mão. Cletus olhava para ela furioso, e quando passamos, ele virou os olhos malignos para mim.

Peguei minha faca no bolso e fiz questão de mostrar que examinava seu gume. Depois comecei a exibi-la habilmente, fazendo manobras com a lâmina, atirando-a e pegando-a no ar tão rápido quanto um raio. Depois atirei-a a uns três metros de distância, fincando a ponta na parede. Enquanto a soltava com um puxão, virei a cabeça e vi os dois olhando para mim, de olhos arregalados.

Enquanto guardava a faca, percebi que faltava alguma coisa. Não havia cheiro do preparo da comida, nem o calor do fogo vindo da cozinha.

"Não teremos nenhuma refeição à noite?", perguntei.

Cacus olhou para mim como se eu fosse uma débil mental.

"Depois do que ouvimos no Campanário? Dos forasteiros chegando para nos matar e devorar nossos filhos? Quem consegue pensar em comida num momento desses, sua estúpida?"

"Eu consigo", exclamei, com o estômago roncando de dor. "Dificilmente conseguiremos lutar contra os forasteiros de barriga vazia." Olhei para Cletus e vi os farelos de pão na sua boca e uma mancha no queixo, que parecia ser de gordura de frango. "E parece que vocês já comeram demais", disse eu, furiosa.

Héstia começou a se levantar. Eu tinha certeza de que ela iria até a cozinha preparar algo para nós, mas Cacus a segurou pelo braço.

"Sente-se, mulher. Agora."

Ela se sentou sem olhar para mim.

Encarei Cacus e Cletus por mais um átimo e levei John para fora, batendo a porta ao sair. Na rua de pedras, vários wugs conversavam, reunidos em pequenos grupos. Eu e John encontramos um lugar mais privado e nos sentamos no chão. Fazia frio, e senti um arrepio passando pelo meu corpo cansado, como se eu tivesse mergulhado em água gelada.

"Forasteiros?", disse John.

Assenti.

John apoiou o queixo sobre os joelhos magros.

"Estou com medo, Vega."

Abracei-o, colocando a mão em seu ombro.

"Eu também, mas sentir medo e se sentir paralisado são duas coisas diferentes. Se trabalharmos juntos, ficará tudo bem. Os forasteiros não chegarão até aqui."

Peguei minha latinha no bolso da capa e a abri. Dentro dela havia um pouco de comida que eu havia permutado mais cedo. Eu a usaria como primeira refeição na manhã seguinte, mas aquilo não seria mais possível.

"Coma o que quiser, John", disse.

"E você?"

"Eu comi nas Chaminés, não estou com fome. Pode comer."

Era mentira, mas não havia comida suficiente nem para ele.

Meu corpo inteiro enrijeceu quando vi a carruagem se aproximar e parar exatamente onde estávamos sentados. Apesar do frio, o flanco dos sleps estava ensopado de suor. Tomás Bogle devia ter pegado pesado com eles. A porta se abriu e imaginei que veria Thansius, mas quem saiu foi Morrígona.

Eu e John nos levantamos apressados. Parecia desrespeitoso continuar sentado na presença dela. Sobre o manto branco, Morrígona usava uma capa vermelha quase da cor do cabelo. *Sangue sobre sangue*, pensei. Olhou para mim, para John e depois para a insignificante refeição dentro da lata. Quando levantou a cabeça, suas bochechas estavam rosadas.

"Vocês gostariam de me acompanhar e cear comigo em minha casa?"

John ficou boquiaberto, olhando para ela. Eu agi da mesma maneira.

"Venham, é meu desejo e um privilégio para mim." Ela segurou a porta e fez um gesto para que entrássemos na carruagem. Quando subi, percebi que vários wugs nos olhavam de boca aberta. Isso incluía a família Loons, que havia saído para a rua. Cletus Loon, em particular, olhou para mim com pura malícia.

Nós já havíamos entrado na carruagem com Thansius, mas nosso espanto continuava estampado em nosso rosto, enquanto observávamos todo aquele requinte.

Morrígona sorriu e disse:

"É bem bonito, não é mesmo?"

Tomás sacudiu os arreios e os sleps saíram. Nós nunca havíamos andado de carruagem: da outra vez, só tínhamos sentado. Fiquei surpresa com a velocidade e a maciez do trajeto. Olhei para fora e observei as janelas iluminadas pelos lampiões passando velozes, enquanto os sleps seguiam em perfeita sincronia um com o outro.

Morrígona era muito reservada e os wugs não sabiam muita coisa a seu respeito. Eu sabia, no entanto, que sua casa ficava na estrada ao norte do território de Artemísia.

A carruagem fez uma última curva, onde a estrada agora era coberta de cascalho fino, e um átimo depois surgiram os portões de metal. Eles se moveram sozinhos de alguma maneira, abrindo caminho para a carruagem. Nos portões forjados em ferro, não consegui ver nada além da letra M.

Quando virei a cabeça, Morrígona estava olhando para mim.

"Eu sabia onde a senhora morava", disse eu, hesitando. "Mas só tinha visto pelos portões quando passei por aqui. É muito bonito."

Ela continuou me observando.

"Quando você era mais jovem?", perguntou.

Assenti.

"Eu estava com meu pai."

Por algum motivo, ela pareceu aliviada, e assentiu também.

"Obrigada. É um lugar ótimo para morar." Ela olhou para John, que estava tão encolhido no outro canto da carruagem, que quase se incorporou ao acolchoado do assento. "Está ficando tarde", disse ela. "Faremos nossa refeição e, depois, podemos conversar um pouco."

Engoli em seco. Que tipo de assunto ela conversaria com wugs como nós?

A carruagem parou, ela esticou a mão e abriu a porta. Fui a última a sair depois dela. Na verdade, precisei puxar John e empurrá-lo para fora.

A casa era grande e magnífica. Comparada a qualquer outra em Artemísia, parecia um vaso de cristal no meio de um monte de lixo. Era feita de pedra, tijolos e madeira, mas sua estrutura não era confusa; parecia não existir uma maneira mais perfeita de combinar aqueles elementos díspares. A espessura da porta da frente, grande e de madeira, devia equivaler à largura da minha mão. Quando nos aproximamos, ela se abriu. Fiquei surpresa da mesma maneira que havia ficado quando os portões se abriram.

Foi então que vi um wug atrás da porta. Eu já o havia visto uma vez nas ruas de Artemísia, mas não sabia seu nome. Fez uma mesura para Morrígona e nos conduziu por um longo corredor iluminado por tochas presas em suportes de bronze. Nas paredes, havia pinturas bem grandes, além de um espelho. A moldura em madeira tinha criaturas esculpidas em diferentes formas.

Percebi um par de candelabros de prata preso na parede.

"Finalizei aqueles ali nas Chaminés!", exclamei.

Ela assentiu.

"Sim, eu sei. São maravilhosos. Um dos meus objetos prediletos."

Sorri por causa do elogio e continuamos pelo corredor.

Senti os pés afundarem em grossos tapetes estampados com cores vivas. Passamos por diversos cômodos, incluindo um que consegui ver pela porta aberta. Obviamente devia ser a biblioteca, pois havia livros do chão ao teto; o fogo queimava numa enorme lareira de pedra. Havia uma larga chaminé que eu sabia ser feita de mármore. Perto da porta, havia uma armadura escura mais alta do que eu. Percebi que havia sido feita para o corpo de Morrígona.

Enquanto olhava para a armadura, disse:

"Precisaremos fazer algumas dessas para nos prepararmos para a invasão dos forasteiros?"

Ela olhou para mim como se me examinasse profundamente, mais do que o necessário para a pergunta que eu havia feito. Mantive minha expressão impassível.

"Acredito que nossos planos para a Muralha serão suficientes, Vega, mas não descarto nada."

Quando chegamos no final do corredor, Morrígona, passando os olhos sobre nossa aparência nada limpa, disse:

"William mostrará onde vocês podem se limpar um pouco antes de fazermos nossa refeição."

William obviamente era o wug que nos acompanhava. Baixinho e corpulento, usando roupas totalmente limpas e com a pele tão lisa e impecável quanto suas vestimentas, ele fez um movimento para que o acompanhássemos, enquanto Morrígona entrava por outro corredor.

William nos mostrou uma porta. Olhei sem entender o que devia fazer. Ele a abriu e disse:

"Torneira de água quente à esquerda, água fria à direita. Como podem ver, também há uma instalação para necessidades pessoais", acrescentou ele, apontando para a outra parede. "A refeição está pronta, portanto não se demorem." Deu-nos um empurrãozinho para que entrássemos e fechou a porta.

O banheiro era pequeno e bem iluminado. Havia uma toalha branca e torneiras em uma parede. Na outra, uma latrina para necessidades pessoais, como tinha dito William.

Geralmente, fazíamos nossas necessidades no banheiro de um barraco atrás da Loons. As torneiras que usávamos ficavam ao lado. Não havia água quente, apenas a água congelante que, na maioria das vezes, saía em filetes.

Ali havia toalhas grossas e uma barra branca de sabão perto da pia. Eu tinha visto uma dessas no hospital. A maioria dos wugs usava apenas uma água com sabão barata vendida numa loja da Rua Principal.

Olhei para John, que parecia incapaz de se mover. Caminhei até a pia e girei a torneira da esquerda. A água fluiu com pressão. Coloquei as mãos sob o jato. Estava quente! Peguei a barra de sabão e esfreguei-a entre as palmas. Toda a sujeira saiu. Esfreguei o rosto e lavei-o com a água. Hesitei, mas acabei pegando uma das toalhas para me secar.

Fiz um gesto para que John se aproximasse e repetisse o que eu tinha feito.

Quando baixei a toalha, vi que ela estava preta por causa da sujeira. Olhei para o tecido manchado e senti vergonha por ter sujado algo tão imaculado de Morrígona.

Enquanto John usava a água, olhei para o espelho preso sobre a pia. Eu sendo vista por mim mesma. Havia um bom tempo não olhava meu próprio reflexo, e não era uma visão agradável. Meu rosto estava um pouco mais limpo por causa do sabão e da água, mas o cabelo estava todo desgrenhado, parecia um monte de feno. Teria de cortá-lo logo, logo.

Passei então o olhar para minhas roupas. Estavam imundas. Senti uma vergonha genuína de estar naquele lugar tão extraordinário. Não era digna de andar numa carruagem tão elegante. Estava suja até mesmo para montar em um dos majestosos sleps.

Constrangida, esfreguei uma manchinha de sujeira que a água não havia tirado do meu rosto. Meu nariz também era estranho. E meus olhos pareciam desproporcionais – um era levemente maior e mais alto do que o outro. Sob a luz daquele ambiente, eles pareciam mais cinzentos do que azuis.

Abri a boca e contei os dentes. Minha mãe costumava fazer isso comigo quando eu era bem novinha. Nós saltávamos os buracos de onde haviam caído os dentes de leite e continuávamos. Ela encostava com o dedo em cada dente, fazendo uma brincadeira e cantando uma canção.

Sente, sente, sente, pula onde não tem dente.
Abre a boca grande, um sorriso a gente não esconde.

John puxou meu braço. Olhei para seu rosto limpo, e tanto a música quanto o rosto da minha mãe desapareceram da minha mente.

"Acabei, Vega", disse ele. O medo dera lugar a algo mais poderoso. "Vamos comer?"

QUATTUORDECIM

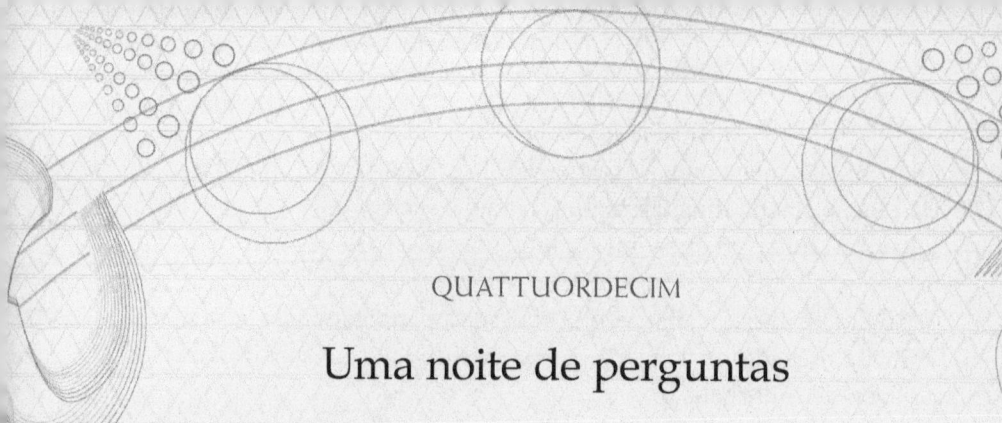

Uma noite de perguntas

WILLIAM ESTAVA ESPERANDO por nós do outro lado da porta. Ainda com vergonha da minha aparência, mantive a cabeça baixa enquanto o seguíamos por outro corredor, mas era impossível não dar uma olhadela aqui e ali. Qual seria o tamanho da casa de Morrígona?

William abriu outra porta e nos anunciou.

"Madame Morrígona, seus convidados", disse ele.

A sala devia ter mais de cinco metros de largura e sete de profundidade, muito maior do que nosso quarto na Loons, onde seis wugs dormiam juntos em catres minúsculos, tão firmes quanto uma tigela de mingau. Não era à toa que eu acordava sempre com o corpo dolorido.

Morrígona já estava sentada e havia tirado a capa. Agora vestia o mesmo manto inacreditavelmente branco que usara no Campanário.

"Entrem e sentem-se, por favor", disse ela em tom agradável.

Obedecemos, mas não consegui mais encará-la depois de ver como eu estava suja e descabelada. Em seguida, aconteceu algo de que eu jamais me esqueceria. Uma wug vestida com uma roupa preto e branco muito bem passada apareceu e colocou uma tigela na minha frente, soltando vapor. Depois fez o mesmo com John e Morrígona.

"Uma boa sopa ajudará a espantar o frio da noite", disse Morrígona, pegando a colher e mergulhando-a na sopa.

Era natural que não usássemos utensílios na Loons, mas meus pais usavam e nos ensinaram como manipulá-los. Estávamos um pouco sem prática, no entanto, o que se notou assim que derramei um pouco de sopa sobre a mesa e me senti apavorada.

A moça simplesmente deu um passo adiante e passou um pano.

Depois da sopa, vieram os queijos. Depois dos queijos, os pães. Depois dos pães, as verduras. E depois das verduras, veio uma carne de boi que derretia no garfo e na boca, junto com batatas redondas, espigas de milho e brotos verdes, tudo quente e com um sabor muito melhor que a aparência. Raramente tínhamos produtos agrícolas na Loons. O máximo que conseguíamos eram grãos de milho e um pouco de batata, suficiente para encher a boca. Eu já havia visto espigas de milho sendo empilhadas nas carroças pelos lavradores, mas nunca tive uma dentro do prato na minha frente. Observei Morrígona com atenção para ver como se comia de maneira apropriada.

John estava com o rosto tão perto do prato, que eu mal conseguia ver a comida desaparecer em sua boca. Morrígona teve de mostrar para ele que o miolo da espiga de milho na verdade não era comestível. John não se sentiu envergonhado, apenas continuou comendo o mais rápido que podia.

Rapazes são rapazes, afinal de contas.

Também comi o máximo que pude e depois comi um pouco mais – se eu estivesse sonhando, a sensação de estar satisfeita desapareceria quando acordasse. Depois da carne, vieram pratos cheios de frutas redondas e doces que eu já tinha visto pela janela da loja de Herman Helvet, mas não tinha a esperança de comprar. Percebi que John discretamente escondeu alguns em sua capa. Acho que Morrígona também viu, mas não disse nada.

Quando já não conseguíamos comer mais nada, eu e John encostamos as costas na cadeira. Nunca, em todos os meus ciclos, tive um jantar parecido. Estava me sentindo aquecida, sonolenta e satisfeita.

"Gostariam de comer mais alguma coisa?", perguntou Morrígona.

Levantei a cabeça, ainda envergonhada de olhar para seus olhos.

"Acho que não. Obrigada pela refeição maravilhosa", acrescentei rapidamente.

"Então vamos para a biblioteca?"

Eu e John nos levantamos e a seguimos pelo corredor. Fiquei maravilhada com o jeito de andar de Morrígona, tão alta, ereta e graciosa, e me vi tentando caminhar com o corpo mais ereto. Passamos por um enorme relógio de pêndulo, preso numa parede. Eu e John tomamos um susto quando ele soou a hora. A maioria dos wugs não tinha relógio, muito menos daquele tipo.

Entramos na biblioteca, onde a lareira continuava acesa. Sentei de frente para Morrígona. Meus olhos começaram a pesar por causa do tanto que tínhamos comido e do calor do fogo.

John não se sentou. Preferiu ficar andando pela sala, olhando os livros. Morrígona o observava, curiosa.

"John gosta de ler, mas no Preparatório não há muitos livros", expliquei.

"Pode pegar o que quiser, John", disse Morrígona. Ele olhou para ela, descrente. "É sério, John, pode pegar o que quiser. Já li todos eles."

"A senhora leu *todos* eles?", perguntei.

Ela assentiu.

"Meus pais me incentivaram a ler desde muito cedo." Ela olhou em volta. "Cresci nesta casa. Você não sabia?"

Balancei a cabeça.

"Em Artemísia, não se sabe muita coisa sobre a senhora", disse eu, com sinceridade. "Sabemos apenas que a senhora é o único membro do sexo feminino no Conselho, e que a vemos de vez em quando, nada mais."

"Seus pais nunca falaram nada sobre minha família?"

"Não que eu me lembre." Franzi o rosto porque senti que a decepcionava.

"Meu avô foi presidente do Conselho antes de Thansius. Isso há muitos ciclos, é claro. Na verdade, ele fez parte do Conselho junto com seu avô, Vega."

Endireitei a coluna, e minha sonolência passou na hora.

"Meu avô foi do Conselho?"

"Ele saiu antes... antes do..."

"Evento", terminei para ela, franzindo o rosto. E me lembrei de novo do que Jurik Krone tinha dito na cabana de Quentin. Será que o Conselho usava o Evento para explicar o desaparecimento de wugs? Se sim, onde meu avô estaria de verdade?

"Muito bem", disse ela. "Você não sabia mesmo que Virgílio era do Conselho?"

Reclinei o corpo para trás, franzindo cada vez mais o rosto. Eu era muito ignorante a respeito da história da minha família e do lugar onde nasci. Levantei a cabeça e olhei para John. Ele havia tirado uma dúzia de livros da estante e tentava ler todos ao mesmo tempo.

"Nunca soube muita coisa sobre Artemísia", disse eu, defensivamente. "Mas tenho muita curiosidade", acrescentei para dar ênfase.

"O Preparatório não é como antes", comentou ela, resignada. "As coisas que se ensinavam lá quando eu tinha a idade de John não se ensinam mais. Uma tristeza."

"Para mim também é triste", disse eu. "A senhora poderia me contar algumas coisas?"

"Alvis Alcumus fundou Artemísia há muito tempo, talvez há quinhentos ciclos ou mais. Ninguém sabe a data exata."

"Eu sabia disso, mas de onde ele veio? Se fundou Artemísia, quer dizer que o lugar não existia antes dele. E isso também quer dizer que ele deve ter vindo de algum lugar." Eu já tinha feito muitas perguntas daquele tipo no Preparatório, mas nunca havia conseguido uma resposta. Tinha certeza de que eles haviam ficado felizes em me ver pelas costas quando completei 12 ciclos e meu período no Preparatório chegou oficialmente ao fim.

Morrígona se virou para mim com uma incerteza no olhar.

"Ninguém sabe ao certo. Alguns dizem que um dia ele surgiu do nada."

"Como se fosse um Evento ao contrário?", perguntou John.

Nós duas olhamos para ele. Estava sentado no chão, segurando um livro chamado *Jábites e a jugular*. Depois de quase ter sentido sua mordida, senti náuseas ao ler o título do livro.

Morrígona se levantou, caminhou até a lareira e esticou as mãos longas e magras para o fogo, enquanto John desviava a atenção para outro livro chamado *Compêndio sobre wugs nefandos de Artemísia*.

Virei-me para Morrígona, esperando que ela desse continuidade à conversa.

"Meu pai sofreu um Evento quando eu tinha apenas 6 ciclos", disse ela.

"Onde?", deixei escapar sem querer.

Ela não pareceu se ofender.

"Ele foi visto pela última vez perto do Pântano. Foi até lá para colher um cogumelo específico, *Amanita fulva*, que só cresce na fronteira. Nunca soubemos se o Evento aconteceu lá mesmo. Nada restou para que determinássemos a localização exata, é claro. Nunca nada resta."

Aproximei-me dela, ganhando coragem para fazer minha próxima pergunta.

"Morrígona", comecei, sentindo a língua vibrar ao dizer o nome dela, como se fôssemos amigas de longa data. "Se não resta nada dos wugs, como se sabe que o que aconteceu foi um Evento? Se seu pai estava perto do Pântano, quem sabe ele não foi atacado por uma besta que o levou embora? Nesse caso, nenhum wug entraria lá para procurá-lo."

Parei porque, de repente, não acreditei no que estava dizendo. Tinha acabado de falar sobre o pai de Morrígona de um jeito que poderia parecer desrespeitoso.

"Sua pergunta é perfeitamente natural, Vega. Eu mesma pensei nisso quando era jovem."

"E encontrou uma resposta satisfatória?", perguntou John.

Ela virou as costas para a lareira e olhou para ele.

"Às vezes acho que sim; outras vezes... bem, não é fácil chegar a uma resposta desse tipo, não é? Saber por que alguns wugs nos deixam", acrescentou, saudosamente.

"Acho que não", disse eu, em dúvida.

"Agora eu gostaria de conversar algumas coisas com vocês", disse ela.

Meu coração começou a bater mais rápido, porque eu temia que o assunto fosse Quentin Herms. No entanto, Morrígona me surpreendeu mais uma vez.

"O que vocês acham da Muralha?", perguntou, olhando para nós dois. John baixou o livro e olhou para mim. "Vocês acham que é uma boa ideia?"

"Sim, se impedir que os forasteiros nos devorem", disse John.

"A senhora disse que teve uma visão do ataque de Herms", disse eu. "E que também viu que os forasteiros queriam tirar Artemísia de nós."

"Sim, é verdade."

"Então o que aconteceu com Herms? A senhora disse que a visão parou, então supôs que ele estava morto por causa do que encontraram?"

"Minha visão não parou. O que disse foi uma meia-verdade para acabar com o pânico dos wugs." Ela virou o olhar para John, que estava boquiaberto. "Não quero falar sobre o destino dele, mas Herms não existe mais."

Desviei o olhar de John e me deparei com os olhos de Morrígona sobre mim.

"Você estava lá naquela manhã, Vega", observou ela. "E embora eu saiba que você disse para Jurik Krone que não viu nada, queria saber se você tem certeza. Será que não viu alguma coisa de relance?"

De repente me dei conta de que, por causa de seu dom especial, Morrígona podia ter visto o que vi na entrada do Pântano. Talvez ela soubesse que eu havia mentido para Jurik Krone. Pensei por alguns átimos. E então falei com muito cuidado.

"Tudo aconteceu rápido demais", comecei. "Os caninos faziam muito barulho e os membros do Conselho corriam para todos os cantos. Alguns estavam bem perto do Pântano. Não sei se eles entraram, não tenho certeza. Talvez tenha visto algum deles passando rápido pela fronteira. Mas com certeza um wug não ficaria muito tempo lá dentro, não é?"

Ela assentiu.

"Não, nenhum wug *em sã consciência* ficaria no Pântano." Ela olhou bem nos meus olhos. "Ficar no Pântano é o mesmo que morrer, esteja certa disso." Ela olhou para John. "Vocês dois."

Olhei para John e sabia que ele não precisava ser alertado outra vez. Ele tremia tanto, que parecia pronto para se jogar de cabeça na lareira.

Mas uma coisa me passou pela cabeça.

"Thansius disse que os forasteiros podem controlar a mente dos wugs. Como?"

"Não temos certeza. São criaturas malignas, mas têm o intelecto evoluído. Talvez mais evoluído e habilidoso que o nosso."

"Então eles podem fazer os wugs seguirem suas ordens?", perguntei.

Ela pareceu incomodada com a pergunta.

"Espero que você nunca tenha a oportunidade de descobrir a resposta, Vega", respondeu, em tom ameaçador.

Senti meu rosto corar e olhei para o outro lado.

"Estou confiando que vocês dois se esforçarão ao máximo para ajudar com a Muralha", disse.

John assentiu empolgado e eu repeti o gesto, mas não com tanta energia.

"Como vai ser a Muralha?", perguntou ele.

"Será alta, feita de madeira com torres de guarda em intervalos específicos."

"Só isso?", disse John, decepcionado.

Ela olhou para ele com mais atenção.

"Por que? O que sugere?"

"Uma defesa em dois níveis", disse ele. "A altura pode ser superada de várias maneiras. O que seria muito mais difícil se combinássemos a Muralha com outro obstáculo que reduzisse a efetividade de qualquer ataque contra nós."

Fiquei impressionada. Pelo olhar de Morrígona, ela também estava.

"E qual seria esse outro obstáculo?", perguntou.

"Água", respondeu ele imediatamente. "Com uma profundidade suficiente para retardar os forasteiros. Se são descendentes das bestas, imagino que sejam grandes e pesados, mesmo que caminhem com duas pernas. Então eu cavaria fossos dos dois lados da Muralha. Isso nos daria uma grande vantagem tática, porque conseguiríamos controlar a situação, afastar e conquistar o oponente."

"Sua ideia é brilhante, John", disse eu, maravilhada por saber que aparentemente a ideia tinha surgido do nada. Só tínhamos ficado sabendo da ameaça dos forasteiros e da Muralha naquela manhã, e durante o dia ele já tinha melhorado nosso plano de defesa.

Morrígona assentiu e acrescentou com um sorriso:

"Brilhante mesmo! Quando você pensou nisso tudo?"

"Enquanto usava água no banheiro para lavar o rosto. Vi como a água se acumulava na pia. E então tive a ideia dos fossos."

O respeito que eu tinha pela inteligência de John, que já era alto, aumentou cem vezes. Era impossível não olhar surpresa para ele.

Morrígona se levantou, apanhou um livro na estante e entregou-o para John.

"Este livro é sobre números", disse ela. "Soube através do preceptor que você gosta de números."

John abriu o livro e instantaneamente se concentrou nas páginas.

Eu, no entanto, fiquei pensando por que Morrígona havia questionado o preceptor a respeito de John.

Morrígona olhou para mim.

"Todos precisamos usar nossas forças em momentos difíceis. E cabe ao Conselho determinar qual é a força de cada wug."

Olhei para ela, constrangida. Será que ela havia lido minha mente?

Mais tarde, enquanto nos despedíamos, Morrígona disse:

"Ficarei muito feliz se vocês não contarem a ninguém sobre esta visita. Entendo que a maioria dos wugs não vive nesse nível de conforto. E eu mesma acho cada vez mais difícil continuar aqui, sabendo dos desafios enfrentados por cada wug, mas esta é minha casa."

"Eu não vou falar nada", disse John. Senti pela sua voz que ele tinha a esperança de ser convidado de novo para outra refeição. Ele era inteligente, mas também era um rapaz de barriga geralmente vazia. Muitas vezes a situação era simples assim.

A carruagem nos levou de volta, conduzida, obviamente, por Tomás. Os sleps corriam ligeiros, em perfeita sincronia, e chegamos bem rápido na Loons. A casa de Morrígona seria uma lembrança viva durante um bom tempo, bem como a maravilhosa refeição que havíamos feito com ela.

Quando subimos para nossos catres, John, que cambaleava por causa do peso de tantos livros que carregava, disse:

"Nunca vou me esquecer dessa noite."

Bom, eu sabia que também não me esqueceria; mas, provavelmente, não pelas mesmas razões.

QUINDECIM

O começo do fim

NA MANHÃ SEGUINTE, levei John ao Preparatório. Ele colocou a maioria dos livros de Morrígona na mochila. Sabia que ele ficaria lendo o dia todo. Eu também adorava livros na idade dele. Ainda adorava livros, mas Morrígona não tinha estendido a oferta a mim.

Depois fui direto para minha árvore, onde planejava fazer a primeira refeição do dia, que sempre pareceria trivial em comparação à que havíamos tido na casa de Morrígona. Agora entendo porque ela mantinha segredo sobre o ambiente em que vivia. A inveja ainda era um sentimento presente em Artemísia.

Enquanto caminhava, encostei a mão na corrente presa em volta da cintura, embaixo da blusa. Um átimo depois, dei de cara com eles.

Primeiro vi Roman Picus, de casaco cinza e chapéu amassado. Ele carregava um mortiço de cano longo preso no ombro, e, no cinto, um mortiço de cano curto preso com pele de garme. Junto com ele havia dois wugs carregando mortiços e longas espadas. Eu conhecia os dois, embora meu desejo fosse o contrário.

O primeiro era Ran Digby, que trabalhava na loja de armas de Ted Racksport. Ele era nojento, um dos wugs mais imundos, na verdade. Eu apostava que ele nunca tinha usado água com sabão para tomar banho em todos os seus ciclos. Racksport deixava-o fabricando mortiços no fundo da loja, principalmente porque ninguém suportava o cheiro que exalava.

Ele olhou para mim por trás da barba grande e eriçada, cheia de restos de comida que deviam estar presos aos pelos havia muito tempo. Quando sorria, o que não fazia com frequência, dava para ver apenas três dentes escurecidos.

O outro wug veio marchando e olhando para mim em silêncio. Cletus Loon carregava um mortiço de cano longo quase da sua altura e estava vestido com uma das roupas já usadas pelo pai. Não sei se ele fazia aquilo para parecer um sujeito já crescido; só sei que o efeito era cômico. Meu rosto devia ter mostrado que eu tinha achado graça, porque seu olhar triunfante mudou rapidamente para uma careta diabólica.

"Para onde está indo, Vega?", perguntou Roman.

Olhei para ele sem esboçar expressão nenhuma.

"Para as Chaminés. E para onde *você* está indo, Roman?"

Fez questão de mostrar que olhava o relógio pesado e depois olhou para o céu com o mesmo estilo forçado.

"Muito cedo para as Chaminés."

"Vou fazer minha primeira refeição na árvore, depois vou para as Chaminés. É minha rotina."

"Não é mais não", disse Ran Digny com um forte sotaque quase incompreensível, cuspindo no chão o fumo que mascava, e quase acertando meus pés.

"Forasteiros", acrescentou Cletus Loon, com ares de arrogância.

"Eu se-ei", respondi, prolongando a sílaba. "Mas ainda preciso comer e ainda tenho de ir trabalhar, a não ser que Julius me diga o contrário."

Roman coçou o rosto e disse:

"Quem decide isso não é Julius mais não."

"Muito bem, quem decide então? Me diga!", pedi, olhando para cada um deles. Cletus murchou quando confrontado pelo meu olhar. Ran Digby pareceu não entender minha pergunta e simplesmente cuspiu de novo. Observei com prazer quando ele errou a cusparada, e a gosma escorreu pela sua barba, mas em seguida senti nojo, porque ele não fez nenhum esforço para se limpar.

"O Conselho decide", disse Roman.

"OK, e o Conselho já tomou alguma atitude? As Chaminés estão fechadas?"

Agora Roman tinha a cara de quem estava exagerando. Como não disse nada, resolvi partir para a ofensiva.

"E o que vocês estão fazendo com esses mortiços?"

"Patrulha. Como dito ontem no Campanário", respondeu Roman.

"Imaginei que isso seria feito por wugs mais humildes que você, Roman."

"Se você não sabe, moça, sou chefe da recém-fundada Polícia de Artemísia, um cargo alto e de poder, digno de um wug como eu. Thansius criou a Polícia ontem à noite e me convocou para chefiá-la." Ele apontou para os outros. "E estes são os carabineiros nomeados."

"Bem, Thansius deve tê-lo escolhido porque você tem mais mortiços do que qualquer outro wug." Depois olhei para Cletus. "E você sabe como usar isso?"

Antes que Cletus pudesse dizer qualquer coisa, Roman respondeu:

"Se você vai para as Chaminés, é melhor ir andando, mas a partir de amanhã, todos os wugs devem mostrar pergaminhos especiais para a patrulha."

"Que tipo de pergaminho?"

"Autorizações para ir aonde estão indo", disse Cletus, em tom grosseiro.

"Por quê?", perguntei.

"Ordens do Conselho, moça. Apenas ordens", disse Roman.

Ran cuspiu, confirmando.

"E onde conseguimos esse pergaminho?", perguntei.

"Acha que vai ser moleza?", disse Ran, dando outra cusparada de fumo no chão.

Respirei fundo, tentando manter a boca calada e não dizer algo que levasse um deles a disparar um tiro de mortiço bem no meio da minha cabeça.

"E que diferença faz um pergaminho para um bando de forasteiros?", perguntei.

"Você faz muitas perguntas", disse Cletus, irritado.

Continuei olhando para Roman.

"É porque tenho poucas respostas."

Virei para o outro lado e segui meu caminho. Com todos aqueles mortiços atrás de mim, minha vontade era correr antes que eles disparassem e depois dissessem que tinha sido um trágico acidente.

Consegui até imaginar a desculpa de Roman: *"Ela fez um movimento brusco, não sei por quê. O mortiço disparou. Ela deve ter encostado nele, amedrontada, por ser moça e tal"*.

E o estúpido do Ran Digby provavelmente acrescentaria: *"Qual vai ser o jantar de hoje? Rá!" Pfft!*

Mais tarde, quando finalmente fui para as Chaminés, alguém esperava por mim no meio do caminho. Delph estava com a aparência de quem não comia ou dormia havia dias e noites. Estava com o corpo todo curvado, olheiras fundas e o longo cabelo solto, caído para a frente.

"Delph?", disse eu, com carinho.

"E-e-e aí, Vega Jane."

Senti certo alívio por ouvi-lo me cumprimentar da maneira habitual.
"Está tudo bem?", perguntei.
Primeiro ele assentiu, depois negou com a cabeça.
Cheguei mais perto dele. Em muitos aspectos, Delph era meu irmão mais novo, embora fosse alguns ciclos mais velho, mas a inocência e a ingenuidade eram capazes de perturbar a ordem cronológica das coisas. Ele parecia perdido e com medo; meu coração se encheu de compaixão por ele.
"O que houve?", perguntei.
"Campanário."
"A assembleia?" Ele assentiu. "Existe um plano, Delph. Você ouviu Thansius."
"Ouvi Tân-Tân-Tâns-Thans – Ah, droga", murmurou ele, desistindo de pronunciar o nome. "Ele."
Acariciei seu ombro largo.
"Você vai poder ajudar muito na Muralha, Delph. Provavelmente até poderia construí-la sozinho."
As próximas palavras dele eliminaram toda minha amabilidade e prenderam minha atenção.
"O Evento de Virgílio."
"O que tem o Evento?"
"Como dis-se, Veja Jane, eu v-vi."
"O que exatamente você viu?", perguntei.
Ele deu um tapa na cabeça.
"Di-difícil di-dizer, tudo conf-f-fuso", disse ele, depois de um esforço enorme e de quase engasgar com as sílabas.
"Você não se lembra de nada? Nada mesmo? Ele não disse alguma coisa?"
Delph puxou a bochecha, refletindo sobre a pergunta.
"Luz v-ve-vermelha", disse ele.
"Que luz? De onde ela veio? O que quer dizer essa luz?"
Eu não conseguia parar de fazer perguntas. Era como se minha boca disparasse palavras com um mortiço.
Sob aquele ataque verbal, Delph se virou e começou a ir embora.
"Delph", gritei. "Por favor, espere!"
Foi então que aconteceu. Eu não queria, simplesmente aconteceu. Dei um salto de uns vinte metros no ar, passei por cima de Delph e pousei uns cinco metros à frente, com as mãos na cintura e olhando diretamente para ele. Só percebi o que tinha feito, quando vi a expressão de pânico em seu olhar. Antes que eu pudesse dizer qualquer coisa, ele se virou para o outro lado e correu.

"Droga! Delph, espere!"

Não corri atrás dele. Delph estava com medo, e por um bom motivo. Os wugmorts, como regra geral, não voavam. Fiquei parada entre a sombra das árvores, ofegante e com o coração batendo forte junto com o ruído da respiração. Será que Delph contaria para alguém o que tinha acabado de ver? Se contasse, alguém acreditaria? Claro que não, era Delph. Ninguém o levava a sério. Logo depois de pensar naquela frase, me castiguei mentalmente. *Eu* levava Delph a sério e não queria que ninguém o ridicularizasse por dizer uma verdade.

Delph tinha vindo aqui para me falar sobre o Evento. Fiquei pensando na coragem que ele tinha precisado reunir para fazer aquilo. E eu o havia espantado com perguntas intermináveis e um salto totalmente impulsivo.

"Estúpida", lamentei comigo mesma. "Você acabou com tudo."

DUAS NOITES DEPOIS, eu e John estávamos jantando na Loons. Passei os olhos de um lado a outro da mesa, avaliando o ambiente. Não era tão difícil assim. Eu diria que pairava no ar um clima entre o pavor e a aceitação de que estávamos todos com os dias contados.

Selena Jones era uma das mais felizes entre nós, na verdade. Soube que era porque as vendas haviam aumentado muito no Empório Noc. Aparentemente, wugs de todas as idades agora estavam interessados em saber sobre o futuro, observando a noc. Para mim, eles queriam ter certeza de que não seriam devorados pelos forasteiros.

Ted Racksport também parecia satisfeito e por um motivo básico. A venda de mortiços tinha disparado nos últimos dias. Seus funcionários estavam trabalhando dia e noite para dar conta da avalanche de pedidos. Imaginei que a maioria das armas serviria para suprir as patrulhas.

Depois passei os olhos por Cletus Loon, que estava sentado olhando para mim com um nítido desdém. Ele havia se limpado um pouco e estava usando o que parecia ser um uniforme rústico com um boné azul. Eu sabia que ele estava pensando em me dizer alguma coisa que ele considerava inteligente. E eu também tinha certeza de que não conseguiria.

"Assustei você aquele dia, não é? Na floresta? Pensei que você ia começar a chorar igual criança." Cletus riu em silêncio e levantou os olhos para ver a reação do pai, mas Cacus Loon estava ocupado enfiando uma codorna inteira na boca e, aparentemente, não tinha escutado o que o filho tinha dito.

Racksport colocou a caneca sobre a mesa, que para mim devia estar cheia de aguardente, limpou a boca e disse:

"Já usou o mortiço, Cletus"?

"Só com as codornas para o jantar", respondeu.

Fiquei surpresa com o que ele disse, e também um pouco preocupada. Cletus aparentemente atirava melhor do que eu pensava.

Racksport bufou.

"Não gaste munição com isso. Você pode jogar coisas nelas e derrubá-las no chão. O mortiço é demais pra isso." Ele se serviu de codorna. "Veja só, o metal do mortiço arrancou o coração. Tem um pedaço no meu garfo."

Olhei para o pedaço minúsculo de carne de codorna no meu prato, pensei no coração ainda menor da codorna, que antes voava alegre e feliz pelo céu, e perdi imediatamente o apetite. Olhei para John e ele teve a mesma reação.

Racksport olhou para nós, percebeu nosso dilema e começou a rir tão alto que engasgou. Não movi nenhum músculo para ajudá-lo a voltar a respirar. Ele acabou se levantando para tossir lá fora. Enquanto isso, levei John para nosso quarto.

Observei-o se sentar no catre e abrir um dos livros de Morrígona.

"Está gostando dos livros, John?", perguntei.

Ele assentiu distraído e baixou os olhos sobre a página.

A chuva tinha começado a cair com tanta força, que eu me senti molhada mesmo estando lá dentro. Deitei-me no catre, virei de lado e olhei para John, devorando o livro. Ele deslizava os olhos pela página e depois percorria vorazmente letras impressas, em busca de conhecimento. Foi a última imagem que vi antes de adormecer naquela noite densa e tempestuosa em Artemísia. Só acordei na manhã seguinte, com John tocando meu ombro.

Os próximos dias trariam mudanças com as quais eu jamais havia sonhado.

SEDECIM

A conversa de John

JOHN NÃO DEMOROU para terminar a leitura de todos os livros de Morrígona. Ele os colocou embaixo do catre, e então aconteceu algo extraordinário. Surgiram mais livros. John teve de empilhá-los encostados na parede perto do catre, e a pilha foi crescendo até ficar mais alta do que eu.

"Morrígona", respondeu John quando perguntei de onde tinham vindo os outros livros. Estávamos no quarto, depois do jantar.

"Morrígona", repeti como um papagaio.

"Ela os mandou para mim, Tomás Bogle os trouxe."

"Como ela sabia os livros que mandaria?"

"Eu disse a ela que não importava. Só queria ler."

"Você disse a ela?"

Ele assentiu.

"Ela esteve no Preparatório antes de ontem para conversar com as crianças sobre os forasteiros e a Muralha."

"Por que você não me contou isso antes?", perguntei.

"Morrígona pediu para não comentarmos nada. Ela só falou sobre o perigo dos forasteiros e sobre o que esperavam da nossa ajuda para proteger Artemísia."

"E como as crianças reagiram?"

"Ficaram com medo, mas entenderam o papel que precisam cumprir."

"E qual é?" A cada átimo, eu me sentia mais e mais excluída.

"Fazer o que o Conselho espera que façamos."

"Tudo bem, mas o que Morrígona quer que *você* faça? Ter outras ideias brilhantes para a Muralha?"

"Ela só quer que eu leia, por enquanto. E vá para a casa dela", acrescentou John, tranquilamente.

Olhei boquiaberta para ele.

"Ir para a casa dela? Quando?"

"Amanhã."

"E quando você ia me contar isso?"

"Daqui a pouco faço 12 ciclos e saio do Preparatório. Morrígona disse que conversaria com você sobre isso."

"Mas não conversou."

Imediatamente ouvi o estalo das rodas. Corri até a janela e olhei para a rua. Morrígona já estava descendo da carruagem azul, quando os magníficos sleps pararam e sacudiram a cabeça elegante. Ouvi o barulho de cadeiras arrastando, passos na escada, a porta se abrindo. Eu sabia o que ia acontecer e resolvi que seria do jeito que eu quisesse.

Quando comecei a descer a escada estreita e bamba, encontrei Cletus Loon, sem fôlego.

"Morrígona está..."

"Eu sei", disse eu, abrindo passagem.

Morrígona estava na sala principal, com Ted Racksport e Selena Jones encostados na parede, sem saber como agir. Selena estava com a cabeça baixa, como se estivesse na presença de uma majestade. Racksport parecia levemente intimidado, mas também percebi um brilho em seus olhos, enquanto examinava de cima a baixo a figura majestosa de Morrígona.

"Sr. Racksport, soube que seus trabalhadores estão dando o máximo de si para atender aos pedidos de mortiços feitos pelo Conselho", disse ela, olhando para ele.

Ele sorriu, andou de lado, aproximando-se dela, e tirou o chapéu molambento que ele nunca tirava durante as refeições.

"Estamos dando um duro danado, é verdade, Madame Morrígona. Se o Conselho quiser pagar um pouco mais, posso pedir para os caras trabalharem mais ainda. Só uns níqueis a mais e pronto. O Conselho não ia perder nada, ainda mais pensando que iam pagar dois mil níqueis para capturar Herms. Não é?"

A expressão adorável de Morrígona se transformou numa rocha. Ela aprumou o corpo, ficando ainda mais alta.

"Acredito, sr. Racksport, que na verdade o Conselho vai *diminuir* a quantidade de níqueis que estamos pagando e, ao mesmo tempo, esperamos que sua produção *aumente*. Se algum bônus tiver de ser pago depois disso, pedirei ao Conselho para que seja pago diretamente a seus funcionários."

O sorriso no rosto de Racksport desapareceu.

"Me... me perdoe, senhora", balbuciou. "Entendi alguma coisa errada?"

"Você deve ter entendido, mas posso lhe garantir que não entendi nada errado a seu respeito. Tentar obter lucro com o perigo que enfrentamos é repugnante. Tenho certeza de que Thansius achará a mesma coisa quando souber da sua oferta nojenta e traiçoeira."

Racksport agarrou o chapéu surrado, com os nove dedos e lamentou:

"Falei sem pensar, Madame Morrígona, me perdoe. É claro que aceito menos moedas por mais trabalho. Thansius deve estar muito ocupado, não precisa ser incomodado com esse assunto."

"O assunto com que devo ou não incomodar Thansius não é de sua conta. Obrigada, sr. Racksport, tratarei agora de questões mais urgentes."

Percebi com um susto que as "questões mais urgentes" tinham a ver comigo quando ela se virou para mim. O olhar de Morrígona era pura seriedade.

"Vega", disse ela rapidamente. "Precisamos conversar sobre John."

Ela foi se dirigindo para fora, e eu a segui.

Tomás estava sentado na boleia da carruagem, mas Morrígona simplesmente passou por ele e fez um movimento para que eu a acompanhasse. Fomos andando pela Rua Principal, quase toda deserta.

"Acredito que você deve ter recebido o pergaminho de autorização para se deslocar em Artemísia."

Assenti e puxei um maço de papéis no bolso da capa. Havia tantas assinaturas e selos oficiais que os papéis pareceriam importantes mesmo que não o fossem.

"Julius Domitar entregou estes daqui outro dia para todos os funcionários das Chaminés. Estou contente por tê-los, ainda mais agora, com Roman Picus e um bando de carabineiros patrulhando e fazendo perguntas tolas aos wugs que conhecem muito bem."

"Eles estão apenas fazendo o trabalho dele, Vega."

"Pode ser, mas mortiços nas mãos de Ran Digby e Cletus Loon é a receita para um desastre em larga escala."

Ela olhou para mim, curiosa.

"Talvez você esteja certa. Falarei com o Conselho para termos mais critério na contratação, treinamento e organização dos carabineiros autorizados." Ela fez uma pausa e acrescentou: "Mas agora precisamos falar de John".

"Tudo bem", disse eu, sentindo um aperto no peito.

"Em momentos de crise como este, precisamos aproveitar os dons especiais de todos."

"E qual é o dom especial de John?"

Ela olhou para mim, surpresa.

"A inteligência, Vega. Achei que era óbvio. Você ouviu as ideias que ele teve para a Muralha."

"Sim, mas o que a senhora quer me dizer sobre John?"

"Eu e Thansius queremos que ele venha morar comigo."

Parei de andar. Senti que o sangue havia parado de circular no meu corpo.

"Ir morar com a senhora?", perguntei lentamente. Meu coração disparou quando virei para trás e olhei para a Loons. Trocar aquele chiqueiro pela casa de Morrígona era um sonho que eu jamais havia sonhado. Era o luxo completo, com um banquete todos os dias, torres de livros para ler, lareira e água quente nas torneiras, algo que não seria preciso buscar em outro lugar. E havia Morrígona para nos ensinar como ser mais limpos, decentes, espertos e simplesmente... *melhores* do que tínhamos sido.

"Seu irmão tem talentos muito especiais, Vega, talentos que precisam ser cultivados para o bem de Artemísia. Por isso mandei os livros para ele. Por isso convidei vocês dois para jantarem na minha casa. Queria observar John mais de perto."

"E quando será a mudança?", disse eu, sem acreditar na nossa boa sorte.

"*John* pode vir amanhã mesmo, ao alvorecer. Mandarei Tomás vir *buscá-lo*."

Fiquei tão empolgada, pensando nos detalhes da mudança, que por um átimo não percebi a ênfase nas palavras *John* e *buscá-lo*. O sorriso rapidamente sumiu do meu rosto.

"Então apenas John vai morar com a senhora?" perguntei, enquanto meu bom humor despencava exatamente como eu tinha despencado ao voar pela primeira vez com a Destin.

"Terei um cuidado todo especial com John, ensinando-lhe muitas coisas. Certamente ele vai florescer sob minha tutela, posso lhe garantir isso, Vega. Atingirá maiores alturas."

Tive vontade de dizer: "*E quanto a mim? Não posso florescer também? Não posso atingir maiores alturas sob sua tutela requintada?*" No entanto, pude prever a resposta nos olhos de Morrígona. Não quis dar a ela a satisfação de ver ainda mais evidente em meu rosto a forma equivocada com que tinha interpretado sua oferta.

"Meu irmão nunca se distanciou de mim. Talvez não seja bom para ele."

"Posso lhe garantir que será muito bom para ele. Para começar, ele deixará de viver naquela pocilga que Roman Picus chama de hospedaria. E a família Loons não é um bom exemplo de wugmorts, não é mesmo?"

"*Eu* sou um bom exemplo para meu irmão", gritei.

"Sim, é claro que sim, Vega. E você pode visitá-lo."

"A senhora disse a John que eu não vou?", perguntei tranquilamente. Esperava que respondesse "não", porque John não parecia nem um pouco preocupado com a mudança. Talvez ele tivesse concluído que eu fosse junto.

"Ainda não. Queria falar com você primeiro."

Era um gesto gentil, mas não era o mesmo que pedir minha permissão para a saída de John. Pelo menos ela havia me respondido. Meu irmão não sabia.

Ela abriu um sorriso afável e acrescentou:

"Posso dizer a ele que você aprova a mudança?"

Confirmei, sentindo a mente vazia, um nó na garganta e uma dor no peito tão profunda, que talvez se assemelhasse à sensação de um Evento.

"Obrigada, Vega. Artemísia também lhe agradece."

Ela se virou e voltou caminhando para a Loons, que aparentemente era horrível demais para John morar, mas perfeita para mim, enquanto durassem meus ciclos.

Observei sua silhueta alta e esguia voltar para onde John estava com os livros. Senti um arrepio muito forte quando percebi que tinha acabado de perder meu irmão. Era como se alguém tivesse me jogado debaixo da mais congelante das águas.

SEPTENDECIM

Harry II

O TRABALHO NA MURALHA começou com toda determinação. Uma floresta inteira de árvores foi derrubada, e o trabalho envolveu grandes serras e machados, cretas e sleps, além do esforço extenuante dos wugs. Todos os wugs fisicamente aptos foram recrutados para a tarefa, enquanto outros wugs mais fracos e as moças ficaram responsáveis por cavar as fundações onde a Muralha seria erguida, bem como os fossos dos dois lados. O Conselho adotou, de bom grado, a ideia do meu irmão para construir uma defesa de duas camadas.

Continuei trabalhando nas Chaminés, mas parei de finalizar coisas bonitas. Estava ajudando a construir braçadeiras de metal que seriam usadas para prender as toras e os pilares durante a construção da Muralha.

Delph trabalhava mais do que qualquer um, fazendo força com os músculos e levando os pulmões quase à exaustão, enquanto arrastava ou carregava objetos presados que precisavam ser deslocados. Eu o vi trabalhando quando ajudei a colocar as toras no lugar. Não nos falamos. Não tínhamos fôlego para aquilo.

O pai dele, Duf, cuidava da tropa de sleps usada para carregar as árvores derrubadas até a Muralha. Seus cretas adestrados puxavam cordas grossas presas a roldanas bem fortes, que erguiam as toras e as colocava no lugar – dava para ver o esforço imenso que faziam pelo movimento do peito enorme e da cernelha musculosa. Observei o elaborado sistema de roldanas e imaginei que devia ser uma das criações de John. Também vi a montagem do que parecia ser uma intrincada escavadeira e supus que provavelmente John a tinha inventado.

As crianças levavam comida e água para os trabalhadores e faziam algumas tarefas que exigiam dedos ágeis em vez de braços musculosos. As mulheres mantinham os fogareiros ligados e o fluxo de comida para os trabalhadores famintos. A ideia de que forasteiros capazes de um mal incompreensível poderiam aparecer a qualquer átimo e devorar o vilarejo inteiro nos motivava ao trabalho. E a cada sete dias nos reuníamos no Campanário, porque agora era obrigatório. Ezequiel nos alertava em tom apocalíptico que não terminar a Muralha no período mais curto resultaria na nossa absoluta maldição, e que os ossos de nossas crianças acabariam indo parar na barriga de forasteiros diabólicos.

Eu tinha certeza de que aquilo gerava bem-estar e conforto para os nervos irritados de muitos wugs. Nunca havia participado de uma guerra, mas tinha a sensação de que Artemísia caminhava para aquilo: um lugar que esperava ser atacado pelo inimigo. Entendi um pouco melhor meus ancestrais que viveram durante a Batalha das Bestas.

Comecei a cumprir minhas tarefas com grande zelo. Talvez para mostrar à Morrígona que John não era o único membro capaz da família Jane. E talvez para mostrar a mim mesma que eu tinha algum valor para Artemísia.

Acordava quase sempre antes de o sol nascer e partia para minha árvore, carregando a latinha com um bocado de comida depois de comer um ou dois pedaços na Loons. Acreditava que Morrígona, como gesto de gratidão por John ter ido morar com ela, devia ter pedido aos Loons para aumentar minha porção, incluindo uma refeição matinal.

"Mais comida para gente como você e me pergunto por quê", vociferou Cletus Loons uma noite, enquanto eu subia para meu catre. "Estamos lá fora nos matando para derrubar árvores. E você deve ficar se coçando o dia inteiro nas Chaminés para passar o tempo. Injusto isso. Os wugs já estão de saco cheio."

"Não fico à toa nas Chaminés. Você acha mesmo que Julius permitiria isso?", acrescentei com um sorriso malicioso. "E para mim você patrulhava com o mortiço, matando codornas minúsculas antes que elas arremetessem para bicar você."

"Derrubo árvores de dia e ainda querem que eu patrulhe à noite", respondeu, ríspido.

"É bom se manter ocupado", disse eu, subindo as escadas em seguida.

Eu não me importava com a justiça de uma porção a mais de comida. Andava faminta desde meus ciclos mais remotos. Não me sentiria mal por causa de alguns punhados a mais de comida na boca.

VINTE DIAS DEPOIS que John foi morar com Morrígona, cheguei bem cedo à minha árvore. A despedida foi triste para nós dois. John tinha sentimentos misturados. Afinal, que wug não gostaria de viver na casa de Morrígona? Comida em abundância, um lugar confortável e limpo para morar, livros para ler até os olhos e a cabeça não aguentarem mais. Isso sem falar em ter uma mentora como Morrígona.

No entanto, eu sabia que John não queria me abandonar. Não só por causa das lágrimas que derramou e do choro leve que deixou escapar quando Morrígona o conduziu até a carruagem. Seu olhar era o que mais me marcava. Nós nos amávamos muito, aquilo era o mais importante. Mas ele tinha ido. Não havia dito escolha.

Quando visitei John pela primeira vez, ele não tinha mudado muito. Quer dizer, ele estava limpo, usava roupas novas e seu rosto estava um pouco mais cheio. Ele estava triste por termos nos separado, mas felicíssimo com as perspectivas de sua nova vida. John confirmou que a escavadeira e o sistema de roldanas tinham sido invenções suas. Fiquei espantada por ele ter tido tanta capacidade tão rápido. Ele aceitou timidamente meu elogio, o que me deixou ainda mais orgulhosa. Quando me preparei para ir embora, ele me deu um abraço apertado. Gentilmente, precisei fazer força para me soltar dos braços dele.

Na minha segunda visita, sete dias depois, uma mudança definitiva tinha acontecido. John estava muito menos triste; a empolgação com a nova vida e o trabalho importante que fazia por Artemísia agora eram o principal. Já estava usando suas roupas novas com tranquilidade e não parecia nem um pouco incomodado com o ambiente luxuoso. Morrígona me convidou para comer, mas daquela vez não me deixou sozinha com John. Quando estava indo embora, ele me deu um abraço curto e subiu as escadas para seu quarto, dizendo:

"Preciso terminar uma tarefa importante para a Muralha."

"Ele está progredindo", disse Morrígona, enquanto abria a porta para mim. "Espero que você veja isso."

"Eu vejo", disse.

"Fique feliz por ele, Vega."

"Estou feliz por ele", repeti com sinceridade.

Ela olhou para mim e estendeu a mão cheia de níqueis.

"Pegue, por favor."

"Por quê? Não fiz nada para merecê-los."

"Como agradecimento por deixar John vir morar comigo."

Olhei para o pequeno punhado de moedas. Uma parte de mim queria apanhá-las da mão de Morrígona.

"Não, obrigada", disse eu, virando de costas e voltando para a Loons.

Agora eu olhava do alto lá para baixo, empoleirada na minha árvore. Teoricamente ainda estava escuro, embora sempre brotasse alguns raios de luz nas últimas horas da madrugada. Olhei em volta. Não tinha encontrado com nenhuma patrulha no caminho e duvidada profundamente que muitos wugs fossem incapazes de trabalhar carregando árvores durante o dia e ainda patrulhar durante a noite como carabineiros. Eles não teriam energia.

Então senti que aquele momento era um dos melhores. Fui para o fundo das tábuas para tomar impulso, corri até a beirada e saltei. Fui envolvida pelo ar enquanto subia. Voei alguns metros em linha reta e dei um giro de 360°, não uma vez só, mas três vezes, e fiquei um pouco zonza. Mesmo assim, me sentia maravilhosa. Tão livre, diferente de como me sentia lá embaixo, onde praticamente todos os meus átimos eram dedicados aos outros.

Cheguei ao ponto em que conseguia voar olhando para baixo, sem mergulhar e me esborrachar no chão. Era como se eu e Destin tivéssemos chegado a um acordo. Talvez ela conseguisse ler mentes, ou pelo menos a minha.

Aterrissei com leveza e fiquei parada por alguns átimos, respirando o ar frio da noite. Era difícil para mim viver sem meu irmão. Eu ficava esperando o momento de acordá-lo. Adorava deixá-lo no Preparatório e depois levar comida para ele quando o buscava, ao sair das Chaminés. Por mais que não fosse agradável para ninguém, os momentos que passávamos com nossos pais no Centro de Cuidados eram uma parte importante de nossa vida, mas aquela parte da minha vida tinha acabado e eu sentia que não voltaria nunca mais.

Escutei antes de ver qualquer coisa. Quatro patas, movendo-se rapidamente. Dessa vez, no entanto, não senti medo. Eu tinha Destin, então podia me lançar ao céu a qualquer instante. Também não sentia medo por outra razão: o som das pegadas não era de garme, frek ou amarok. Eram pegadas leves, que quase não faziam marcas no chão. Continuei parada, esperando.

Ele surgiu de trás de uma árvore, diminuiu o passo e parou. Levantou o traseiro e enfiou o longo focinho na terra. Dei alguns passos adiante, não acreditando no que eu via. Ele se levantou e depois sentou sobre a cauda.

"Harry?", disse eu.

Mas é claro que não era Harry. Muitos ciclos atrás, tive um canino bastante peludo que amei à primeira vista. Harry era seu nome. Ele não era muito grande, nem muito pequeno, tinha olhos levemente escuros cobertos por longas sobrancelhas, e o pelo era uma mistura de castanho, branco e ferrugem. Um dia ele apareceu na minha vida e me amou com todo seu coração. Ele confiava em mim. E eu sentia muita falta dele.

Harry morreu por minha causa. Eu saí para passear com ele, cheguei muito perto do Pântano e um garme me perseguiu. Harry entrou na minha frente para me defender, e enquanto eu fugia, ele foi morto pelo garme. Nunca vou me esquecer da imagem de Harry agarrado nas presas daquela criatura, enquanto carregava meu amado canino para ser devorado no Pântano. Até hoje, quando me lembrava daquela memória terrível, meus olhos se enchiam de lágrimas. Quando Harry me deixou naquela noite, eu gritei, chorei e derramei mais lágrimas do que pensava ser possível. Era minha tarefa cuidar de Harry e eu o havia decepcionado, sacrificando sua vida. Jamais me perdoaria por aquilo. Eu faria qualquer coisa para ter Harry de volta, por mais que eu soubesse que era impossível. A morte era irreversível.

Mas eu jurava que aquele canino podia ser gêmeo de Harry. Dei mais alguns passos adiante, e ele se ergueu sobre as quatro patas, balançou o rabo e colocou a língua para fora.

"Harry?", disse eu de novo, sem conseguir evitar.

Hesitante, o canino correu alguns passos e parou a poucos centímetros de mim. A luz do sol começava a surgir enquanto a noc, sua irmã menor, recolhia-se para um lugar qualquer no céu. E sob aquelas primeiras réstias de luz recebi o canino de braços abertos.

Passei a mão na sua cabeça. O pelo era tão macio! Deslizava entre meus dedos como o tecido deslumbrante da toalha que eu tinha usado no banheiro de Morrígona. Ele estava quente e tinha os olhos díspares – o direito era azul e o esquerdo era verde. Os olhos de Harry também eram assim, mas ao contrário. Sempre gostei da combinação das duas cores nos olhos dele e adorei ver o reflexo daquilo nesse canino.

Ajoelhei perto dele e peguei uma das patas da frente. Com um pouco de curiosidade, ele deixou que eu a pegasse. Tinha as patas largas, promessa de que um dia ele seria enorme. Harry havia crescido até atingir mais de 30 quilos, e mesmo assim pesava muito menos que o garme horrendo que tinha tirado sua vida.

Então notei que ele estava sujo e tinha as costelas salientes. Também havia um corte na pata esquerda da frente, que precisava ser tratado.

Acariciei-lhe as orelhas e pensei no que fazer. Eu sabia que Cacus Loon não gostava muito de animais na hospedaria. Na pior das hipóteses, ele exigiria o pagamento de mais níqueis, o que eu não tinha. Harry tinha morrido pouco tempo antes de meus pais irem para o Centro de Cuidados, por isso nunca precisei fazer aquele tipo de escolha. Eu parecia não ter opções. Teria de deixá-lo continuar sem mim. E ele era macho, como pude confirmar olhando suas partes íntimas.

Levantei-me e comecei a andar. Mas ele me seguiu. Aumentei o passo e ele também. Saí correndo e, de impulso, saltei no ar, imaginando que aquela seria a solução. Olhei para baixo e ele continuava lá, acompanhando-me de alguma maneira. Quando desci e pousei, ele parou de repente e derrapou junto aos meus pés, ofegante e com a língua para fora. Os olhos bicolores me encaravam, como se perguntassem por que eu tinha feito aquilo.

Peguei a latinha de comida na mochila e lhe ofereci um pedaço de pão. Com certeza ele estava faminto, e esperei que ele arrancasse de uma vez o pão dos meus dedos, mas ele ergueu o focinho calmamente, cheirou o pão e o puxou gentilmente da minha mão antes de devorá-lo.

Sentei-me perto dele e peguei o pedaço de carne, uma fatia de queijo curado e o único ovo que, junto com o pão, seria minha primeira refeição do dia. Coloquei tudo no chão. Outra vez, ele cheirou cada coisa antes de devorá-las. Com a respiração acelerada, ele rolou no chão e parou de costas para que eu afagasse sua barriga.

Quando voltou a ficar de pé, ele empurrou minha mão com o focinho para o topo de sua cabeça, Harry também costumava fazer aquilo. Talvez todos os caninos o fizessem. Harry foi o único que tive. Eu o encontrei mais ou menos da mesma maneira – enquanto caminhava na floresta, ele apareceu entre as árvores, perseguindo um coelho. Ele não o pegou, mas capturou meu coração de uma maneira que pouquíssimas coisas em Artemísia seriam capazes de fazer.

Pensei naquele fato também.

"Posso chamá-lo de Harry II", disse eu. Ele levantou as orelhas e ergueu o focinho para mim. Os adares conseguiam entender os wugmorts, mas eu sabia que caninos não entendiam. Mesmo assim, Harry II parecia saber que eu tinha acabado de lhe dar um nome.

Olhei para o céu. Tinha acabado de amanhecer e logo estaria na hora de ir para as Chaminés. Cocei as orelhas de Harry II, deixando os dedos deslizarem em cada uma. Harry adorava quando eu fazia isso, e imaginei que Harry II também gostaria. Ele adorou e lambeu minha mão para agradecer.

Bolei um plano. Fui jogando gravetos para Harry II pegar, enquanto ia para as Chaminés. Ele pegava todos, e eu acariciava suas orelhas como recompensa. Quando chegamos às Chaminés, eu parei, agachei-me perto dele, apontei para as Chaminés e disse para ele esperar.

Ele sentou imediatamente. Eu sempre carregava na mochila uma garrafa de estanho com tampa de cortiça, cheia de água e um copinho de metal. Deixei o copo com água debaixo de uma árvore, que lhe daria sombra. Se ele ainda estivesse ali quando eu saísse do trabalho, eu resolveria o que fazer.

Julius me viu entrando nas Chaminés. Agora toda manhã ele estava bêbado de aguardente. Não entendia como ele ainda conseguia ficar de pé. Imaginei que ele quisesse me dizer algo, mas aparentemente foi traído pela própria língua e não disse nada, apenas saiu cambaleando.

Depois de vestir o uniforme, fui direto para minha mesa. Olhei para a escada enquanto passava. Ladon-Tosh não estava fazendo vigília. Provavelmente devia estar derrubando árvores junto com outros wugs robustos. Pouquíssimos wugs continuavam trabalhando nas Chaminés. Quase todos os dáctilos estavam usando os músculos para colocar árvores imensas abaixo e retirar-lhes os galhos. Os três que haviam ficado precisavam fazer o trabalho de muitos – golpear e transformar o metal em braçadeiras para prender as árvores, usando a forma e a espessura corretas. Os poucos misturadores que ainda estavam trabalhando usavam toda a energia que tinham para preparar o metal para a forja. Depois de forjado pelos dáctilos, o metal ainda quente passava para os serradores, que cortavam as braçadeiras, seguindo o tamanho e a largura ideal. E depois, cabia a mim finalizá-las. A quantidade de braçadeiras necessária para a muralha parecia ser infinita – uma prova nítida da grandeza do projeto.

Durante meu intervalo de almoço, olhei para minha mão direita. Junto das cicatrizes havia a tinta do carimbo de Dis Fidus, um protocolo que não havia sido eliminado mesmo com a urgência da Muralha. Eu me perguntava o motivo, mas como tinha muitas outras coisas com que me preocupar, a tinta do carimbo era uma das últimas coisas da lista.

Como ainda me restavam alguns átimos antes de voltar ao trabalho, resolvi sair um pouco. Fiquei animadíssima quando vi que Harry II continuava deitado na grama onde eu o havia deixado. Cheguei perto dele e acariciei-lhe o pelo.

"Animais são proibidos nas Chaminés", gritou uma voz.

Virei-me e me deparei com Julius Domitar atrás de mim. Ele estava com o rosto corado e a fala confusa. Achei irônico que ele não permitisse um canino nas Chaminés, sendo que jábites ficavam soltas por lá durante a noite.

"Ele não está *lá dentro*, está?", retruquei.

Julius chegou mais perto.

"Esse canino é seu?"

"Talvez. Vamos ver."

Julius chegou ainda mais perto e parou ao meu lado. Afastei-me alguns passos porque o cheiro de aguardente estava forte demais.

"Tive um animal de estimação uma vez", disse Julius. Fiquei espantada quando ele se abaixou perto de Harry II e passou a mão em suas orelhas.

"*Você* teve um animal de estimação, Domitar?" Será que era uma jábite?

Ele pareceu envergonhado.

"Quando eu era jovem, é claro. Era um canino também."

"Qual era o nome dele?"

Julius hesitou, talvez com medo de eu considerá-lo muito gentil por dar nome a um animal.

"Julius", respondeu.

"Seu nome de nascimento?", perguntei.

"Sim. Você deve ter achado estranho, não é?"

"Não. A gente pode dar o nome que quiser para os caninos."

"Como o seu se chama?"

"Harry II."

"Por que Segundo?"

"Tive um canino chamado Harry quando morava com meus pais, mas um garme o matou."

Julius olhou para baixo.

"Sinto muito." Ele pareceu mesmo triste com a notícia.

"E o que aconteceu com Julius?"

"Morreu quando eu ainda era muito novo."

"Como?"

"Não importa, não é? Não importa mais, na verdade."

Fiquei espantada ao olhar para ele e perceber uma indiferença em seu olhar voltado para o terreno na frente das Chaminés. Naquele exato momento, ele não parecia mais embriagado de aguardente. Era um wugmort que parecia totalmente perdido, sendo que, para mim, Julius Domitar tinha tanta segurança em seu futuro quanto tantos outros wugs.

"Os tempos estão mudando, e os wugmorts precisam mudar com eles, Vega", disse ele com um tom de voz que mais parecia um pronunciamento geral do que um conselho específico. "Mas é preciso continuar aqui. E jamais fazer um trabalho porco nas Chaminés, mas sim de qualidade, do início ao fim. 'Melhorar para avançar' será nosso lema enquanto eu estiver aqui." Ele soluçou e a boca com a mão, dando a entender que estava envergonhado.

Olhei sobre o ombro para a entrada das Chaminés. Minha curiosidade, sempre prestes a transbordar, me incitou a fazer uma pergunta.

"Domitar, o que funcionava aqui antes?"

Ele não olhou para mim, mas vi que seu corpo ficou tenso com a pergunta:

"Aqui sempre foram as Chaminés", disse ele.

"Sempre?", perguntei ceticamente.

"Pelo menos desde que nasci."

"Mas esse lugar existe há muito mais tempo, Domitar. Aposto que tem centenas de ciclos, talvez mais."

"Então qual seria a resposta adequada para sua pergunta?", disse.

As palavras eram duras, o tom de sua voz era de resignação.

"Você acha que a Muralha vai conseguir segurar os forasteiros?"

Dessa vez ele olhou para mim.

"Tenho *certeza* que sim."

Seu jeito de falar me deixou tensa. Não porque eu achasse que ele não acreditava nas próprias palavras, mas sim porque era perceptível que ele acreditava absolutamente nelas.

"Acabou o horário do almoço", disse ele, retomando com toda força seu jeito duro de falar.

Voltei para as Chaminés. Quando olhei para trás, Julius ainda estava acariciando Harry II. Eu o vi pegando um pedaço de pão e queijo para dar ao meu canino. Acho que até o vi sorrir.

Os tempos estavam mesmo mudando em Artemísia.

DUODEVIGINTI

De volta ao lar

Quando cheguei na Loons com Harry II, Cacus Loon abriu a porta para mim. Olhou para o meu canino e disse algo tão grosseiro quanto previsível.

"Essa besta imunda e horrorosa não vai entrar aqui", gritou ele, com uma voz mais grave do que o comum por causa do seu hábito de fumar.

Olhei para Harry II, que de longe era a criatura mais bonita de nós três – seu rosto era mais limpo do que o de Cacus, sua pelagem era mais respeitosa do que minha pele.

"Ele é um canino, e caninos são aceitos na casa dos wugs", disse eu. "Vou cuidar dele, e a comida, água e banho serão de minha responsabilidade."

"Não tem a menor chance de essa besta ficar na minha casa."

"Não é *sua* casa. Ela pertence a Roman Picus." Eu sabia que aquilo não me ajudaria em nada, mas só a respiração de Cacus já me deixava louca.

Ele encheu os pulmões.

"Ah, se você acha que Roman Picus vai deixar essa criatura desprezível morar aqui é porque conhece o wug muito mal."

"Posso falar com Morrígona sobre isso", aventurei-me.

"Você pode falar com quem quiser e a resposta será a mesma."

Então Cacus bateu a porta na minha cara. Olhei para Harry II, que me olhava com completa adoração, indiferente à grosseria de Cacus. Pensei alguns átimos no que fazer e percebi uma réstia de luz surgindo no fim do túnel.

Entrei, subi batendo os pés até meu quarto, recolhi meus poucos pertences e desci com passos firmes. Cacus olhou para mim com uma expressão de espanto, e Héstia me encarou da porta da cozinha, esfregando as mãos ásperas no avental sujo.

"Aonde você está indo?", perguntou Cacus quando viu a trouxa com meus pertences pendurada no ombro.

"Se meu canino não é bem-vindo aqui, vou procurar outra hospedaria."

"Não tem nenhuma", gritou ele. "Tudo cheio de outros wugs e todo mundo sabe disso. Garota estúpida!"

"Eu conheço um lugar", gritei de volta.

"Na Rua Principal não tem nada para você."

"Mas na Estrada Baixa tem", respondi.

Cacus olhou para mim ameaçadoramente.

"Você está pensando no que eu estou pensando?"

Héstia deu um passo à frente, docilmente.

"Vega, você não pode voltar para lá. Você é muito jovem para viver sozinha. Ainda não tem 15 ciclos. Essa é a lei."

"Eu não vou abrir mão do meu canino, então não tenho escolha", disse eu. "E daqui a pouco já terei 15 ciclos", completei com um sorriso afável, olhando apenas para Héstia. Ela era totalmente submissa a Cacus, mas sempre tratava eu e John de maneira decente. "Obrigada pela hospitalidade nos últimos ciclos."

Cacus cuspiu no chão, e Héstia voltou para a cozinha.

"Vamos ver o que o Conselho vai dizer sobre isso", disse ele.

Olhei bem nos olhos dele.

"Sim, veremos."

Saí e Harry II veio me seguindo obediente pela rua de pedra. Alguns wugs aqui e ali olharam para nós enquanto passávamos. Para uma garota carregando no ombro uma trouxa com seus pertences e um canino brincando de morder meus calcanhares, acho que dávamos uma visão incomum.

Continuamos seguindo e entramos na Estrada Baixa. Tinha esse nome porque costumava inundar quando chovia muito, e também era muito velha e desgastada. Suas poucas lojas não eram muito frequentadas, e o que vendiam era inferior aos produtos encontrados na Rua Principal.

A fachada da casa, feita de madeira, era minúscula, comum e castigada pelo tempo, mas para mim sempre seria bonita, viva e acolhedora. Eu a conhecia muito bem. Era ali que morava com meus pais e John. Nós nos mudamos para a Loons somente quando meus pais foram levados para o Centro de Cuidados.

Parei e olhei para a pequena janela da frente. Havia uma rachadura de quando John era bebê e tinha jogado a xícara de leite contra ela. Era muito difícil encontrar vidro em Artemísia, então nunca o trocamos. Cheguei mais perto e olhei pelo vidro. Agora dava para ver a mesa onde fazíamos as refeições. Estava gasta e coberta por teias de aranha. No canto, havia uma cadeira na qual eu gostava de me sentar. Em outro canto, havia uma pilha de pertences que não havíamos levado conosco porque não tínhamos espaço. Na outra parede estava encostado o catre em que eu costumava dormir.

Tentei abrir a porta, mas estava trancada. Peguei minhas ferramentas de metal e não demorei a abri-la. Empurrei a porta e entrei, seguida por Harry II. Fiquei surpresa com o frio – estava mais frio que do lado de fora.

Soube que os espíritos deixados para trás eram frios porque ficavam sozinhos, sem nada para aquecê-los. Tínhamos deixado muitos deles ali. Naquela casa, fomos uma família. Ali, tínhamos uma vida que jamais teríamos quando estivéssemos separados. Uma vida que jamais teríamos de novo, na verdade.

Tremi de frio e puxei a capa, fechando-a mais justa ao corpo. Agachei-me e comecei a apanhar algumas coisas na pilha que Harry II estava cheirando para reconhecer seu novo lar. Havia um monte de roupas estranhas que não serviriam mais no corpo encolhido dos meus pais. Também não serviriam em mim, pois eu tinha crescido muito nos últimos dois ciclos. Deixei as roupas de lado e comecei a mexer em alguns desenhos que tinha feito quando pequena. Havia um desenho que fiz para meu irmão.

Deparei-me então com um autorretrato meu. Pude ver minha respiração enquanto baixei para olhar o desenho. Eu devia ter 8 ciclos, metade deles vividos sem a presença do meu avô. Eu não parecia feliz no desenho. Na verdade, estava de cara fechada.

Desfiz minha trouxa, encontrei madeira nos fundos e consegui acender o fogo com um dos dois fósforos restantes. Abri a latinha e coloquei minha refeição sobre a mesa. Dividi a comida com Harry II, que devorou sua parte de uma só vez. Agora aquelas refeições eram de minha responsabilidade. Eu teria de trabalhar mais para coletar, trocar, vender e guardar, principalmente agora, com Harry II e John...

Meu pensamento parou de sobressalto. Era apenas eu e o canino. John não fazia parte da equação.

Enchi uma vasilha para Harry II com água da torneira, nos fundos. Primeiro a água saiu escura, depois clareou. Isso era ótimo, porque eu também beberia daquela água. Depois de tomar quase a vasilha inteira, levei-o para fazer xixi na terra atrás da minha nova casa.

Coloquei uma cadeira perto do fogo e fiquei olhando as chamas. Harry II se deitou ao meu lado, colocando o focinho sobre as patas da frente. Aquele lugar havia pertencido a Virgílio Jane, e depois que ele se foi, passou para seu filho, meu pai. Abandonamos a casa quando meus pais foram para o Centro de Cuidados, mas eu tinha mais direito a ela que qualquer outro wug.

Uma batida na porta interrompeu meus pensamentos. Olhei para a porta com as mãos trêmulas. Será que nossa velha casa havia sido confiscada pelo Conselho? Ou será que eu era muito jovem para viver sozinha, e por isso teria que deixá-la?

Abri a porta e vi Roman Picus.

"Sim?", perguntei com toda a tranquilidade que tinha.

"O que deu em você, moça?", disse ele, passando o cigarro aceso de um lado da boca para o outro.

"O que deu em mim a respeito de quê?", perguntei, inocente.

"Para sair da Loons e vir para cá, é claro."

"Cacus não aceitou meu canino, não tive escolha."

Roman olhou para Harry II, parado do meu lado. Estava com o pelo eriçado e as presas para fora. Dava para ver como ele adorava os wugs.

"Trocar uma boa hospedaria por *este* bicho? Que lixo."

"Bom, pelo menos o lixo é meu."

"Você é jovem demais para viver sozinha."

"Tenho vivido sozinha desde que meus pais foram para o Centro de Cuidados. Você acha mesmo que Cacus Loons cuida de mim? Além disso, John não mora mais comigo. Posso cuidar de mim mesma. Se o Conselho não gostar disso, eles que falem diretamente comigo."

Roman olhou para mim com olhos astutos.

"Falando nisso, teve notícias do seu irmão?"

"Está morando com Morrígona."

"Disso eu sei. Estou falando da promoção, é claro", acrescentou ele, triunfante.

"Promoção?"

"Ah, quer dizer que você não sabia?", disse ele, alegre.

Eu queria saber do que Roman estava falando, mas obviamente não daria a ele o prazer de me ver pedindo. Ele esmagou a ponta do cigarro com o calcanhar e pegou o cachimbo no casaco oleoso. Encheu o bojo com mais tabaco e acendeu, dando baforadas até a fumaça cinza formar uma nuvem no ar noturno.

"A promoção dele, então" começou Roman. Ele deu mais duas baforadas enquanto eu esperava. Se eu tivesse um mortiço, já teria disparado várias vezes. "A promoção para ser assistente especial do Conselho, é claro."

Tive a sensação de levar um soco no estômago, mas me recuperei de imediato.

"Ele é jovem. Só pode assumir uma posição no Conselho quando for mais velho."

Roman respondeu com um ar de superioridade.

"Então veja só, Vega, é por isso que dizem *especial*. Fizeram até um documento, é tudo oficial. Thansius conseguiu a aprovação com o apoio de Morrígona. O Conselho não teve escolha, não é? Não com esses dois wugs por trás da situação. Todos os votos foram positivos, pelo que me disseram. Até Jurik Krone concordou, logo ele que nunca concorda com nada."

"E o que faz um 'assistente especial' do Conselho?", perguntei, franzindo a testa. Perguntei porque sabia que ele continuaria falando e me dando detalhes só para me ver irritada.

"Bom, você deve ter visto John examinando os planos para a Muralha junto com os dois."

"Não estou muito envolvida com a Muralha, só estou fazendo as braçadeiras."

"Ah, então é isso?"

"Sim, é isso", retruquei.

Roman chegou mais perto, mas recuou quando Harry II começou a rosnar.

"Muito bem. Eles o nomearam para supervisionar toda a construção, acredita?", disse espontaneamente.

Olhei desconfiada para ele.

"Pensei que Thansius estava fazendo isso."

Roman deu de ombros.

"Sei não. Ouvi dizer que é um verdadeiro enigma, cheio de obstáculos, como falam. Minha cabeça é dura demais para entender, mas é isso aí."

"E o que John vai fazer?", perguntei.

Ele apontou o cachimbo para mim.

"Bom, acho que essa é a grande questão não é? Ouvi dizer que ele está pensando na Muralha e tal, é muito inteligente e determinado. Que bom que algum wug da família Jane conseguiu ter alguma coisa aqui", disse ele, batendo com o cachimbo na testa.

"Você está dizendo que Virgílio não era determinado?"

"Isso é passado, Vega. Estou falando de você e John. Você leva uma vida honesta trabalhando nas Chaminés, mas é só isso. Já atingiu seu limite, não é? Já John tem muitas possibilidades, tem um futuro, sabe? E depois desse cargo de assistente especial, com um pouco de excelência, já o vejo um dia integrando o Conselho."

"E por que ele teria vontade de fazer isso?"

Roman ficou espantado.

"Integrar o Conselho? Por que ele teria vontade de fazer isso? Você endoidou de vez? Você e seu irmão, os últimos da família Jane. Triste, muito triste."

"Meus pais ainda estão vivos!", disse eu, travando os dentes.

Ele despejou o resto de fumo do cachimbo no chão, pisou na brasa ainda acesa com o salto da bota de pele de garme, enfiou o dedão na cintura, segurando o cinto, e disse:

"Me mostre a diferença entre eles e os mortos. Para mim não passam de cadáveres com um lençol por cima."

Eu não precisei tocar em Destin para saber que queimava como fogo, mas era impossível ficar mais quente do que eu. Dava para ver no rosto de Roman sua vontade de levar um soco. Ele colocou a mão no cinto porque assim puxaria o casaco para trás, revelando um mortiço curto preso no cinto.

Resolvi não morder a isca. Quer dizer, até certo ponto.

"Sabe, talvez seja uma boa ideia se John entrar para o Conselho", disse eu, abruptamente.

"Fico feliz por você enxergar o lado bom da história. Talvez você tenha um pouco de inteligência, embora eu duvide." Ele riu com vontade quase a ponto de engasgar.

Continuei, ignorando o que disse.

"Ele me falou que achava que o Conselho deveria cuidar de todas as hospedarias, porque alguns wugs eram aproveitadores e cobravam muito caro. Tenho certeza de que ele vai falar sobre isso com Morrígona, e ela vai falar com Thansius."

Roman parou de tossir por causa do riso e seu queixo caiu quase até a cintura.

John nunca havia dito nada daquilo. Era ideia minha, mas como eu era uma moça, jamais seria levada a sério.

"Tenha uma boa noite, Roman", disse eu, fechando a porta na cara dele. Sorri pela primeira vez desde muito tempo, mas senti nas entranhas, como diziam em Artemísia, que aquilo não duraria muito tempo.

Coloquei outro pedaço pequeno de lenha no fogo e olhei ao redor da minha velha e nova casa. Concentrei-me de novo na pilha bagunçada no canto da parede. O fogo acesso iluminava muito mal o cômodo, então peguei um lampião na minha trouxa, acendi-o com as chamas que já estavam acesas e o levei para o canto.

Harry II se sentou ao meu lado enquanto o tempo passava e eu mexia metodicamente nos objetos que constituíam a história da minha família. Havia imagens coloridas dos meus avôs, Virgílio e sua esposa, Calíope. Eles formavam um casal lindo, pensei. Os traços dos meus avôs eram bem característicos, havia muita coisa por trás dos olhos deles. Calíope era gentil, radiante e parecia ter muito prazer em ver a família feliz. Nós éramos muito ligadas, e eu faria qualquer coisa por ela. No entanto, seu tempo de vida seria curto. Calíope sucumbiu à doença um ciclo depois de Virgílio sofrer o Evento.

Acabei deixando todas as coisas de lado e olhei para as brasas do fogo quase apagado. Vislumbrei John feliz, agora como parte do Conselho e da hierarquia de Artemísia, lendo um livro na bela biblioteca de Morrígona, depois de fazer uma refeição suntuosa.

"Não tenha pena de si mesma, Vega", eu disse em voz alta, fazendo Harry II levantar as orelhas. "Refeições extravagantes e títulos mais extravagantes ainda não são importantes."

Pela primeira vez, pela primeiríssima vez, cogitei seriamente a hipótese de deixar aquele lugar. Deixar não, *fugir* daquele lugar. Ele havia sido minha casa, mas agora não sabia o que era, nem o que me mantinha ali.

Mais tarde, sem conseguir dormir, levantei-me e vesti a capa. Harry II se levantou, obediente, e parou ao meu lado.

Eu ainda tinha *algo* em Artemísia, algo que para mim era muito importante.

Iria visitar meus pais.

UNDEVIGINTI

Verdadeiramente só

OLHEI PARA AS PORTAS pesadas do Centro de Cuidados. O horário de visitas já tinha acabado havia muito tempo, mas eu não queria ficar sozinha. Queria ficar com a família que me restava.

Procurei por Non, mas não o vi em lugar nenhum. Aquele idiota devia estar patrulhando junto com os carabineiros. Peguei as ferramentas, coloquei na fechadura e, pouco tempo depois, já estava andando pelo corredor.

Estava bastante escuro no quarto dos meus pais, embora eu ainda conseguisse distingui-los. Cada um estava em seu catre. Eles não se moviam e não se falavam, mas tudo bem. Eu é que deveria falar.

Parei entre os dois catres, porque queria que meu pai e minha mãe me ouvissem ao mesmo tempo. Realmente não sabia de onde tinham surgido as palavras, mas coloquei o coração para fora e comecei a me queixar daquela injustiça infeliz, do pobre Quentin, das jábites diabólicas, das paredes de sangue, dos irmãos separados, dos membros insuportáveis do Conselho, como Jurik Krone, dos forasteiros perversos e do fato de Artemísia ter se virado contra mim. Disse que os queria de volta. Não, eu *precisava* que eles voltassem. Eu estava muito sozinha. Depois, fiquei totalmente sem palavras e continuei parada, com as lágrimas escorrendo pelo rosto, enquanto observava os dois wugs que haviam me colocado em Artemísia e que não diziam uma palavra nem moviam um músculo sequer havia mais de dois ciclos.

Um átimo depois, comecei a esfregar os olhos sem acreditar no que estava vendo. O catre do meu pai estava vibrando. Não, meu pai estava vibrando. Na verdade, ele estava tremendo com tanta força, que tive medo de que ele simplesmente se despedaçasse. Olhei para minha mãe, e a mesma coisa estava acontecendo com ela. Corri para tentar acalmá-los e fazer parar o que estava acontecendo.

Tive de dar um salto atrás para não ser morta.

Colunas de fogo surgiram nos dois catres ao mesmo tempo. Elas se levantaram juntas até o teto e começaram a girar num movimento circular, como um túnel flamejante e feroz de vento, tentando escapar dos confins que o mantinha preso.

Saltei ainda mais para trás quando as chamas ameaçaram tomar conta do quarto inteiro e bati com força contra a parede. Meus olhos estavam tão arregalados, que meu rosto parecia não ter mais espaço para contê-los. Gritei. As chamas arderam ainda mais alto. Procurei no quarto algo que pudesse apagar o fogo. Peguei uma jarra de água numa mesinha encostada na parede e joguei o líquido contra o inferno vivo. Não sei como, mas a água bateu nas chamas e voltou diretamente no meu rosto.

"Mamãe! Papai!", gritei.

Eles já deviam ter sido reduzidos a cinzas por causa das chamas, pois o calor era muito intenso. Mesmo assim, procurei desesperadamente por alguma coisa, qualquer coisa, que pudesse usar para apagá-las. Havia uma pilha de lençóis em outra mesa. Enrolei-os nos braços e joguei-me no chão para embeber o tecido na água rebatida pelas chamas.

Estava pronta para combater os dois redemoinhos de fogo, balançando os lençóis molhados. Eu apagaria o fogo e salvaria meus pais. Ou o que restava deles.

Não consegui me aproximar mais de um metro, pois fui lançada para trás contra a parede. Tentei amortecer a pancada com as mãos, mas acabei batendo forte com o ombro na parede e caindo imediatamente no chão, sentindo-me zonza e nauseada. Quando me levantei, aconteceu.

Não pude fazer nada além de observar.

Meus pais se elevaram no meio das chamas. Subiram pelo ar até chegarem ao teto. Eles não estavam queimados, aparentemente não estavam feridos. Fiquei atônita quando vi que eles estavam com os olhos abertos. Pareciam estar despertos, mesmo sendo devorados pelo fogo.

Gritei mais uma vez, tentando chamar atenção, mas eles não me viam. Era como se eu não existisse para eles.

Foi então que surgiu uma rajada de vento e um som agudo tão alto, que tive de cobrir os ouvidos. Num piscar de olhos, eles sumiram junto com as chamas.

Sentada no chão, com as costas contra a parede, olhei para dois catres vazios, sem nenhum sinal de que haviam sido queimados.

Além disso, meus pais tinham sumido.

Fiquei de pé, mas a força das minhas pernas não parecia ser suficiente para sustentar meu peso. Apoiei o corpo, encostando uma mão na parede. Senti uma dor no ombro, no lugar da pancada. Minhas mãos estavam cortadas e feridas, o rosto e o cabelo estavam molhados por causa da água. Os lençóis encharcados estavam no chão. Tudo aquilo tinha acontecido, mas era como se o fogo não tivesse existido. Eu jamais duvidaria da veracidade do ocorrido, a não ser pelo fato de que eu tinha ficado sozinha no quarto.

Olhei para o teto, esperando ver um buraco por onde meus pais teriam escapado. Continuava sendo um teto comum, completamente intacto.

Inclinei o corpo para frente e respirei fundo algumas vezes. O quarto não tinha cheiro de fumaça. O ar fresco rapidamente encheu meus pulmões. Mantive a mão encostada na parede e abri a porta, saí do quarto e atravessei o corredor com a energia renovada.

Pensei que ainda poderia ver meus pais elevando-se aos céus e, com a ajuda de Destin, voar com eles para onde fossem.

Cheguei às portas do Centro de Cuidados, puxei uma delas com força e saí apressada. Olhei para o céu na esperança desesperada de ver o rastro deles. Naquele exato instante, alguma coisa me agarrou e me jogou no chão.

Eu não fazia ideia de quanto tempo passei no quarto dos meus pais, mas os primeiros raios do sol apareciam levemente entre as nuvens e a chuva. Sua luz tênue atravessava os pingos de água, fazendo-os parecer sujos e disformes.

Então vi o idiota do Non diante de mim. Ele havia me segurado pelo braço e me jogado no chão, fazendo-me perder qualquer chance de seguir meus pais. Fui tomada por ondas e ondas de fúria, mesmo quando o vi olhando para mim com um sorriso malicioso estampado no rosto.

Ele brilhava na chuva, pois estava usando um peitoral de metal e carregava nos ombros um longo mortiço. Preso no cinto, havia outro mortiço curto e um punhal. Ele devia estar fazendo a patrulha.

"Peguei você, não é? Invadindo o Centro de Cuidados. Valhala para você, moça. Isso vai lhe ensinar a obedecer as regras."

Tentei me levantar, mas ele me segurou no chão.

"Só vai se levantar quando eu disser que pode", disse ele, colocando a mão no cano do mortiço. "Estou cumprindo ordens oficiais do Conselho. Sorte minha aparecer aqui para ver se estava tudo bem. O que foi, andou roubando alguma coisa dos wugs doentes lá dentro?"

"Seu idiota", gritei. "Me solta!"

Fiquei em pé e ele tentou me jogar no chão de novo.

Um erro terrível da parte dele.

Dei-lhe um murro no peito e senti o peitoral entortar e quebrar com o golpe. No instante seguinte, Non foi derrubado no chão. Olhei para minha mão – estava inchada e sangrando. A força do impacto me subiu pelo braço, ombro e acabou com uma dor intensa, mas valeu a pena liberar minha raiva – eu não conseguiria contê-la mais um segundo sequer.

Non ficou deitado no chão. Estava ferido, talvez até morto. Virei para o outro lado e corri. Depois de alguns passos, meus pés saíram do chão e comecei a voar. Eu não queria fazer aquilo, simplesmente aconteceu. O vento golpeava meu corpo inteiro, mas a força de vontade manteve minha estabilidade.

Procurei meus pais no céu, mas eles não estavam lá. Eu não sabia para onde eles tinham ido, depois de terem sido engolidos por um redemoinho de fogo. Só sabia que havia acabado de perdê-los, talvez para sempre. O que tinha visto não parecia ser algo provisório. Solucei enquanto voava.

Alguns átimos depois, aterrissei nos arredores de Artemísia. Não queria acrescentar o fato de voar à minha agressão a Non. Com certeza o Conselho me manteria em Valhala por muito mais tempo.

Mas eu continuava pensando nos meus pais. Como dois wugs podiam ser engolidos pelo fogo e não morrerem? Como o fogo podia transportá-los de um lugar para o outro, levando-os através de um teto de pedra? Não conseguia encontrar uma só resposta para aquelas perguntas. Só sabia que meus pais tinham ido embora e eu não podia fazer nada quanto a isso.

Logo cheguei às ruas de pedra de Artemísia. Eu não estava olhando por onde andava. Na verdade, eu estava tão cambaleante, que duvidei do que tinha acontecido – talvez fosse só um pesadelo.

Ouvi um rosnado forte e parei onde estava. Por mais que o sol já estivesse nascendo, as nuvens e a chuva mantinham uma penumbra sobre Artemísia. O rosnado se repetiu e então ouvi uma voz ríspida.

"Quem está aí? Fale agora mesmo ou sofra as consequências do silêncio!"

Dei um passo adiante e o vi. Ou melhor, os vi.

Era Nida e seu chacal negro, dono do rosnado.

Nida era um dos poucos wugs que pertencia ao que chamávamos de raça dos nanos. Ele era baixinho, compacto e tinha os braços e as pernas musculosos. Por vários ciclos, pensei que Duf fosse um nano, mas não era. Nida usava calças de veludo, casaco de couro, um chapéu de abas largas, que protegia do sol e da chuva, e botas de pele de amarok. Diziam que antes de ser nomeado guardião de Valhala, ele e o chacal tinham matado um amarok na entrada do Pântano. Se isso fosse verdade, eu não queria confusão com nenhum dos dois, pois amaroks eram bestas capazes de matar de diversas maneiras. Diziam que atiravam veneno pelos olhos.

"Sou eu, Vega Jane." Aparentemente, eu estava caminhando perto da prisão, no centro do vilarejo.

Nida olhou para mim. O chacal estava parado ao lado dele, e pude ver que os dois tinham a mesma altura. Ele segurava um porrete de madeira na mão.

"Saia daqui, moça, agora", disse ele, depois virou para o outro lado e saiu marchando. O chacal, grande como um bezerro, segui-o obediente.

Quando saí da penumbra, vi que havia apenas quatro prisioneiros em Valhala. A prisão tinha teto de madeira, era envolta por grades, e o chão era sujo. O fato de ser aberta aos quatro ventos tornava-a ainda mais deprimente. E por ser em público, a vergonha dos prisioneiros era completa.

Quando passei perto das grades, um wug que estava deitado de barriga no chão se aproximou e falou comigo.

"Copo d'água, moça. Boca seca, parece terra. Por favor, moça, por favor. Copo d'água. Pode ser da chuva. Só um copo."

Ouvi uma pancada e dei um salto para trás como se um tiro tivesse atravessado minha cabeça. Nida bateu o porrete na grade com tanta força que um pedaço da madeira se desprendeu e quase me atingiu.

"Não ouse falar com wugs lícitos, McCready", gritou. "Fique quieto, do contrário a próxima pancada será na sua cabeça."

McCready recolheu-se para o outro canto da cela, como um animal ferido.

Nida olhou para mim.

"Vamos andando, moça. Não vou dizer de novo."

O chacal latiu e mostrou as presas. Corri.

Enquanto corria, senti que algo corria atrás de mim. Olhei para trás, preparada para aumentar o passo ou voar, mas não era o chacal, e sim Harry II.

Parei e inclinei o corpo para frente, ofegante. Harry II me alcançou e pulou em volta das minhas pernas, com a língua para fora. Ele devia ter arrumado um jeito de sair de casa e tinha vindo me procurar. Agachei-me para abraçá-lo e nós dois nos acalmamos. Ele lambeu meu rosto e sentou, olhando para mim.

"Você deve estar com fome", disse.

Voltamos andando para casa e dei a Harry II a última porção de comida que tinha. Enquanto ele comia perto da lareira, onde as chamas já haviam se apagado havia muito tempo, sentei-me no chão, ensopada de chuva, abracei as pernas encostando os joelhos no peito e olhei ao redor. A casa era tudo o que eu tinha agora. Eu não tinha mais John, nem nossos pais. Sentindo uma angústia profunda, me dei conta de que teria de contar a John sobre nossos pais. Imaginei que ele não receberia a notícia muito bem.

E o que aconteceria quando Non contasse o que eu tinha feito? Eu acabaria em Valhala como McCready? Implorando por um copo d'água?

"Vega Jane!", gritou uma voz do lado de fora.

Virei-me ao ouvir, também reconheci a voz. Era Jurik Krone.

VIGINTI

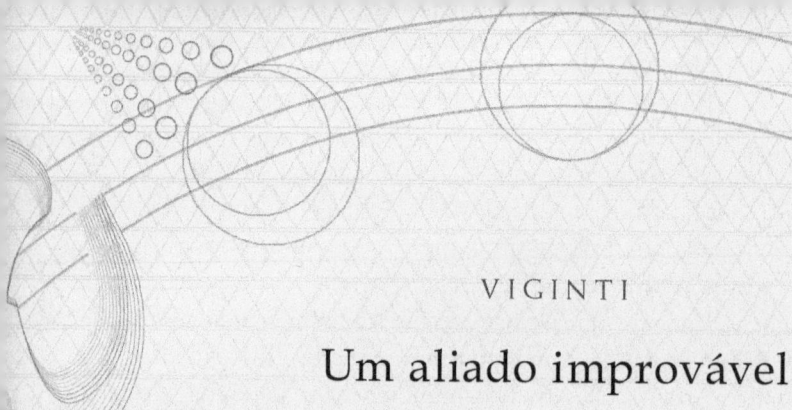

Um aliado improvável

ABRI A PORTA e me deparei com Jurik Krone, armado com um mortiço de cano longo e uma espada.

"Sim?"

"Você esteve no Centro de Cuidados hoje?" gritou ele, com uma expressão nítida de raiva.

"Estive?", disse, desconversando.

Ele chegou mais perto. Senti Destin esquentando minha cintura.

"Esteve", disse ele, com firmeza.

"E daí se estive?"

"Non a acusou de atacá-lo."

"Por que eu atacaria Non? Ele é três vezes maior do que eu."

Jurik Krone olhou para mim de cima a baixo.

"Mas isso não é tudo."

Eu sabia o que viria em seguida e esperei que ele dissesse.

"Seus pais sumiram do Centro de Cuidados." Ele inclinou o corpo, aproximando bastante o rosto do meu. "O que você viu, Vega? Você precisa me contar. O que viu lá?"

Senti os dedos fechando na minha mão. Apertei-os com tanta força, que senti o fluxo de sangue parar.

"Não tenho que te dizer nada."

"Essa não é uma boa resposta", retrucou ele.

"Vá pro Inferno!"

"Você quer ir para Valhala por isso?", perguntou ele com uma tranquilidade enlouquecedora. "Ou pior?"

Colocou a mão na espada. Destin imediatamente ficou gelada em volta da minha cintura.

"Jurik", disse uma voz.

Nós dois olhamos ao mesmo tempo. Era Morrígona.

Procurei a carruagem com os olhos, mas não a vi. Era como se ela tivesse se materializado bem no meio da Estrada Baixa.

Jurik olhou perplexo para ela.

"Madame Morrígona", disse ele, com firmeza. "Eu estava prestes a prender esta moça por atos criminosos contra outros wugmorts."

Morrígona chegou mais perto olhando bem nos olhos de Jurik Krone.

"Que atos criminosos?"

"Ela atacou Non na porta do Centro de Cuidados. Ele me mostrou provas do ataque. Além disso, Hector e Helen Jane desapareceram de lá. São questões sérias que precisam ser levadas para o Conselho."

"Você falou com Thansius sobre o assunto?", perguntou ela.

"Eu acabei de saber que…"

Ela o interrompeu.

"O que Non disse que ela fez?"

"Ele a flagrou saindo do Centro de Cuidados. Ele quase a estava prendendo quando ela o atacou sem motivo."

"Atacou como?"

"Non disse que ela lhe deu um golpe fortíssimo e derrubou-o no chão."

"Um wug grande como Non ser derrubado por uma moça de 14 ciclos", disse ela, enfaticamente. "Acho muito, muito difícil acreditar nisso, Jurik. E você simplesmente aceitou a palavra de Non?"

"Você está dizendo que Non mentiu?"

"E você está dizendo que Vega é uma criminosa baseado apenas na declaração de Non."

"Mas ela veio morar aqui, na sua antiga casa, você sabia? Wugs com menos de 15 ciclos não podem viver sozinhos, mas ela não se importa com as regras, não é mesmo, Vega?", disse ele, lançando-me um olhar ameaçador.

Não respondi a pergunta de Jurik, porque não sabia como fazê-lo. Olhei para Morrígona, que continuava com os olhos vidrados nele.

"Estou ciente disso, Jurik. Assim como Thansius", disse Morrígona com uma voz tranquila e baixa, mas com um tom mais ameaçador que de suas palavras ditas em tom mais alto. Ela olhou para ele mais algum tempo. "Se não tiver mais nada para dizer, sugiro que nos deixe sozinhas."

Jurik olhou para mim, depois para Morrígona. Fez uma mesura brusca.

"Como desejar, Madame Morrígona. Mas acompanharei devidamente esse caso."

Depois ele se virou e saiu marchando depressa.

Morrígona esperou até perdê-lo de vista e se virou para mim.

Comecei a falar alguma coisa, mas ela ergueu a mão.

"Não, Vega, não precisa dizer nada. Vou falar com Non. Ele não vai fazer nenhuma queixa." Ela baixou os olhos para minha mão. Olhei para baixo e vi que estava inchada e cortada por causa do soco que havia dado nele. Rapidamente coloquei-a no bolso. "Tenho certeza de que você teve bons motivos", completou com calma e acrescentou em tom mais exaltado: "Porque Non é um estúpido".

Quase abri um sorriso, mas percebi que ela olhava diretamente para mim. Ficamos em silêncio por alguns átimos.

Por fim, ela continuou:

"Sei que você está passando por mudanças muito difíceis na sua vida."

"A senhora sabe o que pode ter acontecido com meus pais?", deixei escapar.

"Provavelmente não saberia dizer, Vega, pois eu, diferente de você, não estava lá."

A afirmação nos separou como uma parede de sangue.

"O que exatamente você viu, Vega?"

"Eu não vi nada", menti. "Fui visitar meus pais."

"Durante a noite?", perguntou, incisiva.

"Sim. Eu queria vê-los. Eu estava... estava triste."

"E?", perguntou, com expectativas.

"Quando entrei, o quarto estava vazio. Saí correndo e Non me agarrou e me jogou no chão. Acertei um golpe nele para me defender."

Ela ponderou minhas palavras e me fez um pedido:

"Gostaria que você não contasse para seu irmão sobre seus pais, Vega."

"Como?", disse eu, olhando surpresa para ela. "Ele precisa saber."

"Não vai ajudar em nada se ele souber do desaparecimento de seus pais. E a notícia vai distraí-lo dos deveres com a Muralha."

"Deveres com a Muralha?", gritei. "Então vamos mantê-lo na ignorância do desaparecimento dos nossos pais?"

"Posso lhe garantir que ele é indispensável. Já dei instruções para que Krone e outros membros não digam nada. E todos os wugs envolvidos no Centro de Cuidados também foram alertados. Estou pedindo para que você também guarde segredo. Por favor."

Passou uma coisa pela minha cabeça.

"Mas se a senhora fez isso tudo é porque sabia do desaparecimento dos meus pais antes de Jurik lhe contar."

Ela pareceu aflita por causa da minha dedução, o que me animou um pouquinho.

"É meu trabalho saber dessas coisas, Vega. Você vai guardar segredo?"

Não consegui dizer nada por um átimo, enquanto nos olhávamos, separadas pela entrada de casa.

Por fim, assenti com a cabeça.

"Não vou dizer nada."

As palavras seguintes me deixaram atônita.

"Eu admiro você, Vega. É verdade. Posso dizer até que a invejo."

"O quê?", perguntei. "Me inveja? Mas você tem tanta coisa, e eu não tenho nada."

"Tenho coisas, posses materiais apenas", disse ela, pensativa. "Você tem vigor e coragem, assume responsabilidades e corre riscos como nenhum wug que eu conheça. E essas coisas vêm de dentro, Vega, do lugar mais importante de todos."

Olhei para ela, sem saber o que dizer. Ela estava olhando para mim e ao mesmo tempo não estava. Como se suas palavras fossem direcionadas para um lugar distante que só ela conseguia ver.

Até que seus olhos voltaram a apontar diretamente para mim.

"Tem certeza de que seus pais já tinham sumido quando chegou no Centro de Cuidados?"

Fiz que sim com a cabeça, temendo ser traída pela minha fala e não conseguir mentir de maneira convincente.

Ela assentiu de volta, suspirou e desviou o olhar.

"Entendo."

E pude perceber, com muita propriedade, que ela de fato entendia muito bem.

"Espero que depois de toda essa escuridão, Vega, a boa fortuna irradie sobre você", disse ela. "Espero de verdade."

Virou as costas e saiu caminhando.

Observei-a se distanciar até perdê-la de vista. Então olhei para o céu, não sabia exatamente por quê. Talvez para encontrar as respostas que jamais descobriria ali em baixo.

VIGINTI UNUS
Éon e o buraco

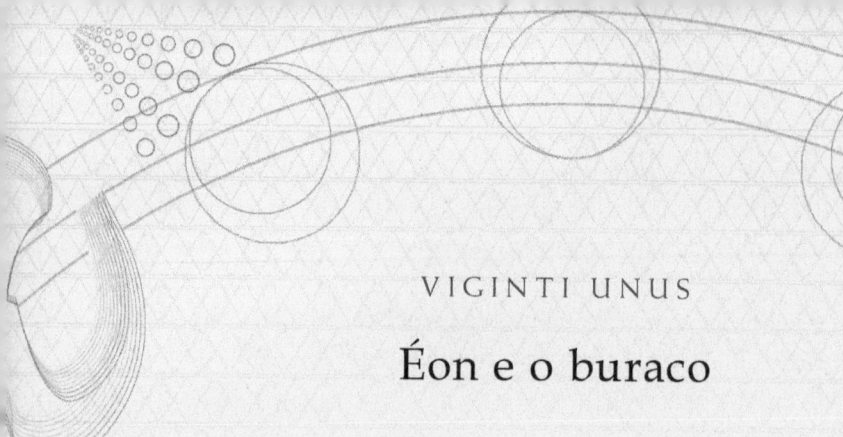

Saí andando para as Chaminés, não voando. Não me importava estar um ou até dez átimos atrasada. Se Morrígona estava certa, eu não seria mandada para Valhala, mas eu não estava nem um pouco preocupada com aquilo. Meus pais tinham desaparecido, envolvidos por uma esfera de fogo. Nunca tinha visto uma coisa daquelas em todos os meus ciclos. Agora eu me perguntava quem eu era, quem eles haviam sido e o que realmente era aquele lugar que eu chamava de casa. De repente senti que nada do que eu sabia sobre as coisas ao meu redor era verdade.

Prometi a Morrígona que não contaria nada para John, que não contaria nada a ninguém. Por isso, eu não tinha ninguém para me ajudar com a dor e a angústia que estava sentindo.

Já sentada na minha mesa, peguei a primeira braçadeira do dia. Tinha muitos centímetros de comprimento, era bem grossa, e as bordas cortariam madeira, couro e certamente a pele. Meu trabalho era polir as arestas. Depois, eu deveria cuidar dos furos nas pontas da braçadeira, usados para encaixar travas que uniam as duas extremidades depois que ela era colocada em volta de uma pilha de troncos aplainados. Era um trabalho difícil e entediante, e descobri que mesmo usando luvas grossas, minhas mãos se cortavam e se arranhavam, pois de vez em quando a borda das braçadeiras atravessava o couro da luva e atingia minha pele.

Lembrei-me das palavras ofensivas de Roman Picus, dizendo que eu nunca seria grande coisa, que as Chaminés eram o nível máximo da minha escala de realizações e que John tinha muito mais potencial do que eu. Parecia uma queixa trivial, talvez até absurda, depois do que havia acontecido com meus pais na noite anterior, mas, aparentemente eu não conseguia forçar minha mente a se concentrar só naquilo. As emoções eram muito difíceis de controlar; pareciam um bando de cretas com desejo feroz de liberdade.

Lixei as bordas da braçadeira e poli a superfície. Abri os furos nas duas extremidades usando furador, martelo e outras ferramentas. Eu sabia que travas seriam inseridas nos furos para prender as duas extremidades e dar estabilidade, mas como tudo se juntaria para formar a Muralha, eu não sabia. Tinha certeza de que nenhum wug sabia, com exceção de alguns poucos como Thansius, Morrígona, e agora John.

No meu intervalo de almoço, fui lá fora colocar água para Harry II e dar a ele um pouco de comida que tinha conseguido encontrar e que ele devorou avidamente. Sentei-me no chão perto dele e olhei para as Chaminés. Era uma construção colossal e, em meus dois ciclos trabalhando ali, eu só conhecia uma pequena parte dela. Mesmo assim, era provável que tivesse visto mais do que qualquer outro wug que já havia trabalhado ali. Contei as torres menores, as maiores e os andares da construção e me dei conta de que ela tinha muito mais do que apenas dois andares. Fiquei confusa porque, quando subi as escadas naquela noite, elas terminavam no segundo andar. Não havia outras escadas. Quer dizer, não havia outras escadas que eu conseguisse *ver*.

Quando passei de volta pelas portas duplas, Julius Domitar me barrou. Ele não cheirava a aguardente no momento. Sua capa estava razoavelmente limpa, e os olhos estavam claros, sem nenhum sinal da vermelhidão provocada pela bebida.

"Só estava alimentando Harry II. Não se preocupe, vou cumprir as tarefas do dia. Às vezes, é mais fácil trabalhar com as braçadeiras do que com coisas belas."

"Bom, você terá muitas delas", disse ele. "Muitas mesmo, na verdade."

"Talvez então você precise contratar mais alguém para a finalização", disse eu. "Para substituir Herms."

"Não vou contratar mais ninguém para finalizar", resmungou.

"Então um aumento de salário seria muito bom."

"Esse trabalho é por Artemísia como um todo. Você deveria fazê-lo de graça."

"Está confiscando os salários, Julius?"

"Um dia você aprenderá qual é o seu lugar, mocinha."

"Espero que sim", disse eu. "Desde que não seja *este* lugar", murmurei para mim mesma.

"Você quase se atrasou pela manhã", observou ele, em tom rude.

"Tive bons motivos", disse.

"Mal posso imaginar o que seria um bom motivo para se atrasar no trabalho, principalmente num momento como esse."

Hesitei. Normalmente, não falaria sobre minha vida pessoal com Julius Domitar.

"Meus pais parecem ter piorado no Centro de Cuidados", respondi.

Ele fez uma mesura com a cabeça, surpreendendo-me com o gesto, mas o que disse em seguida me deixou aturdida.

"Penso muito neles, Vega. Rezo no Campanário para que se recuperem. Eram bons wugs. Que as Parcas sejam gentis com eles."

Quando levantou a cabeça, fiquei ainda mais surpresa do que com suas palavras. Ele tinha lágrimas nos olhos. *Lágrimas nos olhos de Julius?* Trocamos olhares por um instante antes de ele se virar a sair.

Senti alguém atrás de mim. Por um instante, pensei que fosse Jurik me levando para Valhala, apesar da garantia de Morrígona, mas era apenas Dis Fidus.

"Hora de voltar ao trabalho, Vega", disse ele, tranquilamente.

Assenti e voltei para minha mesa. Vi a silhueta de Julius quando passei na porta do escritório. Ele estava inclinado sobre a mesa e, a não ser que meus olhos me enganassem, o rechonchudo também estava chorando.

Naquele dia, o restante dos meus átimos nas Chaminés passou como um raio. Devia ter dado muito duro, porque quando tocou a sirene indicando o fim do turno, todas as braçadeiras do dia estavam enroladas no carrinho, com as bordas lixadas e a superfície polida como a pele de um filhote de uíste, e os furos necessários estavam todos vazados com precisão, de acordo com as instruções. Fui até o vestiário, troquei de roupa e saí.

Dis Fidus fechou as portas e ouvi o barulho da chave girar. Naquele momento, tomei uma decisão. Eu voltaria às Chaminés. Lembrei-me da visão da batalha e da torrente de sangue que tinha me arrastado. Lembrei-me da imagem do wug gritando na maçaneta. E, claro, lembrei-me das jábites.

No entanto, o que estava mais vivo na minha memória era a imagem dos meus pais enquanto eu despencava no abismo. Eu precisava descobrir o que tinha acontecido com eles, e não descobriria a verdade no Centro de Cuidados, nem no Conselho. Artemísia não era o que parecia ser e eu estava aprendendo aquilo de uma maneira bastante convincente. Artemísia tinha segredos, segredos que eu estava determinada a descobrir.

Um átimo depois, Dis Fidus saiu por uma porta lateral e pegou outro caminho, distanciando-se de mim. Pouco depois, vi Julius Domitar saindo pela mesma porta. Agachei-me para me esconder na relva alta. Harry II me acompanhou. Quando Julius já estava bem distante, eu disse a Harry II:

"Muito bem, fiquei aqui. Já volto."

Levantei-me e comecei a andar. Harry II me seguiu. Estiquei o braço e disse: "Fiquei aqui, eu já volto." Comecei a andar de novo, e ele me seguiu de novo. "Harry II", disse. "Fique aqui."

Ele simplesmente abanou o rabo, sorrindo, e me seguiu. Acabei desistindo – parecia que faríamos aquilo juntos.

Entrei nas Chaminés pela mesma porta que entrei da outra vez. Harry II me seguiu. Não perdi tempo e fui direto para a escada. Não queria ficar ali depois que escurecesse. Subi correndo os degraus com Harry II no meu encalço. A porta que as jábites haviam derrubado estava totalmente reparada. Abri-a e entrei.

Da outra vez, não consegui enxergar que o que eu havia derrubado era uma armadura de metal. Ela brilhava inteira em seu devido lugar. Consegui movê-la para o lado, revelando a porta. Harry II começou a rosnar quando viu a imagem do wug gritando na maçaneta, mas mandei que ficasse quieto e ele obedeceu. Entramos e fechei a porta. Imediatamente me preparei para ser atingida por um paredão de sangue. Eu já tinha planejado usar Destin para chegar à imagem dos meus pais no abismo e não tinha a menor intenção de me afogar junto com Harry II.

Mas não havia sangue.

As paredes da caverna tinham desaparecido e um fosso enorme apareceu bem na minha frente.

Fiquei zonza com a transformação. Como algo que estava ali podia não estar mais? Como uma coisa podia se transformar em outra? As Chaminés certamente foram outra coisa muitos ciclos atrás. Havia algo naquele lugar, alguma força absolutamente desconhecida para mim e para todos os wugs. Bem, talvez não para Morrígona.

Olhei para Harry II. Ele estava sério e sem abanar o rabo. Encostei na cabeça dele, estava gelada. Encostei no meu braço e tive a sensação de que todo meu sangue tinha sido drenado.

Endireitei os ombros e dei um passo adiante, chegando na beirada do fosso. Olhei para baixo, incapaz de entender o que via. Era algo tão atordoante, que senti o corpo cambalear na beira do fosso. Foi quando Harry II mordeu minha capa e me puxou para trás, antes que eu despencasse.

Recompus-me e cheguei de novo mais perto do fosso, olhando lá para baixo. O que vi me encheu de fúria e desesperança. Eu estava olhando para todas as coisas que os trabalhadores das Chaminés já tinham feito. No topo estavam os objetos que eu havia finalizado mais recentemente: um castiçal de prata e um par de taças de bronze. Sentei-me no chão, coloquei a cabeça entre os joelhos e senti o estômago dar voltas. Achei que perderia a cabeça.

Como todas essas coisas tinham ido parar ali? Sempre tinha achado que eram feitas sob encomenda para outros wugs. Eu nunca poderia comprar aquelas coisas, mas outros poderiam. Eram objetos especiais. Eles... – naquele momento, comecei a ter pensamentos estúpidos. Os objetos eram feitos só para serem jogados naquele fosso. Nunca tinham saído dali. Todo o meu trabalho, toda minha existência como uma wug já crescida, estava naquele fosso.

Sem pensar, dei um murro no solo com a mão já machucada e dei um berro. Peguei-a com a outra mão e apertei, tentando diminuir a dor, mas ela doeu ainda mais. Que estúpida eu era.

Inclinei o corpo para frente. Com a mão machucada, peguei uma pedra branca perto da beirada do fosso. Eu queria testar se conseguia agarrar alguma coisa com a mão. Conseguia, mas era difícil.

Olhei para Harry II, que me olhou de volta com uma expressão desesperançada, como se pudesse sentir toda a dor dos meus pensamentos. Enquanto lambia minha mão, acariciei-lhe distraidamente a cabeça.

Fui até ali buscar respostas para o desaparecimento dos meus pais, mas em vez disso descobri que todo o meu trabalho era uma mentira. As emoções brigavam dentro de mim e eu tentava acabar com a luta. Meu trabalho nas Chaminés, aparentemente, só servia para me manter ocupada. Se aquilo fosse verdade, por que era tão importante nos mantermos ocupados?

Levantei-me. Eu estava ali. Tinha encontrado o fosso, mas precisava descobrir muito mais.

"Vamos, Harry II", disse eu, em tom de ordem.

Demos a volta no fosso e entramos num túnel do outro lado. Depois de atravessá-lo, chegamos a uma grande caverna.

Olhei em volta. Não havia outro túnel ali. Apenas paredes vazias, salpicadas de rochas.

Com a frustração fervilhando dentro de mim, gritei:

"Preciso de respostas! Preciso de respostas agora!"

Imediatamente, senti algo se movendo à minha esquerda. Virei-me e perguntei:

"Quem está aí?" Pisquei os olhos quando um pequeno orbe de luz começou a brilhar no ponto da caverna mais distante de onde eu estava. O orbe cresceu e se transformou numa sombra, até que a sombra se transformou num pequeno ser segurando um lampião. Ele se aproximou e parou na minha frente, olhando para mim.

"Quem é você?", perguntei com a voz trêmula.

"Éon", respondeu.

Ele usava uma capa azul e carregava um cajado de madeira revestido de latão. Quando a luz do lampião iluminou a criatura que se chamava de Éon, vi um rosto masculino pequeno e enrugado. Ele tinha os olhos protuberantes e grandes, um pouco desproporcionais em relação aos rostos com os quais eu estava acostumada. Suas orelhas eram minúsculas, e em vez de redondas, eram pontudas na parte de cima, como as orelhas de Harry II. Suas mãos eram grossas e gordinhas, e os dedos curtos e curvados. Estava descalço. Só dava para ver a ponta dos dedinhos aparecendo por baixo da capa.

"O *que* você é?", perguntei, pois estava claro que ele não era um nano, como Nida, e também não se parecia em nada com Duf Delphia. Ele parecia quase transparente, pois a luz parecia atravessá-lo.

"Eu sou Éon."

"O que está fazendo aqui, Éon?"

"É aqui que estou", respondeu.

Balancei a cabeça, perplexa.

"E onde é esse lugar?"

"Onde estou", respondeu. Senti-me zonza de novo. Senti que a razão não se aplicava àquele sujeito.

"Meu nome é Vega Jane", disse rapidamente.

Estendi a mão para cumprimentá-lo, mas estremeci de dor.

Éon olhou para minha mão, toda machucada e ensanguentada.

Ele apontou para a pedra branca que eu segurava na outra mão.

"Balance sobre a mão machucada e pense em coisas boas."

"O quê?" Começava a me convencer de que Éon era completamente maluco.

"Balance a pedra sobre a mão machucada e pense em coisas boas", repetiu ele.

"Por quê?"

"É a Pedra da Serpente. Tem um furo no meio."

Olhei para a pedra e havia mesmo um furo pequeno que a atravessava bem no centro. Foi então que notei que ela era extremamente branca e radiante.

"O que ela faz?", perguntei cautelosa.

"Apenas pense em coisas boas."

Suspirei e fiz o que Éon pedia. Minha mão foi instantaneamente curada. Não senti mais dor e não havia mais nenhum traço de sangue. Olhei para baixo completamente maravilhada. Eu estava tão surpresa que quase deixei a pedra cair.

"Como isso aconteceu?!", exclamei.

"A Pedra da Serpente contém dentro dela a alma de uma poderosa feiticeira."

Olhei para ele sem entender.

"Uma feiticeira?"

"Um ser mágico." Éon fixou os olhos grandes e salientes em mim. "Com o poder de cura, como você mesma viu."

Olhei mais uma vez para minha mão, reconhecendo que ele estava certo. Senti um arrepio subindo pela minha espinha por segurar na mão algo capaz de curar ferimentos com a força da mente. Ao mesmo tempo, não sabia por que estava tão atônita. Afinal, eu tinha na cintura uma corrente que me fazia voar. Quase afoguei num rio de sangue antes de ser transportada misteriosamente daquele lugar para o lado de fora. Estava descobrindo que as Chaminés eram repletas de segredos, poderes e mistérios.

"E mesmo assim você deixa jogada por aí?", perguntei.

"Está aqui, está lá, às vezes até acolá", rimou Éon. "Outras vezes está justamente onde você precisa que ela esteja."

"Ela pode fazer qualquer coisa?", perguntei, curiosa. "Pode conceder qualquer desejo?"

Ele balançou a cabeça.

"Ela pode tornar realidade os bons pensamentos de quem a segura. Se estiver triste, ela pode deixar você feliz. Se quiser ter boa sorte, pode acontecer. Mas ela tem limites."

"Como assim?", perguntei, ainda mais curiosa.

"Não se pode desejar o mal de ninguém. Além de a pedra *não* conceder o desejo, quem o desejar sofrerá consequências terríveis." Ele parou, olhou para mim e perguntou: "Você está muito machucada?"

"Mais do que costumo estar, na verdade", respondi rapidamente. "O que você faz aqui?"

"Minha raça é guardiã do tempo."

"O tempo não precisa de guarda."

"Eu esperava mesmo essa resposta de alguém que ainda não viu o próprio passado ou futuro de uma perspectiva diferente. Venha comigo, Vega Jane."

Antes que eu conseguisse dizer qualquer coisa, ele se virou e saiu caminhando lentamente para dentro da caverna. Olhei para Harry II, que me fitava com olhos curiosos. Meu passado e meu futuro?

Tinha descoberto que meu passado era uma mentira. Se pudesse vê-lo de uma perspectiva diferente, será que aprenderia algo de útil? Não tinha certeza, mas sabia que precisava tentar.

Andamos bastante até chegarmos ao fundo da caverna. Éon parou e se virou para mim, apontando para a parede. Olhei para o lugar indicado, imaginando que só encontraria pedras. No entanto, me deparei com enormes portões de ferro. Eu já tinha visto dáctilos nas Chaminés forjando aço como aquele, batendo com martelos enquanto ainda em brasa. A diferença era que os portões ainda pareciam incandescentes, com as barras vermelhas.

"Está pegando fogo?" perguntei, mantendo-me à distância.

"Não. Na verdade ele é frio ao toque. Pode testar, se quiser."

Toquei com cuidado na grade. Estava *fria*.

Éon pegou duas chaves no bolso da capa e me entregou.

"Uma vai te levar ao passado; a outra, ao futuro."

"São de ouro!", disse eu, maravilhada.

Éon assentiu.

"Toda chave usada para abrir algo encantado é de ouro."

Sorri ao ouvir aquela observação estranha.

"Isso é uma regra?"

"É mais que uma simples regra, pois regras podem ser modificadas. É uma verdade."

"Acho que entendi", disse eu, com tranquilidade.

Éon olhou para as chaves na minha mão e disse:

"Muitas coisas fascinantes podiam ter acontecido, mas não aconteceram por falta de coragem para abrir determinado portal."

"Bem, muitas vezes pode ser mais inteligente não abri-los", disse eu, decidida. "Como diferencio uma chave da outra? Qual é a do passado e qual é a do futuro?"

"Não dá para diferenciá-las, na verdade", explicou Éon. "Você tem que correr o risco. E só pode escolher uma: passado ou futuro."

"E se eu escolher o passado querendo ver o futuro?"

"Você verá o passado. *Seu* passado."

"E se escolher o futuro?"

"Obviamente, verá o que está adiante."

"Não sei se quero ver o que ainda vai acontecer comigo."

"Mas você *tem que escolher*", disse Éon, com firmeza.

Olhei para as duas chaves. Eram idênticas, mas, dependendo da que eu escolhesse, o resultado seria totalmente diferente.

"Não tem mesmo como diferenciá-las?"

Ele levantou a cabeça.

"Você tem preferência?"

Já tinha tomado uma decisão.

"Passado", disse. "Mesmo que eu o tenha vivido, descobri algumas coisas que continuam obscuras como se eu não o tivesse vivido. Preciso entendê-lo com clareza, se quiser ter um futuro. Pelo menos nessa verdade eu acredito."

Éon pensou no que eu havia dito.

"Nesse caso, Vega Jane, devo lhe dizer que a grande maioria das pessoas acaba indo para o futuro, pois retornam e me contam suas experiências."

"Mas se não tem como diferenciar as chaves, minha chance de escolher uma ou outra é exatamente a mesma."

"Só posso dizer para você olhar as chaves e tentar sentir qual é a melhor para você, levando em conta *tudo* que eu lhe disse", respondeu Éon.

Dei alguns passos para trás e coloquei as duas chaves na palma da mão, uma ao lado da outra. Elas eram idênticas, inclusive na serrilha. Mas logo me lembrei de algo que Éon disse: era uma pista e achei que devia interpretá-la como intencional.

Havia uma diferença *sutil* entre as duas chaves. Uma estava mais arranhada que a outra, com riscos pretos escuros. Olhei para os portões pesados. A chave tinha uma forma irregular. Seria difícil inserir uma chave nos portões sem arranhá-la na fechadura de ferro. Éon disse que a maioria acabava indo para o futuro, então a chave arranhada era a mais usada. Encontrei a resposta.

Com um sorriso largo, entreguei a chave mais arranhada para Éon. Ele a colocou no bolso e disse:

"Você é muito inteligente, Vega Jane." Olhou para os portões, depois para mim. "Está na hora de partir."

Respirei fundo e caminhei até os portões, preparando-me para inserir a chave. Olhei de volta para Éon.

"Como vai acontecer exatamente?"

"Você não será vista, nem ouvida, e não pode ser machucada. Também não pode intervir de jeito nenhum no que testemunhar, aconteça o que acontecer. Essa é a lei do tempo e não pode ser evitada."

"Mais uma pergunta. Como faço para voltar?"

"Por esses mesmos portões, mas não perca tempo, Vega Jane. E não ache que enlouqueceu, embora pense estar vendo a loucura."

Com aquela ideia perturbadora na cabeça, respirei fundo e inseri a chave na fechadura. Sorri esperançosa para Harry II e abri os portões.

VIGINTI DUO

O passado nunca é passado

Os PORTÕES BALANÇARAM quando se abriram e eu e Harry II os atravessamos. Tudo estava nebuloso, como se as nuvens tivessem se esvaziado e descido para descansar no chão. Se eu fosse mesmo ver o passado, provavelmente seria através daquele filtro de névoa.

Um grito me assustou. Éon não tinha dito especificamente que eu ouviria coisas, mas devia ter imaginado que eu saberia disso. Claro, mesmo no passado os wugs falavam e as coisas faziam barulho, mas havia alguma coisa vagamente familiar naquele grito. Apertei o passo, usando as mãos para espantar a névoa, mas em vez de desaparecer, ela ficou ainda mais densa. Até que cheguei a uma clareira e parei, de queixo caído.

Eu estava na minha antiga casa, e a cena que via era impressionante. Eu já havia visto a mesma cena, mas era muito pequena para me lembrar. Acho que era o que Éon tinha tentado me dizer. Ter vivenciado alguma coisa não queria dizer que entendíamos seu verdadeiro significado, ou que nos lembrávamos corretamente dos detalhes.

Ajoelhei-me perto do meu pai, que estava inclinado sobre a cama onde minha mãe estava deitada. Ela parecia pálida e cansada, e o cabelo estava puxado para trás, preso na nuca. Havia uma moça usando uma capa branca e um chapéu abaulado, de pé perto do meu pai. Reconheci-a como uma enfermeira que ajudava no parto de novos wugs.

Minha mãe embalava uma trouxinha no colo. Consegui ver a pontinha da cabeça e o fino cabelo preto do meu irmão, John. O grito era dele. Eu e John fazíamos aniversário exatamente no mesmo dia, mas eu era três ciclos mais velha. Quando olhei para o outro lado, assustei-me ao me ver mais jovem, espiando da porta, para dentro do quarto.

Eu era muito baixinha e tinha o cabelo bem curto, mas já era magra, embora os músculos que tinha hoje ainda não fossem visíveis. Estava sorrindo, observando meu irmão. Havia certa inocência e esperança no meu olhar que me levou às lágrimas. Além disso, dois membros da minha família haviam ido embora. Três, se contasse com John, que tinha ido morar com Morrígona. Em essência, eu era a única que restava.

Meu pai aprumou o corpo, olhando primeiro para John e depois para mim. Juntou as palmas da mão, batendo-as, como se me desse um comando; saí correndo e pulei nos braços dele.

Suspirei. Tinha me esquecido que fazia isso quando pequena. Meu pai me abraçou e me ergueu na altura suficiente para que eu visse John de perto. Toquei na mãozinha dele. Ele deu um arroto, e eu puxei o braço, morrendo de rir.

Sentindo uma pontada de dor, percebi que havia muito tempo eu não ria daquele jeito. Tinha cada vez menos motivos para rir à medida que meus ciclos iam se acumulando um sobre o outro. Olhei demoradamente para minha mãe. Helen Jane estava linda, apesar do suplício que tinha sido dar à luz ao que se tornaria o mais inteligente dos wugs em Artemísia. Éon havia me dito que ninguém poderia me ver, então me aproximei e ajoelhei-me perto da cama. Levantei a mão e a toquei. Quer dizer, não exatamente, porque minha mão simplesmente atravessou a imagem. Encostei em John, depois no meu pai, e o resultado foi o mesmo. Eles não estavam ali comigo, claro, nem eu estava com eles, mas tudo era muito real.

Senti os lábios começando a tremer e o coração batendo forte. Não éramos mais uma família havia tanto tempo, que eu tinha me esquecido da alegria que era fazer parte de uma. Todos os momentos, importantes ou não, muitos que encarei como naturais, certamente tinham sido fortalecidos pela certeza de que haveria muitos outros pela frente.

No entanto, aqueles encontros memoráveis e encantadores que tínhamos na vida não eram prometidos para ninguém. Eles vinham e iam, e precisávamos entender que não havia garantia de que os teríamos de novo. Comecei a tremer ao pensar no que tinha perdido.

Então a névoa voltou a ficar densa, e uma nova imagem substituiu a anterior.

Havia um garoto e uma garota correndo bastante; a garota ia na frente. Também corri atravessando a névoa daquele mundo que se revelava de novo para mim. As árvores eram altas, mas não tão altas quanto as que costumava ver no presente. Quando os alcancei, pude vê-los com mais precisão. A garota devia ter uns 4 ciclos. O garoto parecia ser dois ciclos mais velho, devia ter uns 6. Eu sabia, porque estava vendo eu e Delph.

Ele já era alto para aquela idade, e eu também. O cabelo dele ainda não era tão comprido. Pulamos um riacho estreito e pisamos do outro lado, rindo e empurrando um ao outro. O rosto de Delph estava animado, os olhos brilhavam diante das perspectivas do futuro que o aguardava. Por mais que eu tentasse, não conseguia me lembrar daquele momento – até agora.

De repente, percebi que Delph veria o Evento do meu avô naquele ciclo e que nunca mais seria o mesmo. Nem eu seria a mesma. Talvez por isso eu tivesse me esquecido daquela memória: porque tinha uma ligação muito profunda com aquele momento terrível. Tive vontade de gritar, de alertá-los para o que estava prestes a acontecer, mas fiquei quieta. Não fazia sentido, pois eles não me escutariam.

A imagem sumiu e eu me vi no Solo Sagrado, onde repousavam os wugs falecidos. Fiquei olhando para o buraco enquanto o caixão de minha avó Calíope era baixado. Havia outros wugs ao redor, assistindo. A cena estava fora de ordem, pois ela havia falecido de uma doença pouco depois de John ter nascido, mas antes de eu e Delph corrermos entre as árvores.

Então pensei numa coisa. Se Calíope estava sendo enterrada, meu avô Virgílio devia estar ali. Encontrei-o no meio da multidão, no que agora me lembrava ter sido um dia extremamente frio e chuvoso, sem um sinal sequer da luz do sol.

Ele era alto, mas estava com o corpo curvado. Não era muito velho, embora parecesse. Calíope e meu avô haviam ficado tantos ciclos juntos, que quando ela o deixou, ele foi reduzido a algo muito menor do que era antes. Meu pai estava ao lado dele, com a mão em seu ombro. Minha mãe estava perto deles, com meu irmão no colo. Eu estava segurando a outra mão do meu pai.

Parei perto de Virgílio e levantei a cabeça. Doeu ver sua dor, estampada nas marcas de seu rosto. Fui possuída pela mesma sensação de perda que senti ao ver meu irmão nascendo. Eu era muito nova quando meu avô desapareceu. Podia ter passado tanto tempo com ele. Eu *deveria* ter passado muito mais tempo com ele, mas a oportunidade havia sido roubada de mim. Meu humor baixou ainda mais do que antes.

No fim de uma vida de muitos dias e noites, parecia que a família era a única coisa importante. Mesmo assim, quantos de nós apreciavam verdadeiramente o significado da família antes do último suspiro de vida?

Perdíamos familiares o tempo todo, depois os enterrávamos, fazíamos luto e lembrávamos deles. Não seria melhor celebrar ao máximo nossos familiares enquanto estivessem vivos do que quando não estivessem mais conosco?

Cobri o rosto com as mãos e chorei em silêncio. Meu corpo tremeu e senti Harry II encostando em minhas pernas, como se me segurasse.

Quando me recompus, meus olhos se depararam com o anel na mão do meu avô. O mesmo anel encontrado na cabana de Quentin Herms. Olhei para o dorso da mão dele e vi a reprodução do mesmo desenho: três ganchos conectados. Eu não fazia ideia do que significava, nem por que ele tinha o anel e a marca, mas a cada momento, ficava mais claro que eu não sabia muita coisa sobre minha família. E eu começava a ter certeza de que eu teria de resolver aqueles mistérios se quisesse descobrir a verdade – da minha família, de Artemísia e até de mim mesma.

Peguei a caneta no bolso e desenhei, no dorso da mão, três ganchos conectados.

A multidão era grande, mas não fiquei surpresa com a quantidade de wugs. Calíope era muito querida em Artemísia. Bem na frente estava Ezequiel, e perto dele, Thansius, sério e corpulento. Ele não tinha mudado quase nada. Surpreendi-me ao ver Morrígona no fundo da multidão. Ela estava muitos ciclos mais nova, mas também se parecia bastante com o que era atualmente.

Estava prestes a me aproximar dela quando a névoa me envolveu de novo. Eu não tinha outra opção a não ser prosseguir, mas me senti frustrada.

Então ouvi outro grito. Quando a névoa se dissipou, vi Delph. Ele estava com a mesma idade da minha última visão, ainda na época do Evento de meu avô.

Ele estava correndo por uma estrada de cascalhos estreita, que eu conhecia muito bem. Olhei adiante e vi os portões com um M. Delph saiu correndo da casa de Morrígona. Enquanto observava, ele passou aterrorizado por mim. Foi quando entendi o que tinha acontecido e a vi. Ou melhor, me vi.

Eu estava parada na vereda, olhando fixamente para Delph. Tinha 4 ciclos de idade. Reconheci a boneca que carregava, presente da minha mãe no meu quarto aniversário, e ela ainda parecia nova. Para minha surpresa, minha versão criança começou a caminhar em direção aos grandes portões, que se abriram sozinhos. Harry II começou a pular e rosnar em volta das minhas pernas quando comecei a seguir a visão e entrar na casa de Morrígona. Paramos diante da porta de madeira. Ela estava parcialmente aberta. Ouvi ruídos lá de dentro, mas não consegui identificá-los. Cheguei mais perto, bem como minha versão criança.

De repente, a porta se abriu inteira e lá estava Morrígona, com seu cabelo vermelho brilhante todo desarrumado e o manto torto. Mas o que me chamou atenção foram seus olhos – um olhar de quem estava totalmente fora de si.

Morrígona viu a criança parada diante dela, segurando a boneca, e deu um passo adiante. Uma luz azul ofuscante tomou conta do ambiente. Ouvi mais um grito, depois um estrondo. Fechei os olhos. Quando os abri de novo, a neblina havia me envolvido.

Sentei-me no chão e segurei a cabeça com as duas mãos, enquanto Harry II pulava e latia à minha volta. A luz azul parecia queimar meus olhos, não conseguia me livrar dela. Morrígona estava louca. Depois, outro grito. E o estrondo. Parecia que eu, criança, tinha caído. O que Morrígona tinha feito comigo?

Levantei-me com as pernas trêmulas. Foi interessante perceber que, dessa vez, a tontura que sentia era bem mais forte que as outras, presentes em tantos momentos recentes. Onde será que eu e Harry II iríamos parar agora? Eu estava começando a ficar cansada da minha visita ao passado, mas tinha de reconhecer que havia aprendido muitas coisas que eu já deveria saber.

O pensamento desapareceu no momento exato em que fui atingida por um forte golpe e caí no chão com o corpo todo torto.

VIGINTI TRES

Quem deve sobreviver

Caí e rolei duas vezes no chão por causa da força do que me atingiu. Comecei a me levantar, mas algo me impedia. Quando olhei para cima, percebi que Harry II me segurava com as duas patas nos ombros. Sua força era surpreendente.

Finalmente consegui empurrá-lo e me sentar. Estávamos num campo bem maior do que a arena de duelos em Artemísia, mas não conseguia ver o que havia me atingido. Enxerguei borrões de luz percorrendo o céu aqui e ali, além de centelhas e raios coloridos. A princípio, parecia verdadeiramente bonito e harmonioso de alguma maneira, embora não houvesse som. Mas quando um raio de luz prata atingiu um daqueles borrões, houve uma tremenda explosão. Um instante depois, um corpo caiu do céu e bateu no chão a menos de um metro de onde eu estava sentada.

Dei um grito e me levantei de supetão. Harry II latiu e pulou perto de mim. Olhei para o corpo. Estava escurecido, e alguns pedaços haviam ido pelos ares, mas consegui ver o rosto barbudo, o capacete e o peitoral da armadura. Havia um líquido espalhado por todo o corpo como se fosse sangue, mas, em vez de vermelho, era verde brilhante, uma tonalidade que eu nunca tinha visto. Gritei de novo, e o som pareceu despertá-lo. Por um momento, ele olhou para mim com o olho que ainda lhe restava. Depois tremeu agitado, o olho paralisou, e ele simplesmente morreu na minha frente.

Afastei-me apavorada, e Harry II começou a uivar. Olhei para o outro lado e vi um corcel correndo bem na minha direção. Seu tamanho faria qualquer slep de Thansius passar vergonha. Sobre ele estava montada uma figura alta, vestida com cota de malha e um elmo de metal com viseira de proteção. Vi que se tratava de uma mulher, quando ela levantou a viseira. Só consegui ver parte de seus traços, porque o elmo cobria-lhe quase todo o rosto, mesmo com a viseira levantada.

Ela ergueu o braço, segurando na mão enluvada uma longa lança dourada. Mirou enquanto ainda cavalgava e a atirou bem na minha direção, mas não fui atingida. A lança passou poucos centímetros acima da minha cabeça e atingiu em cheio o peito de um homem montado em outro corcel, prestes a me atacar. Houve uma grande explosão no céu como a que acontecia em noites chuvosas, e o sujeito simplesmente se desintegrou, espalhando poeira escura e chamas vermelhas.

A lança se ergueu da bola de fogo, girou no ar e voltou flutuando para a mão da atiradora, que agora estava bem em cima de mim. Cobri a cabeça, esperando ser pisoteada. Depois olhei para cima e me deparei com a barriga do corcel, que começava a plainar no ar, erguido por asas que pareceram brotar-lhe na cernelha. Ele ganhou altura no céu e observei fascinada a amazona lutando com outra figura montada numa criatura alada que parecia um adar, só que três vezes maior.

Para todos os lugares onde eu olhava, havia uma coisa atacando outra. Do ar e do solo, raios de luz passavam sibilando em velocidades inimagináveis. Quando os raios atingiam o alvo, ouvia-se a explosão. Se passavam direto e batiam no solo, a força do abalo me tirava do chão. Bastava dizer que eu era tirada do chão a cada átimo.

Então percebi que aquela cena era quase idêntica à que tinha visto no muro da caverna nas Chaminés antes de ser carregada pelo rio de sangue. Eu estava bem no meio de uma batalha completa.

Enquanto observava o espetáculo, houve uma leve calmaria na luta em solo. Aproveitei para correr dali, seguindo Harry II, que ia um pouco na minha frente. Éon me disse que ninguém conseguiria me ver, ouvir ou supostamente tocar. Bom, eu havia sido derrubada, quase pisoteada. Sabia que, se ficasse ali, acabaria morrendo. Foi então que um raio prateado ricocheteou num grande bloco de pedra, provocando uma explosão radiante no solo a poucos metros de mim. Meu corpo foi lançado aos ares e caiu, atingindo alguma coisa. Girei para o outro lado e vi que era um corpo. Era a mulher vestida de cota de malha que tinha destruído o sujeito montado num corcel atrás de mim.

Ela tinha sido atingida no ar. Quando comecei a me levantar, ela estendeu a mão e segurou meu braço. Uma sensação estranha e quase apavorante tomou conta de todo meu corpo. Meus pensamentos se ensombreceram. Senti frio, calor, depois frio de novo. Um instante depois, minha mente recuperou a clareza, mas meu corpo estava tão pesado quanto um creta. Não conseguia me mover.

"Espere", disse ela, sem fôlego. "Por favor, espere."

Quando virei a cabeça, ela colocou a mão na lateral do elmo. Demorou um instante para eu entender o que ela queria. Segurei o elmo com as duas mãos e o retirei com cuidado, revelando os longos cabelos ruivos que se soltaram e caíram-lhe sobre os ombros. Seu rosto era lindo e tive a impressão de que já a conhecia de algum lugar. Olhei para seu peito e vi um buraco na cota de malha, de onde jorrava o sangue vermelho como o meu. Ela estava morrendo.

Tive uma ideia imediata. Peguei a Pedra da Serpente e comecei a balançá-la sobre o ferimento, desejando que ela melhorasse, mas nada aconteceu. Me dei conta de que eu estava no passado, e de que aquela mulher já tinha morrido havia muito tempo. Era impossível mudar aquilo.

Afastei lentamente a pedra e olhei para a moça. Ela era alta, mais alta do que eu, e ainda mais magra, se isso fosse possível, mas eu havia sentido a força tremenda de sua mão segurando meu braço. E ela devia ter um poder extraordinário para conseguir manejar a lança celestial daquela maneira e usar uma cota de malha enquanto cavalgava o corcel.

A lança! Estava ao lado dela. Quando estendi a mão para pegá-la, ela falou de novo.

"Não, espere", disse, ofegante, mas com um tom de urgência. Com um pouco de esforço, levantou a mão direita vestida com uma luva feita de um material prateado brilhante. "Pegue... isso... primeiro", disse, entrecortando as palavras com uma respiração sonora.

Hesitei por um instante apenas, pois a batalha voltou a acontecer com uma ferocidade incrível ao nosso redor. Tirei-lhe a luva da mão e coloquei a minha. Parecia feita de metal, mas era macia como couro.

Ela relaxou o corpo no solo.

"Agora", disse, sem fôlego.

Estiquei o braço e peguei a lança. Era mais leve do que parecia.

"É a Elemental", disse ela com a voz tão suave, que precisei me abaixar para ouvir.

"O quê?"

"Elemental. Pegue-a", disse ela, dando um suspirou tão profundo que entendi como um prenúncio de sua morte. "Quando você... não tiver mais amigos... ela estará com você."

Não conseguia imaginar como uma lança podia ser uma amiga.

"Quem é você?", perguntei. "Por que está lutando?"

Ela estava prestes a dizer algo quando uma explosão sacudiu o solo. Para meu horror, levantei a cabeça e vi, aproximando-se do campo de batalha, três figuras gigantescas, cada uma com cerca de vinte metros de altura, o corpo muito musculoso e a cabeça pequena. Eles agarravam corcéis alados e cavaleiros no ar e esmagavam-nos com a mão, mesmo movendo-se desajeitados pelo chão.

Olhei para a moça que estava morrendo, quando ela me puxou pela capa.

"Corra!"

"Mas..."

"Agora!"

O que ela disse em seguida chocou-me mais do que qualquer outra coisa na vida.

Ela respirou fundo, colocou a mão atrás da minha nuca e puxou minha cabeça para bem perto dela. Seus olhos eram de um azul tão brilhante que a cor do céu parecia insignificante. Seus olhos penetraram nos meus.

"Você tem que sobreviver, Vega Jane." E então estremeceu todo o corpo, soltando minha cabeça. Seus olhos perderam o brilho e já não mais olhavam para mim.

Ela se foi sem que eu tirasse os olhos dela. E me chamou de Vega Jane. Sabia quem eu era, mas quem era ela? E como sabia meu nome?

Olhei para sua mão direita, e meu coração quase parou. Ela usava um anel com os mesmos ganchos que meu avô usava. Estiquei a mão para puxá-lo, mas ele não saiu. Eu teria de cortar o dedo para sair dali com ele, mas não podia fazer isso, não com uma guerreira que tinha salvado minha vida.

Fechei seus olhos, peguei a Elemental, suspendi Harry II com a outra mão, olhei para os gigantes que avançavam vários metros a cada passo e comecei a correr.

Agora os gigantes eram o ponto central da batalha, tanto no chão quanto no ar. Quando me virei para ver se eles estavam chegando mais perto, vi um corcel alado e um cavaleiro mergulhando no ar, segurando uma espada quase da minha altura. Ele desviou dos braços esticados de um dos gigantes e, com as duas mãos, girou a espada com uma força inacreditável. A lâmina atravessou o pescoço do gigante, arrancando sua cabeça.

"Tome essa, colossal dos infernos!", gritou antes de se afastar para uma distância segura.

Colossal? Mas que raios era um colossal?

Quando a criatura veio ao chão, percebi que tombaria bem em cima de mim. E como imaginei que devia pesar pelo menos quatro toneladas, não restaria nada de mim ou de Harry II.

Corri o mais rápido que pude, mesmo vendo a sombra do colossal bloqueando a luz e projetando-se vários metros na minha frente. Eu nunca ia conseguir, não carregando a Elemental e Harry II ao mesmo tempo. E não queria sacrificar nenhum dos dois. Até que tive uma ideia.

"Sua burra!", disse para mim mesma.

Quando a sombra do colossal caindo me envolveu por completo, dei um salto no ar e ganhei altura imediatamente, subindo cerca de um metro, mas eu precisava de distância, não de altura. Semicerrei os olhos porque não sabia se conseguiria sobreviver. O estrondo ensurdecedor que se deu atrás de mim me fez arregalar os olhos de novo. Olhei para trás e o colossal morto tinha despencado a menos de um metro de mim.

Comecei a ganhar altura, mas aquilo me transformou num alvo. Raios de luz vinham de todas as direções. Harry II latia e rosnava para eles, como se seus dentes pudessem deter a ameaça de cada um. Usei a única ferramenta que tinha: a Elemental. Não a atirei porque não conseguiria fazer aquilo enquanto voava, mas a usei como escudo. Não sabia se conseguiria bloquear os raios, mas não demorei muito para descobrir.

Ela bloqueou e a luz foi rebatida. Um raio azul desviado atingiu um cavaleiro, derrubando-o do corcel. Outro raio púrpuro acertou um dos colossais bem no peito, derrubando-o de joelhos e com a cara no chão, esmagando um cavaleiro montado num corcel e fazendo um buraco enorme no solo com a força do impacto.

Eu só queria sair daquele inferno, mas, para isso, precisava encontrar os portões. E eu não tinha a menor ideia de onde eles estavam.

Olhei adiante e me deparei com a própria morte vindo na minha direção. Havia seis cavaleiros lado a lado, todos usando cotas de malha, montados em corcéis com asas imensas, de espadas em punho, apontando para o alto. Mas eles não esperaram chegar perto para me golpear com as espadas; eles a baixaram de uma vez, cortando o ar, e de cada lâmina saíram goles na forma de feixes de luz branca. Segurei a Elemental da maneira como vi a amazona segurando-a. Eu sabia o que queria que ela fizesse, mas não tinha a menor ideia de como proceder.

Arremessei a Elemental com toda minha força, mas não mirei diretamente nos raios de luz. Lancei-a à direita dos raios, tentando traçar um movimento curvo, reunindo toda força que meu pobre braço conseguia suportar. A lança fez uma curva para a esquerda, ganhou velocidade e cruzou o céu bem na minha frente, atingindo o primeiro raio de luz branca, depois o segundo, o terceiro, e os outros três que restavam, rebatendo-os para trás, como uma bola quando jogada contra a parede.

Quando a luz rebatida atingiu a parede de corcéis e cavaleiros, ouvi a maior explosão do campo de batalha, maior ainda que o barulho da queda do primeiro colossal. Eu e Harry II fomos lançados para trás atingidos pela pressão da explosão. Quando a fumaça e o fogo se dissiparam, os cavaleiros e os corcéis tinham desaparecido. Nem me preocupei com minha improvável vitória. Aprumei o corpo imediatamente e consegui segurar a Elemental com a mão enluvada, quando ela voltou flutuando na minha direção.

Olhei para baixo e consegui enxergá-los, inconfundíveis, no meio de um vale a alguns quilômetros de distância, parcialmente ocultos por um mar de neblina: os portões flamejantes. Mergulhei imediatamente no ar, pois um novo perigo tinha surgido no céu. Diante de mim estava uma criatura que eu só conseguia descrever como uma jábite de asas. E, se fosse possível, aquela criatura alada era ainda mais pavorosa do que a terrestre. Se eu conseguia voar, a jábite alada voava ainda mais rápido.

Olhei para a Elemental. Eu sabia que não conseguiria atirá-la como fez a amazona, mas ela havia dito que, quando eu não tivesse com quem contar, a lança seria minha única amiga. Bem, amigos supostamente eram bons ouvintes. Olhei de novo para a jábite. Era agora ou nunca.

Dei um giro no ar, encarei a jábite e atirei a Elemental. Ela voou certeira e atingiu o alvo.

A jábite explodiu e a Elemental fez uma curva graciosa, voltando para minha mão. Pousei, coloquei Harry II no chão e fomos correndo até os portões. Já tinha visto o bastante do passado. Quando atravessei os portões, tudo ficou escuro.

Eu sabia onde estava. Senti a grama ao meu redor. Escutei os latidos alegres de Harry II e o barulho das patas batendo no chão. Uma parte de mim queria continuar ali, deitada, com os olhos fechados pelo resto dos meus ciclos, mas me sentei lentamente e abri os olhos. As Chaminés estavam adiante. Olhei para o céu. O tempo praticamente não tinha passado. Ainda era dia – surgiam os primeiros sinais do fim da tarde. Como prova de que eu não tinha imaginado todo o acontecido, eu ainda tinha a luva na mão e segurava a Elemental. Além disso, a Pedra da Serpente estava no bolso da capa.

Levantei-me e suspendi com firmeza a Elemental. O que eu faria com ela? Era da minha altura. Não podia carregá-la por Artemísia, muito menos escondê-la.

Como se conseguisse ler meus pensamentos, ela encolheu para o tamanho de uma caneta. Olhei para ela, boquiaberta. No entanto, tive a sensação de que começava a me acostumar com os acontecimentos inexplicáveis que se acumulavam na minha vida.

Lembrei-me de que tinha voltado para reencontrar Éon, embora ele tivesse dito que os viajantes do tempo costumavam voltar, mas também ninguém deveria me ver, ouvir ou ferir, enquanto eu estivesse no passado. Olhei para meu braço queimado, confirmando que tinha sido vista, ouvida, machucada e quase morta.

Encostei na queimadura e a dor subiu por todo meu braço.

"Ei, Éon", gritei furiosa para o céu. "Você precisa repensar suas regras temporais. Acho que estão um pouco ultrapassadas."

Peguei a Pedra, balancei-a sobre a ferida e pensei coisas boas. A dor diminuiu, mas a queimadura não curou por completo. Suspirei conformada e guardei a Pedra.

"Ah, que bacana!", disse para mim mesma. "Acho que essa queimadura é do passado, e a Pedra não pode curar ferimentos antigos. Muito obrigada mesmo, Éon."

Comecei a caminhar pensando em tantas coisas, que em determinado momento não consegui pensar mais. Parecia que minha cabeça ia explodir a qualquer instante.

Que inferno, Vega. Que inferno!

VIGINTI QUATTUOR

Segredos

Passei as noites seguintes treinando voo com a Destin e arremesso com a Elemental. Durante o dia, escondia a Pedra da Serpente e a Elemental em casa, debaixo de uma tábua do assoalho. Destin sempre ficava amarrada na minha cintura. Não pensava em tirá-la naquele momento porque nunca saberia quando subir aos céus poderia salvar minha pele.

Alguns dias depois, eu estava caminhando pela floresta rumo à minha árvore, antes de ir para as Chaminés, quando me deparei com Non vestido de armadura. Atrás dele estava Nida, que não vigiava mais Valhala. Os prisioneiros haviam sido soltos e cumpriam trabalho forçado na construção da Muralha. Mas Nida estava com o chacal, e a besta rosnava e latia, fazendo barulho com suas enormes mandíbulas.

Harry II começou a latir e rosnar de volta. Meu canino havia crescido de uma maneira surpreendente desde que o havia pegado. Seu peito, pescoço e pernas estavam musculosos e fortes. Coloquei a mão na frente do focinho de Harry II, e ele sentou, fazendo silêncio.

Non e Nida juntos não era nada bom. E perto de Nida estava Cletus Loon, segurando um mortiço e exibindo um sorrisinho malévolo.

"Autorização de deslocamento", disse Non, estendendo a mão.

Entreguei-lhe o pergaminho. Ele passou os olhos pelo papel e me devolveu. Depois, inclinou o corpo para frente e me disse:

"O que você está fazendo, mocinha?"

"Estou indo para minha árvore fazer a primeira refeição", disse eu, segurando minha latinha desgastada. "Quer ver com seus próprios olhos?"

Não deveria ter oferecido, pois na mesma hora Cletus pegou a lata da minha mão e a abriu.

"Coisa boa, hein?", disse ele. Pegou um ovo cozido, enfiou na boca e o engoliu de uma vez. No instante seguinte, ele estava no chão segurando a barriga no lugar onde eu tinha chutado.

Non segurou meu braço, puxando-me para trás.

"Ninguém vai brigar aqui!"

"Mas ele acabou de roubar minha comida!", gritei.

Cletus se levantou e estava prestes a apontar o mortiço para mim, mas Nida lhe deu um golpe na cabeça, jogando-o de novo no chão. Nida não era de falar muito, mas quando batia, não dava para esquecer.

Estirado no chão, Cletus resmungou de dor e pôs a mão na cabeça.

"Por que você fez isso?"

"Quietinho aí, Cletus", aconselhou Non. "Ou ele vai soltar o chacal e você vai implorar por um porrete na cabeça, porque chacal não bate, ele morde."

Cletus continuou no chão, constrangido, com o rosto enrubescido. Não senti pena dele. Eu não estava nem aí para Cletus.

"Qualquer hora passo na hospedaria e tiro esse ovo do seu prato", disse eu.

"Duvido que você vá", gritou ele. "Eu fiz um teste para ver se você estava escondendo alguma coisa."

Peguei minha faca e sorri com maldade.

"Quer que eu abra sua barriga para olhar direito?"

Cletus deu um salto para trás, tropeçou nos próprios pés e caiu de novo. Non deu uma risada, e o chacal rosnou, assustado com o barulho, mas Nida o segurou pela corrente. Apanhei a lata no chão onde Cletus a tinha deixado cair.

Non segurou meu braço e baixou a cabeça.

"Ter sorte não quer dizer muita coisa, mocinha", sussurrou no meu ouvido. Olhei para o estrago que tinha feito em sua armadura e não respondi. "Krone me contou a novidade. Você e Morrígona. Ela não pode te proteger a vida toda."

Puxei o braço, soltando-me. Destin esquentou como fogo embaixo da minha blusa.

"Não precisei dela para fazer *isso*, precisei?", respondi, apontando para o amassado na armadura.

Antes que ele pudesse dizer qualquer coisa, saí apressada. Eu não gostava de ser parada por wugs com mortiços. Não gostava que revirassem minhas coisas e comessem minha comida. Não gostava daquele tosco do Non me ameaçando. Mas Artemísia seria assim dali em diante.

Cheguei à árvore, olhei em volta para garantir que ninguém me vigiava, peguei Harry II no colo, dei um salto e aterrissei tranquilamente nas tábuas lá em cima.

Nós nos sentamos e eu dividi a refeição. Comeríamos o que eu havia colhido de um canteirinho que montei perto da árvore. A plantação era pequena: alguns vegetais, pés de alface, manjericão, salsa e pimenta, para dar calor a qualquer preparo. Não era muito, mas dava para me sustentar.

Fiquei pensando no fato de Jurik Krone querer tanto que eu fosse para Valhala. Eu precisava me proteger, porque queria continuar treinando com a Destin e a Elemental. Eu estudava o mapa do Pântano desenhado na pele todas as noites e já o conhecia de cor. Precisava guardar segredo sobre a Pedra da Serpente e a Elemental, claro. Sorte que a Pedra da Serpente parecia uma pedra comum. E a Elemental, quando reduzida, era do tamanho de uma caneta. Destin era uma corrente. Ninguém poderia me prender por causa dela, a não ser que me vissem voando por aí.

Lembrei-me de algo e levantei-me de sobressalto.

O livro! O livro de Quentin sobre o Pântano. Eu precisava estudá-lo tanto quanto havia estudado o mapa. Assim teria informações valiosas sobre as criaturas que viviam lá, informações que eu precisaria para sobrevier. Não conseguia acreditar que tinha desprezado o livro tanto tempo. Precisava resolver aquilo o mais rápido possível. Sem o livro, eu não poderia fugir daquele lugar. E agora prometia para mim mesma: daquele lugar eu *ia* fugir.

Naquela mesma noite, depois de sair do trabalho, passei em casa, deixei Harry II dormindo, entrei na floresta, olhei em volta para ver se não havia wugs por perto, tomei impulso e saltei no ar. Peguei uma corrente de vento e ganhei altura. A brisa passava pelo meu cabelo e tocava todo meu corpo. A sensação era de limpeza, como se eu tomasse um longo banho debaixo das torneiras.

Cheguei à propriedade dos Delphias em tempo recorde e aterrissei no solo sem fazer barulho. O creta que estava sendo adestrado por Duf não estava mais ali, pois agora usava os músculos para trabalhar na construção da Muralha. O cão de caça uíste também não estava à vista. O jovem slep continuava sendo treinado para ser usado na carruagem de Thansius. E o adar também estava ali, dormindo, com a perna ainda presa a uma estaca no chão, mas tinha certeza de que suas cordas vocais e habilidades de fala haviam sido muito melhoradas desde minha última visita.

Na escuridão, com poucos feixes da luz da noc para me guiar, de repente me dei conta de um problema. Eu não me lembrava onde havia enterrado o livro. Passei por cada pinheiro, examinando o chão para encontrar as pequenas agulhas que tinha colocado sobre o buraco que cavei. É claro que, depois de todo aquele tempo, a agulhas tinham sido levadas pelo vento ou carregadas por alguma criatura para construir ninhos. Estava xingando a mim mesma por ser tão estúpida, quando escutei um barulho. Ou melhor, escutei o barulho *dele*.

"E-e-e aí, Vega Jane."

Virei-me lentamente e vi Delph, parado.

"Olá, Delph", respondi. Ele chegou mais perto. Parecia cansado, e, por mais que seu cabelo não estivesse branco por causa do trabalho no Moinho, estava comprido, desgrenhado e totalmente sujo.

Ele levantou a mão, segurando o livro.

Olhei para o livro e depois para ele, sem saber se dizia que o aquilo era meu.

"P-p-posso ir com v-você, Ve-Vega Jane?"

VIGINTI QUINQUE

Baboseira da Muralha

Olhei para Delph, boquiaberta.

Ele chegou mais perto e levantou o livro um pouco mais.

"Para o Pântano, eu quis dizer", disse ele, com a voz suave e baixa.

"Eu sei que é o maldito Pântano", respondi furiosa, finalmente recuperando a voz. "E você não precisa contar para nenhum wug sobre isso. Onde encontrou o livro?"

"Caixa que vo-você enterrou no b-buraco", disse ele, com a voz ainda mais baixa.

"Como sabia disso?"

"Vi-vi vo-você, né?"

"E você leu?", perguntei, sussurrando.

"Não tu-tudo. Mas não diz co-como fa-faz para atrave-atravessar", disse ele.

Delph olhou para minha cintura, ou melhor, para a corrente em volta da minha cintura.

"Você vo-voa", disse ele. "Por ca-causa disso?"

Comecei a ficar com raiva.

"Você está parecendo lógico demais, Delph. Esteve atuando esse tempo todo? Se sim, você é o maior idiota e patético que já conheci."

Ele deu um passo para trás, nitidamente magoado.

"Po-posso fa-falar, Vega Jane, quando quiser, mas as co-coisas co-confundem aqui." Encostou a mão na cabeça, sentou-se num tronco e olhou lastimoso para mim, com o livro balançando entre os dedos. Minha raiva passou e observei sua feição de tristeza.

"Onde vo-você co-conseguiu?"

"Encontrei-o na cabana de Quentin Herms. Ele que o escreveu."
"Então ele a-a-atravessou o Pa-Pântano?"
"Acho que sim."
"Então os fo-fo... os fo-fora..."
Olhamos um para o outro por um átimo, mas não dissemos nada. Ele ergueu o livro para mim.
"Tome", disse, entregando-me o livro. "N-não tem mapa do Pa-Pântano."
"Eu tenho", respondi.
"Onde?"
"Em um lugar seguro." Sentei-me no chão perto dele. Aquela na verdade era a melhor oportunidade para saber a resposta da minha questão mais urgente. "Tive uma visão. Quer saber como foi, Delph?"
"Vi-visão? Como Mo-Mo-Morrí... gona?"
"Talvez ainda mais clara do que as visões dela. Eu voltei no tempo. Entende?"
Ele murmurou as palavras *volta no tempo*, mas sua expressão não era de quem tinha entendido.
"Co-como assim? Quando vo-você era peq-pequena?"
"Até antes disso, mas vi uma coisa na visão de quando eu *era* mais nova, Delph. Eu vi você."
Ele pareceu nervoso, seu rosto congelou de medo.
"Viu nada que viu."
"Vi você na casa de Morrígona."
Ele balançou a cabeça com força.
"Não po-pode ser."
"Vi você correndo da casa dela. Você estava assustado, Delph."
Ele cobriu os ouvidos com a mão.
"Mentira, mentira."
"E vi Morrígona. Ela também estava assustada."
"Mentira!", exclamou Delph.
"E acho que sei o que você viu."
"Não... n-não... não", soluçou Delph.
Coloquei a mão em seu ombro trêmulo.
"Lembra que você me disse sobre a luz vermelha? Era o cabelo de Morrígona, não era? A luz vermelha?"
Delph começou a balançar a cabeça de um lado para o outro. Tive medo de ele levantar e sair correndo, mas jurei para mim mesma que se ele corresse, eu voaria arás dele. Eu o perseguiria até fazê-lo me contar a verdade. Eu precisava saber o que tinha acontecido.

"Ela estava lá, não estava? E meu avô? Foi na casa dela que aconteceu o Evento? Foi naquele dia, não foi?" Eu o chacoalhei. "Fale, Delph! Não foi?"

"Eu estava lá, Vega Jane!", gritou.

"Com Morrígona? E meu avô?"

Ele assentiu.

"Por que você estava lá? Por quê? Você tem que me contar." Chacoalhei-o de novo. "Fale!"

Ele franziu o rosto, aflito. Curvou o corpo para frente, mas eu o empurrei para trás. Estava fora de mim, mas eu precisava saber. Não me importava se ele estava magoado. Minha vida toda parecia ter sido uma mentira. Eu precisava saber parte da verdade, e tinha de ser naquele mesmo átimo.

Dei um tapa nele.

"Fale!"

"F-fui ver o uíste que meu p-pai tinha treinado para e-ela. Harpie. Eu ado-adorava Harpie."

"E depois?"

"Achei que ti... que ti-tinha ouvido Harpie lá dentro. Fui es-espiar."

"E você entrou?"

Ele assentiu, o rosto ainda expressava muito sofrimento, e os olhos estavam fechados. Continuei segurando-o pelo braço, pois queria que ele continuasse.

"Nã-não vi wug ne-nenhum. Nem Ha-Harpie."

"Continue, Delph. Continue."

"Ouvi um barulho. N-não tinha ni-ninguém. Subi as escadas. Estava com me-medo."

"Você só tinha 6 ciclos, Delph. Eu também teria medo." Estava falando baixo, tentando inspirar nele a mesma tranquilidade.

"Che-cheguei mais perto e os ou-ouvi. Di... di... discutindo", completou, finalmente pronunciando a palavra inteira.

"Meu avô e Morrígona?" Ele não disse nada. Chacoalhei-o. "Eram eles?"

"N-não po-posso, Ve..."

"Eram eles?", gritei, virando o rosto dele para que olhasse para mim. "Olhe para mim, Delph. Olhe para mim!", gritei. Ele abriu os olhos. "Era Morrígona e meu avô?"

"Sim", respondeu ele, ofegante e com lágrimas escorrendo pelo rosto.

"Tinha mais algum wug?" Ele negou com a cabeça. "Ótimo. Continue, Delph."

"Fi-fiquei com medo da di-discussão, mas... mas a-achei que po-podia ajudar, a-acalmar. Como f-faço com meu pa-pai e os bichos. A... acalmar."

"Eu pensaria a mesma coisa, Delph. Tentaria acalmá-los e ajudá-los."

Ele soluçou mais uma vez e eu me senti extremamente culpada por fazê-lo lembrar de tudo aquilo, mas não tinha outro jeito. Ele colocou a mão na cabeça e começou a soluçar de novo. Empurrei o corpo dele para trás, para que olhasse para mim.

"Você não pode parar agora. Tem que colocar tudo isso para fora. Você precisa, Delph."

"Ti-tinha duas portas no co-corredor. Na-nada na primeira."

"E na segunda?", perguntei, com a voz baixa e seca.

"Quando eu vi..." Sua voz enfraqueceu e ele começou a murmurar. Achei que ele não conseguiria continuar, mas dessa vez não gritei e nem encostei nele.

"Você viu alguma coisa que te deixou com muito medo, não foi?"

Ele assentiu de um jeito triste.

"Eles es-estavam de f-frente um pa-para o outro."

"Ela estava com raiva? E ele estava tentando acalmá-la?"

A resposta me surpreendeu.

"O co-contrário, Ve-Vega Jane. Mo-Morrígona estava c-com medo e tentava a-acalmá-lo."

Olhei para Delph sem acreditar.

"O que ela estava dizendo para ele?"

Delph respirou fundo várias vezes, contraindo o corpo a cada inspiração. Se eu não soubesse do que estava acontecendo, iria pensar que ele estava tentando vomitar alguma coisa. Finalmente ele parou de se contrair, esfregou as mãos no rosto para limpar as lágrimas e aprumou o corpo. Olhou bem nos meus olhos. Sua expressão era clara. Ele não sentia mais dor.

"Para ele não ir", disse Delph claramente. "Para por favor ele não ir."

"E o que ele disse?"

"Que precisava ir. Que tinha de tentar. E ficou repetindo a mesma coisa. Era horrível. Escutava ele falando nos meus sonhos..."

A voz de Delph baixou de novo.

"Ir? Mas ir para onde?" Perguntei, impondo a voz mais do que deveria.

Delph olhou para mim com o rosto tão pálido, que parecia a noc vista de perto.

"Não falou. E então aconteceu."

"A luz vermelha?"

O olhar dele era tão apavorante que senti meu coração apertado.

"Era fogo. Um fogo que eu nunca tinha visto. Era um fogo que... que estava vivo... e queimava em volta de Virgílio, como uma serpente engolindo ele inteiro. Depois... depois ele flutuou no ar... depois... sumiu. Sem barulho nenhum." Delph fez uma pausa, olhou adiante. "Sem barulho nenhum", acrescentou, sussurrando.

Eu mal conseguia respirar. O que Delph me contava era exatamente o que tinha acontecido com meus pais. Meus pais haviam sofrido um Evento bem na minha frente. E eu tinha visto! Só não sabia o que era.

Eu devia estar completamente desligada, porque só voltei a mim quando Delph segurou no meu braço e me sacudiu.

"Vega Jane, está tudo bem?"

Eu não conseguia falar.

"Vega Jane?", perguntou Delph, em pânico.

Minha mente se concentrou na lembrança. Eu vi o mesmo fogo engolindo os dois. Um Evento. *Santo Campanário, eu tinha visto o Evento deles.*

"Vega Jane?"

Ele me sacudiu com tanta força, que eu quase caí.

Enfim olhei para ele.

"Me desculpa, Delph. O que aconteceu depois?", perguntei com a voz rouca, sem tirar da cabeça a imagem terrível dos meus pais envolvidos pelas chamas.

Ele parou, lambeu os lábios.

"Depois eu corri porque Morrígona me viu."

"E como ela estava?"

"Parecia que ia me matar se me alcançasse. Corri como nunca corri em toda minha vida, mas ela foi mais rápida. Antes que eu saísse da casa, ela já estava na porta. Então aconteceu."

"O que aconteceu?"

"A luz vermelha."

"Mas eu achei que a luz vermelha era por causa do meu avô. A luz das chamas."

"Não. A luz vermelha... a luz vermelha aconteceu comigo, Vega Jane."

Lembrei da visão que tive do passado na casa de Morrígona. Depois de ver Delph correndo. Ela me viu, acenou para mim e surgiu uma luz *azul*.

Olhei para Delph.

"Delph, você tem certeza que a luz não era azul?"

Ele balançou a cabeça.

"Era vermelha, Vega Jane. Vermelha. Como fogo."

"E o que aconteceu depois disso?"

"Minha cabeça ficou esquisita, mas eu continuei correndo, sem parar... e só isso. Continuei correndo." Ele olhou para mim com a aparência exausta. "Por que você perguntou se a luz era azul?"

"Porque foi essa a cor que eu vi quando Morrígona acenou para mim."
Ele ficou petrificado ao escutar o que eu disse.
"Você estava lá?"
"Sim, mas eu não me lembrava, Delph. Só me lembrei porque vi a cena de novo."
"Mas então por que eu só lembro de pedaços do que aconteceu? Até agora?"
"Por causa da diferença entre a luz azul e a vermelha, talvez", disse eu, sentindo-me tão cansada quanto ele. Parecia que tínhamos corrido quilômetros e quilômetros.

Mas eu também estava pensando em outra coisa. Quando disse para Morrígona que já tinha ido à casa dela, ela pareceu tensa e preocupada. Agora eu sabia por quê. Ela achou que eu me lembrava de tê-la visto todos aqueles ciclos atrás, quando ela perdeu completamente a razão e me atingiu com uma luz azul, apagando a memória do que eu tinha visto.

Então me dei conta de outra coisa. Olhei séria para Delph.
"O que foi, Vega Jane?", perguntou.
"Delph, você parou de gaguejar."
Ele pareceu em choque por causa da minha observação e olhou para mim boquiaberto. Depois um sorriso brotou levemente em seu rosto.
"É verdade", disse ele abrindo mais o sorriso.
"Mas por quê?", perguntei.
"As palavras não estão mais embaralhadas, Vega Jane." Ele colocou a mão na cabeça. "Aqui."
Coloquei a mão no braço dele.
"Você se libertou de um peso, Delph. Acho que nunca mais vai gaguejar. Me desculpe por ter feito você passar por tudo isso. Me desculpe, Delph, você é meu amigo. Meu único amigo."

Ele olhou para mim, depois para o céu. Sob a luz da noc, ele parecia ainda mais jovem, como quando corria comigo pela floresta, sem nenhuma preocupação no peito. O mesmo valia para mim. Eu não conseguia mais imaginar qual era a sensação daquela época. Mesmo que não fôssemos velhos, nós éramos velhos por causa de tudo que carregávamos dentro de nós.

Ele se virou para mim e seu olhar me deu vontade de chorar.
"Você também é minha amiga", disse, pegando na minha mão. "E para mim é mais importante do que todos os outros wugs juntos."
"Estou feliz por termos superado isso juntos, Delph." Fiz uma pausa e resolvi contar. "Meus pais sofreram Eventos. Eu também vi. Eles não estão mais no Centro de Cuidados, se foram."

Ele olhou para mim, aterrorizado.

"O quê?"

Lágrimas escorreram pelo meu rosto, mas continuei.

"O fogo os engoliu. Igualzinho ao que você descreveu, Delph. Eu não entendi o que tinha acontecido, mas agora entendo."

"Que pena você ter visto isso, Vega Jane."

"Que pena você ter visto também."

Olhei para o livro que ainda estava na minha mão.

"E os forasteiros? Eles estão no livro?", perguntei.

Ele olhou para mim e balançou a cabeça.

"Forasteiros? Mentira deslavada."

Ergui as sobrancelhas. Concordei com ele, mas ao mesmo tempo eu tinha visto muita coisa que ele não tinha.

"Por quê?"

"Se os forasteiros estivessem por aí, o que eles estariam esperando? Acha que eles esperariam a gente construir essa Muralha gigantesca só para ter de atravessá-la depois? Bobagem."

"Mas você está ajudando a construir a Muralha", observei.

"E o que eu poderia fazer?", perguntou ele, sem outra alternativa. "Provavelmente me enfiariam em Valhala se eu não ajudasse."

"Por isso eles tiveram de oferecer uma recompensa por Quentin Herms", disse eu. Na verdade, eu tinha acabado de encontrar a resposta.

"Como?", perguntou Delph. "Não entendi."

"Eles não podiam simplesmente dizer que ele teve um Evento, ou que foi morto por um garme, porque isso não serviria para montar o cenário para a história dos forasteiros."

Delph pareceu entender meu argumento.

"E para construir a Muralha, porque uma coisa levou à outra."

"Exato", disse eu, impressionada com o raciocínio dele. Aquele Delph tartamudo e de bom coração não existia mais. Agora ele tinha o corpo e a mente fortes. E eu tinha certeza de que, para sobreviver, ele precisaria das duas coisas.

O que eu diria em seguida poderia soar para Delph como uma ideia espontânea, mas acho que, de certa forma, eu já estava pensando naquele assunto desde que John havia me deixado.

"Delph", disse eu, tranquilamente.

"Sim?"

"Você me perguntou se podia vir comigo para o Pântano?"

"Sim, perguntei", respondeu, sem tirar os olhos de mim.

"Mas por que você teria vontade de sair de Artemísia? É tudo que você conhece."

Ele riu.

"O que realmente existe, Vega Jane? Daqui a quarenta ciclos, o que estará diferente? E quem pode dizer que não existe nada lá fora, depois do Pântano? Se nunca nenhum wug foi até lá, como eles sabem que não existe nada? Me diga. E agora eles estão construindo essa maldita Muralha? Rá!"

Eu estava tão orgulhosa de Delph que minha vontade era enchê-lo de beijos.

"Não acredito que a Muralha será construída para manter os forasteiros afastados, Delph. Acho que é para..."

"Nos manter *aqui dentro*", completou ele.

"O Conselho mentiu para nós. Jurik, Morrígona, até Thansius", disse eu, tranquila.

Ele assentiu, pensativo.

"Vou com você para o Pântano, Vega Jane. Pelo túmulo da minha mãe, eu vou com você".

"OK", respondi. "Se vamos mesmo fazer isso, precisamos de um plano."

Ele olhou para mim.

"Que tipo de plano?"

Coloquei a mão em Destin, em volta da cintura.

"Para começar, você também vai aprender a voar."

Ele parecia apavorado.

"Voar? Mas por quê?", perguntou, apontando para o céu.

"Então, esse é o propósito de voar, Delph."

Ele levantou as mãos fazendo um gesto de protesto.

"Mas eu nunca.... eu não ia conseguir, Vega Jane. Sou muito... muito *grande*."

Levantei-me e fiz um gesto para ele se levantar junto comigo. Virei as costas para ele.

"Me abrace."

"Como?"

"Me abrace, Delph. E segure firme."

"Maldição", exclamou, me abraçando mesmo assim. Por mais que o conhecesse a vida toda, me surpreendi ao perceber que, juntinho de mim, ele parecia ainda maior.

"Segure mais forte, Delph, para você não cair." Ele me segurou com tanta força que eu mal conseguia respirar. "Não tão forte, Delph!", gritei. Ele me soltou um pouco e continuei: "Agora nós vamos pular juntos, no três. Um... dois... três".

Saltamos ao mesmo tempo e começamos a ganhar altura. Delph me abraçava forte. Fui inclinando o corpo para frente para que ele ficasse nas minhas costas. Subimos cerca de trinta metros, com o vento soprando em nosso corpo.

"Maldição!", exclamou Delph outra vez.

Olhei para trás e vi que ele estava de olhos fechados.

"Delph, abra os olhos. A visão é incrível aqui de cima."

Ele abriu os olhos e olhou adiante. Relaxou os braços um pouco e senti seu corpo, antes duro como pedra, começando a se soltar.

"É lindo", disse ele, ainda com medo na voz.

"Sim, mas ainda não olhe para baixo. Demora um tempo para acostumar e..."

Meu pedido foi um erro. Assim que disse "não olhe para baixo", claro que ele olhou. Delph apertou minha cintura como ferro, contraiu os músculos, deu um grito e girou junto comigo no ar. Caímos imediatamente. Eu ainda não tinha despencado assim tão rápido, mas também nunca tinha voado com mais de cem quilos nas costas.

Perdemos totalmente o controle. Delph gritava, eu gritava. Estávamos a poucos metros do chão quando consegui virar para trás e dar um tapa na cara de Delph. Imediatamente ele parou de se debater. Retomei o controle, ganhei altura de novo e voltei a descer, controlando o pouso até aterrissarmos esparramados no chão.

"Você quase nos matou", disse, irritada, olhando para ele, mas minha raiva passou, pois me lembrei de como havia sido meu primeiro voo. Pelo menos dessa vez eu tinha recuperado o controle, e ele precisava se recuperar do primeiro voo. Levantei-me e ajudei-o a se levantar. "Foi culpa minha, Delph. Da próxima vez será melhor."

Ele olhou para mim como se eu estivesse pedindo para ele ser o melhor amigo de Cletus Loon.

"Próxima vez?", perguntou, incrédulo. "Não vai ter próxima vez, Vega Jane."

"Você quer atravessar o Pântano?" Ele balbuciou, mas não disse nada. "Se pudermos atravessar uma parte do Pântano voando, talvez até o Pântano inteiro, não precisaremos nos preocupar com o que há dentro dele." Olhei para ele esperando uma resposta, batendo o pé no chão.

Delph piscou, respirou fundo lentamente e disse:

"Vamos tentar outra vez então, Vega Jane. Rá!"

VIGINTI SEX

Treinamento

Nas duas noites seguintes, eu e Delph praticamos voo. Quer dizer, eu pratiquei enquanto Delph se segurava em mim para não cair. Até que tirei Destin da cintura e a entreguei para ele. Delph correu como se tivesse visto um amarok.

"Você precisa tentar, Delph", disse eu.

Ele voltou.

"Por quê? Você pode voar para nós. Eu só preciso me segurar."

"A gente não sabe o que pode acontecer. É importante que você saiba voar sozinho." Ele continuou em dúvida e eu completei: "Se quiser ir comigo, Delph, você precisa tentar".

Com cuidado, ele pegou Destin da minha mão. Desenrolei-a para que ficasse mais comprida. A cintura de Delph era maior do que a minha, então ajudei-o a colocar a corrente e a prendi com um gancho de metal que havia feito especificamente para isso.

"E agora?", disse ele, parado no mesmo lugar.

"E agora?", repeti, sem acreditar. "Delph, você voou comigo todas essas vezes. O que eu faço?"

"Você corre e salta ou só salta", respondeu na mesma hora.

"Então é isso que você deve fazer."

"Correr ou pular, perguntou ele, ainda hesitante.

Rapazes. Você precisa levá-los até a água e ainda ensiná-los a beber.

"Não importa. Escolha você."

"E quando eu estiver lá em cima, o que faço?"

"Já mostrei para você, Delph. Você sabe como se conduzir, já sabe como pousar. Só repita o que fiz."

Ele andou para trás, correu um pouco e saltou. E voou adiante em linha reta, dando de cara com um arbusto enorme. Corri para ajudá-lo. Delph estava tossindo e com o rosto todo arranhado por causa das folhas espinhentas.

"Não consigo, Vega Jane. Não vai dar certo. Meus pés pertencem ao chão."

"Você consegue sim, Delph", disse, decidida. "Agora, quando você correr e pular, aponte a cabeça e os ombros para cima. Assim não vai bater de novo no arbusto. Para virar, você vira o ombro para a direção que quiser ir. Para ganhar altitude, aponte a cabeça para cima. Para descer, vire a cabeça e os ombros para baixo. Pouco antes de chegar no chão, balance os pés para baixo e vai pousar direitinho."

"Vou quebrar a cabeça."

"Talvez", disse eu. "Mas se isso acontecer, eu curo e você tenta de novo."

Ele olhou para mim, duvidando do que eu havia dito.

"Você não pode curar uma cabeça quebrada".

Peguei a Pedra da Serpente no bolso, balancei na frente do rosto dele e pensei coisas boas. Os arranhões sumiram. Ele se afastou para trás, morrendo de medo.

"O que é isso?", exclamou.

"Essa pedra cura, Delph. Arranhões e cabeça quebrada. Cura praticamente tudo."

"Cura mesmo?"

"Sim, cura", respondi, embora ainda não tivesse experimentado curar fratura na cabeça.

Na sua quarta tentativa, Delph ganhou altura, voou quase um quilômetro, fez uma longa curva, ainda que irregular, voltou na minha direção e pousou. Em pé. Ele ficou tão empolgado com o sucesso, que me abraçou, tirando-me do chão e me rodando tão rápido, que fiquei zonza.

"Consegui, Vega Jane! Parecia um pássaro."

"Um pássaro enorme", respondi. "Agora me coloque no chão antes que eu vomite."

Resolvi mostrar a Elemental para Delph. Quando peguei a pequena lança no bolso do casaco usando a luva, ele não ficou nada impressionado. Levando em conta que ela devia ter no máximo sete centímetros, ele não ficaria impressionado mesmo. Mas quando me concentrei e pedi para a Elemental voltar ao seu tamanho normal, ela cresceu na minha mão e assumiu sua característica cor dourada e brilhante.

"Mas como pode uma coisa dessas, Vega Jane?", exclamou Delph.

"Não me importa *como* isso acontece, Delph", respondi. "O que importa é que ela *faça isso* quando preciso."

Ele esticou a mão para pegá-la, mas eu a afastei.

"Só usando isso, Delph", disse eu, segurando a luva.

"Se você tocá-la sem a luva, o que acontece?", perguntou.

"Acho que não queremos descobrir, não é?"

Ele vestiu a luva e pegou a Elemental, suspendendo-a no ar. Olhei para uma árvore a uns dez metros de nós.

"Pense que você quer que a Elemental acerte aquela árvore. Depois jogue-a naquela direção, como uma lança."

Delph duvidou um pouco, mas franziu o rosto – o que foi um pouco cômico, mas segurei o riso –, mirou e jogou a lança.

A Elemental viajou alguns metros e caiu diretamente no chão. Delph olhou para mim, sorrindo.

"Caramba. É isso que ela faz? Rá!"

Tirei a luva da mão dele, peguei a Elemental, pensei no que queria que ela fizesse e a lancei. A árvore se desintegrou num clarão, quando a lança a atingiu. Ergui a mão enluvada, e a Elemental veio flutuando de volta, como os falcões de caça que Duf treinava.

Delph se jogou no chão com o impacto da Elemental atingindo a árvore. Quando levantou a cabeça, olhei para ele com um ar de condescendência.

"Não, é *isso* que ela faz, Delph. Rá!"

Em pouco tempo, Delph conseguiria acertar qualquer coisa com a Elemental. Eu não sabia se ela seria necessária quando atravessássemos o Pântano, mas era melhor prevenir.

Um pouco mais tarde naquela mesma noite, eu e Delph nos sentamos de frente para o fogo baixo da lareira de casa, com Harry II tirando uma soneca aos nossos pés. Decidida a mostrar uma coisa para ele, levantei-me e disse:

"Delph, você precisa ver uma coisa."

"O quê?"

Baixei minha calça.

"Vega Jane!", exclamou ele, desviando o olhar, ruborizado como uma framboesa.

Ignorei a exclamação e levantei a blusa surrada e arregacei as mangas, expondo a barriga e os braços. "Olhe, Delph. Olhe."

"Caramba, Vega Jane", disse ele, com a voz trêmula. "Você ficou maluca?"

"Não é o que você está pensando, Delph. Não estou mostrando aquilo. Olhe!"

Lentamente ele virou a cabeça, percorrendo as penas, a barriga e os braços com o olhar. Seu queixo caiu.

"Em nome da noc, que raios é isso?"

"É o mapa para atravessar o Pântano. Quentin Herms o deixou para mim, desenhado num pergaminho, mas fiquei com medo de guardá-lo, então desenhei na pele."

Ele chegou mais perto.

"É o caminho através do Pântano?"

"E eu memorizei tudo, Delph, mas você também precisa fazer isso."

"Mas eu não vou f-f-ficar olhando para você... para você nua", murmurou Delph, virando de novo para o outro lado.

Fechei a cara.

"Mas você vai ter que olhar, Delph. Se quiser ir. Nós dois precisamos saber o caminho." Peguei o livro sobre o Pântano. "Você sabe muito bem o que nos aguarda lá."

Durante os trinta átimos seguintes, Delph estudou as marcas na minha pele, enquanto eu lhe mostrava o caminho pelo Pântano. Eu faria aquilo quantas noites fossem necessárias até que ele decorasse completamente as instruções. O tempo foi passando, seus olhos começaram a fechar e ele cochilou sentado. Baixei a blusa, levantei a calça, sentei na outra cadeira e comecei a folhear o livro sobre o Pântano.

Harry II resmungou um pouco aos meus pés. Olhei para baixo, imaginando que ele estivesse tendo um pesadelo. Eu não tinha certeza se caninos sonhavam, mas não via motivo para não sonharem. Além disso, Harry II era um canino muito especial.

Passei cuidadosamente página por página do livro, absorvendo o máximo de informações que conseguia. Quentin Herms havia documentado o que havia no Pântano com a mesma meticulosidade com que fabricava coisas belas nas Chaminés, mas as coisas relatadas no livro tinham de ser levadas muito a sério. Praticamente em todas as páginas havia algo capaz de matar. Como uma criatura de três corpos grudados um no outro. E embora fosse possível separar os corpos, o livro fazia um alerta: *Pobre daquele de que se esquecer que destruir uma parte não significa vitória.*

Mas também havia criaturas benéficas, como uma chamada hob, que fornecia ajuda desde que ganhasse um presentinho todos os dias. *Cara de pau*, pensei, trocando gentileza por níquel.

Por fim, fechei o livro e olhei fixamente para o fogo. Uma lenha que queimava lentamente me chamou atenção. Tinha a casca avermelhada, quase transparente por causa das chamas. Meu avô e meus pais, todos engolidos pelo fogo.

Mas meu avô quis ser levado pelas chamas. Era vontade dele ir. Morrígona implorou para que ficasse, mas mesmo assim ele se foi. Agora meus pais também haviam partido. E talvez também tivessem ido porque queriam.

Isso queria dizer que eles haviam escolhido nos deixar. Ou melhor, escolheram *me* deixar.

Eu não podia ser envolvida pelo fogo para sair de Artemísia, mas podia atravessar o Pântano se quisesse. Por ora, essa era minha maior obsessão. Sair de Artemísia e encontrar meu avô e meus pais, porque eles não estavam mortos – apenas não estavam mais em Artemísia. E se estavam em outro lugar era porque havia outro lugar para ir além de Artemísia.

Naquele momento, arrebatada por outra emoção, sentei-me no chão frio de pedra e fiz algo que quase nunca fazia: comecei a chorar. Balancei o corpo para frente e para trás, sentindo uma dor profunda, como se eu mesma tivesse sido engolida pelo fogo. Minha pele queimava e escurecia. Eu soluçava tentando respirar, de tanto que chorava. Era como se tivesse prendido um choro durante todos os meus ciclos e liberasse tudo naquele instante.

Então senti algo que me deixou surpresa.

Dois braços longos me envolveram. Abri os olhos e lá estava Delph, sentado ao meu lado, me abraçando e chorando comigo.

Harry II também acordou. Ele deu a volta e começou a cutucar minha mão com o focinho para que eu olhasse para ele, talvez tentando me confortar, mas era difícil sentir conforto sabendo que tinha sido abandonada por toda a família.

Abandonada por escolha deles.

"Está tudo bem, Vega Jane", disse Delph no meu ouvido, tocando minha pele com os braços aquecidos. "Está tudo bem", murmurou novamente.

Peguei em sua mão para que soubesse que tinha escutado, mas não estava tudo bem.

Nunca mais ficaria tudo bem.

Mas, independentemente do que acontecesse, eu deixaria aquele lugar. Pois tinha descoberto que havia muitas coisas em Artemísia, só que a verdade não era uma delas.

E eu precisava da verdade.

Não me restava mais nada.

VIGINTI SEPTEM

O Duelo

Um dia, quando saí das Chaminés, lá estava ela. Uma faixa de tecido atravessada na Rua Principal de Artemísia, presa por ganchos de metal e cordas grossas, diante de dois imóveis de frente para a rua. Estava escrito:

SAUDAÇÕES, WUGMORTS. O PRÓXIMO DUELO ACONTECERÁ NA ARENA DAQUI A QUINZE DIAS. QUINHENTOS NÍQUEIS PARA O PRIMEIRO COLOCADO. DEVEM COMPETIR TODOS OS HOMENS APTOS, ENTRE QUINZE E VINTE E QUATRO CICLOS.

Embaixo dos dizeres havia uma observação de que, naquela noite, haveria uma reunião na praça, para o fornecimento de outras informações, além da instrução para que todos os wugmorts comparecessem.

Os duelos eram competições que aconteciam duas vezes a cada ciclo. Era uma luta entre dois wugmorts homens, numa arena grande, fora do centro de Artemísia. E mesmo tendo apenas 16 ciclos de idade, Delph tinha vencido o Duelo três vezes, incluindo o último.

O prêmio em níqueis era uma novidade surpreendente. Pelo que eu me lembrava, o único prêmio dado ao vencedor era uma estatueta representando um homem que segurava outro na altura da cabeça e um punhado de moedas.

Será que Delph ganharia de novo? Ele e Duf certamente aproveitariam o prêmio de quinhentos níqueis.

Olhei para a faixa durante algum tempo. Eu imaginava que, por causa do trabalho na Muralha, o Duelo seria adiado. Os homens estavam trabalhando demais para poderem parar e arrebentar a cabeça dos outros. No entanto, aquilo não tinha nada a ver comigo.

Continuei a caminho das Chaminés e cheguei um átimo atrasada, mas ninguém disse nada. Troquei de roupa e fui para minha mesa cumprir minhas tarefas. Olhei para os outros wugs que ainda trabalhavam nas Chaminés. Percebi pelos murmúrios, pelos olhares misteriosos e pelo gesto de um dáctilo flexionando os músculos, que eles já tinham ouvido falar do Duelo e estavam pensando na competição. Eu era a única moça do recinto, então ninguém olhava para mim.

Mais tarde, no vestiário, depois de terminar o trabalho, tirei o uniforme depois de todos os wugs saírem. Levantei a blusa e olhei para minha barriga lisa. Algumas partes do mapa já tinham se apagado tanto que tive de redesenhá-las várias vezes. E como Delph também precisava memorizá-lo, resolvi copiá-lo para um pergaminho. Na verdade, era mesmo constrangedor que ele olhasse meu corpo o tempo todo. De vez em quando, era nítido que prestava mais atenção na minha pele do que no desenho.

Quando passei na frente do escritório de Julius, a porta se abriu e ele saiu. Uma feliz coincidência, porque eu estava justamente pensando numa pergunta que talvez ele soubesse responder.

"Morrígona me contou que o avô dela fez parte do Conselho junto com meu avô", disse eu. "Eu não sabia que meu avô tinha sido do Conselho."

"Foi uma época muito delicada da nossa história."

"*Delicada*. Você não pode estar se referindo à Batalha das Bestas, sobre a qual aprendi no Preparatório. Ela aconteceu muito antes do meu avô nascer."

Domitar pareceu furioso com a escolha das próprias palavras.

"Não mexa com canino que está quieto, Vega Jane. É o melhor a se fazer."

"Que se danem os caninos, Julius. Quero saber a verdade."

Ele virou de costas e voltou para o escritório, igual um coelho entrando na toca. Ou um rato entrando pelo cano.

Mais tarde, já com Harry II ao meu lado, caminhei até o centro do vilarejo e me juntei à multidão aglomerada na praça. Eles haviam montado um palanque alto de madeira, com acesso por uma escada feita de tábuas sem acabamento. Não fiquei nem um pouco surpresa ao perceber que Tomás e a carruagem já estavam lá. Também não me surpreendeu ver Thansius e Morrígona sentados no palanque. Mas fiquei pasma quando vi que John estava sentado ao lado deles, usando a túnica preta do Conselho!

"Olha lá o John", alguém sussurrou no meu ouvido.

Virei e vi Delph de pé ao meu lado.

Sim, é John, pensei, m*as também não é John*.

Praticamente todos os wugs estavam ali. Roman Picus e seus carabineiros – Cletus, Non e Ran Digby – estavam cômicos, armados com as facas e os mortiços longos e curtos. Agradeci por estar na direção contrária ao vento. O fedor que exalava de Digby me faria vomitar. Como menina, pensei em faltar àquele encontro, mas eu estava curiosa demais.

Faltava um único wug, Jurik Krone. Passei os olhos pelos membros do Conselho sentados no palanque e não o vi. Não era típico dele faltar a um evento público em que poderia se exibir para a audiência. Comecei a pensar em algumas coisas. Quando será que ele nomearia Thansius como líder? Como será que outros membros mais experientes do Conselho estavam se sentindo com John sentado lá em cima, enquanto eles eram relegados a ficar ali embaixo junto com os outros wugs? Julius Domitar também estava presente, com Dis Fidus atrás dele. Ezequiel estava num canto da praça, resplandecente em sua túnica branca. Os moradores da Loons estavam amontoados feito galinhas, no outro extremo da praça.

Fiquei impressionada quando vi Ladon-Tosh, armado até os dentes, vigiando a escada para o palanque. Parecia tão louco quanto antes. Fiz de tudo para não trocar olhares com ele. Por alguma razão insana, imaginei que poderia morrer se fizesse aquilo.

Todos os homens pareciam cansados e sujos. Todas as mulheres, embora um pouco mais limpas, pareciam ainda mais exaustas. Elas também tinham de trabalhar na Muralha, além de cuidar da família – cozinhar, limpar e ser mãe. Apesar de tudo aquilo, senti que a multidão estava empolgada. E o motivo era óbvio: quinhentos níqueis. O desejo pelo prêmio era palpável. Ninguém tinha conseguido a recompensa por Quentin Herms. Para ganhar as moedas, seria preciso vencer o Duelo.

Thansius limpou a garganta e se levantou, erguendo as mãos acima da cabeça.

"Saudações, wugmorts. Convocamos todos aqui esta noite para anunciar o próximo Duelo. Ele começará uma hora depois do amanhecer, daqui a quinze dias. A recompensa para o campeão, como vocês já sabem, será de quinhentos níqueis."

A multidão foi atravessada por uma onda de murmúrios e sussurros. No entanto, meus olhos voltaram-se diretamente para meu irmão. Ele estava sentado ao lado de Morrígona e os dois pareciam conversar sobre alguma coisa. John parecia feliz, satisfeito. E Morrígona parecia uma preceptora orgulhosa, junto de seu prodígio especial. Então Thansius disse algo que chamou de volta minha atenção:

"Este Duelo será diferente de todos os outros." Fez uma pausa, reforçando sua retórica. "Este Duelo também incluirá todas as mulheres entre 20 e 24 ciclos." E acrescentou a notícia atordoante. "A participação das mulheres também é obrigatória."

Os sussurros se multiplicaram por mil. A maioria dos homens gargalhava. As moças pareciam confusas e assustadas. Isso incluía a mim, embora eu não tivesse idade para participar. Estava com medo pelas moças mais velhas. Olhei para Delph, que não estava rindo como os outros. Depois olhei para Cletus Loon, que tentava abafar o riso junto com os colegas grosseirões.

Thansius limpou a garganta e pediu silêncio.

Nós, wugs, nos aquietamos. Claro que haveria dois campeões, um homem e uma mulher, porque não podiam esperar uma luta entre wugs de sexos opostos.

Thansius esclareceu a questão com o próximo comentário:

"Haverá apenas um campeão." Olhei para ele, completamente atônita. "Nós, wugmorts, precisamos aceitar o fato de que deve haver mais igualdade entre homens e mulheres."

Muito bem, pensei, se querem tanto assim promover a igualdade, por que não colocar mais mulheres para trabalhar nas Chaminés? Por que não dizer que os homens também podiam cozinhar, limpar e cuidar das crianças da mesma maneira que as mulheres? Não conseguia entender como ter a cabeça massacrada por um homem mais forte serviria para proclamar uma sociedade inovadora.

Thansius continuou.

"Passo agora a palavra para Morrígona, que explicará melhor a ideia por trás dessa decisão."

Supus que a "ideia" por trás daquilo era colocar uma mulher para explicar para outras mulheres o sentido de se ter a cabeça massacrada. Junto com todos os outros que ali estavam, observei Morrígona se levantar e caminhar até a beirada do palanque. Ela estava inteiramente tranquila e demorou um átimo para passar os olhos pelo público e fazê-lo sentir sua presença. Bom, eu também estaria tranquila se fosse ela, que com certeza tinha mais de 24 ciclos e não teria de lutar por obrigação contra wugs do sexo oposto; mas, por outro lado, *ela* era capaz de vencer todos eles.

"Sem dúvida muitos de vocês, principalmente as mulheres, estão se perguntando qual o sentido dessa decisão", disse Morrígona. "Primeiro, devo lhes dizer que todas as mulheres, dentro da idade estabelecida, que forem casadas, que sejam mães, que estejam grávidas ou que tiveram filho no último ciclo, não terão de competir."

Um suspiro de alívio coletivo transbordou na multidão. Ali havia muitas mulheres que se encaixavam naquelas exceções.

Morrígona continuou.

"E também as mulheres com alguma incapacidade física, alguma doença ou enfermidade. Essa exceção também se aplica aos homens."

Olhei ao redor e vi muitas outras mulheres que também se encaixavam na exceção, junto com uma dezena de homens. Eles também pareciam bastante aliviados.

"Mas todas os outros devem lutar", acrescentou ela. "E deverão lutar contra os homens. Muitos dirão que é uma injustiça, mas os tempos mudaram em Artemísia. Os forasteiros nos cercam. Eles não se importam com quem é homem ou mulher e atacarão todos nós. Portanto, as mulheres mais jovens, e fisicamente aptas, devem se preparar para lutar. E a única maneira de fazer isso é treinar a luta e aprender a se defender. Por isso, foi dada uma quinzena para que as mulheres aprendam essas habilidades. E haverá preceptores de luta para todos, homens e mulheres, que quiserem ser treinados. Recomendo que todas as mulheres que competirão no Duelo aproveitem essa oportunidade."

Olhei para ela, sem acreditar. Tempo para aprender essas habilidades? Em uma quinzena? Ela estava mesmo falando sério? Quando as mulheres estavam se matando para construir a Muralha? Os homens não teriam de perder tempo treinando, só as mulheres. Elas não tinham como, de uma hora para a outra, ganhar quarenta quilos de músculos, muito menos podiam se transformar em homens. Não que algum dia quisessem fazer isso.

Thansius assentiu para um dos membros do Conselho lá embaixo. O wug levantou o braço, segurando um saco de pano.

"O prêmio de quinhentos níqueis", disse Thansius.

Todos fizeram um alvoroço ao verem o saco de riquezas. E então Thansius acrescentou:

"Para fazer da competição algo ainda mais sedutor", disse ele, fazendo uma pausa para criar efeito, "se uma mulher ganhar o Duelo, o prêmio vai subir para mil níqueis."

As mulheres não ficaram nada animadas com a notícia. Era óbvio que nenhuma mulher ganharia o prêmio, então por que se empolgar com algo impossível?

Depois Thansius disse que as rodadas seriam divulgadas em breve, mostrando quem lutaria com quem na primeira rodada. Disse que eles já tinham calculado a quantidade de competidores e que seria preciso cinco rodadas para decidir o campeão. Desejou boa sorte a todos e depois disse que o "encontro" estava encerrado.

Quando os wugs começaram a se dissipar lentamente, fui direto até o palanque. Queria ver John. Mas no meio do caminho alguém me impediu.

Cletus Loon olhou para mim de cima a baixo, com rosto de assassino.

"Bom você ser muito nova para lutar. Acabaria com você na primeira rodada", disse ele.

"Bom mesmo eu ser nova demais para lutar", respondi. "Bom para *você*. Agora saia da minha frente, idiota."

Tentei desviar, mas ele segurou meu braço. Antes que eu tivesse tempo para reagir ou que Harry II lhe desse uma mordida, Cletus já estava voando para trás e batendo de costas nas pedras, com o mortiço e a faca voando um para cada lado.

Quando ele tentou se levantar, Delph pisou com a bota no peito dele e o segurou no chão.

"Tira esse pé imundo de cima de mim", gritou Cletus.

"Veja só o Da-Da-Da-Delph", disse um dos amigos de Cletus.

Delph o puxou pela camisa, tirando-o do chão e puxando-o bem junto ao rosto.

"Para você é Daniel Delphia, seu imbecil. E da próxima vez não serei tão educado. Agora se manda."

Delph soltou o wug no chão, e o idiota correu o mais rápido que pôde. Depois tirou o pé de cima de Cletus, que olhava para cima perplexo.

"Vo-você não está g-gaguejando", disse Cletus, com a voz trêmula.

"Mas você está." Delph se ajoelhou no chão para olhar bem nos olhos de Cletus. "Agradeça por eu não acabar com você primeiro, Cletus. E se encostar em Vega Jane de novo, você vai implorar para ser morto por um garme quando eu pegá-lo. Cai fora!"

Cletus levantou de uma vez só e saiu correndo.

"Obrigada, Delph", disse eu, com os olhos cheios de gratidão pelo ele tinha feito.

"Você daria conta de acabar com aquele idiota sozinha, Vega Jane."

"Talvez. Mas é bom contar com você." Então me lembrei onde estava indo. John já estava quase na carruagem. "Boa sorte no Duelo, Delph", disse. "Espero que você ganhe os quinhentos níqueis."

Saí apressada, pisando nas pedras, e alcancei John quando ele estava apoiando o pé para subir na carruagem depois, de Morrígona.

"John?"

Ele virou e sorriu, mas o sorriso era... forçado. Notei imediatamente.

"Olá, Vega", disse ele, formal, mas eu ainda sentia meu irmão em seu interior. Ou talvez eu quisesse que meu irmão ainda existisse dentro dele.

Morrígona colocou metade do corpo para fora da carruagem.

"John, precisamos ir", disse ela quando me viu. "Precisamos jantar e terminar as lições."

"Só um átimo, Morrígona", disse ele, apressado.

Ela assentiu e voltou a se sentar, mas desconfiei que estivesse ouvindo de propósito.

"E então, Vega?", perguntou John. Olhou para Harry II, mas não moveu um músculo sequer para acariciá-lo, nem perguntou nada sobre ele. O cabelo do meu irmão estava ainda mais curto, cortado bem rente à cabeça. Para mim, estava praticamente irreconhecível.

"Como você está?", perguntei. "Parece que nos vimos há um ciclo."

"Ando muito ocupado com a Muralha e as lições", disse.

"Sim, a Muralha está mantendo *todos* os wugs ocupados", respondi na esperança de que ele percebesse minha ênfase.

"Mas mesmo assim estamos atrasados", disse ele. "Não vamos conseguir cumprir o cronograma. Precisamos trabalhar ainda mais. Os forasteiros podem atacar a qualquer momento. *Precisamos* entender a urgência do projeto."

Seu tom estridente me pegou de surpresa.

"Você parece ótimo", disse eu, mudando de assunto.

Ele parecia tranquilo, mas todo o entusiasmo desapareceu do seu rosto quando se concentrou no meu comentário.

"Estou muito bem. E você?"

"Estou ótima." Parecíamos dois estranhos conversando.

"Tem ido ao Centro de Cuidados?"

Esquivei-me e olhei diretamente para a carruagem.

"Não, ultimamente não."

"Eu queria visitar nossos pais, mas Morrígona diz que não posso me distrair."

Hesitei. Estava me segurando para não entrar na carruagem e ter eu mesma um Duelo com Morrígona, mas eu tinha dado minha palavra a ela. "Com certeza ela diz", falei em voz alta para que ela escutasse.

Morrígona colocou a cabeça para fora.

"Precisamos ir, John."

"Só mais um átimo", gritei, olhando diretamente para ela. "E não se preocupe, Morrígona, prestarei atenção no que precisa e no que *não precisa* ser dito."

Ela me deu um olhar penetrante e voltou para dentro da carruagem.

"Sinto sua falta, John." Dei um passo adiante e o abracei, sentindo-o tenso em meus braços.

Mecanicamente, ele acariciou meu ombro.

"Vai ficar tudo bem, Vega. Estou vendo que agora você agora tem um canino."

Dei um passo para trás e olhei para Harry II.

"Estou morando na nossa antiga casa."

Ele pareceu surpreso.

"Na nossa antiga casa?"

Assenti.

"Cacus não permite caninos. Mas foi bom voltar para casa, Muito bom. Me faz lembrar de como a família é importante."

Morrígona colocou a cabeça para fora de novo e olhou para mim.

"Espero que esteja aproveitando o *tempo*, Vega."

Olhei para ela de novo, prestando atenção na ênfase que ela havia dado à palavra *tempo*.

"Acho que não entendi o que disse."

"Entendeu sim", disse ela, enigmática.

Por um instante efêmero, pensei ter visto uma tristeza profunda na expressão de Morrígona, mas ela passou tão rápido que não tive certeza.

"Venha, John", disse ela, me ignorando. "Temos coisas para fazer ainda hoje."

Ele subiu na carruagem.

Morrígona e eu nos entreolhamos por mais meio átimo até que Tomás sacudiu as rédeas e os sleps partiram.

Girei o corpo sobre o calcanhar e saí andando, abrindo caminho entre os wugs que ainda se demoravam na praça, falando sobre o Duelo. Senti uma pancada aguda nas costelas. Quando me virei, vi Cletus Loon correndo com o que parecia ser uma pedra na mão. Gritei para Harry II, que já tinha saído em disparada atrás de Cletus. Respirei fundo, parei para pensar na dor e comecei a andar depressa. Harry II rosnou duas vezes e olhou para Cletus, zangado por ter sido chamado de volta.

Cheguei em casa, peguei a Pedra da Serpente, balancei-a sobre o ferimento e pensei coisas boas. A dor passou instantaneamente, bem como a contusão.

Coloquei a Pedra junto com Destin e a Elemental, encolhida no bolso da minha capa, e a pendurei num cabide na parede. Passei a mão nas costelas e concluí verdadeiramente que aquela era a última vez que eu estaria sem dor.

VIGINTI OCTO

Valhala

Naquela mesma noite, escutei Harry II latir. Na verdade, era o segundo barulho que escutava. O primeiro tinha sido a porta batendo.

Saltei do catre com o coração na boca e sentindo dor no peito.

Harry II passou voando no ar e bateu na parede perto do meu catre, caindo no chão aturdido, enquanto eu olhava em volta, tentando entender o que estava acontecendo.

Jurik Krone apareceu na minha frente. Junto dele estavam Non, Ran Digby, Cletus Loon e Duk Dodgson, que tinha 24 ciclos e era o membro mais novo do Conselho. Todos carregavam mortiços longos ou curtos e os apontavam para mim.

"O que está acontecendo?", gritei enquanto corria para acudir Harry II e ver se ele estava bem. Ele continuou parado no chão, com a língua para fora e a respiração pesada, mas não parecia ter quebrado nada e lambeu minha mão.

"Viemos aqui porque vamos levá-la para Valhala, mocinha", anunciou Jurik.

"Você não vai me levar para lugar nenhum, idiota. Tenho..."

Jurik ergueu a mão, segurando o livro do Pântano que Quentin Herms havia escrito.

Seu sorriso era igualmente triunfante e cruel.

Cometi a burrice de olhar para a tábua do assoalho onde eu o escondia.

"Pegamos este livro hoje na sua casa, durante o encontro na praça", disse Jurik. Assustei-me com a alegria que ele transmitia na voz. Isso explicava por que ele não estava na praça – estava aqui, vasculhando.

Jurik continuou:

"Parece ser um livro sobre o Pântano. Um livro ilegal, se é que algum dia já existiu outro. Os forasteiros que lhe deram o livro, Vega? Aqui fala das rotas que eles usarão para nos atacar? Quanto estão lhe pagando por sua traição? Ou será que simplesmente controlaram sua mente fraca?"

Olhei para cada um deles. Meu coração batia tão forte, que tive de me apoiar na parede.

"Não sei do que você está falando. Não sou traidora, e não estou trabalhando para os forasteiros."

Jurik chegou mais perto e apontou o longo mortiço para minha cabeça. Com a outra mão, segurou o livro bem perto do meu rosto.

"Então explique o livro. Como conseguiu o livro?"

"Eu o achei."

"Achou!", exclamou Jurik. "E por que não o entregou para o Conselho?"

"Eu... eu ia entregar", disse eu, sem muita convicção.

"Mentirosa", gritou, franzindo o rosto numa expressão horrorosa de fúria. Depois olhou para Digby e Non. "Levem-na."

Eles se aproximaram e me seguraram pelos braços.

Harry II começou a atacá-los, mas mandei ele parar. Dodgson apontou o mortiço para o peito dele e fiquei apavorada, achando que iria atirar.

"Não", gritei. "Ele não vai machucar ninguém. Eu vou com vocês, não vou reagir. Harry II, quieto. Quieto!"

Fui empurrada para fora de casa e pela Estrada Baixa. A barulheira devia ter acordado o vilarejo inteiro, porque diversos wugs de pijama já estavam do lado de fora, quando chegamos à Rua Principal, e as casas iluminadas pela luz de velas e lampiões.

Chegamos a Valhala. Nida obviamente tinha sido avisado com antecedência e estava a postos, segurando a porta da cela. O chacal estava ao lado dele, com os olhos ferozes fixos em mim e as narinas mexendo como se sentisse meu cheiro, caso precisasse me perseguir e me matar depois.

Me jogaram na cela e Nida fechou a porta com força, trancando-a depois.

Jurik olhou para mim pelas grades.

"Você receberá as acusações formais pela manhã. E as acusações serão provadas. A pena por traição, obviamente, é decapitação."

Olhei para ele sem acreditar. *Decapitação?*

Quando ele se virou para falar com Nida, minha cabeça começou a girar. Como tinha sido estúpida em guardar o livro! Mas nele não havia planos de ataque contra Artemísia, só informações sobre criaturas que viviam no Pântano. Minha respiração parou quando me lembrei do livro. Como eu explicaria a situação sem revelar que o tinha encontrado na cabana de Quentin Herms? Aliás, como eu explicaria o fato de tê-lo comigo? Olhei para o meu braço. Agradeci por estar tão cansada e ter dormido sem tirar a roupa. Se eles tivessem visto o desenho do Pântano no meu corpo, provavelmente já teriam arrancado meus braços e pernas. Puxei um pouco mais a manga da blusa e verifiquei se a calça estava bem fechada, com a blusa presa por dentro.

Jurik olhou para mim.

"Pode passar a noite inteira pensando nos seus pecados. E na punição que terá." Chegou o rosto mais perto, quase encostando a boca na grade. "E nem Morrígona vai te tirar daqui, Vega."

Deu uma gargalhada, virou de costas e saiu.

Dei um berro e saltei até a grade, colocando os braços entre as barras, na tentativa vã de alcançá-lo. E imediatamente puxei os braços para trás quando o chacal saltou na minha direção, com os dentes para fora. Por um triz, não perdia os dedos.

Nida deu uma pancada forte na grade com o porrete, rugindo:

"Jamais encoste na grade, mocinha. Não vou repetir."

Rastejei-me até o centro da cela e me sentei no chão, zonza com o que tinha acontecido. Esperava que tudo não passasse de um pesadelo do qual logo despertaria, mas a madrugada foi avançando e eu continuava lá, tremendo de frio, tendo de aceitar que o pesadelo era real.

Durante algum tempo, observei Nida e o chacal fazendo a patrulha de um lado para o outro, caminhando nas pedras. Até que Nida entrou na sua cabana, deixando o chacal de sentinela. Se eu mexia um músculo qualquer, ele parava de andar, virava-se e soltava um grunhido que me provocava arrepios no braço e no pescoço.

Chorei um pouco porque não podia fazer nada. Fiquei furiosa, pensando em todas as maneiras de acabar com Jurik. Pensei em qual seria minha defesa das acusações e fui tomada por uma profunda depressão, pois não conseguia encontrar uma explicação plausível, nem uma mentira para contar.

Eu estava sem mochila, então seria impossível tentar abrir a fechadura. Se eu abrisse, o chacal me partiria ao meio com uma abocanhada. Deitei-me no chão e passei os dedos pela terra. Os prisioneiros que estiveram ali antes de mim tinham deixado marcas na forma de buracos e escavações no chão. Entendi o gesto: dava vontade de cavar o chão para se esconder da vergonha de estar ali.

Adormeci três vezes, mas acordei assustada em todas elas ou porque Nida voltava para a patrulha e batia o porrete nas barras, ou porque o chacal rosnava para alguma coisa. Fiquei pensando se os guardas tinham a instrução de nunca deixar os prisioneiros dormirem uma noite inteira.

Observei a escuridão da noite se transformar em cinza e passar pelo vermelho escuro, até chegar ao dourado brilhante do sol surgindo no céu. Senti muito medo por razões óbvias, mas felizmente dormi de novo, dissipando um pouco a exaustão que sentia no corpo e na mente. Quando acordei, o sol já iluminava Artemísia. Olhei para o céu azul e calculei que já devia ser a segunda hora da manhã. Minha barriga roncava – será que serviam comida ali? Seria meu primeiro dia fora das Chaminés. Esperava que alguém tivesse avisado Julius. Provavelmente eu seria demitida.

Então me lembrei das palavras de Jurik.

Eu podia ser punida com a morte e, mesmo assim, estava preocupada em não ter emprego, nem comida no estômago.

Pisquei os olhos com força quando o vi se aproximar das grades.

Era Delph, junto com Harry II. O chacal começou a rosnar na mesma hora. Nida se aproximou e olhou para Delph.

"Andando, rapaz, andando", disse Nida. "O canino também."

"Quero falar com Vega Jane", disse Delph, enfático.

"É proibido falar com prisioneiros. Agora se manda", disse Nida, batendo o porrete na palma da mão.

"Salvei sua vida uma vez, Nida. E você não vai deixar eu falar com ela?", disse Delph, com firmeza na voz.

Nida olhou para Delph. Quase dava para ver os pensamentos conflitantes estampados no rosto pequeno e embrutecido.

"Você tem cinco átimos, nada mais. E nossa dívida acaba aqui."

Nida deu um passo para trás e assobiou para o chacal, que parou de rosnar e caminhou até o dono, enquanto Delph e Harry II se aproximavam da cela.

"Delph, você precisa me ajudar", disse eu, segurando as grades.

"Você está sendo acusada de quê, Vega Jane, por mais que seja besteira?"

Não olhei para ele, pois estava falando baixo, com a cabeça voltada para o chão.

"Eles encontraram o livro sobre o Pântano."

Delph respirou fundo e olhou nervoso para Nida.

"Jurik está dizendo que sou uma traidora. Que o livro é uma forma de ajudar os forasteiros a nos atacar."

"Balela!"

"Eu sei, Delph, mas Jurik disse que eu posso morrer por causa disso."

Ele empalideceu, mas eu tinha certeza de que eu devia estar mais pálida do que ele. Se fosse possível, meu medo era maior do que quando tinha enfrentado as jábites. Eu sabia que Jurik teria toda honra em usar, ele mesmo, o machado em mim.

"Como você soube que eu estava aqui?"

"Notícia ruim corre rápido, não é?"

"Como você salvou a vida de Nida?"

"Ele saiu para fazer patrulha com os carabineiros, e o estúpido do Cletus Loon o confundiu com alguma coisa e sacou o mortiço. Eu estava passando e vi o que poderia acontecer. Agarrei Nida e joguei-o no chão no momento exato em que Cletus atirou. Fez um buraco na árvore em vez de acertar a cabeça de Nida."

Assenti, mas estava com a cabeça concentrada no meu dilema.

"Você não tem culpa de nada, Vega Jane. E vai sair daqui num átimo."

"Estou com muito medo", disse.

Delph esticou os dedos e encostou na minha mão. Um instante depois, levou um susto e saltou para trás, porque Nida bateu com o porrete nas barras, quase lhe esmagando os dedos.

"Pode falar, não encostar", disse Nida. "Rá! E seus átimos estão quase acabando, Delphia."

Olhei para Harry II. Parecia sozinho e com medo.

"Delph, você cuida do Harry II?", perguntei, sentindo um nó imenso na garganta. "Só enquanto eu estiver aqui."

Ele assentiu.

"É claro. O que é mais um animal na casa dos Delphia?", brincou ele, tentando rir da própria piada.

Olhei para Harry II.

"Você vai ficar com Delph, tudo bem?"

Achei que Harry II tinha balançado a cabeça, mas apontei o dedo para ele e repeti o que disse. Ele finalmente baixou a cabeça e escondeu a cauda entre as pernas.

"Preciso ir para a construção da Muralha", disse Delph. "Já estou atrasado."

Assenti.

Ele olhou para Nida, que ajustava a coleira do chacal, cheia de pontas.

Delph colocou a mão no bolso e me entregou um pãozinho, um pedaço de carne e uma maçã.

"Volto assim que puder."

Assenti de novo. Olhando para mim de novo, Delph e Harry II foram andando pelas pedras até sumirem de vista.

Fui para o outro canto da cela, agachei-me de costas para Nida e fiz minha refeição. Estava com fome, mas minha mente não conseguia se concentrar na comida.

O Conselho se reuniria para decidir meu destino. Não conseguia acreditar que me matariam só porque eu estava com um livro, mas quanto mais eu pensava no assunto, piores eram meus pensamentos. Não era um livro qualquer. Era um livro que descrevia as criaturas do Pântano. Eles iam querer saber como eu o tinha conseguido. Será que me acusariam de entrar no Pântano para aprender tudo aquilo? Será que eu deveria dizer que havia pegado o livro na cabana de Quentin Herms? Mas aí eles me perguntariam o que eu estava fazendo lá. Como eu me defenderia? Dizendo que para mim a história dos forasteiros era uma grande bobagem? E que a Muralha estava sendo construída para manter os wugs aqui dentro e não os forasteiros lá fora? Ah, claro, isso seria muito bem aceito pelo Conselho. Eles me dariam até uma medalha.

Estava prestes a morder a maçã, mas a coloquei de volta no bolso. Comecei a sentir enjoo; um arrepio frio provocado pela náusea passou por todo meu corpo. Eu não sairia de Valhala nem logo nem nunca, talvez só depois que arrancassem minha cabeça.

Já devia ser a terceira hora da manhã, pois o sol começou a bater no telhado de metal da cela, gerando um calor enorme lá dentro. Lembrei-me de McCready, que tinha me pedido um copo d'água quando passei por ali. Entendia seu pedido, pois minha garganta já estava começando a fechar. Tive a sorte de nenhum wug ainda ter aparecido para me ver. Ou para cuspir em mim e me chamar de traidora. Quanto tempo aquilo ia durar?

Olhei para Nida. Ele não tirava os olhos de mim, talvez imaginando quanto tempo eu aguentaria presa.

Pensei em fazer vários comentários, mas não tive coragem nem força para dizê-los.

A manhã foi se arrastando até que escutei o barulho das rodas, mas não era a carruagem. Uma mera carroça veio dobrando a esquina com uma cela amarrada atrás. Dois wugs que trabalhavam para o Conselho estavam na boleia, puxada por um único slep, com a cabeça e a cauda abaixadas por causa do calor.

Eles pararam na frente da jaula e um deles saltou. Sua túnica não era preta, mas verde. Aproximou-se de Nida e entregou-lhe um pergaminho.

"A prisioneira está sendo chamada no Conselho", disse ele.

Nida assentiu, olhou para o pergaminho e puxou a chave comprida que estava presa no cinto.

"Venha, ande logo", disse, abrindo a porta da cela.

Quando saí, o wug me algemou nas pernas e nas mãos. Ele precisou me suspender para subir na parte de trás da carroça e me colocou à força na cela, fechando-a em seguida.

O wug voltou para a boleia, e o outro atiçou o slep para que saísse.

E assim parti para o Conselho.

Para sempre, talvez.

VIGINTI NOVEM
Conselho

O PRÉDIO DO CONSELHO ficava no final da Rua Principal. Fazia todos os outros imóveis de Artemísia, exceto as Chaminés e o Campanário, parecerem um amontoado de tábuas velhas e vidros quebrados. Eu não tinha a menor ideia de quem o havia construído, ou quando, mas sempre o admirava, ainda que de longe.

O prédio era construído em pedra e mármore, com colunas altivas na entrada e uma longa escadaria. As portas eram de ferro com arabescos que, como finalizadora, eu adorava observar. Dizia-se que as luzes lá dentro nunca se apagavam e que apesar do calor ou do frio que fizesse do lado de fora, o prédio mantinha a mesma temperatura interna o tempo inteiro.

Como presidente do Conselho, Thansius morava nos aposentos do segundo andar. Eu nunca tinha entrado no Conselho, pois nunca tinha tido motivos – até então. E desejei, de todo o coração, não estar ali.

Eles não me levaram pela entrada da frente. Supus que prisioneiros não tinham aquele privilégio – bastava a entrada dos fundos. Passei arrastando a corrente por alguns wugs que trabalhavam no Conselho. A maioria não olhou para mim, mas os que olharam foram diabolicamente hostis. Desejei que eles não fizessem parte do processo de votação; do contrário, eu estaria morta antes do anoitecer.

Fui levada para uma câmara quase do tamanho da maior sala das Chaminés, mas muito mais elegante. O chão era de mármore, as paredes eram de pedra, e o teto era uma combinação dos dois, com vigas enormes e antigas, marcadas de cupim, entrecortando o espaço amplo.

Todo o Conselho estava sentado numa plataforma elevada atrás de uma divisória de madeira entalhada, da altura da cintura. Thansius estava no centro, usando todos os seus paramentos na cor vermelho-sangue, o que não interpretei como um bom sinal. À sua esquerda estava Jurik Krone, de túnica preta. À sua direita estava Morrígona, também vestida de vermelho.

Vermelho e preto jamais voltariam a ser minhas cores prediletas.

Fui levada a uma mesinha com uma cadeira. Junto dela havia um atril, que os preceptores usavam no Preparatório, ao ensinar para as crianças.

"Retirem as algemas", ordenou Thansius.

As algemas foram removidas imediatamente pelos dois wugs que tinham me levado até ali de carroça. Depois eles se retiraram, fechando a porta.

Agora era eu e o Conselho. Levantei a cabeça e olhei para eles, que olhavam para mim. Senti-me um rato tremendo diante de um garme.

"Sente-se, prisioneira", disse Jurik, "enquanto lemos as acusações."

Sentei-me, puxando discretamente as mangas da blusa, tentando evitar que meu coração saltasse pela boca. De soslaio, vi que Ladon-Tosh estava sentado no canto da câmara, sem olhar para nada ou para ninguém. Não entendi o motivo de sua presença, até que baixei o olhar para sua cintura.

Ele estava com um machado preso no cinto por uma bainha feita sob medida.

Olhei de novo para o Conselho e senti ondas de pavor se formando à minha volta.

Jurik Krone se levantou, segurando um pergaminho enrolado. Olhou triunfante para os outros membros do Conselho. Seu olhar de vitória, pelo menos me pareceu, perdurou mais tempo em Morrígona.

"Esta moça, Vega Jane, há muito vem driblando as leis de Artemísia. Tenho declarações de Cacus Loon e de seu filho, Cletus, bem como de Non e Roman Picus, que provam que ela vem transgredindo as leis sem nenhuma consequência."

"Estamos aqui por outros motivos, Jurik", disse Thansius. "Então concentre-se neles."

Jurik assentiu e olhou para o pergaminho.

"Encontramos um livro sob a posse de Vega Jane." Esticou a mão diante de si e levantou o livro para que todos vissem. "Este livro traz uma descrição detalhada das criaturas que vivem no Pântano e, em certas circunstâncias, modos de lidar com elas. Também identifica espécies no Pântano que podem ser úteis para quem busca atravessá-lo. Como..." Ele fez uma pausa e eu sabia exatamente o que diria depois. Murmurei a palavra antes de ele dizê-la. "Forasteiros", completou Jurik.

Naquele momento, o Conselho começou a murmurar entre si. Notei que apenas Thansius e Morrígona mantinham discrição e não olhavam para os outros.

Thansius olhava fixamente para um ponto acima da minha cabeça, mas, de vez em quando, voltava os olhos para mim.

Morrígona não olhou na minha direção nenhuma vez, o que para mim não era bom sinal.

Jurik continuou:

"A única razão possível para que esta moça possua um livro como esse é ajudar os inimigos de Artemísia. E para atos de traição", continuou ele, olhando na direção de Ladon-Tosh, "a única punição apropriada é a execução."

Jurik olhou para cada membro do Conselho e guardou seu olhar mais mordaz para mim.

Thansius se levantou e disse:

"Obrigado, Jurik, por sua análise, como eu diria, tipicamente vigorosa dos fatos." Em seguida, pegou o livro e olhou para mim. "Como você conseguiu este livro, Vega Jane?"

Olhei em volta, sem saber o que fazer. Por fim, me levantei.

"Encontrei na cabana de Quentin Herms."

"Você nunca esteve na cabana de Quentin", protestou Jurik.

"Estive", disse eu. "E vi o senhor lá."

"Bobagem! Mentiras e mais mentiras."

"'O anel é o enigma para mim. Por que o maldito Virgílio não o deixou com o filho?', foi o que o senhor disse na cabana, Jurik. Eu estava escondida atrás do armário da sala. O senhor não estava lá sozinho." Hesitei, mas minha intuição me mandou continuar. "Quer que eu diga com quem o senhor estava lá?" Eu não sabia quem era, pelo menos não para afirmar com certeza, mas Jurik não podia saber disso.

"Já chega!", gritou Jurik. "Então você esteve na cabana? Isso só prova que você sabia do livro e o pegou."

"Eu..."

"Você ajudou o traidor Herms a escrevê-lo?"

"Estou tentando..."

"Espera que acreditemos nas suas mentiras patéticas?"

"Jurik!", explodiu a voz de Thansius.

O Conselho inteiro pareceu tremer de uma única vez.

"Ela está tentando nos contar sua versão da história", disse Thansius. "Suas interrupções não são especialmente produtivas, tampouco fazem bom uso do tempo do Conselho."

Naquele momento ouviu-se murmúrios de consentimento. Jurik sentou-se e olhou para o outro lado, como se preparando para não prestar atenção em nada do que eu fosse dizer. Notei que seu amigo íntimo, Duk Dodgson, sentado perto dele, fez a mesma coisa.

"Continue, Vega", disse Thansius, olhando para mim.

"Eu não sabia sobre o livro. Fui até a cabana por causa da recompensa." Uma mentira mais um fato verdadeiro era bem melhor que duas mentidas, pelo menos segundo meu cálculo. Aliás, era bem próximo da verdade. Olhei em volta da sala e prossegui.

"Aquela quantidade de níqueis significa muito para uma wug como eu. Julius falou para nós sobre a recompensa nas Chaminés. Tenho certeza de que todos os funcionários fizeram o que podiam para receber a recompensa, então por que eu não faria? Fui até a cabana tentar encontrar alguma pista de para onde Herms tinha ido."

"Ele não *foi* para lugar nenhum", contestou Jurik, que agora olhava para mim. "Os forasteiros o levaram."

"Mas eu não sabia disso naquele momento, sabia? Só depois que isso foi dito e explicado para todos os wugs no Campanário."

"Então por que ficou com o livro?", perguntou Jurik, com um tom de triunfo na voz. "Por que não o entregou ao Conselho?"

"Eu estava com medo", respondi.

"De quê?"

"De todos reagirem exatamente como vocês estão reagindo agora!", gritei. "Mesmo se eu o entregasse, eu sei que o senhor, Jurik, encontraria uma maneira de inverter a história e me culpar. Quando o senhor foi à minha casa ontem, disse que eu seria executada. Obviamente o senhor já havia tomado essa decisão antes desse interrogatório. Onde está a justiça?"

Minha declaração teve o efeito desejado. Instantaneamente, os membros do Conselho começaram a murmurar. Vi dois deles olhando seriamente para Jurik.

Morrígona olhava para a parede do outro lado da sala. Thansius continuava olhando para mim.

"Eu não fiz nada disso", gritou Jurik.

Meu coração batia forte e eu ainda estava apavorada, mas minha fúria era maior que o medo.

"Então por que fui levada de casa algemada?"

"Ele fez isso?"

Todos olhamos para Morrígona, que agora olhava para Jurik.

"Sim, fez", respondi.

"Você disse que foi levada ontem à noite, Vega", disse Thansius. "Para onde foi levada?"

Olhei para Krone e respondi:

"Valhala. Fiquei lá até me trazerem para cá. Nem comida, nem água passaram pela minha boca." Bom, eu havia comido parte do que Delph tinha me levado, mas ainda estava morrendo de fome.

"Então você deve estar sedenta e faminta", disse Morrígona. Ela bateu palmas e um assistente entrou imediatamente na câmara. Voltou um átimo depois, carregando uma travessa com pão, queijos e um jarro de água, e a colocou na minha frente.

"Em nome do Conselho, Vega, peço-lhe desculpas", disse Morrígona. "Nenhum wug é levado para Valhala antes de ser condenado." Olhando com desdém para Jurik, acrescentou de maneira contundente: "Como meu colega Jurik Krone sabe muito bem".

Jurik não disse nada durante todo aquele tempo. Enquanto eu atacava a comida e tomava a água, dei algumas olhadelas para os membros do Conselho. Vi Jurik olhando para as mãos, com certeza se perguntando aonde tinha ido parar sua vantagem. Estava pensando que podia ser solta um ou dois átimos depois, quando percebi o jarro tinha uma leve rachadura. A água vazou um pouco e pingou na manga da minha blusa. Uma poça escura começou a se formar na mesa.

Olhei para ela durante um longo momento, perguntando de onde vinha aquilo. Eu não estava *tão suja daquele jeito*.

Só percebi que ele estava ao meu lado quando levantei a cabeça

Jurik estava olhando para a poça de água. Depois olhou para meu braço e para mim. Antes que eu pudesse fazer qualquer coisa, ele rasgou a manga da minha blusa, expondo o mapa do Pântano que eu tinha copiado do pergaminho que Quentin Herms me deu.

"Em nome do Campanário, que raios é isso?", vociferou ele, torcendo meu braço. Dei um grito de dor.

Thansius se levantou.

"Jurik, pare com isso agora mesmo!"

Morrígona se levantou e veio apressada na nossa direção, depois parou ao meu lado e passou os olhos no meu braço. Vi que ela tentou dizer algo, mas as palavras ficaram-lhe presas na garganta.

Jurik me soltou, obedecendo a ordem de Thansius, mas continuou segurando a manga da minha blusa.

"A não ser que eu esteja muito enganado, caros colegas, o que vejo no braço desta moça não é nada menos que o mapa do Pântano", disse Jurik.

Eu ia gritar de volta e perguntar como ele sabia que era o Pântano, mas fiquei muda diante do olhar de todo o Conselho. Thansius me deixou enfeitiçada. Caminhou lentamente até mim e olhou para meu braço. Gentilmente, levantou a outra manga e olhou o desenho.

"Há outras marcas em você, Vega, além dessas?" Sua voz revelava decepção e, ainda pior, a sensação de traição.

Com os olhos cheios de lágrimas, percebi que não poderia mentir.

"Na minha barriga e nas pernas."

"E de onde você tirou essas marcas?"

Olhei para Morrígona, que não tirava os olhos do desenho. Sua expressão de profunda surpresa me sufocava.

"Quentin Herms deixou esses desenhos num pergaminho", disse eu. "Antes de desaparecer."

"E ele disse que era uma passagem pelo Pântano?"

"De certa forma, sim."

"E onde está esse pergaminho?"

"Eu o queimei."

"Mas não antes de copiar o desenho na pele", disse Jurik. "E por que faria isso se não estivesse planejando usá-lo de alguma maneira, sem dúvida contra os próprios wugmorts?"

"Eu não ia fazer isso", gritei. "Nunca pensei em usá-lo."

"Então por que mantê-lo na pele?"

Aquela pergunta era de Morrígona, que agora olhava para mim.

Forcei-me a olhar para ela. E, ao encontrar seus olhos, decidi dizer a verdade.

"Porque mostrava uma saída para outro lugar."

"Uma confissão", gritou Jurik. "A moça praticamente nos disse que está confabulando com os forasteiros."

Morrígona continuava olhando para mim, cheia de tristeza nos olhos. Ela olhou para Thansius e disse:

"Acho que já ouvimos o suficiente. Vamos deliberar e depois comunicaremos nosso julgamento."

Minha vontade era de gritar para que ela não fizesse aquilo. Que eu era inocente. Que eu ainda tinha o que dizer. Mas não disse nada. Sabia que, sem dúvida nenhuma, nada do que eu dissesse naquele momento seria levado em consideração.

Ela olhou para Jurik.

"Mas ela não será levada de volta para Valhala. Vamos levá-la para casa e colocar um guarda para vigiá-la."

Jurik pareceu aflito com a ideia.

"Ela é uma traidora. Vai tentar fugir e evitar que a justiça seja feita sobre um assunto tão sério. Ela tem o mapa do Pântano, vai usá-lo para..."

"Para o quê, Jurik?", interrompeu Morrígona. "Para atravessar o Pântano? Uma wug de 14 ciclos? Ela morreria em dois átimos. Todos nós sabemos o que há lá dentro, bem como Vega." Morrígona olhou para mim ao dizer isso. "E ela tem outros motivos para não sair de Artemísia, motivos que ela conhece muito bem."

Jurik abriu a boca para dizer algo, mas Thansius o interrompeu de imediato:

"Concordo com Madame Morrígona. Vega será levada para sua casa e um guarda ficará de prontidão. No entanto, antes disso, uma moça assistente do Conselho cuidará da... cuidará pessoalmente da remoção dos desenhos."

"Quero um guarda junto dela em cada uma das etapas", disse Jurik.

Thansius parecia querer estrangular o colega.

"Duvido que Vega conseguiria fugir do prédio do Conselho, Jurik, mas, caso queira, você mesmo pode esperar na porta enquanto a limpeza das marcas é feita."

Jurik pareceu contrariado com a sugestão e não deu a entender que aceitaria a proposta.

Thansius voltou para a plataforma e usou o punho de uma espada enorme, cravada de pedras preciosas, para bater na madeira.

"O Conselho discutirá imediatamente o caso de Vega Jane."

Enquanto era levada para fora, olhei para Thansius e Morrígona. Nenhum dos dois olhava para mim.

Extremamente magoada e triste, fui levada para um banheiro, onde todo o desenho do mapa foi lavado com tanto vigor, que minha pele ficou avermelhada e dolorida, mas não dei um pio enquanto as marcas que tinha escondido durante tanto tempo eram tiradas do meu corpo. Depois, fui levada para casa, onde Non, muito contente, ficou de guarda na porta.

Delph apareceu com Harry II, que ficou bem feliz em me ver.

Já estava escuro quando me deitei no catre e comecei a pensar em qual seria meu destino.

Será que me executariam?

Será que me mandariam de volta para Valhala? Talvez por muitos e muitos ciclos?

Será que me libertariam?

Mas a pergunta que persistia era esta: Será que me executariam?

Eu só tinha testemunhado uma execução. Eu tinha 10 ciclos; um homem havia matado a esposa sem nenhum motivo, apenas por ser um wug muito mau. O crime tinha sido intencional, ou pelo menos foi o que disse o Conselho. Aquele wug também havia batido nos filhos quase até matá-los, e provavelmente o teria, se outros wugs não o tivessem impedido. Todo o vilarejo foi convocado para assistir à execução, realizada no centro de Artemísia.

Eles o conduziram por uma escadinha a uma plataforma e o obrigaram a se ajoelhar; cobriram-lhe a cabeça com um capuz, prendendo-a a uma grande tora de madeira, e o executor, também de capuz – embora eu agora suspeitasse fortemente se tratar de Ladon-Tosh – ergueu o machado e, com um único golpe, arrancou a cabeça do condenado. Ela caiu numa bolsa de palha colocada na frente da tora de madeira. O sangue escorreu pelas escadas e pensei que o pobre John ia desmaiar. Agarrei a mão da minha mãe e senti náuseas. Senti o corpo bambear, embora a multidão gritasse e aplaudisse, porque a justiça tinha sido feita e um wug doente havia deixado de existir.

Será que minha vida acabaria daquele jeito? Com Ladon-Tosh separando minha cabeça do resto do corpo? Com os wugs comemorando minha morte sangrenta?

Fechei os olhos e tentei dormir, mas era impossível. Só teria descanso depois que conhecesse meu destino.

TRIGINTA

Obedeça ou morra

TINHA ACABADO de amanhecer quando ouvi a batida na porta. Apesar da minha ansiedade em relação ao meu destino, acabei conseguindo dormir. Harry II começou a latir e farejar a porta.

Levantei-me cambaleando, ainda com sono, sentindo ondas frias de arrepio que me deixavam enjoada e sem equilíbrio.

Será que o Conselho realizava execuções logo depois de chegarem a um veredicto? Abriria a porta e encontraria Ladon-Tosh pronto para me arrastar para uma plataforma recém-montada no centro do vilarejo?

Abri a porta.

Não era Ladon-Tosh. Era Morrígona. Ela parecia pálida e cansada, seu semblante exausto quase se equiparava ao meu. Sua capa tinha até umas manchinhas de sujeira na bainha. Olhei sobre o ombro de Morrígona, mas não vi a carruagem. Ela devia ter vindo caminhando do Conselho até ali, trazendo-me notícias.

"Posso entrar, Vega?"

Assenti e saí do caminho, deixando-a entrar.

Ela se sentou, ou melhor, despencou em uma das cadeiras. Deu um bocejo e esfregou um dos olhos.

"A senhora não dormiu?", perguntei.

Ela balançou lentamente a cabeça, mas pareceu não ouvir minha pergunta. Olhou para Harry II e estendeu a mão para ele. Harry II se aproximou, cauteloso, e a deixou acariciar-lhe as orelhas.

"Que graça", disse ela.

"Ele faria qualquer coisa por mim", respondi, sentando-me no catre em frente à Morrígona. "Vocês vão negar essa oportunidade a ele?", perguntei, cuidadosa.

Ela levantou a cabeça.

"Você não será executada, se é isso que está perguntando", disse ela, sem meias-palavras. "Jurik brigou a noite inteira para que isso acontecesse, mas eu e Thansius fizemos o Conselho agir com a razão."

"Por que Jurik me odeia tanto? O que fiz para ele?"

"Não tem nada a ver com você", disse Morrígona, tranquila. "Jurik na verdade odiava seu avô."

"O quê?", perguntei, surpresa.

"Isso aconteceu antes de eu entrar para o Conselho, é claro, mas como já havia lhe dito, meu avô era presidente do Conselho na época. Ele renunciou, e Thansius assumiu seu lugar quando meu pai sofreu um Evento..." Ela baixou a voz; permaneceu sentada por um instante, quieta, depois recuperou o foco. "Jurik era um mero assistente na época, mas sua ambição era se tornar um experiente membro do Conselho. E não tenho dúvida de que seus planos são de se tornar presidente, quanto Thansius abdicar do cargo."

"Que o Campanário nos ajude, caso isso aconteça", disse eu, com um tom sério.

"Bem, ele tem seus pontos fortes e é extremamente dedicado à preservação de Artemísia, mas não acho que ele seria um bom presidente do Conselho."

"Isso não explica por que ele odiava meu avô."

"Quando Virgílio estava prestes a deixar o Conselho, surgiram rumores de que Jurik assumiria seu lugar. Virgílio não apreciava muito Jurik, e os dois tiveram uma briga terrível diante de todo o Conselho. Foi humilhante para Jurik, pois seu avô o tratava com uma arrogância que não admitia oposição, e sua fala e inteligência eram muito mais avançadas que as de Jurik. Foi um verdadeiro massacre oratório de proporções históricas. Outro wug foi indicado para substituir Virgílio, baseado apenas, acredito, naquela disputa verbal. E embora Jurik tenha se tornado membro do Conselho, isso aconteceu vários ciclos depois. Tenho certeza de que ele culpa seu avô por esse atraso na carreira. E o ódio pelo seu avô parece ter sido transferido para você."

"E para meu irmão?", perguntei, preocupada.

"Não. Acho que só para você. Ele também não tinha raiva dos seus pais."

"Por que só eu, então?" perguntei, perplexa.

Ela ergueu os olhos e olhou para mim, pensativa.

"Você precisa mesmo fazer essa pergunta?"

"Sim, por quê?"

Ela sorriu.

"É porque você se parece demais com seu avô, Vega. Demais."

"A senhora gostava dele?" Lembrei-me de Delph falando sobre a discussão dos dois, antes de meu avô deixar Artemísia.

"Eu o respeitava, o que é ainda mais forte, Vega. Virgílio era um grande wugmort. Ele deixou... ele deixou muitas saudades desde que..."

Ela pareceu incapaz de terminar a frase.

"Sinto saudades dele também", disse eu. "Queria que ele estivesse aqui agora, para ficar comigo."

Morrígona estendeu o braço e pegou minha mão.

"Você desenhou na mão o símbolo que ele carregava. É uma marca estranha, não?"

Não tinha deixado a moça do Conselho limpá-la. Disse que não fazia parte do mapa e ela se compadeceu.

Andei pensando muito no símbolo ultimamente.

"Três ganchos", disse. "Não um, ou quatro, mas três."

Ela olhou para mim com os olhos arregalados.

"Sim, três", disse, com tristeza. "O número três pode ser muito poderoso. É uma espécie de trindade. E você não sabe o que a marca significa?"

"Não sei." Fiz uma pausa. "Qual meu destino, então? Se não serei executada, devo ir para Valhala."

"Não é Valhala."

Olhei para ela, confusa.

"Se não é execução, nem Valhala, então o que é?"

"Não vou medir palavras com você, Vega. A descoberta das marcas no seu corpo foi muito negativa. Precisei usar todos os meus recursos e conseguir apoio de outros membros do Conselho para convencê-los a não decapitá-la ou colocá-la em Valhala pelo resto de seus ciclos."

Respirei fundo, aquietando a mente – tinha chegado muito perto da morte.

Olhei para ela.

"Então, o quê? Qual é minha punição?"

Ela respirou fundo. Nunca a vi tão exausta.

"Você terá de lutar no Duelo, Vega. Terá de lutar com todo seu vigor. Não poderá se render ou desistir com facilidade, pois se desistir, será colocada em Valhala pelo resto dos seus ciclos. Este é o voto final do Conselho."

"Mas eu só tenho 14 ciclos de idade!", disse. "E vou lutar contra homens adultos."

Ela levantou a cabeça e esfregou os olhos de novo.

"O fato, Vega, é que eles não se importam. Não estão nem aí. Se lutar com coragem, tudo será perdoado, sua vida voltará ao normal e você não deverá mais nada. Se não lutar, será levada para Valhala imediatamente. Na verdade, não posso nem garantir que Jurik não continuará defendendo sua execução. E dessa vez, ele pode conseguir."

"Então eu vou lutar", disse. "Dou minha palavra de que darei o melhor de mim." Fiz uma pausa e perguntei: "O que acontecerá comigo até o início do Duelo?".

"Você é a única finalizadora das Chaminés. Pode voltar a finalizar as braçadeiras amanhã."

"E quando eu for derrotada no Duelo?"

"Sinto muito, Vega. É o melhor que posso fazer. Pelo menos assim você tem uma chance."

"Uma chance", repeti sem o menor entusiasmo. Que chance era aquela?

Morrígona estendeu a mão, cautelosa.

"Jurik e seus aliados estão convencidos de que você tentará fugir de Artemísia baseando-se no mapa."

"Os desenhos sumiram da minha pele", disse eu.

"Mas você pode ter memorizado as marcas. De todo modo, nem pense em fazer isso. Se você tentasse fugir, Delph tomaria seu lugar, aos olhos do Conselho. E não seria apenas Valhala." Ela fez uma pausa. "Eles vão matá-lo." Fez outra pausa e me analisou de cima a baixo, intencionalmente. "E eu não faria nada para impedi-los."

"Por que, Morrígona? Por que o Conselho se importa se um wug entra no Pântano? Se um wug toma essa decisão e morre, é a vida dele, não dos outros."

"Não é tão simples assim, Vega. Cabe ao Conselho proteger todos os wugmorts e garantir a sobrevivência de Artemísia. Se os wugs começassem a entrar no Pântano e morressem, isso encorajaria as bestas que vivem lá a realizarem outra batalha contra nós. Talvez não sobrevivêssemos a outra guerra contra elas."

"Isso sem falar nos forasteiros." Achei esclarecedor o fato de Morrígona ter se esquecido de mencioná-los, uma vez que estávamos construindo uma Muralha gigantesca que supostamente os manteria afastados.

Se eu estivesse esperando uma resposta grosseira, ficaria decepcionada.

Morrígona olhou para mim com uma expressão tenra e ao mesmo tempo amarga, lembrando o jeito como minha mãe me olhava às vezes, mas em seguida ficou séria.

"Eu estava falando muito sério, Vega, quando disse que a admirava. Não tenho nenhuma vontade de ver uma vida tão promissora ser destruída, mas há limites até mesmo para meus sentimentos por você. Por favor, não se esqueça disso. Tenho meu dever e pretendo cumpri-lo. Pelo bem de todos os wugmorts e pela sobrevivência de Artemísia, não posso e não vou demonstrar favoritismos."

Com essa declaração fatídica, ela foi embora.

TRIGINTA UNUS

A prática leva à imperfeição

DELPH CHEGOU à minha casa logo depois de sair da Muralha.

"E aí, Vega Jane", gritou ele na porta.

"Abri a porta e olhei para ele enquanto Harry II pulava aos seus pés.

"E aí, Delph?", perguntei.

"Fiquei sabendo de umas coisas", disse.

"Sabendo de quê exatamente?", perguntei. Olhei para o rosto dele, tentando encontrar o mínimo sinal de dúvida.

"Que você vai ter que lutar no Duelo."

"Sim." Puxei a manga da blusa e mostrei a pele limpa. "Eles encontraram o mapa desenhado em mim."

"Precisamos praticar, então."

Olhei para ele, pasma.

"Praticar o quê?"

"Praticar para você ganhar."

"Delph, eu não vou vencer o Duelo."

"Por que não?"

"Porque sou uma menina. E só tenho 14 ciclos de idade."

"Quase quinze", completo ele. "Então você não vai nem tentar? Nem parece a Vega Jane que conheço, voando e jogando tão bem aquela lança."

"É diferente."

"É?", perguntou, olhando para mim.

Dei um passo para trás e pensei na situação.

"Como eu praticaria?"

"Você me mostrou como voar e atirar a lança. Posso mostrá-la como lutar. Morrígona disse que as mulheres precisam treinar. Se você tem que lutar, tem direito a receber treinamento apropriado como qualquer outra wug. Os preceptores estão prontos para ajudar. Mas acho que sou tão bom quanto qualquer preceptor."

"Eu sei que você é, mas onde fazemos isso?"

"Na minha casa. Lá tem bastante privacidade.

"Quando?"

"Agora."

"Estava escuro quando chegamos na cabana dos Delphias. Não escutei os ruídos geralmente associados à casa de um treinador. Não havia animais novos, pois eu sabia que Duf estava sem tempo para treiná-los – afinal, ele passava todo o tempo na Muralha.

Mas *havia* um barulho, pois o adar viu quando nos aproximamos.

"Olá", disse ele.

"Olá", respondi.

"E quem seria esta?", perguntou o adar.

"Meu nome é Vega Jane", respondi.

Ele ergueu o peito, aumentando de tamanho.

"Aaahhh, Ve-Vega Jane. Tão bo-bonita, Ve-Ve-Vega Jane. Tão li-linda, Ve-Ve-Vega Jane." O adar falou exatamente como Delph.

"Cale a boca, seu monte de penas, antes que eu faça uma sopa de você."

"Bo-bo-bonita, Ve-Ve-Vega Jane", disse o adar mais uma vez, olhando de cara fechada para Delph, antes de enfiar a cabeça embaixo de uma asa e voltar a dormir.

Fiquei surpresa com o ataque de Delph, mas, ao mesmo tempo, uma desconfiança engraçada ficou martelando na minha cabeça. Adares só *repetiam* as palavras que escutavam. Não tive muito tempo para pensar no assunto porque, quando levantei a cabeça, Delph estava correndo na minha direção a toda velocidade. Só tive tempo de gritar e levantar as mãos antes de colidirmos um com o outro. Ele me levantou do chão, ergueu-me acima da cabeça e estava pronto para me arrebentar contra uma árvore. Olhou para cima, olhei para baixo.

"Mas que besteira é essa que você está fazendo, Delph?", perguntei.

Lentamente ele me colocou no chão.

"No Duelo, não há intervalo. Não há regras, na verdade, nem justas, nem injustas. Você precisa estar pronta para lutar o tempo inteiro. Os caras correm para cima da gente ao ouvir o primeiro sinal, Vega Jane. Eles atacam, seguram seus braços na lateral do corpo, tiram você do chão e jogam seu corpo contra a coisa mais dura que encontrarem. Daí você não consegue levantar. Acredite em mim. Fiz isso com Non no último Duelo. Ele ficou completamente indefeso, aquele imbecil.

Olhei para a árvore, depois para Delph de novo e senti um arrepio.

"Tudo bem", disse. "Já entendi. E agora?"

"Agora, nós lutamos." Ele se afastou alguns passos e se agachou. "Agora, com Ladon-Tosh...", começou Delph.

"Ladon-Tosh!", exclamei. "Ele tem mais de 24 ciclos, não vai lutar no Duelo."

Delph deu de ombros.

"Bom, ele diz que tem 23 ciclos."

"Bulhufas", deixei escapar.

"Ele está no Duelo, Vega. As coisas são assim e pronto."

"Mas não há juízes?"

"É claro, mas acho que todos têm medo dele. Se ele diz que tem idade, ninguém vai desafiá-lo, certo?"

Continuei enfurecida.

"Essa é a maior bobagem que já escutei. Tudo bem, quem mais?"

"Non. Ran Digby. Cletus Loon. Um monte de caras."

"Mas ninguém é tão grande quanto você."

"A maioria não, mas você não tem que se preocupar só com os grandões, Vega Jane. Os pequenos são rápidos, espertos e pegam forte. No último Duelo, quase fui derrotado por um sujeito que tinha metade do meu tamanho."

"Como?"

"Ele jogou terra nos meus olhos e me bateu com uma tábua que tinha escondido na arena."

Arregalei os olhos.

"Eles podem fazer isso?"

Ele olhou para mim, irritado.

"Você não assiste aos Duelos, Vega Jane?"

"Bom, só a última luta. Às vezes." A verdade é que eu não suportava ver wugs tentando se matar. A última vez que vi Delph ganhar, passei muito mal vendo o sangue jorrar dele e do outro wug.

Ele assentiu.

"Então, eles não deixam jogar tão sujo na última rodada, porque todo o Conselho está assistindo, mas, para chegar até lá, você tem de esperar tudo."

Ele agachou um pouco mais uma vez, mantendo as mãos para cima e os braços firmes na lateral do corpo.

"Proteja seu corpo, Vega Jane. Uma pancada no estômago ou nas costelas é muito dolorosa." Cerrou os punhos. "E cuidado com a cabeça. É difícil lutar com uma fratura na cabeça."

Comecei a sentir náuseas.

"Fratura na cabeça?"

"Fraturei a minha dois Duelos atrás. Senti dor de cabeça durante meio ciclo."

Minha boca inteira ficou seca.

"Como posso proteger o corpo e a cabeça ao mesmo tempo?", gritei.

"Não pare de se mexer." Ele dançou um pouco em volta, com os pés ligeiros, mostrando mais agilidade do que eu imaginava que tivesse, dado seu tamanho.

"Você pode golpear com qualquer coisa", disse ele. "Punhos, cabeça, pernas, joelhos."

"E tábuas", lembrei-o.

"Agora, quando atingirem você..."

"Então você presume que serei atingida?", interrompi.

"Todo mundo é atingido no Duelo", disse ele, sem rodeios. "Na verdade, a média é de doze vezes por luta, contando as pancadas graves. No total, umas cinquenta vezes, mas não estou contando as pancadas leves que só deixam você um pouco sem equilíbrio."

Minha vontade era de gritar e sair correndo.

"Quando você for atingida, não importa se de leve ou não, aconselho que se jogue no chão."

Primeiro me alegrei com a proposta, depois me lembrei das palavras de Morrígona. Se eu não lutasse com todas as minhas forças, passaria o resto da vida em Valhala. Mas as palavras seguintes de Delph mostraram que ele não queria que eu me rendesse.

"Cair no chão não significa que você perdeu a luta, Vega Jane. O cara simplesmente vai pular em cima de você e bater até você não ouvir nem ver mais nada. E dói", acrescentou ele, sem necessidade. "Agora, se você levantar as duas mãos, mostrando que está se rendendo, quer dizer que a luta acabou, e ninguém mais pode bater em você sem cometer infração."

"Não posso me render, Delph", disse eu. *Por mais que eu queira*, pensei.

"Você não vai se render, Vega Jane. O que você vai fazer é cair de um jeito especial. Assim."

Ele caiu de costas no chão, com os joelhos encostados no peito. E continuou.

"Qualquer um vai partir para cima quando você cair. E vai vir com tudo. Aí você espera ele chegar bem perto e faz assim."

Delph chutou com os dois pés, fazendo tanta força, que eu pulei para trás, mesmo sem correr o risco de ser atingida. No instante seguinte, ele estava de pé. Deu um salto no ar e se jogou com os pés em cima do oponente imaginário. Depois pulou de novo e abaixou com o braço direito na forma de V com o cotovelo apontado para baixo. Depois se jogou no chão, parando com o cotovelo a um centímetro do solo.

"Essa é a garganta do sujeito. Se você bater aqui com o cotovelo, ele não vai conseguir respirar e vai desmaiar. Você ganha e passa para a próxima rodada. Simples e rápido. Rá."

Senti minha garganta apertar.

"Mas se ele não conseguir respirar, não vai morrer?", perguntei com a voz seca e trêmula.

Delph se levantou, limpando a calça e as mãos.

"Bom, a maioria dos caras volta a respirar pouco tempo depois, mas os medicadores ficam por ali, prontos para entrarem na arena e baterem no peito deles. Geralmente isso funciona. Às vezes eles precisam cortar a garganta para o ar continuar fluindo, mas a cicatriz é muito pequena e não sangra muito."

Virei para o outro lado e vomitei o pouco que tinha no estômago, em cima de um arbusto.

Senti as mãos grandes de Delph nos ombros um instante depois. Ele me segurou enquanto eu vomitava. Limpei a boca e olhei para ele, com o rosto vermelho de vergonha.

"Delph, eu não fazia ideia de que os Duelos eram assim. E você já ganhou três? É a coisa mais impressionante que já vi."

Ele ruborizou, satisfeito com minhas palavras.

"Não é nada tão especial assim", disse, modestamente.

"Mas o que você me ensinou vai ajudar." Eu não acreditava, claro, porque mesmo que eu saltasse da árvore mais alta de Artemísia diretamente na garganta de Non, duvido que ele chegaria a tossir.

"Isso é só o começo, Vega Jane. Você ainda precisa aprender muito mais. E precisa se fortalecer também."

"Eu sou bem forte."

"Mas não o suficiente."

"Como fico mais forte? Trabalho o dia inteiro nas Chaminés, construindo braçadeiras para a Muralha. Quando vou ter tempo? Preciso dormir."

"Nós daremos um jeito."

"Quando saberemos com quem vamos lutar?"

"Eles vão divulgar as primeiras rodadas sete dias antes do início do Duelo", respondeu ele.

Trabalhamos um pouco mais em vários movimentos e estratégias até eu ficar exausta.

Antes de ir embora, olhei para o adar.

"Delph, aquele adar..."

"Papai está tendo muitos problemas com aquela praga", reclamou ele.

"Que tipo de problema?"

Delph falou sem olhar nos meus olhos.

"Está falando coisas que não sabemos onde ouviu. Papai disse que alguns adares têm mente própria, sabe?"

"Mas adares não gaguejam naturalmente, eles..."

"Preciso ir, Vega Jane."

Ele entrou na cabana e fechou bem a porta.

TRIGINTA DUO

Alguém se importa?

Acordei cedo no dia seguinte. Queria sair do centro de Artemísia antes que os outros wugs acordassem.

Enquanto eu e Harry II caminhávamos pelas pedras da rua, passamos por um senhor que eu não sabia se já tinha visto antes. Ele olhou para mim e mirou uma cusparada na minha bota. Saltei rapidamente para o outro lado e continuei andando, de cabeça baixa. Claro, a notícia de que havia sido presa e lutaria no Duelo tinha se espalhado. Talvez o vilarejo inteiro me detestasse, embora fosse difícil imaginar que os wugs se voltariam tão rápido contra mim.

De rabo de olho, vi Roman Picus descendo a rua. Preparei-me para ouvir seus insultos e xingamentos, mas ele fez algo que me feriu muito mais. Ele tirou o chapéu e se escondeu entre duas construções, aparentemente para não ter que falar comigo ou talvez ser visto comigo.

Continuei seguindo em frente, praticamente sem energia, mesmo que tivesse um dia cheio de trabalho pela frente.

Quando passei na porta da Loons, Héstia Loon saiu para colocar lixo na lixeira. Tentei não olhar para ela, mas ouvi um chamado.

"Vega?"

Parei, temendo o pior. Héstia sempre foi gentil comigo, mas ela era totalmente dominada pelo marido, Cacus Loon. Olhei a vassoura na mão dela e fiquei pensando se ela iria me bater.

"Sim?", disse eu, com a voz calma.

Ela se aproximou de mim, acariciou a cabeça de Harry II e disse:

"Que canino lindo."

Acalmei-me um pouco com suas gentis palavras.

"Obrigada. O nome dele é Harry II."

Ela levantou os olhos para mim, com o rosto mais sério.

"Bobagem tudo isso que estão falando de você. Sei disso tão bem quanto conheço minhas panelas."

Senti o rosto esquentar e os olhos se encherem de lágrimas. Esfreguei os olhos imediatamente e continuei olhando para ela.

Ela virou a cabeça para a porta da Loons e deu um passo adiante, tirando algo do bolso e erguendo a mão. Era uma correntinha com um disco de metal.

"Minha mãe me deu isso quando eu era menina. Para dar boa sorte, diziam." Confusa, olhei para ela, que logo se apressou. "Sorte, para o Duelo. Soube que você vai lutar. O Conselho é maluco, se quer saber, mas ninguém me pediu opinião." Ela segurou minha mão, colocou o amuleto sobre ela e fechou meus dedos. "Fique com isso, Vega Jane. Leve isso e destrua aqueles homens. Eu sei que você consegue. Malditos forasteiros! Até parece que você estaria do lado deles, neta de Virgílio Alfadir Jane. Malucos, eles são todos malucos. Bando de estúpidos."

Ela olhou para meu corpo magro e sujo, e vi que suas bochechas começaram a tremer.

"Espera um tiquinho", disse ela.

Héstia entrou na Loons e voltou meio átimo depois, com um saquinho de pano na mão, entregando-me. "Isso fica entre nós", disse ela, apertando minha bochecha. Depois foi embora.

Dentro do saco havia uma fatia de pão fresco, duas maçãs, um potinho de picles, um pedaço de queijo e duas salsichas. Meu estômago roncou pensando em devorar tudo.

Olhei para o amuleto que ela havia me dado. O disco de metal era de cobre e tinha a imagem de uma estrela com sete pontas. Ergui-o sobre a cabeça e fechei a corrente atrás do pescoço. Olhei para Loons e vi Héstia me espiando pela janela, mas ela se escondeu assim que me viu.

Continuei andando, feliz com o gesto de gentileza.

Parei quando vi minha árvore, soltei minha latinha e o saco no chão e corri, gritando.

"Não, não!", berrei. "Essa árvore é minha."

Havia quatro wugs em volta da árvore, todos duas vezes o meu tamanho. Um deles era Non, com um machado na mão prestes a golpear a árvore. Os outros dois seguravam um serrote comprido, e o quarto tinha um mortiço, que agora apontava para mim, enquanto Harry II rosnava e latia para ele.

Eles iam derrubar minha árvore.

Non parou, ainda segurando o machado, e disse, violento:

"Traidores têm árvore não, mocinha." E começou a fazer um movimento com o braço, preparando-se para golpear.

"Não", gritei. "Você não pode fazer isso, não pode!" Fiz uma pausa e disse: "Você *não deveria*!".

Non acertou minha árvore com um golpe descomunal, e o mais incrível aconteceu. A casca não sofreu um arranhãozinho sequer. Em vez disso, o machado partiu no meio e caiu no chão.

Non ficou parado olhando, sem acreditar que tinha mesmo atingido minha árvore, depois olhou para o machado destruído no chão.

"Mas que inferno foi isso?", berrou ele. Ele apontou para os dois wugs que seguravam o serrote e os mandou se aproximar, enquanto o outro wug engatilhou de novo o mortiço, apontando-o para mim.

Continuei parada, olhando para minha árvore, desejando com todo meu coração que ela sobrevivesse àquele ataque injusto. Mesmo que fosse traidora – o que eu não era –, minha pobre árvore não deveria sofrer.

Os dois wugs encostaram os dentes do serrote na árvore e começaram a serrar. Ou pelo menos tentaram. Os dentes se desintegraram com o contato no tronco.

Os wugs endireitaram o corpo e olharam confusos para o serrote destruído.

Non olhou fixamente para mim.

"Que raios de árvore é essa?", perguntou.

"É minha árvore", disse eu, desviando do wug que segurava o mortiço. "Agora caiam fora."

"Está enfeitiçada", exclamou Non. "Você está trabalhando com os forasteiros. Escória maldita. Eles enfeitiçaram a árvore!"

"Que comentário sem sentido!"

Olhamos na direção da voz e vimos Thansius em pé, a cerca de cinco metros de nós. Ele estava usando uma longa capa cinzenta. Estava segurando um longo bastão e imaginei que tivesse saído para fazer uma caminhada matinal.

"Uma árvore enfeitiçada?" disse Thansius, aproximando-se e olhando para meu belo álamo. "Como assim?"

Non arrastou os pés, nervoso, e continuou olhando para baixo. Os outros wugs se afastaram da árvore, analisando o chão. Eu tinha certeza de que nenhum deles jamais tinha conversado com Thansius.

"Bem, sr. Thansius...", disse Non hesitante, "é que... o machado... e o serrote não encostaram nela, senhor..."

"Facilmente explicável", disse Thansius, olhando para mim. Depois deu algumas pancadas na árvore com a junta dos dedos. "Vejam só, com o tempo, algumas árvores antigas viram pedra. Quer dizer que a casca endurece muito, a ponto de se tornar mais resistente que o ferro. É claro que suas ferramentas não aguentariam o tranco desta armadura."

Ele apanhou no chão os pedaços do machado e do serrote sem dentes e os entregou a Non e aos outros wugs.

"Eu diria que esta árvore ainda estará de pé muito tempo depois que todos nós virarmos cinzas." Ele olhou diretamente para Non. "Agora vá embora, Non. Tenho certeza de que você e seus colegas têm muito o que fazer na Muralha."

Non e os colegas saíram apresados e sumiram de vista.

Toquei na casca da minha árvore e olhei para as ripas que eu mesma tinha pregado para servir de escada. Como eu conseguiria pregá-las se a casca já estava petrificada? Olhei para Thansius e quase disse algo, quando ele se adiantou.

"É uma árvore magnífica, Vega. Seria uma vergonha terrível vê-la perecer."

Em seu rosto, percebi que não falava apenas da árvore. Ele também se referia a mim.

Quis dizer a Thansius que eu não era traidora e que eu nunca usaria o mapa para ajudar qualquer coisa que quisesse destruir Artemísia, mas ele já tinha começado a ir embora. Observei-o até não vê-lo mais. Virei para minha árvore e a abracei.

TRABALHEI NAS CHAMINÉS o dia todo. Quando terminei, ajudei a conduzir uma carroça de braçadeiras, puxada por dois cretas, até uma seção da Muralha que estava sendo finalizada. Quando comecei a levantar as braçadeiras pesadas, pensei que aquela seria uma excelente maneira de ganhar força – se eu não morresse de exaustão primeiro.

Até eu tinha de reconhecer: a Muralha era uma verdadeira façanha de engenharia e habilidade. Fiz um cálculo e havia duzentos wugs trabalhando só naquela parte. A construção acontecia em turnos que se revezavam dia e noite, com a escuridão iluminada por lampiões e tochas, para que os wugs vissem o que estavam fazendo. Mesmo assim, muitos se machucavam, alguns seriamente, outros nem tanto. Um wug morreu depois de despencar do topo de uma seção e bater com a cabeça no chão, quebrando o pescoço. Ele foi enterrado numa parte especial do Solo Sagrado, reservada para wugs que tinham dado sua vida pela Muralha. Todos os wugs rezavam para que aqueles sacrifícios não acontecessem mais, e que aquela parte do Solo Sagrado continuasse para sempre apenas com um túmulo.

Quando terminei de descarregar as braçadeiras, parei para observar um pouco. A Muralha devia ter bem mais de dez metros. Os troncos eram grossos, sem casca, aplainados e encaixados com perfeição. As braçadeiras que eu finalizava envolviam as toras e eram muito bem presas pelos furos nas extremidades, dando à madeira a força e a estabilidade que normalmente não teria.

As torres de guarda daquela seção ainda não estavam finalizadas, mas já dava para ver onde os wugs com mortiços ficariam de olho nos forasteiros. Mas agora eu já vislumbrava os mesmos wugs atirando em outros wugs que tentassem ultrapassar a Muralha. Os fossos já estavam cavados, mas ainda sem água. Seriam enchidos por último, pensei, para que os trabalhadores não ficassem sujos de lama.

A atividade era frenética, mas parecia bem coordenada, com wugs concentrados marchando aqui e ali, com ferramentas e materiais nas mãos. Enquanto observava, vi John em cima de uma plataforma elevada cheia de tochas em volta, supervisionando a construção. Perto dele havia três membros do Conselho e dois outros wugs que eu sabia serem bons em construção.

Tive a ideia de ir até lá e falar com ele, mas acabei pensando melhor. O que eu teria para dizer que já não tivesse dito? Para mim, era espantoso que os muitos ciclos que John tinha passado ao meu lado tivessem sido rapidamente superados por tão pouco tempo sob a asa de Morrígona. Ou melhor, *garras*. Por outro lado, ela havia salvado minha vida. Meus sentimentos por ela eram bastante conflitantes. Ela era ou não era minha aliada?

Caminhei até a beirada da escavação dos fossos e olhei para baixo. Um wug se aproximou de mim, carregando algumas ferramentas.

"Quando os fossos serão cheios de água?", perguntei.

Ele olhou para o buraco.

"Dizem que daqui a seis dias, mas não sei como. Estamos atrasados."

Lembrei-me do comentário de John sobre o cronograma.

"Parece que os wugs estão dando o máximo de si", disse eu.

"Diga isso para eles", respondeu o wug, apontando para a plataforma onde John estava. Depois, olhou de novo para mim. "É seu irmão, não é?"

"É sim."

O wug olhou para mim.

"Então tenho piedade de você."

Agarrei seu braço quando ele começou a sair.

"O que quer dizer com isso?"

"Apenas que ele exige que trabalhemos dia e noite. Para ele não importa se estamos cansados, doentes ou se nossa família precisa de nós. Não está nem aí."

"Pensei que ele trabalhasse apenas no planejamento."

O wug balançou a cabeça.

"Para um jovem, ele age como um velho. E é mau. Eu sei que você é da família e tudo mais, mas isso é apenas como eu me sinto e eu não me importo com quem sabe.

Ele fechou a cara e saiu a passos largos. Fiquei olhando para o chão, pensando em várias coisas, nenhuma agradável. Olhei de novo para John e senti uma tristeza profunda. Enquanto eu observava, ele começou a apontar e gritar com um grupo de wugs que se esforçava para carregar um tronco pesado. John correu até eles e começou a gesticular. Os wugs olharam para ele com frieza, engolindo quaisquer respostas por causa dos wugs armados com mortiços atrás de John.

Caminhei até meu irmão, que ainda estava enfurecido com os wugs que continuavam parados, mal conseguindo equilibrar nos ombros o tronco pesado.

"Por que você não os deixa colocar o tronco no chão, John, enquanto fala para eles o que quer?"

Ele olhou para mim, nitidamente incomodado. A princípio, tive a sensação de que ele nem me reconhecia.

"Não temos tempo para isso!", exclamou ele. "O dia já está acabando e a equipe da noite chegará em poucos átimos."

"E esses wugs trabalharam o dia inteiro. Vocês atrasarão ainda mais se os wugs começarem a adoecer ou a se machucarem por causa do trabalho em excesso."

"Não cabe a você dar ordens", disse ele, olhando friamente para mim.

"Talvez não caiba mesmo, mas sou o único membro da família que lhe resta."

Ele olhou para mim, condescendente.

"Você se esqueceu do Centro de Cuidados?"

Eu sabia que não devia fazer aquilo, mas naquele momento eu não me importava mais com os sentimentos de John. Além disso, eu não tinha certeza se ele ainda tinha sentimentos. E meu destino era ter o cérebro esmagado, lutando no Duelo, ou morrer em Valhala.

"Como disse, sou a única que resta da sua família. Não há mais ninguém que você conheça no Centro de Cuidados. Imaginei que Morrígona já tivesse lhe contado. Nossos pais sofreram um Evento. Obviamente, não restou nada deles."

Dito isso, girei o corpo sobre o calcanhar e saí andando.

Eu não me importava mais, não mesmo.

Mas, pelo que se viu depois, eu deveria ter me importado.

Por diversas razões.

TRIGINTA TRES

Inimigos unidos

Os DIAS E NOITES SUBSEQUENTES seguiram um padrão regular. Trabalhava o dia todo nas Chaminés e depois na Muralha. Depois, Delph e eu praticávamos para o Duelo até tarde da noite. Ele havia prendido um monte de pedras nas duas pontas de uma vara e pedia para eu erguê-la sobre a cabeça, apoiá-la nos ombros atrás do pescoço e fazer agachamentos para fortalecer os músculos. Minhas pernas doíam tanto, que no dia seguinte eu gritava de dor antes mesmo de levantar do catre. Mas continuei treinando. O desejo de viver era uma grande motivação.

Começamos treinando na casa dele, depois passamos para a floresta e outras vezes treinávamos dentro da minha casa, derrubando móveis de vez em quando, o que deixava Harry II morrendo de medo.

No sétimo dia depois que Thansius fez o anúncio sobre o duelo, passei por Cletus Loon e seus colegas idiotas a caminho de casa, depois do trabalho. Parei quando Cletus se enfiou na minha frente, e seus colegas fizeram um círculo à minha volta. Harry II começou a rosnar, e suas costas arrepiaram. Acariciei a cabeça do canino e disse que estava tudo bem.

"Então você vai ter que lutar no Duelo ou apodrecer em Valhala como traidora", disse Cletus.

Continuei parada com um olhar de tédio no rosto. Mesmo sua mente simplória finalmente pareceu entender que ele teria de falar outra coisa ou se mandar dali.

"Sabe o que eu quero, Vega?", disse ele, finalmente.

"Não tenho a menor vontade de olhar dentro da sua cabeça, Loon; eu ficaria cega."

"Quero acabar com você na primeira rodada do Duelo."

Os amigos dele riram enquanto continuei parada, olhando para Cletus como se ele não valesse um átimo sequer do meu tempo.

"Tome cuidado com o que quer, Loon", disse eu. "Você pode acabar conseguindo."

Ele olhou bem no meu rosto.

"Estou louco para ver você se ferrar e espero que eu possa fazer isso."

"Suponho que você esteja treinando alguns golpes brilhantes para isso."

"Pode apostar", disse ele, com uma risadinha maliciosa.

Esperei pacientemente para Cletus fazer o que eu sabia que faria. O que ele queria desesperadamente fazer.

Ele simulou um ataque com a mão direita, lançou a mão esquerda a um centímetro do meu rosto e depois fingiu que me atingia com o joelho no estômago.

Continuei impassível, sem mesmo piscar os olhos.

Por fim, o sorrisinho desapareceu do rosto dele.

"É melhor tomar cuidado."

"Certo", respondi.

Ele deu um passo para o lado, deixando-me passar. Saí andando com Harry II me protegendo pela lateral.

"Obrigada, seu idiota", disse eu, entre os dentes.

Escutei alguns wugs falando alto no final da Estrada Baixa, virando na Rua Principal, que dava no centro do vilarejo. Outros wugs passaram correndo por mim. Acelerei o passo para ver o que estava acontecendo. Entrei na Rua Principal e vi vários wugs se juntando ao redor de um painel de madeira usado para anúncios oficiais.

Foi então que me dei conta: as primeiras rodadas do Duelo seriam anunciadas naquela noite! Saí correndo pelas pedras e abri caminho no aglomerado de wugs, até ver longas folhas de pergaminho presas na madeira. Passei os olhos pelos nomes e encontrei o meu no finalzinho da lista. Quando vi meu oponente da primeira rodada, minha boca começou a tremer.

Cletus Loon finalmente teria seu desejo realizado. Eu tinha caído com ele na primeira rodada. Teria de lutar e vencer quatro vezes para chegar à final do campeonato. Não que eu esperasse chegar tão longe, apesar do encorajamento de Delph.

Pelo menos de uma coisa eu sabia: eu derrotaria Cletus Loon. Para mim, isso bastava. Rezei para que as outras moças da competição passassem razoavelmente ilesas pela primeira rodada.

Então procurei o nome de Delph e o encontrei um átimo depois. Na primeira rodada, ele enfrentaria Ran Digby, um wug enorme e desprezível, patrulheiro que adorava mascar tabaco e cuspir por cima da barba suja e nojenta.

Alguém segurou meu braço. Era Jurik Krone. Puxei o braço para me soltar e olhei nos olhos dele. Os outros wugs começaram a abrir espaço, olhando para nós.

"Madame Morrígona certamente lhe comunicou que, com sorte, você escapou da justiça", bramiu ele.

"Com sorte", repeti, mordazmente. "Sorte de lutar com rapazes três vezes maiores do que eu para apanhar até morrer?"

"Pois eu preferia vê-la em Valhala, traidora", proclamou ele, em voz alta. "Ou sem a cabeça. Isso, sim, seria a verdadeira justiça."

Muito bem, eu não iria mais tolerar o intolerável. Era minha vez.

"E eu preferia muito mais ver meu avô no Conselho do que um sujeito estúpido como você."

Os wugs ao nosso redor deram um forte suspiro e um passo para trás.

Dei um passo para frente. Eu tinha tido um longo dia. Estava cansada e revoltada. Se não colocasse tudo para fora e me acalmasse, poderia explodir.

Encostei o dedo no peito dele.

"Meu avô sabia muito bem quem você era, e por isso nunca o quis no Conselho. Você é um babaca vingativo que faria um garme parecer honrável. Só se importa consigo mesmo e com sua carreira, que se danem os outros wugs. Conheci alguns escrotos na vida, Jurik, alguns escrotos bem nojentos e de marca maior, mas você supera todos eles, seu *imbecil*, mentiroso inútil." Virei para o outro lado, mas só por um instante, e olhei de novo para ele. "Ah, e a propósito", disse eu, levantando a voz, "a única coisa que lamento é você não estar no Duelo para eu te mandar daqui diretamente para o Pântano. Vá para o Inferno!"

Virei e saí pisando firme. Pedi ao Campanário que Jurik me atacasse, porque com a raiva que eu estava sentindo, eu não o mandaria só para o Pântano, eu o jogaria direto *do outro lado*.

Só parei quando vi Delph me olhando, parado no meio das pedras. Pela expressão atônita em seu rosto, estava claro que ele tinha visto e ouvido tudo.

Fui caminhando até ele.

"O que foi isso, Vega Jane?", começou ele. "E ainda mais com Jurik Krone."

"Não quero falar sobre Jurik, Delph. Ele não é nada."

Observei Jurik e dois confederados do Conselho, incluindo Duk Dodgson, empurrando a multidão de wugs e se dirigirem ao prédio do Conselho. Jurik me olhou com repugnância até sumir de vista.

Olhei de novo para Delph.

"Você viu que Ran Digby é seu primeiro oponente?"

Delph sorriu.

"Espero que ele tenha dentes depois da luta para continuar cuspindo entre eles."

"Bom, que eu tenha visto, ele só tem três. Peguei Cletus Loon."

"Você vai acabar com ele, Vega Jane. Tenho certeza disso."

Na verdade, eu não estava nem um pouco preocupada em lutar com Cletus Loon. Eu estava pensando no meu encontro com John. Havia dito a ele que nossos pais se foram e nem esperei para ver sua reação. Era muito cruel da minha parte e me senti extremamente culpada. Meu dilema a respeito do Duelo estava em segundo plano. Meu irmão ainda não tinha 12 ciclos – ele podia conhecer livros, mas não conhecia a vida.

Delph encostou no meu ombro, tirando-me daquelas reflexões dolorosas.

"Vega Jane? Está tudo bem?"

"Tudo bem, Delph."

Ele chegou mais perto.

"Quer praticar hoje à noite?"

Eu queria, mas balancei a cabeça.

"Hoje não, Delph. Quero descansar."

Ele ficou triste, assentiu e foi embora.

Observei-o durante algum tempo e depois fui embora também. Não para minha casa e com o intuito de fazer a última refeição. Fui andando para o Centro de Cuidados junto com Harry II. Não sabia por que estava indo, pois meus pais não estavam mais lá, mas algo me dizia que eu devia ir.

Quando chegamos em frente, começou a chover. Harry II olhou e levantou os olhos para mim algumas vezes, provavelmente se perguntando por que estávamos tomando chuva. Estava frio e comecei a tremer. Por fim me mexi e fui até a porta, sem saber se estaria aberta. Nunca tinha ido ali tão tarde. Puxei a maçaneta e, para minha surpresa, estava aberta. Coloquei a cabeça para dentro e espiei o corredor escuro.

Harry II estava colado na minha canela. Ele não rosnava, nem fazia ruído nenhum. Parecia tão amedrontado quanto eu. Fui passando por todas as portas com plaquetas de metal. Eram nomes familiares, mas também havia o nome de wugs que tinham chegado depois que outros wugs haviam feito sua jornada final para o Solo Sagrado.

Cheguei ao antigo quarto dos meus pais e olhei a placa. Ou onde a placa estava um dia. Agora só dava para ver o contorno retangular de onde antes se lia HECTOR JANE E HELEN JANE.

Disse os nomes em voz alta como fazia toda vez que os visitei durante dois ciclos. Eu já estava cansada de repetir o mesmo gesto, mas agora que não estavam mais lá, não tive mais aquela sensação. Sabia que seria a última vez que entraria ali; mas, desta para visitar um quarto vazio.

No entanto, quando empurrei a porta destrancada, percebi a presença de alguém encolhido no canto. O quarto não estava mais iluminado. Era como se meus pais tivessem levado consigo a luz misteriosa. Mesmo assim, consegui distinguir de quem era a silhueta.

Era John.

TRIGINTA QUATTUOR

A mágica de mim mesma

JOHN NÃO OLHOU para mim quando entrei. Só ouvi os soluços. Cheguei mais perto e olhei para os catres vazios, antes de olhar de novo para meu irmão. Ele não estava nem um pouco parecido com o grandioso assistente especial do Conselho, comandando com arrogância os pobres wugs que trabalhavam na Muralha. Mesmo com a cabeça raspada e roupas sofisticadas, ele parecia um rapazinho totalmente perdido.

Cheguei perto dele, envolvi-o em meus braços e o segurei. Harry II se sentou no chão, mantendo um silêncio respeitoso. Disse para John coisas que dizia quase todos os dias. Que ficaria tudo bem. Que ele sempre poderia contar comigo. Que não ficasse triste, pois o dia seguinte seria melhor.

Quando ouvi o barulho da porta, cerca de quinze átimos depois, eu já sabia quem era antes de olhar para trás. Morrígona entrou e veio andando na direção do meu irmão.

"Está na hora de irmos, John", disse ela, sem olhar para mim.

Ele conteve os soluços e assentiu, enxugando os olhos com a manga da túnica preta. Morrígona pôs a mão no ombro dele, puxando-o para perto de si. Não soltei o outro braço.

"Deixe-o chorar", disse eu. "Eles se foram. Deixe-o chorar."

Morrígona olhou para mim com olhos devastadores, e resolvi desistir. Ela inclinou o corpo, chegando bem perto de mim, e disse:

"E agradecemos a *você* por isso, Vega."

Afastei-me de John e esperei por ela no outro canto. Para mim, já era hora de resolvermos aquela situação. Eu havia dito o que precisava, mais cedo, para Jurik, e agora era a vez de Morrígona. Ela se aproximou de mim e notei que eu devia ter crescido um pouco, porque, se ela estivesse sem saltos, eu seria mais alta do que ela. Mesmo usando botas de trabalho velhas e despedaçadas, eu não era tão mais baixa assim. Endireitei o corpo o máximo que pude, tentando me equiparar à altivez de Morrígona.

"Agradeço muito o que fez por mim no Conselho, como já disse."

"Você tem uma maneira esquisita de demonstrar sua gratidão. John vem aqui todas as noites desde que você contou para ele o que tinha prometido não contar."

Apontei para John.

"Foi errado não dizer a verdade para ele."

"Não cabe a você esse tipo de julgamento."

"E a *você* cabe?", perguntei, com a voz carregada de ceticismo.

"Parece que você esqueceu qual é o seu lugar, Vega."

"Não sabia que tinha um lugar, então muito obrigada por me conceder um."

"Esse tipo de conversa não é nada bom para você. Não enquanto seu irmão estiver encolhido num canto, chorando sem parar noite após noite. O que você fez é uma vergonha."

"Ele *devia* estar chorando sem parar. *Eu* chorei."

"Estou decepcionada com você. Pensei que era mais forte do que isso."

"Como meu avô?"

"Virgílio tinha muita determinação."

"Imagino que ele deve ter precisado muito dela para sobreviver ao fogo que o engoliu em sua última noite aqui." Tive a sensação de que minhas palavras transformaram Morrígona em mármore. Eu seria incapaz de jurar que ela estava respirando.

"O que exatamente você quer dizer com isso?", perguntou algum tempo depois, pronunciando cada palavra como se fossem tiros de mortiços.

Escutei sinos de alerta na minha mente para que eu parasse de falar. Mas eu não podia parar, e não pararia. Não interessava se ela tinha me salvado de Valhala ou de ser decapitada, mas sim que ela havia me impedido de contar para meu irmão uma verdade que jamais deveria ter me pedido para esconder, além de ter transformado um wug cordial, adorável e confiante em algo que eu não reconhecia.

"Me conte uma coisa, Morrígona, qual a sensação de ter visto meu avô desaparecer no meio das chamas, apesar de você não querer que ele sumisse?"

Olhei fixamente para ela, cujo olhar agora era fatal.

"Tome muito cuidado, Vega Jane", disse ela, com frieza. "Tome muito cuidado nesse exato átimo."

Eu precisava reconhecer que as palavras dela me provocaram um arrepio na espinha. Por acaso desviei o olhar e vi que John tinha parado de chorar e nos observava atentamente.

"Morrígona?", começou ele.

Ela levantou a mão instantaneamente e meu irmão recuou, com as palavras presas nos lábios antes de serem formadas por completo. Aquele gesto simples me deixou ainda mais furiosa, e eu não tinha a menor intenção de recuar.

"Outro dia você me provocou com a palavra *tempo*", disse eu. "Agora fico imaginando se você sabe de tudo que eu sei, de tudo que vi com o passar do *tempo*."

Mais uma vez concluí que deveria ter parado, mas eu queria atordoá-la. Queria que ela sentisse a dor que eu estava sentindo. E tinha também outra coisa. Havia apenas um instante, tudo tinha voltado na minha cabeça – a antiga batalha e a guerreira moribunda. Agora eu sabia de onde a conhecia. Sem sombra de dúvida.

"Conheci uma moça que parecia bastante com você, Morrígona, deitada no chão, ferida numa grande batalha. Você sabe o que ela me disse? O que ela me deu?"

"Sua mentirosa!", sibilou.

"Ela era sua ancestral e morreu bem na minha frente. Ela falou comigo. Ela me conhecia!"

"Isso não pode ser verdade", disse ela entre suspiros, totalmente desprovida da tranquilidade que transparecia antes.

"Você já foi perseguida por uma jábite voadora ou por uma criatura tão gigantesca que fosse capaz de bloquear a luz do sol, Morrígona?", perguntei. "São chamados de colossais. É algo arrebatador, desde que você sobreviva. E eu sobrevivi. Isso faz de mim tão especial quanto John? Para você, isso me coloca no mesmo grupo do meu avô?"

"Você está iludida."

"Ela usava um anel. O mesmo anel que meu avô usava."

Morrígona suspirou e vociferou:

"O que ela lhe disse?"

"Qual era o nome dela?", perguntei em vez de respondê-la.

"O que ela lhe disse?", gritou.

Hesitei e acabei dizendo:

"Que eu tinha de sobreviver. Eu, Vega Jane. Que *eu tinha* de sobreviver."

Com um esforço monumental, Morrígona se recompôs e disse friamente:

"John merece uma irmã melhor, Vega. Ele merece. Considere-se uma wug de sorte."

Dito isso, Morrígona virou para o outro lado e saiu marchando.

"Vou sentir falta deles", disse-me John. "Vou sentir muita falta deles."

Antes que eu pudesse responder, ele saiu atrás de Morrígona.

Fiquei parada durante um tempo, olhando para o chão. Depois saí, com Harry II ao meu lado. A carruagem já tinha partido, levando John de volta para sua nova vida. Fiquei feliz por saber que ele vinha toda noite no Centro de Cuidados para chorar. Fiquei feliz por ter contado a verdade. Era a coisa certa a fazer. Com ou sem Muralha.

Quando voltei para casa, tudo o que queria era dormir, mas quando abri a porta, quase gritei de susto. Morrígona estava parada perto do fogo, apoiada com a mão na cornija de madeira da lareira, tão menos imponente que a lareira de sua mansão. Olhei em volta, procurando John, mas ele não estava.

Era só Morrígona. Eu e Morrígona. Ela se aproximou de mim.

"Onde está Tomás e a carruagem?", disse eu.

"As coisas que você disse no Centro de Cuidados", disse ela, me ignorando.

"Sim?", perguntei.

Harry II rosnava cada vez mais forte a cada passo de Morrígona na minha direção. Coloquei a mão na cabeça dele para acalmá-lo e continuei olhando para Morrígona.

"Você *não pode* saber o que sabe."

"Mas *eu sei*", respondi.

"São duas coisas totalmente diferentes", disse ela.

Em um instante, entendi exatamente o que ela queria dizer. Eu estava proibida de me lembrar daquelas coisas. E também percebi o que ela estava prestes a fazer: a mesma coisa que tinha feito com Delph e comigo ciclos atrás. Ela levantou a mão. Coloquei a minha no bolso. Ela baixou a mão e eu levantei a minha. Estava já com a luva e a Elemental, em toda sua grandeza. A luz vermelha bateu na lança dourada, atingiu a janela e arrebentou o vidro.

Nós duas ficamos paradas, atônitas. O olhar de Morrígona era horrendo. Ela não era mais bonita; para mim, havia se transformado no wug mais feio que eu já tinha visto.

Ela voltou os olhos diretamente para a Elemental.

"Como você conseguiu isso?", perguntou, quase sussurrando.

"Com sua ancestral", gritei. "Ela me deu antes de morrer."

Dei um passo adiante e Morrígona recuou.

"Qual era o nome dela?", perguntei, segurando a Elemental em riste.

"Você não tem a menor ideia do que fez, Vega", disse ela, com raiva. "Você não tem ideia!"

"Por que não a luz azul dessa vez, Morrígona? Por que a vermelha? A mesma que você usou no pobre Delph."

"Você não tem ideia do que está fazendo, Vega."

"Tenho *sim*", gritei.

"Eu não vou deixar você nos destruir!"

"Para onde vão os wugs depois que sofrem o Evento, Morrígona? Eles precisam ir para algum lugar. Acho que sei. E com certeza não é Artemísia."

Ela estava tremendo e andando para trás.

"Não, Vega. Não."

Ergui a Elemental e preparei para lançá-la.

"Você sabe o que ela faz", disse eu. "Não tenho vontade nenhuma de machucá-la." Quer dizer, na verdade eu queria transformá-la em pó, mas achei que seria melhor não dizer nada.

"Não, Vega, não faça isso", disse de novo.

Antes que eu pudesse dar mais um passo, ela sumiu. Pisquei e olhei em volta, surpresa. Ela simplesmente tinha desaparecido. Olhei para Harry II, choramingando com o rabo entre as pernas. Levantei a cabeça de novo e consegui enxergar, quase invisível e imperceptível na escuridão. Um rastro de luz azul saindo pela janela. Enquanto observava, ele foi subindo pelo céu e desapareceu, como Morrígona.

Com raiva, balancei a mão no rastro daquela névoa azul e algo extraordinário aconteceu. O vidro da janela quebrada se juntou e voltou a ser o que era.

Mas imediatamente, fui lançada para trás por uma força violenta contra a parede e caí no chão, totalmente sem energia. Olhei para minhas mãos, depois para o vidro e para a madeira restaurados. Como aquilo aconteceu? Como eu poderia ter feito o que fiz? Coloquei a mão no bolso e peguei a Pedra da Serpente. Balancei-a sobre o corpo e pensei coisas boas. A dor do impacto passou, e recuperei a energia.

Éon havia me dito que o espírito de uma feiticeira morava dentro da Pedra, e por isso ela tinha poder. Será que, por estar no meu bolso, tinha conferido a mim parte daquele poder?

Se sim, eu não tinha capacidade de controlá-lo.

Fiquei sentada no chão, pensando coisas apavorantes e ao mesmo tempo arrebatadoras.

TRIGINTA QUINQUE

O início da batalha

Todos os Wugs foram chamados para a abertura do Duelo. Achei a situação interessante, pois supostamente estávamos cercados por forasteiros sedentos por sangue, querendo devorar nossos órgãos. A arena era cercada por uma fileira de árvores que não tinham sido arrancadas para a construção da Muralha, ou pelo menos ainda não. Depois de comer um pouco, fui até lá na primeira hora da manhã. Tentei dormir na noite anterior, mas não consegui. Então decidi aparecer o mais cedo possível e ver o que dava para ver.

A arena se chamava Quadrângulo de Peckwater em homenagem a Ronald Peckwater, um campeão bem antigo dos duelos de Artemísia. O interior da arena era irregular e marcado em diversos lugares por causa da colisão dos corpos com a terra, durante muitos e muitos duelos anteriores. No centro da arena havia um palco de madeira reservado para wugs importantes. Atrás do palco havia um painel enorme com o nome dos competidores, no qual seria escrito o progresso das lutas. Também havia círculos de apostas montados no perímetro da arena, onde ficariam os apostadores. O empreendedor de sempre, Roman Picus, organizava um bolão, que fazia muito sucesso, e o usava para arrancar níqueis dos wugs há muitos e muitos ciclos.

Deixei Destin em casa, escondida debaixo do assoalho. Fiquei com medo de voar inconscientemente durante a luta, revelando meu segredo.

O ar estava fresco e quente, e o céu estava limpo. Quando a hora da luta começou a chegar, senti o frio no estômago aumentar. Repassei mentalmente tudo o que Delph tinha me ensinado. Eu me sentia mais forte, ágil e tenaz por causa do tratamento. Já tinha derrotado Cletus antes, mas não em um Duelo. E no último ciclo ele havia crescido bastante e já estava maior do que eu. Mesmo assim, ele era um idiota e eu me recusava a perder para um idiota.

A multidão começou a se juntar no final da primeira hora do dia. Alguns wugs sorriram e me encorajaram. Outros, no entanto, me evitaram. Se tivesse uma votação sobre meu caso, talvez Artemísia ficasse dividida entre minha culpa ou minha inocência. Não que os wugs que estavam contra mim me considerasse má; é que a maioria dos wugs aceitava qualquer coisa que o Conselho dissesse. E, para ser honesta, eu tinha inimigos mesmo antes de ser jogada em Valhala.

Muitos wugs se dirigiram à área de apostas, provavelmente para apostar que Cletus Loon esmagaria minha cabeça.

Delph chegou junto com seu pai a tempo de ver Tomás e a carruagem se aproximarem. Morrígona, Thansius e John desceram e ocuparam seus lugares no palco, ao lado de outros membros do Conselho. Julius Domitar estava sentado no fundo do grupo, rodeado de wugs com quem eu não costumava me relacionar porque aparentemente não era boa o suficiente.

Delph bateu no meu ombro.

"Como você está, Vega Jane?"

"Estou ótima", menti. "Estou louca para começar", continuei, agora dizendo uma verdade. Eu queria que começasse logo antes que minha cabeça explodisse. Não parava de pensar que seria terrível vomitar em cima de Cletus Loon antes mesmo do sinal de início da luta, mas seria muito satisfatório ver meu próprio vômito escorrendo-lhe pela blusa.

Por conveniência, várias lutas aconteceriam ao mesmo tempo, em diferentes quadrantes da arena. E não havia limite de tempo para as lutas. Os wugs continuavam brigando até que o adversário não aguentasse mais. Era uma regra dura, e qualquer wug em sã consciência a teria questionado. No entanto, ultimamente a sanidade parecia ser raridade em Artemísia.

Olhei para as outras moças que lutariam. Todas pareciam mais aflitas e pálidas do que eu. Eu não estava na primeira rodada de lutas, então me sentei num montículo e esperei Delph, que lutaria de primeira com Digby. Tinha certeza de que a maioria dos jogadores tinham apostado em Delph. Para confirmar a preferência, olhei para o placar de apostas e vi que Delph era o predileto.

Digby tinha começado a tirar sua camisa grande e suja. Sempre imaginei que ele, sem roupas, seria balofo e imundo, mas me surpreendi ao vê-lo todo musculoso. Eu estava certa apenas em relação à imundície.

Digby fez uma série de alongamentos e começou a correr sem sair do lugar, torneando os músculos. Depois começou a fazer exercícios de pugilismo, contorcendo e sacudindo o corpo e dando socos no ar. Parecia bastante treinado, rápido e preciso. Olhei preocupada para Delph, que não tinha tirado a camisa e nem estava se alongando ou fingindo que lutava boxe. Só estava lá, parado, sem tirar os olhos de Ran Digby. E nos olhos dele comecei a ver um Delph com quem ninguém gostaria de trombar. Ele cerrou os punhos e continuou olhando para Digby com tanta concentração, que me lembrou das jábites me perseguindo nas Chaminés. Queria lhe desejar "boa sorte", mas tive medo de desconcentrá-lo.

Thansius se levantou e se dirigiu ao público.

"Bem-vindos ao Duelo", disse ele, com um estrondo na voz. "Que dia excelente para começarmos. Desejo boa sorte a todos os lutadores e todas as lutadoras. Esperamos lutas limpas e confiamos em nossos juízes para garantir que sejam assim."

Eu não estava escutando direito, pois desviava o olhar o tempo inteiro para John. Por fim, nossos olhares se cruzaram. Ele sorriu para mim, me encorajando, mas Morrígona chamou sua atenção.

Notei que em determinado momento ela olhava para mim. Sua expressão era indecifrável, e só conseguia me lembrar de seu desaparecimento na névoa azul. Ela conseguia apagar a memória dos wugs e, no caso de Delph, estragar a mente. Era uma wug extraordinária, eu tinha de reconhecer, mas também era perigosa. Qualquer wug que tivesse os mesmos poderes era perigoso. E demorou apenas um instante para eu concluir que também fazia parte daquele grupo.

Entre as lutas que aconteceriam naquela noite, eu só me importava com uma. Delph e Ran Digby entraram no quadrante. Delph tirou a camisa e fiquei maravilhada com seu físico esbelto e definido. Não havia uma gordurinha sequer no corpo dele. Delph não tirava os olhos de Digby, que olhava para seu oponente, flexionando os braços fortes e contorcendo os músculos do pescoço robusto como o de um creta.

Na segunda hora exata da manhã, soou o sino da competição. Tive de piscar para acreditar no que via, porque nunca imaginei que dois wugs seriam capazes de se mover tão rápido. Eles se trombaram no centro do quadrante, e o som de ossos e músculos se encontrando me deixou aturdida. Era como dois cretas chocando-se um contra o outro.

Digby deu uma gravata em Delph e parecia que lhe arrancaria a cabeça do corpo. Delph se esforçou para se libertar com as mãos e o movimento abriu sua guarda. Digby aproveitou a posição para dar joelhadas pesadas no estômago e nas costelas de Delph.

Eu me encolhia a cada golpe. Era uma surpresa para mim ver que Delph continuava em pé. Fazendo um esforço imenso, Delph conseguiu se soltar da contenção de Digby, e os dois wugs ficaram frente a frente. Digby respirava ofegante. Delph parecia calmo e controlado. Fiquei admirada com sua compostura, mesmo depois de ter tido a cabeça quase arrancada e o corpo atingido pelas joelhadas certeiras de Digby.

Mas a luta acabou mais rápido do que eu imaginava. Depois que os dois deram alguns golpes, inclinando os torsos musculosos, e Digby errou um chute, Delph conseguiu agarrá-lo pelo pescoço. Ele o levantou do chão, girou-o no ar e o jogou de cara na terra. A multidão gritou, fervorosa, e Digby ficou estirado no chão.

Delph soltou o pescoço de Digby e se levantou. O juiz verificou o estado de Digby e acenou para os medicadores, que entraram correndo, carregando bolsas volumosas. Enquanto ressuscitavam Digby, o juiz suspendeu a mão de Delph no ar e o declarou vencedor. Meu grito foi mais alto que todos os outros. Delph saiu da arena e voltou a ser o velho Delph que eu conhecia – seu olhar duro e inquieto sumiu, dando lugar a um sorriso meio torto.

Abracei-o com força e minha mão se encheu de sangue. Apavorada, olhei para ele.

"Não é meu, Vega Jane, é de Digby."

Olhei para Digby, que foi se sentando lentamente. Seu rosto estava coberto de sangue, e o nariz, nitidamente quebrado. Coloquei a mão no estômago para segurar o vômito.

Dez átimos depois, a primeira rodada de lutas acabou. A primeira mulher a lutar foi derrotada pelo oponente, embora ele tivesse "heroicamente" se recusado a esmagar sua cabeça. Mesmo assim, os medicadores foram chamados e ela acabou sendo levada para fora da arena numa maca, com sua mãe soluçando a seu lado.

O sinal para a segunda rodada foi dado assim que os lutadores se reuniram em seus respectivos quadrantes. Depois de vinte átimos de luta pesada, mais lutadores estavam fora do Duelo, incluindo a outra mulher. Ela caiu de costas no chão depois de ser atacada pelo oponente, um dáctilo de 27 ciclos que trabalhava nas Chaminés. Não acreditava que ele tivesse encostado nela. Acho que ela simplesmente desmaiou.

Uma parte de mim queria o mesmo fim, mas se eu tentasse uma coisa daquele tipo depois da discussão com Morrígona, tinha certeza de que minha cabeça logo desapareceria dos meus ombros.

Por fim, foi dado início à última rodada. Respirei fundo enquanto Delph apertava meus ombros e me encorajava, dizendo:

"Cletus Loon é um molenga. Ele não vai nem saber o que o atingiu."

Abri um leve sorriso e assenti.

"Podemos comemorar hoje à noite", disse eu.

Porém, no fundo, eu estava com medo. Não dava para descrever de outra maneira, mas eu tinha um plano, isso eu tinha. Cletus tirou a camisa. Ele não estava tão flácido como de costume, pois seu corpo tinha crescido um pouco. Eu, é claro, continuei vestida. Ele era dois ciclos mais velho do que eu, um wug já adulto, na verdade. E por mais que eu já o tivesse derrotado antes, havia se passado muito tempo – exceto no dia que o chutei na barriga quando encontrei os carabineiros e ele roubou minha comida. Tinha certeza de que Cletus havia treinado bastante para a luta, aprendendo truques sujos de gente como Ran Digby e Non. Além do mais, ele era homem, e, por isso, mais forte do que eu.

Mas não era mais corajoso do que eu.

Cletus deu uma gargalhada mostrando os dentes, estufou o peito e flexionou os braços, enquanto eu continuava parada como uma pedra. Nosso juiz se aproximou e disse quais eram as poucas regras. Uma, em particular, me deixou surpresa: se você fosse empurrado para fora do quadrante pelo oponente, ele teria direito a um golpe em qualquer parte do seu corpo. Fiquei sem saber por que Delph não tinha me falado dessa regra. E não era surpresa que os wugs se atacassem imediatamente após o sinal.

O juiz se afastou, andando para trás. Pouco antes de soar o sino, Cletus disse:

"Se você fingir um desmaio, prometo que pego leve contigo. Você vai continuar enxergando e vai conseguir comer hoje à noite."

"Engraçado, eu ia lhe fazer a mesma proposta."

O sorrisinho desapareceu e foi substituído por uma determinação dificilmente vista em seu rosto. Lá se foi minha ousadia.

Não me surpreendi ao ver que, atrás dele, Delph olhava ansioso para mim, mas fiquei espantada ao ver que meu irmão me olhava do palco com a mesma ansiedade. À minha esquerda estavam os pais de Cletus. Cacus Loon parecia confidente. Héstia dava a impressão de que iria vomitar.

Meu coração batia tão depressa, que tive medo de quebrar uma costela. Na minha boca não havia mais saliva. Acho que tinha me esquecido de como respirar. Quando me dei conta, o sino tocou e Cletus veio correndo na minha direção. Consegui me defender da primeira pancada, mas meu braço instantaneamente começou a inchar. Então recuei, dando para Cletus uma vantagem preciosa da qual ele aproveitaria ao máximo.

Ele veio para cima de mim, tentando me dar um chute no diafragma, que eu mal conseguiria evitar, mas eu estava no limite do quadrante e, se Cletus ganhasse o direito a um golpe livre, eu certamente não me recuperaria. No último instante, consegui desviar da pancada, dei a volta e parei do outro lado. Ele girou o corpo e veio de novo para cima de mim.

"Qual o problema, Vega Jane, está com medo de lutar?"

Eu teria respondido algo inteligente, mas minha boca estava tão seca, que só consegui dizer "idiota."

Gingamos um de frente para o outro, testando nossas defesas. Dei alguns golpes desajeitados, que ele bloqueou com facilidade. Dava para ver que sua confiança aumentava a cada átimo. Tentei dar um chute, que ele defendeu ironicamente, rindo.

Mas eu tinha um plano e esperava o momento exato para executá-lo. E o momento chegou. Ele simulou um ataque com o punho direito. Enquanto fingia me defender do golpe, dei um sorriso irônico. Quando ele deu um golpe com a esquerda, eu já tinha atacado. Bati com o topo da cabeça no rosto dele, um movimento que os wugs apelidaram de "beijo de Artemísia". Do mesmo jeito que tinha feito quando eu o desafiei a mostrar suas habilidades de luta, Cletus ergueu o joelho para tentar acertar minha barriga, mas a pancada que levou na cabeça o deixou tão zonzo, que ele tombou para a esquerda, dando-me mais tempo para segurar sua perna com o braço, fazendo um gancho. Com toda a força, puxei-lhe a perna para cima. Cletus virou bruscamente e caiu, batendo a cabeça no chão.

Era tudo que eu precisava. Parti para cima dele como um chacal negro sobre um prisioneiro que fugia de Valhala. Abri as pernas como uma tesoura sobre o torso dele, prendendo-lhe os braços no chão, e comecei a golpear com os punhos fechados até que Cletus, chorando e lamentando como um bebê faminto, gritasse pedindo rendição.

O juiz entrou rapidamente e tentou ajudar Cletus a se levantar, mas foi empurrado e quase caiu no chão. Então ele levantou minha mão num gesto de vitória, ao mesmo tempo em que Cletus me dava um soco no rosto. Caí para trás, quase levando comigo o juiz.

A multidão de wugs começou a gritar "Falta!" e "Valhala para ele!".

Cacus Loon agarrou o filho enfurecido, pelo braço, e o puxou para fora da arena. Delph veio correndo e me levantou do chão.

"Você está bem, Vega Jane?", perguntou, ansioso. Levantou os olhos para Cletus e gritou: "Canalha, cara de pau!".

Limpei o sangue da boca e do nariz e toquei os dentes para ver se estavam todos no lugar. Estavam, mas senti que o olho começava a inchar. Apesar disso, um sorriso imenso brotou nos meus lábios.

"Venci, Delph", disse, suspirando.

"Eu sabia", respondeu ele, sorrindo de volta.

Com a ajuda dele, saí cambaleando da arena. A primeira luta já era. Quando me lembrei que ainda faltavam quatro, o sorriso sumiu do meu rosto, mas só por um átimo. Afinal de contas, eu tinha vencido. A primeira moça a vencer uma luta no Duelo.

Quando olhei para o palco, vi John em pé, me aplaudindo. Morrígona bateu palma apenas uma vez e segurou as mãos. Quando passamos pelo círculo de apostas, vi Roman Picus brigando, furioso, com Cacus Loon, e Cletus, parado, transparecia ódio nos olhos, embora lágrimas lhe escorressem por todo o rosto. Minha vitória aparentemente tinha custado muito caro para Roman.

Fiquei pasma quando Delph foi até Roman, segurando um pedaço de pergaminho. Descortês, Roman o olhou, contou dez níqueis e os entregou a Delph.

"Sorte de principiante", disse Roman, contrariado.

"Ela ganhou justa e honestamente", respondeu Delph. "Não foi sorte nenhuma. Rá!"

Quando saímos, perguntei para Delph:

"Você apostou em mim?"

"É claro que sim."

"Não sabia que você apostava."

"Todo wug arrisca vez ou outra, e comigo não seria diferente, não é?"

"E se eu tivesse perdido a luta? Você tinha níqueis para perder?"

"Apostei a crédito. Além disso, eu sabia que você ia ganhar", disse ele, sem rodeios.

"Mas e se eu não tivesse ganhado?"

"Bom, aí eu teria um pequeno probleminha com Roman Picus, certo?"

"Delph, você é completamente maluco."

"Mas também somos vencedores, Vega Jane."

Éramos vencedores, nós dois. Não me sentia tão bem havia muito tempo.

Mesmo com o rosto machucado.

MAIS TARDE, Delph usou os níqueis que ganhou para nos pagar uma refeição num restaurante da Rua Principal chamado A Lesma Faminta. Eu nunca tinha comido num restaurante. Não era algo que uma operária como eu podia se dar ao luxo de imaginar: pagar a outro wug um bom níquel para se sentar sem pressa numa mesa e ser servida, uma refeição caprichada parecia uma maluquice.

Uma maluquice que eu adoraria!

Antes de irmos, eu e Delph nos limpamos, e eu coloquei o único traje que tinha – uma saia de lã que quase se arrastava no chão e uma blusa de manga comprida, feita de pele de amarok, que pertencia à minha mãe. Encontrei também um chapéu da minha mãe perdido numa pilha de bugigangas no canto. Tinha as abas largas, estava desbotado e parecia terrivelmente fora de moda, mas eu queria usá-lo mais do que qualquer outra coisa.

Eu havia colocado água gelada da torneira no olho, mas estava tão inchado que eu mal conseguia enxergar. Decidi não usar a Pedra da Serpente para curá-lo. Os wugs podiam desconfiar de uma recuperação tão rápida.

Nós nos sentamos numa mesa nos fundos d'A Lesma Faminta. Outros wugs se sentaram nas mesas da frente. Alguns deles – sendo dois membros do Conselho – de vez em quando olhavam para nós e cochichavam. Talvez fosse porque não estávamos tão bem vestidos. Tentei ignorar, mas não foi fácil.

Delph, que obviamente havia notado, disse:

"Agora todos sabem quem você é, Vega Jane."

Olhei para ele. "Como?"

"Você derrotou um homem, não é? A primeira mulher a fazer isso num Duelo. Você está famosa."

Pensei durante alguns átimos no que ele disse e olhei em volta, para alguns dos wugs que me olhavam. Um casal sorriu e me cumprimentou com a cabeça. Talvez Delph estivesse certo.

Não conseguia acreditar na abundância da comida. Nem peguei o garfo – só fiquei olhando para aquela grande porção na minha frente.

"A gente pega só um pouco e passa para as outras mesas?", sussurrei para Delph.

"É tudo seu, Vega Jane."

"Tem certeza?", perguntei, incrédula.
"Sim."
"Mas você nunca veio aqui, ou veio?"
"Uma vez."
"Quando?"
"Depois de ganhar um Duelo. Roman Picus me trouxe aqui."
"Por que aquela trolha o traria aqui?"
"Foi meu primeiro Duelo, provavelmente eu perderia, mas Picus apostou em mim e ganhou. Por isso me pagou uma refeição. É claro, foi a única coisa que aquele panaca me deu na vida."

Olhei para a abundância de carnes, legumes, queijos e pães e passei a língua nos lábios como um canino faminto, lembrando-me de que precisava guardar um pouco para Harry II. Ele estava me esperando pacientemente do lado de fora.

Trinta átimos depois, repousei o garfo e a faca sobre o prato, mas ainda tinha um pouco de suco de frutas silvestres. Dei um último e demorado gole, passando a mão na barriga cheia. Suspirei fundo e espreguicei como um felino depois de uma soneca. Delph sorriu para mim.

"Comida boa", disse ele.

"Você não devia ter feito isso, Delph. Custou um níquel cada. Eu vi a placa com o preço na porta."

"Níqueis que ganhei por sua causa, aliás."

Bom, contra isso eu não podia argumentar. E para provar o que ele estava dizendo, eu carregava as escoriações e as marcas de sangue. Peguei uma sacola com o garçom e coloquei o resto da comida que tinha guardado para Harry II. Enquanto saíamos, uma wug muito bem-vestida se levantou e me cumprimentou, apertando minha mão.

"Vega Jane, estou muito orgulhosa de você, minha querida", disse ela.

Eu já a conhecia. O marido dela era do Conselho. Ele estava sentado, usando sua grande túnica preta e me olhou com olhos de reprovação. Imaginei que fosse um dos aliados de Jurik, pois não estendeu a mão para me cumprimentar. Mas ele não faria isso, faria? Afinal, poderia se sujar se me cumprimentasse.

Ele puxou a esposa de volta para a cadeira, repreendendo-a com o olhar.

"Obrigada", consegui dizer, saindo apressada.

Ouvi os dois discutindo quando passei pela porta.

Coloquei a comida para Harry II ali mesmo, nas pedras. Enquanto ele a devorava, olhei para Delph.

"Obrigada pela refeição."
Ele sorriu.
"Foi um dia ótimo."
"Foi um dia *maravilhoso*. Quando vai ser a próxima luta?"
"Daqui a dois dias."
Resmunguei. Para mim, o intervalo seria maior.
"E quando vamos saber quem é o adversário?"
"Amanhã à noite."
Voltamos caminhando até minha casa e nos sentamos diante da lareira vazia.

Já estava escuro e meus olhos pesavam.

Delph percebeu, se levantou e nos despedimos. Fiquei observando ele caminhar pela Estrada Baixa até não vê-lo mais. Fechei a porta e me deitei no catre, com Harry II ao meu lado. Depois, fiz a única coisa que conseguiria fazer: fechei os olhos e dormi.

TRIGINTA SEX

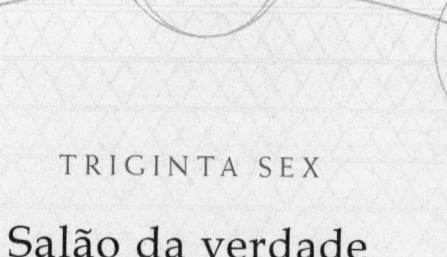

Salão da verdade

O DIA SEGUINTE, nas Chaminés, começou com Newton Tilt, um serrador alto e musculoso, de 18 ciclos, me cumprimentando pela vitória. Ele era legal, muito bonito e eu sempre o achei lisonjeador. Na verdade, de vez em quando eu o espiava trabalhar de longe.

"Fiquei feliz por você ter derrotado aquele idiota do Cletus", disse ele, deixando-me fascinada com um sorriso largo. Ele baixou o tom de voz. "Você tem um amigo na família Tilt, Vega, não tenha medo. Me fez um bem enorme ver você enfrentando Jurik Krone aquele dia."

Sorri, agradeci e o observei ir embora, emocionada.

A próxima rodada de competições seria divulgada no início da noite. Eu estava tanto ansiosa quanto apavorada para saber quem seria meu adversário. Se saísse com Delph, não saberia o que fazer. Pensei em nós dois fugindo para o Pântano. Isso evitaria que eles descontassem minha punição em Delph. No entanto, alguma coisa deteve meus pensamentos. Dei minha palavra de que daria o máximo de mim no Duelo. Era meu trato com Morrígona. Ela não era minha wug predileta, mas promessas eram promessas. Eu não me importava em mentir de vez em quando, principalmente quando me ajudava a sobreviver, mas não cumprir com a própria palavra era algo que meu avô jamais teria feito. Muito menos eu. Seria uma vergonha para o nome da minha família.

Eu geralmente não me importava com o que os outros wugs pensavam, mas esse caso era diferente. Eu jamais me esqueceria do olhar de Thansius quando o desenho do mapa foi descoberto na minha pele. Eu só queria mostrar que era uma wug honrável, ainda que não totalmente limpa.

Olhei rapidamente para cima quando vi uma sombra sobre minha mesa de trabalho.

Julius estava olhando para mim. Encarei-o, esperando ele falar.

"Você foi bem ontem, Vega. Muito bem, aliás."

"Obrigada, Julius."

"Ganhei vinte níqueis apostando em você, na verdade", acrescentou ele, eufórico, esfregando as mãos gordinhas.

Fiquei bastante admirada com o que me dizia, e meu rosto devia ter revelado o que senti.

"Eu sabia que você ia ganhar", disse ele, fazendo um gesto com a mão. "Cletus Loon consegue ser um idiota ainda maior do que o pai", completou ele, saindo para o outro lado e rindo consigo mesmo.

Fui lá fora no intervalo do meio-dia para levar água e comida para Harry II. Sentei-me na grama alta e olhei para as Chaminés. Eu já tinha ido duas vezes ao andar de cima. Na primeira, havia encontrado Destin. Na segunda, meu passado.

Mas seria aquele o último andar?

A construção era bem alta, tinha de haver mais do que dois pisos. Isso queria dizer que ainda havia algum lugar para descobrir. Era uma ideia extremamente perigosa, eu sabia. E bastava um deslize pequeno no Duelo para eu passar o resto da vida em Valhala, mas o perigo iminente também me deu uma clareza intelectual que talvez eu jamais tivesse tido na vida.

Estava cansada de fazer tantas perguntas e não encontrar respostas. Será que eu conseguiria encontrar algumas respostas nas Chaminés, que pareciam terem mais segredos do que qualquer outro lugar em Artemísia? A cada vez que eu entrava lá, encontrava algo valioso. Deveria tentar a sorte mais uma vez?

Quando tocou a sirene, anunciando o fim do dia de trabalho, troquei de roupa e esperei lá fora todos os wugs saírem. Fui pega de surpresa por Delph, que apareceu correndo com a camisa ensopada de suor, por causa do trabalho na Muralha.

"O que você está fazendo aqui?", perguntei.

"Prática para o Duelo", respondeu.

"Vai ter que esperar."

"Por quê?"

"Porque vou voltar para as Chaminés depois que todo mundo for embora. Já estive no segundo andar, agora quero subir mais um."

"Você está maluca, Vega Jane?", disse Delph, nervoso.

"Talvez", respondi.

"Jurik Krone está atrás de uma chance para te mandar de volta para Valhala. E se eles estiverem vigiando você?"

"Já pensei nisso", disse. "Voltarei aqui um pouco mais tarde e vou entrar pela lateral. Será praticamente impossível ser vista por alguém."

"Mas por que você quer entrar aí?"

"Já estive aqui duas vezes e deu tudo certo. E nas duas vezes que estive aqui, descobri algo importante. Foi aqui que encontrei Destin", acrescentei, apontando para a corrente na cintura. "E a Elemental e a Pedra da Serpente."

"Mas você disse que tinha conseguido essas coisas na salinha do segundo andar. Dessa vez você quer subir mais."

"Sim."

"E nada do que eu disser vai impedi-la?"

"Não."

Ele olhou para as Chaminés.

"Então como nós fazemos isso?"

"Nós não vamos fazer nada. Eu vou. Você pode levar Harry II para sua casa e me esperar. Passo lá assim que sair daqui."

"Ou eu entro contigo ou conto para o maldito Julius o que você está pensando em fazer. Aposto que ele vai correndo contar para Jurik."

"Delph, você não faria isso!", disse eu, chocada.

"O inferno que não." Olhamos um para o outro durante um átimo, mais ou menos. "Não vou deixar você entrar sozinha nesse lugar", disse ele.

"Delph, você não sabe o que passei lá dentro. É muito perigoso e..."

"Olha, Julius está saindo. Será que aproveito para falar com ele?"

Olhei para o outro lado e vi Julius e Dis Fidus indo embora. Olhei para Delph, tirando o cabelo do rosto.

"Tudo bem, mas se você morrer, não venha reclamar comigo depois."

"Rá", respondeu ele.

Então uma ideia me ocorreu. Não, era mais uma verdade. Eu tinha dado minha palavra de que lutaria no Duelo com todas as minhas forças. Morrígona havia dito que se eu lutasse, tudo voltaria ao normal. Eu não deveria mais nada ao Conselho. Mas eu não tinha a menor intenção de continuar em Artemísia depois. Meus pais se foram. Perdi meu irmão. Morrígona disse que se eu tentasse fugir, eles puniriam Delph. Nosso plano original de fugirmos juntos resolvia dilema. Se Delph quisesse ir comigo para o Pântano, ele teria de aprender, por experiência própria, a lidar com as coisas que os wugs não estavam acostumados a lidar. Talvez aquela fosse uma excelente oportunidade para apresentá-lo ao que se escondia nas Chaminés.

Olhei para ele.

"Delph?"

"O quê?", berrou ele, obviamente pronto para ouvir mais um argumento.

"Depois que o Duelo acabar e você vencer, vou embora de Artemísia. Vou atravessar o Pântano. Já me decidi."

"Tudo bem", disse ele, com a expressão tranquila. Seus olhos, no entanto, estavam cheios de ansiedade; eu não gostava nada daquilo.

"Você ainda vem comigo?"

Ele ficou um longo instante sem dizer nada.

"Está doida? É claro que eu vou."

Quando me dei conta, já tinha ficado na ponta dos pés e dado um beijo nele.

"Vega Jane", disse, com o rosto vermelho por causa do gesto inesperado. Na verdade, eu também estava surpresa comigo mesma.

Colocando-me na defensiva, inclinei o corpo para frente.

"Foi só para selar o acordo, Delph", disse eu, rapidamente, acrescentando com seriedade: "nada mais".

Algum tempo depois, entramos escondidos pela lateral das Chaminés, depois de deixarmos, Harry II em casa. Tomamos um caminho sinuoso saindo de casa e até praticamos um pouco para o Duelo, o que seria perfeitamente legal, caso alguém estivesse nos observando. Depois conduzi Delph por um caminho na floresta, que eu conhecia como um atalho para as Chaminés. Usei minhas ferramentas para abrir a maçaneta da mesma porta de antes, enquanto Delph olhava, admirado.

"Certeira, Vega Jane", disse ele.

Abri a porta e nos esgueiramos para dentro das Chaminés. Era maravilhoso saber qual caminho tomar. Mesmo que lá fora ainda estivesse claro, ali dentro era escuro e sombrio.

Parecia que conseguia sentir o coração de Delph batendo atrás de mim, quando segurei sua mão e o fui conduzindo. Chegamos ao segundo andar sem nenhum problema. Tentei escutar o barulho das jábites se aproximando, mas só ouvia minha respiração e o coração de Delph. Como suspeitava, as jábites só apareciam quando escurecia.

Caminhamos pelo corredor do segundo andar e chegamos à porta de madeira. Do outro lado estava a portinha com a maçaneta esquisita. Não queria entrar ali de novo.

Virei e puxei Delph para a outra direção. Não escutei sibilados, nem pegadas além das nossas.

"Há pelo menos mais um andar", disse eu. "Para mim, o único caminho possível é esse."

Delph assentiu, embora eu soubesse que ele estava nervoso e assustado demais para pensar com clareza.

Encontramos uma parede sólida sem nenhum indício de escadas, nada mais. No entanto, quando debrucei numa janela, consegui ver o andar sobre nós. Tinha de haver uma maneira de subir.

Fechei a janela e olhei para Delph. Ele estava de frente para a parede vazia, examinando cada uma das fendas com os dedos fortes.

"Delph", comecei. E naquele momento, não consegui mais vê-lo. Minha mente foi preenchida por uma névoa, como se uma bruma envolvesse minha cabeça. Quando ela passou, continuei sem ver Delph, mas diante de mim havia uma escada levando para o andar de cima. Balancei a cabeça e Delph reapareceu na minha frente. Esfreguei os olhos, mas a imagem da escada não voltou.

"Delph", disse eu. "Chegue para trás."

"Não tem escada aqui, Vega Jane", disse, olhando para mim.

"Chegue para trás."

Ele retrocedeu um passo. Vesti a luva, peguei a Elemental, imaginei-a em seu tamanho normal, curvei o braço lá atrás e a atirei contra a parede com toda a força.

"Vega Ja..." começou Delph e interrompeu a frase.

A parede desapareceu numa nuvem de fumaça, deixando um buraco aberto. A Elemental voltou para minha mão como uma ave de rapina treinada.

Atrás do buraco havia uma escadaria em mármore preta, idêntica à que tinha surgido na minha imaginação. Não fazia ideia de como consegui vê-la. Só estava extremamente grata por ter conseguido.

Atravessei o buraco, seguida por Delph. Subimos os degraus com cuidado. No topo da escada havia um grande salão com palavras esculpidas na pedra sobre a entrada.

SALÃO DA VERDADE.

Olhei para Delph, que me olhou de volta sem expressão. Entramos na sala, pasmos com o tamanho e a beleza.

As paredes eram de pedra, o chão, de mármore, o teto, de madeira, e não havia nenhuma janela. O trabalho artesanal da construção do espaço me deixou boquiaberta. Nunca tinha visto uma pedra esculpida com tanta elegância, e o padrão estampado no mármore fazia do piso uma verdadeira obra de arte. As vigas no teto estavam escurecidas pela ação do tempo e eram cravadas de símbolos que eu nunca tinha visto antes e que, por alguma razão, enchiam meu coração de pavor. Ao longo de cada parede havia enormes estantes de madeira cheias de volumes grossos e empoeirados.

Eu e Delph esticamos juntos o braço para pegarmos um na mão do outro. Andamos até o centro do salão, paramos e olhamos ao redor, como dois wugs recém-nascidos descobrindo o mundo fora da barriga de nossas mães.

"Quantos livros", foi o comentário quase desnecessário de Delph.

Eu não fazia ideia de que existiam tantos livros assim. Meu primeiro pensamento foi que John adoraria aquela sala, mas imediatamente senti uma pontada de tristeza. Ele não era o mesmo John, era?

"O que fazemos agora?", perguntou Delph, apressado.

Era uma pergunta razoável. Supus só haver uma coisa a fazer. Dei alguns passos até a estante mais próxima e puxei um livro. Queria não ter feito aquilo.

No momento em que abri o livro, a sala inteira se transformou em algo totalmente diferente do que era. Os livros sumiram, bem como as paredes, o chão e o teto, todos substituídos por um furacão de imagens, vozes, gritos, lampejos de luz, redemoinhos de movimento, wugs, sleps alados, um exército de jábites voadoras e as criaturas mais vis e imundas. A imagem de garmes, amaroks e freks passava a toda velocidade por pilhas e pilhas de corpos. E também havia raças que não eram wugs, colossais, cavaleiros vestidos com armaduras, criaturas com orelhas pontudas, rosto vermelho, pele escurecida, além de formas cobertas com mortalhas que se escondiam em sombras das quais explodiam raios de luz. Depois surgiram explosões, caleidoscópios de chamas, torres de gelo caindo em abismos tão profundos que pareciam não ter fim.

Meu coração estava na garganta. Senti os dedos de Delph escapulirem dos meus. Naquele turbilhão infernal, virei-me e o vi correndo. Eu também queria fugir, mas meus pés pareciam enraizados onde estava. Olhei para minhas mãos e vi o livro ainda aberto. Tudo que víamos estava saindo das páginas.

Eu não era tão brilhante quanto meu irmão, mas problemas simples às vezes tinham soluções simples. Fechei o livro com um golpe só. Quando as duas partes de juntaram, o salão voltou a ser apenas um salão. Continuei onde estava, sem fôlego, embora não tivesse me movido um centímetro.

Olhei para trás e vi Delph inclinado para frente tentando respirar, com o rosto pálido igual leite de cabra.

"Caramba", gritou ele.

"Caramba mesmo", concordei, com um tom mais tranquilo. Eu também queria gritar, mas meus pulmões não tinham força para tanto.

"Salão da Verdade. Todos esses livros, Delph. De onde vieram? Não podem ser só sobre Artemísia. Esse lugar não é assim tão..."

"Importante", completou Delph. Ele deu de ombros. "Não sei, Vega Jane. Nada disso faz sentido para mim. Vamos sair daqui", disse, dirigindo-se às escadas.

Naquele exato momento, escutamos o barulho. Delph recuou e parou ao meu lado. Pelo som que fazia, soube que não enfrentaríamos as jábites.

Achei que aquilo seria bom, até que vi o que atravessou a porta.

Não consegui pensar em outra coisa para fazer além de gritar. E gritei.

Eu preferia que tivessem sido as jábites.

TRIGINTA SEPTEM

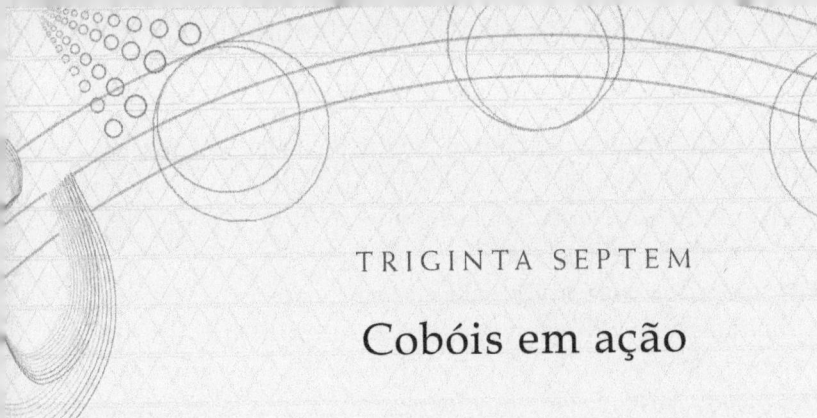

Cobóis em ação

Quando a criatura entrou na sala, o espaço amplo pareceu pequeno demais para contê-la. Eu sabia exatamente o que ela era. No livro de Quentin Herms sobre o Pântano havia um desenho e uma descrição, mas o desenho não transmitia todo o terror que era vê-la pessoalmente.

Era um cobol.

Ele não era tão grande quanto os colossais que eu tinha enfrentado, mas mesmo assim era gigantesco. Parecia ser feito de pedra, mas não era o mais assustador. Ele tinha três corpos, todos masculinos, presos um ao outro pelos ombros; tinha três cabeças e três pares de asas minúsculas nas costas musculosas. Quando olhei para suas mãos, vi três espadas e três machados. Quando olhei para o rosto, cada um tinha a mesma expressão: ódio alimentado pela fúria.

"Vocês invadiram aqui", disse uma das cabeças. Sua voz era como um guincho agudo atravessado pela explosão de um trovão.

Eu teria respondido, mas estava tão apavorada, que as palavras não se formaram na minha garganta.

"A punição por invasão é a morte", disse outra cabeça.

O cobol deu um passo adiante; seu peso imenso ameaçava arrebentar o piso de mármore. Mal tive tempo de empurrar Delph para o chão, quando os três machados cortaram o ar no lugar exato onde estavam nossas cabeças. Eles atravessaram a sala e cravaram na estante atrás de nós, derrubando-a e provocando a queda de mais outras duas. Quando os livros bateram no chão e abriram sozinhos, o salão foi tomado de novo pela fúria que saía das páginas abertas.

Agarrei a mão de Delph e o empurrei para se esconder embaixo de uma das estantes caídas. Por um átimo, ignorei as imagens que nos cercavam, embora não fosse fácil. Uma banshee gritou no meu ouvido, outra criatura presente no livro de Quentin.

Uma das espadas do cobol partiu ao meio a estante sob a qual estávamos escondidos; a lâmina parou um centímetro antes de me partir ao meio e de me transformar em duas wugs. Delph começou a atirar livros contra ele, mas o cobol esmagou a estante com um dos pés. Me arrastei pelo chão e bati em outra estante, provocando uma chuva de livros sobre minha cabeça. Criaturas grandes e pequenas, wugs mortos havia muito tempo e criações que eu sequer poderia reconhecer brotaram das páginas daqueles grossos volumes. A sala ficaria pequena para conter todo aquele caos.

Coloquei a mão na luva dentro do bolso, peguei a Elemental, imaginei-a em seu tamanho original, levei o braço lá atrás e a atirei bem no meio do cobol, que desapareceu, formando um paredão imenso de fumaça. Quando a fumaça se dissipou, o corpo do meio havia sumido. Respirei aliviada e relaxei um pouco. No entanto, os outros dois corpos, agora livres do companheiro, continuavam de pé. Bem, na verdade eles estavam correndo na minha direção.

Olhei desesperada ao redor, tentando encontrar a Elemental. A lança havia dado uma longa volta na sala e estava voltando para mim, mas uma espada atirada por um dos dois corpos restantes colidiu com ela, lançando-a violentamente contra uma parede cheia de livros. As estantes tombaram e, para meu horror, a Elemental ficou presa sob elas. No momento em que um dos cobóis se preparava para me dar um golpe fatal com a espada suspensa no ar, vi um movimento brusco passando à minha direita.

"Não, Delph!", gritei.

Delph não me ouviu ou não quis me ouvir. Ele se atirou contra o cobol e se chocou em uma de suas coxas. A criatura era tão gigante, que, por mais que Delph fosse grande e forte, era como um passarinho colidindo num paredão de pedra. Delph despencou no chão, perdendo os sentidos. Antes que eu conseguisse fazer qualquer movimento, o cobol o levantou do chão e o balançou no ar como um pedaço de pergaminho. Observei horrorizada o corpo de Delph atravessando a sala inteira e batendo contra outra parede de livros.

Saí correndo na direção dele, mas fiquei cega por causa de uma imagem tenebrosa que saiu de um dos livros e passou voando na minha frente. Dei um passo em falso e caí no chão, virando-me a ponto de ver uma espada cruzar a sala, no lugar exato onde eu estava.

O cobol chegou bem na minha frente. Ergueu a espada sobre a cabeça e estava prestes a cravá-la em mim, separando minhas pernas do resto do corpo. Dei um salto no ar e voei para o outro lado. Era minha vantagem contra aquele oponente descomunal.

Senti que Destin estava quente embaixo da minha capa. Passei voando pelo canto da parede, indo na direção de Delph. Eu não ia conseguir. Tinha perdido o outro cobol de vista, até que o vi imponente diante de mim. Tinha me esquecido das malditas asas que o monstro carregava nas costas. Parecia impossível que duas asas frágeis fossem capazes de erguer um corpo tão pesado. Mas eu era ágil, e o cobol não era.

Passei voando debaixo de seu braço e dei a volta pelas costas dele. Ele girou o corpo, tentando não me perder de vista. Continuei voando em círculos, cada vez mais rápido, fazendo um esforço que nunca tinha feito. O cobol continuou girando e lembrou as grandes bolas de gude que eu girava no chão quando criança.

Desci enquanto o cobol continuava girando. Tirei a estante do caminho, agarrei a Elemental e a lancei com toda força. O cobol parou de girar quando a Elemental o atingiu em cheio e explodiu.

Quando a Elemental começou a voltar para minha mão, Delph gritou: "Cuidado, Vega Jane!"

Diminuí a velocidade, mas não o suficiente para evitar o choque contra a parede. Caí com o corpo todo torto no chão, e o cobol que restava ergueu a mão lá em cima para me golpear outra vez, o que com certeza me mandaria para o Solo Sagrado. Tinha me esquecido do alerta no livro de Quentin: *Pobre daquele que se esquecer de que destruir uma parte não significa vitória.*

Estava muito tonta para voar. A Elemental ainda não tinha voltado para minha mão. E um punho cerrado e gigantesco estava vindo bem na minha direção. No último instante, levantei-me com um salto e bati com meu próprio punho na barriga do cobol.

Ele foi jogado pelos ares e voou de costas, batendo na parede do outro lado com tanta força, que explodiu em vários pedacinhos. Fiquei parada durante um ou dois átimos, olhando o que restava do cobol e olhei para minha mão. Não fazia ideia do que tinha acontecido. A Elemental veio se aproximando da minha mão enluvada, e fechei os dedos com força, segurando-a.

Olhei de novo para o que restava do cobol e me lembrei daquela noite no Centro de Cuidados, quando dei um soco em Non: minha mão tinha ficado machucada depois do golpe. Meus dedos deveriam ter se dilacerado depois de golpear um cobol. Só havia uma explicação. Levantei a capa e olhei para Destin. Ela estava azul-claro. Toquei-a e imediatamente puxei a mão. Ela estava pastosa, mas a sensação na minha pele era de calor.

"E-e-aí, Ve-Ve-Vega Jane?", gritou a voz.

"Delph!" Eu havia me esquecido dele.

Saí correndo, usando minha força recém-descoberta para afastar as estantes que o cobriam. Ele estava machucado e sangrando.

"Consegue se levantar?", perguntei.

"A-acho que sim", respondeu, assentindo lentamente.

Ajudei-o a se levantar, com cuidado. Ele estava segurando o braço direito pelo cotovelo e não conseguia se apoiar muito bem sobre a perna esquerda.

"Delph, se apoie em mim."

Desejei que a Elemental voltasse para seu tamanho compacto, coloquei-a no bolso e ergui Delph sobre minhas costas. Ele suspirou assustado, mas não tive tempo para explicar. Saltei no ar e saí voando pela porta, passei pelas escadas e só pousei quando chegamos à porta por onde entramos. Não dei chance nenhuma para as jábites nos alcançarem. Abri a porta com um golpe só, atravessei-a voando com Delph nas costas e ganhamos altura no céu noturno.

Só pousei de novo quando chegamos à cabana de Delph.

"Como você conseguiu me levantar desse jeito, Vega Jane?", perguntou ele, com a voz atordoada, enquanto eu o colocava no chão.

"Não tenho certeza, Delph. Você está muito machucado?", perguntei, ansiosa.

"Praticamente destruído", admitiu. "Cobóis", acrescentou.

"Você *leu* o livro."

"Não esperava encontrar com um deles do lado de cá."

"Você consegue andar?"

"Mancando."

Dei um tapa na testa.

"É claro, eu tenho a Pedra da Serpente. Vou curá-lo num instante."

Coloquei a mão no bolso. Depois no outro. Frenética, procurei em cada pedaço da minha roupa e suspirei. A Pedra tinha sumido. Olhei para Delph desesperada.

"Acho que a perdi nas Chaminés. Posso voltar lá e..."

Ele segurou meu braço.

"Você não vai voltar lá não."

"Mas a Pedra. Seus ferimentos."

"Eu vou me curar, Vega Jane. Não vai demorar muito tempo."
Foi então que me lembrei de outra coisa.
"O Duelo!"
Ele assentiu, triste.
"Não dá para lutar só com uma perna e um braço, não é?"
"Delph, eu sinto muito. Foi tudo culpa minha."
"A gente está nisso junto, não é, Vega Jane? Eu escolhi ir com você, insisti, na verdade. E você salvou minha vida."

Ajudei-o a entrar na cabana. Duf não estava. Provavelmente devia estar trabalhando na Muralha. Coloquei Delph no catre, depois de limpar os ferimentos com água fria de um balde que seu pai deixava guardado na pequena caverna. Improvisei uma tipoia para o braço e encontrei uma espécie de cajado bem grande que ele poderia usar como apoio para andar.

"Me desculpa", disse de novo, com os olhos cheios de lágrimas.
Ele abriu um leve sorriso.
"Não existe calmaria perto de você, não é? Rá!"

TRIGINTA OCTO

A aposta da vitória

Acordei na manhã seguinte já no meu catre. Estava cansada, machucada, mal-humorada e com a cabeça confusa por causa dos acontecimentos da noite anterior. Senti uma lambida na mão e me sentei para acariciar a cabeça de Harry II. Quando olhei para fora da janela, vi uma quantidade enorme de wugs passando de um lado para o outro.

Demorei um átimo para entender o que estava acontecendo. O segundo dia de Duelo! Estava atrasada. Pulei do catre, quase matando Harry II de susto, e vesti de uma só vez a roupa que tinha deixado no chão, na noite anterior. Parei, olhei para Destin onde eu a havia deixado. Com ela eu conseguiria derrotar qualquer wug no Duelo. Estava machucada. Mil níqueis. Era uma riqueza alta, muito mais do que eu seria capaz de conseguir, mas não eram os níqueis que importavam. Outros wugs teriam consideração por mim se eu saísse campeã – a mulher da Lesma Faminta e muitos outros wugs. Como Delph me disse, eu estava famosa. Outros wugs me conheciam.

Mesmo assim, não movi uma palha para pegar Destin no chão. Por fim, empurrei-a com os pés para debaixo do catre. Eu não tinha que ganhar o maldito Duelo. Só precisava dar o melhor de mim nas lutas. Além disso, eu tinha receio de usar o poder de Destin e sem querer matar um wug. Não queria carregar aquele peso na consciência. Queria ganhar de maneira justa e honesta. Eu era mentirosa, às vezes ladra, encrenqueira em muitas ocasiões; mas, aparentemente, ainda me restavam muitos valores morais.

Enquanto passava pelos outros wugs, em direção à arena, lembrei-me de que não tinha verificado na noite anterior quem seria meu oponente. Cheguei no momento em que soou o sino e olhei em volta, apressada.

Será que eu estava na primeira rodada de lutas? Avistei o placar de apostas e saí correndo.

"Com quem vou lutar?", gritei sem fôlego para o wug que coletava níqueis e entregava pergaminhos para os apostadores. Seu nome era Litches McGee. Tinha fama de ser escrupulosamente honesto com suas apostas, mas um completo idiota em todos os outros aspectos da vida. Ele era o principal concorrente de Roman Picus nas apostas, motivo mais que suficiente para eu falar com ele. Dos estúpidos, o menos pior, por assim dizer.

Ele olhou para mim.

"Segunda rodada, Vega, para o seu próprio bem", disse ele, com sarcasmo. Então olhei para o quadro e vi que havia cinquenta apostas na minha luta. E ninguém havia apostado na minha vitória. Desviei os olhos para ver com quem eu lutaria. Quando vi o nome, entendi por que a chance de eu vencer aquela luta era tão baixa, ou melhor, totalmente inexistente.

Non. Eu ia lutar com o maldito do Non.

McGee sorriu para mim.

"Nada de Cletus Loon, mocinha. Pode dizer adeus para os mil níqueis, ou meu nome é Alvis Alcumus."

Tremi de ódio ao escutar as palavras dele. Coloquei a mão no bolso, peguei a única moeda que tinha e entreguei a ele.

Ele assentiu.

"Você vai apostar em Non, é claro. Para compensar o estrago que ele vai fazer na sua cabeça. Mas com todas as apostas em Non, você não vai ganhar muita coisa."

"Vou apostar em Vega Jane", disse eu, com uma confiança muito maior do que eu de fato sentia. Na verdade, eu não estava nem um pouco confiante. Que inferno eu ter deixado Destin em casa! Por que pensei que era esperteza agir de maneira decente, lutando com honestidade?

"Está de brincadeira, né?", disse McGee, incrédulo.

"Me dê o pergaminho com *meu* nome escrito", respondi, cerrando os dentes.

Ele suspirou, abriu um sorriso arrogante, escreveu o pergaminho e me entregou.

"Tome. Mais fácil que tirar doce da boca de criança."

"Exatamente o que eu estava pensando sobre você."

Virei de costas e saí andando depressa antes de vomitar diante dele. Aquela era minha última moeda. Não tinha nem um grão em meu nome além daquilo.

As primeiras lutas do dia foram mais lentas do que no primeiro dia. A competição ficava mais difícil à medida que os lutadores mais fracos eram derrotados. A demora me transformou numa pilha de nervos tão densa que eu mal conseguiria falar.

A notícia de que Delph havia desistido do Duelo por causa de ferimentos não especificados logo se espalhou, o que não me ajudou em nada. Eu sabia que a ausência de Delph faria de Non o predileto à vitória, pois ele havia perdido para Delph no último duelo. Isso só daria àquele estúpido mais incentivo para me arrebentar, não que ele precisasse de mais. Olhei para meu punho. Sem Destin, ele era apenas um punho – um punho feminino, nada mais.

Comecei a andar em volta da arena, balançando os braços para manter o corpo flexível. Como estava distraída, trombei com uma coisa tão sólida, que caí para trás. Levantei a cabeça e me deparei com Non, olhando para mim. Atrás de Non estava Cletus Loon com o rosto todo enfaixado, vários amigos de Cletus e Ted Racksport, que já havia ganhado sua luta do dia, derrotando rapidamente o dáctilo musculoso que trabalhava nas Chaminés, deixando-o inconsciente. Eu tinha visto a luta e fiquei impressionada. Racksport era mais forte e ágil do que parecia; fez com que os músculos do dáctilo parecessem inexistentes e deu nele uma surra. Para mim, abriu um sorrisinho mostrando os dentes tortos.

Mas eu não estava prestando atenção nele. Eu olhava para Non. Ele parecia imenso. Tão grande quanto o cobol da noite anterior. Estava usando o peitoral de metal, que eu não sabia ser permitido no Duelo, nem achava que seria necessário. O amassado que eu tinha provocado continuava no mesmo lugar. Ele olhou para o amassado e voltou os olhos para mim. Depois, inclinou o corpo para que apenas eu escutasse o que ia dizer.

"A sorte não cai duas vezes no mesmo lugar, Vega. Se eu fosse você, escolheria um leito no Centro de Cuidados antes de pisar na arena comigo." Encostou a manopla no meu rosto e disse baixinho: "Não se esqueça de contar todos os seus dentes. Assim você vai saber quantos terá que procurar depois que eu acabar com você".

Racksport, Cletus e os amigos deviam ter achado a coisa mais engraçada que já tinham ouvido em toda vida. Todos gargalharam ainda mais quando saí andando com as pernas bambas. Pensei se dava tempo de voltar para casa e pegar Destin, mas o sino tocou anunciando a segunda rodada do dia.

Com a boca mais seca que as margens de um rio morto, dirigi-me ao quadrante determinado. Pela primeira vez, olhei para os espectadores sentados no palanque. Thansius estava lá, mas não havia sinal de John ou Morrígona. Bem, pelo menos Morrígona não teria a satisfação de ver Non deixando-me inconsciente.

Harry II havia me seguido até a arena e tive de ser brava com ele, dizendo para não atacar Non enquanto lutássemos. Depois sussurrei no ouvido dele:

"Mas quando ele acabar comigo, ataque-o e não deixe restar nada."

Harry II estava com quarenta quilos e nada de gordura. Suas presas estavam quase do tamanho dos meus dedos mais longos. Ele olhou para mim como se tivesse entendido todas as minhas palavras. Achava até que sorriu. Eu amava meu canino.

Quando pisei na arena, olhei para a esquerda e vi Delph acenando com o braço preso na tipoia, apoiando a perna no cajado que lhe dei. Ele sorriu me encorajando, mas quando olhou para Non, que tinha acabado de entrar do outro lado do quadrante, seu olhar encorajador se transformou numa expressão sombria.

Engoli em seco enquanto o juiz dava as instruções. Foi quando percebi que Non não havia tirado o peitoral metálico. Apontei para o juiz fazendo referência, mas ele olhou para mim como seu eu fosse maluca.

"A não ser que ele tire o peitoral e o use para bater em você, mocinha, está tudo de acordo com as regras do Duelo."

"E se ele me bater com o peitoral e me matar?" gritei, furiosa.

"Aí ele será penalizado apropriadamente."

Non riu, "Mas você já vai estar morta!"

"Non!", repreendeu o juiz, um wug baixinho e encarquilhado de nome Silas. Suspeitei que ele fosse meio cego, porque olhou para meu umbigo quando falou comigo e para a esquerda de Non quando falou com ele. "Que tenhamos uma luta boa e justa", acrescentou Silas, olhando para os meus joelhos.

Non estalou os dedos. Tentei estalar os meus, mas só consegui contorcer o dedo mínimo com tanta força que dei um grito de dor. Non riu.

Soou o sino dando início à partida, e Non veio correndo na minha direção. Recuei instintivamente, desviando-me dele no último momento e esticando uma perna na frente dele. Ele tropeçou na minha canela, fazendo meu corpo inteiro tremer e caiu no chão como uma árvore derrubada. Afastei-me enquanto ele se levantava e girava no ar, com sangue nos olhos. Esquivei-me mais uma vez quando ele veio para cima de mim. Eu não sabia durante quanto tempo conseguiria levar a luta daquela maneira. Em algum momento eu ficaria sem fôlego e bastaria um soco para me derrubar. Mais uma vez, lamentei ter deixado Destin em casa.

"Pare de palhaçada, mocinha", gritou Non. "Você está aqui para lutar, não para correr como um slep de sainha." Notei que ele já estava ofegante e entendi que o peitoral devia ser muito pesado. Carregá-lo e me perseguir ao mesmo tempo estava deixando-o cansado antes do previsto.

Ele se jogou de novo contra mim e esperei que chegasse bem perto antes de sair do caminho. O treinamento com pesos de pedra que fiz com Delph estava mostrando resultados. Eu me sentia ágil e forte, mesmo sem Destin.

Non se apoiou em um dos joelhos para tomar fôlego. Aproveitei a oportunidade para lhe dar um chute na bunda, jogando-o de cara no chão.

"É isso aí, Vega Jane", gritou Delph.

Non se levantou furioso, quase espumando pela boca. Se seu olhar pudesse me ferir, eu já teria explodido em um milhão de pedacinhos, mas, assim como na luta contra Cletus Loon, eu tinha um plano. Parecia que, no campo de combate, eu estava ficando boa em manter a razão e usar minhas táticas sob pressão.

Non continuou me perseguindo e eu continuei fugindo. Em determinado momento, ganhei autoconfiança, o que fez com que um golpe indireto me acertasse na cabeça e me jogasse para cima, a um metro do chão. Um corte se abriu na minha sobrancelha esquerda, fazendo escorrer sangue por todo meu rosto. Também achei que meu cérebro tinha soltado dentro da cabeça. Quando bati no chão, rolei no tempo exato para desviar de Non, que se jogou sobre mim com o cotovelo apontado para baixo, do jeito que Delph havia me mostrado. Em vez de acertar meu pescoço, ele bateu com o osso no chão duro e urrou de dor, caindo para frente sobre a barriga. Dessa vez, não o deixei se levantar.

Enfiei as mãos dentro da abertura do peitoral em volta do pescoço e empurrei com toda força. O peitoral saiu um pouco, como eu tinha planejado. Os braços dele ficaram presos para cima, esticados, e sua cabeça estava dentro do peitoral, deixando-o sem enxergar. Dei um salto e me joguei sobre suas costas com os dois pés. Por mais que eu fosse bem menor do que ele, a pancada seria forte por causa do peso do meu corpo. O rosto de Non bateu não no chão, mas no metal muito mais duro do peitoral. Fiz isso quatro vezes até ouvir o barulho de algo se quebrando e ele dar um grito.

Saltei no chão, agarrei o peitoral, empurrei-o com toda força e usei-o para dar uma pancada na cabeça de Non. Ouvi o som parecido com o de um melão despencando de uma árvore alta e batendo no chão. Non ficou estático.

Silas correu para examiná-lo e acenou para os medicadores. Fiquei parada, com a respiração ofegante em breves intervalos, a cabeça ensanguentada e inchada onde tinha levado o golpe e as pernas dormentes de pular sobre o metal. Enquanto os medicadores socorriam Non, Silas olhou para o peitoral, olhou ao meu redor, depois para o peitoral de novo, batendo no queixo com os dedos.

"Vou ter que conferir no manual de regras", disse ele. "Como falei, o peitoral não pode ser usado como arma."

"Por *ele*", gritei. "Ele escolheu usá-lo. Não é minha culpa se ele foi estúpido o suficiente para me deixar tirá-lo e usá-lo contra ele!"

"Hummm", disse ele, pensando.

"Ela está certa, Silas", disse uma voz.

Nós dois nos viramos e demos de cara com Thansius.

"Vega está certa", repetiu. "Você pode verificar, se quiser. Seção doze, parágrafo N de *Regras de Conduta em Combate durante o Duelo*. Qualquer coisa que o oponente usar na arena pode ser legalmente usada como arma contra ele. Em outras palavras, aquele que trouxer para a arena qualquer coisa que possa ser transformada em arma assume o risco." Ele olhou para Non, prostrado no chão. "Uma descrição adequada neste caso, eu diria."

"Muito bem, Thansius", disse Silas. "Não preciso verificar. Como antigo campeão do Duelo, seu conhecimento do assunto é muito melhor do que o meu", acrescentou olhando para um ponto meio metro à direita de Thansius. Para mim, eles deveriam arrumar juízes mais novos, ou pelo menos alguns que enxergassem direito.

Silas se virou e ergueu minha mão em vitória.

Observei, boquiaberta, enquanto seis wugs levantavam Non aos gemidos, colocando-o sobre a maca para carregá-lo para fora da arena. Adoraria que ele fosse mandado para o Centro de Cuidados, onde ninguém o visitaria. Silas soltou minha mão e continuei no mesmo lugar, incapaz de me mover, até que minha paralisia foi interrompida por Thansius. Olhei para ele quando segurou no meu ombro.

"Meus parabéns, Vega. Você se saiu muito bem."

"Obrigada, Thansius."

"Acho melhor sairmos daqui. A próxima rodada está prestes a começar."

Saímos juntos da arena.

"Suas habilidades de luta são muito engenhosas", comentou Thansius. "Você derrotou um oponente muito maior e mais forte que você, e usou a força e as ferramentas dele contra ele mesmo."

"Bom, se eu tivesse que enfrentá-lo em confronto direto, teria perdido. Não gosto de perder."

"Dá para ver mesmo."

Pelo modo como pronunciou as palavras, não tive certeza se ele considerava minha atitude uma virtude ou um defeito.

Ele apontou para o meu rosto.

"Acho que você precisa de um medicador para cuidar do seu rosto."

Assenti e limpei o sangue com a mão. Com o golpe sujo que levei de Cletus e os ferimentos novos, era um milagre que eu estivesse enxergando.

"Então que venha a terceira luta", disse ele, agradavelmente.

Olhei para Thansius, perguntando-me por que ele sequer tinha se dado ao trabalho de falar comigo.

"Você acha mesmo que vou continuar ganhando?", perguntei.

"Não posso dizer, Vega."

"Por que você se importa?"

Ele pareceu atônito por causa da minha conversa.

"Eu me importo com todos os wugmorts."

"Mesmo aqueles acusados de traição?", perguntei.

"Sua franqueza é encantadora, Vega", disse ele, esquivando-se da pergunta.

"Não sou traidora. Eu tinha o livro e o mapa, mas eu jamais os usaria contra outros wugs. Jamais."

Ele examinou as feições no meu rosto.

"Você é uma guerreira e tanto, Vega. Se todos os wugs lutassem tão bem quanto você, não precisaríamos nos preocupar tanto com uma invasão."

"Ou Morrígona poderia simplesmente usar seus notáveis poderes para conter os chamados forasteiros num mar de névoa azul, com apenas um movimento de sua mão graciosa."

Não sei porque disse aquilo. E não sabia qual seria a reação de Thansius às minhas palavras. Sua resposta, no entanto, foi uma surpresa.

"Temos muitas coisas que temer em Artemísia, Vega. Esta certamente não é uma delas."

Olhei boquiaberta para ele, tentando decifrar suas palavras.

"Agora não se esqueça de cuidar desses ferimentos. Precisamos de você bem para a próxima luta."

Apressou o passo e rapidamente se distanciou de mim. Eu tinha diminuído meu passo, mas me lembrei de uma coisa; gritei e corri para o círculo de apostas. Havia uma longa fila, mas naquele dia minha paciência era inesgotável.

Quando chegou minha vez, estendi o pergaminho para Litches McGee. Imaginei que ele ficaria furioso, mas não. Alegre, ele contou uma boa quantidade de níqueis que estavam numa sacola cheia e os entregou para mim. Olhei para as moedas, maravilhada. Eu nunca tinha tido mais do que uma por vez, e, mesmo assim, durante um período muito breve, pois eu sempre a usava para pagar uma ou outra conta.

"Ganhei uma boa fortuna hoje, pois todos os wugs apostaram contra você", disse Litches.

"Nem todos", disse uma voz.

Virei para trás e vi Delph segurando um pergaminho.

Ao colocar nossas moedas no bolso, ele disse para Litches:

"Quer dizer que você vai mudar de nome?"

"O que você disse?", perguntou, com o olhar confuso. "Mudar meu nome para o quê?"

"Alvis Alcumus, imbecil."

Eu e Delph saímos, morrendo de rir.

"Que venha a terceira luta", disse Delph, feliz, enquanto Harry II caminhava junto de nós. Meu canino parecia um pouco triste por não poder dar umas mordidas em Non.

Esfreguei meu rosto ensanguentado e inchado e olhei para Delph com o único olho que conseguia.

"Acho que não vou passar da próxima."

"Só mais três e você será campeã!", disse ele, abrindo um sorriso largo.

Mas eu não tinha certeza se ainda me restavam truques ou estratégias.

Nós dois caminhávamos meio cambaleantes e mancos quando um wug chamado Thaddeus Kitchen, que trabalhava no Moinho com Delph, veio correndo. Ele estava pálido e sem fôlego.

"Delph, você precisa vir comigo. Rápido!", disse ele, fazendo força para respirar.

"Por quê? O que aconteceu?", perguntou Delph, agora sem o sorriso no rosto.

"É o seu pai. Ele está extremamente ferido na Muralha", disse Kitchen, e saiu correndo em seguida.

Delph jogou o cajado no chão e, com toda dificuldade por causa da perna machucada, correu atrás dele, seguido por mim e por Harry II.

TRIGINTA NOVEM

Tudo desmorona

Extremamente ferido.

Foi o que Thaddeus havia nos dito sobre Duf, mas suas palavras não nos prepararam para o que vimos.

Duf Delphia estava deitado num montinho de terra em frente à grande e horrorosa Muralha, que, para mim, parecia tão grotesca e miserável quanto qualquer criatura vil que eu conhecia. Delph correu até o lado direito do pai enquanto eu me ajoelhava do outro lado. Percebemos ao mesmo tempo que as pernas de Duf estavam esmagadas na altura dos joelhos. Ele estava delirando de dor e se contorcendo loucamente, mesmo com dois medicadores cuidando dele com seus instrumentos, bálsamos e bandagens.

Delph agarrou a mão do pai.

"Estou aqui", disse ele, com a voz entrecortada. "Estou aqui, pai."

"O que aconteceu?", perguntei.

Thaddeuss Kitchen estava na minha frente. Apontou para a Muralha.

"Uma parte das toras caiu, atingindo-o nos joelhos. Voou sangue para todo lado, nunca vi uma coisa assim. Foi nojento. Quer dizer, foi a coisa mais nojenta..."

"Tudo bem, já entendemos", disse eu, olhando horrorizada para Delph.

A abertura na Muralha devia ter uns nove metros de altura.

"Como as toras caíram?", perguntei.

"A braçadeira arrebentou", respondeu Thaddeus.

Levei um susto tão grande que quase desmaiei.

Uma braçadeira arrebentou? Minhas braçadeiras?

Agressivo e com a voz alta, Thaddeus disse:

"Se eu tivesse falado uma vez só, tudo bem, mas eu falei uma dúzia de vezes. Todo mundo correndo apressado como se fosse maluco, fazendo trabalho porco. Wugs cortados, esmagados, mortos. E para quê? Se minha mulher balançasse as calçolas no ar era capaz de afastar os forasteiros mais do que esse monte de madeira empilhada. Um cabeça oca o wug que bolou esse plano, se quer saber."

"Mas ninguém lhe perguntou nada, Thaddeus Kitchen!", exclamei.

Olhei para Delph. Ele estava olhando bem nos meus olhos. Sua expressão era uma mistura de emoções confusas, mas dava para ver que ele estava muito decepcionado. Decepcionado com minhas braçadeiras. Eu estava tão concentrada em Delph, que não escutei os medicadores dizerem que Duf precisava ser levado para o hospital.

Uma carroça puxada por um slep corpulento parou ao nosso lado, e Duf, agora inconsciente, foi colocado dentro dela. Ajudei a suspendê-lo junto com outros wugs. Delph estava desolado. Segurei a mão dele e o impulsionei para que entrasse na carroça junto com o pai.

"Estarei lá num instante", disse eu.

Quando a carroça saiu, caminhei até a seção da Muralha que havia despencado. Vários wugs estavam analisando a pilha de madeiras lascadas, mas concentrei minha atenção na braçadeira. Eu gravava minhas iniciais em cada uma delas e pude ver as letras do meu nome sem precisar olhar demais. Havia dois pedaços da braçadeira, um maior e um menor, pois tinha arrebentado. Não conseguia entender como isso podia ter acontecido. Tudo era especificado com muito cuidado nas instruções. E eu sempre executava meticulosamente aqueles detalhes, como em qualquer trabalho que realizasse nas Chaminés, pois sabia quanto peso as braçadeiras teriam de aguentar.

Quando me agachei para analisar melhor, meu queixo caiu. Dois buracos foram acrescentados na ponta da braçadeira, além de terem sido aumentados consideravelmente. Talvez cerca de dez centímetros. Ela havia arrebentado bem no meio de um daqueles buracos novos. Para mim estava claro que, ao acrescentar os buracos e aumentá-los, alguém tinha enfraquecido a braçadeira.

"Dá para ver bem aqui onde ela cedeu", disse Thaddeus, que me seguiu e apontava para o rasgo na peça.

"Quem acrescentou esses buracos e os fez maiores que os outros?", perguntei, olhando para ele.

Ele se aproximou e retomou o foco.

"Uau, esses furos *são mesmo* maiores, não são?"

"Não são feitos assim nas Chaminés. Como ficaram desse jeito?", questionei.

Outro wug se juntou a nós. Ele era um pouco mais alto do que eu, tinha a barba eriçada, braços desengonçados e olhar arrogante. Eu já o tinha visto em Artemísia, mas não sabia seu nome.

"Mudança de design", disse ele.

"Por quê?", perguntei.

"Com os buracos na ponta dá para colocar mais toras em cada braçadeira. Simples assim. Fizemos os novos cortes aqui mesmo."

"Mas assim vocês também enfraqueceram as peças", disse eu. "Elas não são feitas para segurar tantas toras", completei, apontando para os estilhaços no chão. Levantei a cabeça e olhei séria nos olhos dele. "As especificidades das braçadeiras não podem ser mudadas."

Ele estufou o peito e enganchou os dedões nas tiras do suspensório que mantinha suas calças no lugar.

"E o que você sabe disso, hein, mocinha?"

"Eu perfuro os buracos nas braçadeiras nas Chaminés", gritei. "Eu sou a *finalizadora*". Olhei para a Muralha. "Quantas braçadeiras foram alteradas?" Ele não respondeu. Segurei-o pelo colarinho e o chacoalhei violentamente. "Quantas mais?"

"Caramba, você é a mocinha do Duelo, não é?"

"Ela derrotou Non hoje mais cedo", comentou Thaddeus, olhando nervoso para mim.

"Quantas?", gritei.

"Muitas", disse uma voz.

Virei-me e me deparei com ela em sua capa resplandecente, como um lençol branco estirado sobre um mar de estrume.

"Solte o pobre do Henry, Vega, por favor", disse Morrígona. "Não acho que ele mereça ser estrangulado por fazer seu trabalho".

Soltei o "pobre" do Henry e avancei na direção dela.

"Você sabe o que aconteceu com Duf?", perguntei. Parecia que minha cabeça tinha sido quebrada ao meio.

"Fui avisada desse acidente infeliz. Vou visitá-lo no hospital."

"Se ele ainda estiver vivo", respondi com um grito.

Outro wug se aproximou dela com um pergaminho enrolado e uma caneta. Morrígona olhou para o pergaminho, pegou a caneta, fez algumas anotações e assinou com um movimento alongado, ocupando quase metade da página. Depois fez um sinal para que eu me juntasse a ela, afastando-se dos outros dois wugs.

"Então qual é exatamente sua queixa?", perguntou.

"Quem modificou o design das braçadeiras é responsável pelo que aconteceu com Duf", disse eu, apontando-lhe o dedo e quase encostando em seu queixo. "Esse sujeito tem de ir para Valhala."

Ela olhou para o outro lado e disse:

"Fico surpresa que logo você queira mandá-lo para lá."

Segui o olhar dela e vi meu irmão sobre uma plataforma suspensa, sentado atrás de uma prancheta cheia de projetos e rolos de pergaminho. Pela segunda vez em poucos átimos, meu queixo caiu.

"John mudou o design das braçadeiras?" Foi só o que consegui perguntar, pois minha voz e minha confiança haviam desaparecido.

"Ele calculou os números e disse que estavam corretos", disse ela com a voz suave, como se estivesse apenas me passando uma receita de biscoitos.

Sua atitude presunçosa trouxe toda minha raiva de volta. Apontei para as toras esparramadas.

"Pois veja a prova do quanto estavam *corretos*. John pode ser brilhante, mas nunca construiu nada em toda sua vida." Levantei o tom de voz. "Você não pode colocar uma responsabilidade dessas nas mãos dele e esperar que não cometa algum erro. É injusto pedir isso dele."

"Ao contrário, eu não pedi nada. Em construções desse tipo, é certo que haverá erros. Devemos aprender com eles e seguir em frente."

"E Duf?"

"Tudo o que puder ser feito será feito para amenizar a situação do sr. Delphia."

Minha raiva aumentou.

"Ele é adestrador! Como vai voltar a trabalhar sem pernas?"

"Ele terá o apoio do Conselho e receberá indenização pelos ferimentos."

"E sua dignidade? E o amor pelo trabalho? Você vai dar a ele algumas moedas e mandá-lo ser feliz com aquilo que ele não tem mais?"

Meus olhos viraram poços de água porque só conseguia me lembrar do olhar de Delph para mim. Da decepção no rosto dele. Como se eu tivesse desapontado ele e o pai. Como se *eu* tivesse arrancado as pernas de seu pai e, com elas, talvez a vida dele.

"Você está emotiva, Vega. Não adianta tentar pensar com clareza nessas circunstâncias."

Quando vi o rosto majestoso e condescendente de Morrígona baixando lentamente, e depois seus olhos que pareciam definir a arrogância como algo que superava uma palavra ou um olhar, me acalmei. Extraordinariamente, recuperei a razão em meio ao caos que fervilhava na minha cabeça.

"Eu vi *você* emotiva, Morrígona", disse eu, com a voz igualmente suave. "Com seu cabelo adorável todo despenteado, sua bela capa manchada e os olhos cheios não só de lágrimas mas de medo. Medo verdadeiro, Vi tudo isso e muito, muito mais."

Sua bochecha direita começou a tremer.

Continuei falando, basicamente porque não consegui parar.

"E caso você não tenha percebido, consertei a janela da minha casa. Depois que você se mandou num rastro de névoa azul, é claro. Balancei minha mão, mentalizei e aconteceu. É assim que acontece com você, Morrígona? Porque Thansius não me explicou seus poderes quando conversamos."

Achei que ela levantaria a mão para me atacar, mas, em vez disso, ela girou o corpo para o outro lado e foi embora. Se eu estivesse com a Elemental, talvez aquele fosse o último dia de Morrígona. Senti um arrependimento profundo por não estar com minha lança.

Olhei para John, que usava uma caneta para fazer anotações, redesenhar os projetos e criar a Muralha mais maravilhosa de todas. Seu entusiasmo era belíssimo, mas ao mesmo tempo terrível de suportar. Voltei para perto de Thaddeus e Henry.

"Se ele falar para vocês fazerem mais buracos, não obedeçam. Entenderam?"

"E quem é você para dar ordens, mocinha?", disse Henry, indignado.

Olhou para minha roupa suja e meu rosto ainda inchado e marcado de sangue. Thaddeus recuou alguns passos, notando o olhar assassino nos meus olhos. Minha raiva era tanta, que senti uma energia enorme correndo pelo que devia ser minha alma. E tudo que pude fazer para contê-la foi me aproximar, fechar o punho e quase encostá-lo no queixo de Henry. Quando comecei a falar, minha voz era baixa e suave, mas radiava mais força que mil evangelhos de Ezequiel.

"Non está no hospital porque esmaguei tanto a cabeça dele que quebrou o crânio". Henry engoliu bem devagar. Talvez tivesse pensado que era sua última engolida, pois ameacei parti-lo em dois só com o olhar. "Então, se eu descobrir que outra seção da Muralha despencou por causa de buracos extras nas *minhas* braçadeiras", salientei, empurrando o punho com força em seu rosto esquelético e peludo, "irei até sua casa fazer com você quatro vezes mais do que fiz com Non. Entendeu o que eu disse, *senhor*?"

Henry tentou falar enquanto Thaddeus deixava escapar um assovio e se preparava para correr. Por fim, Henry fez que sim com a cabeça. Puxei o braço e saí para o hospital, correndo o máximo que minhas pernas trêmulas permitiam.

⟲

O HOSPITAL FICAVA a quinhentos metros do Centro de Cuidados, em teoria porque wugs desafortunados eram transferidos de um para o outro. Era um prédio simples, com a fachada plana, cinza e sinistra, localizado no final de uma rua suja. Mesmo com a esperança de sobreviver, era improvável que alguém conseguisse, depois de ver aquele lugar tão medonho.

Por isso, os wugs tendiam a ficar com suas famílias na maior parte dos casos. Cortes, machucados, ossos quebrados, doenças e outras enfermidades costumavam ser tratados no conforto do lar. Assim, apenas os ferimentos mais graves eram tratados ali. Se um wug chegava ao ponto de ir para o hospital, era bem provável que sua próxima parada fosse o Solo Sagrado.

Quando passei pelas portas duplas com uma serpente e uma pena esculpidas, símbolos sabia-se lá de quê, uma enfermeira vestida de capa cinzenta e chapéu branco veio me atender. Expliquei quem eu era e por que estava ali. Ela assentiu com um olhar solidário, dando a entender a condição de Duf não era boa.

Enquanto a seguia pelos corredores estreitos e escuros, ouvi alguns gemidos e um grito. Quando passamos por um quarto cuja porta estava aberta, vi Non deitado num catre, gritando e segurando a cabeça enfaixada. Roman Picus, Cacus e Cletus Loon estavam em volta dele. Ouvi o medicador vestido de branco dizendo:

"Não houve danos permanentes, Non. Uns dias de repouso e você vai ficar novinho em folha."

Apertei o maxilar e continuei andando, embora minha vontade fosse entrar lá e acabar com ele de uma vez.

Duf estava num quarto no final do corredor. Escutei alguns soluços baixinhos lá de dentro. Senti o coração apertar e um pouco de tontura. Agradeci a enfermeira, e ela foi embora. Parei na porta e tentei me preparar para o que encontraria lá dentro. Disse para mim mesma que, independentemente da situação, eu e Delph a encararíamos juntos.

Empurrei a porta com cuidado e entrei. Delph estava inclinado sobre o catre, com o rosto ensopado de lágrimas. Duf estava deitado no catre, com os olhos fechados e o peito arfando de modo irregular. Avancei devagar até chegar perto de Delph.

"Como ele está?", perguntei, sussurrando.

"Os me-medicadores s-saíram agora. Vão ter que-que tirar."

"O quê? As pernas dele?"

Delph assentiu com uma expressão de profundo pesar.

"Fa-falaram que é is-isso ou So-solo Sagrado. Não entendo, Ve-Vega Jane. Mas é o que di-disseram."

Era possível entender o retorno da gagueira por causa de tudo que Delph sentia. Coloquei a mão sobre o ombro dele e apertei de leve.

"Quando eles vão fazer isso?", perguntei.

"Lo-logo", respondeu.

Apertei o braço dele com mais força.

"Delph, eu vou pegar a Pedra." Ele olhou para mim com uma cara esquisita. "A Pedra da Serpente", disse baixinho. "Posso curá-lo na mesma hora com ela."

"Não, Ve-Vega Jane. N-não", disse Delph, assustado.

"Vou pegá-la agora mesmo, Delph."

"Eu t-também vou."

"Você tem que ficar aqui com Duf." Olhei para o pobre wug e previ o que poderia acontecer. "Se os medicadores chegarem, tente atrasá-los um pouco."

"Mas eles falaram que meu p-pai p-podia morrer."

"Eu sei, Delph", respondi de imediato. "Eu sei", acrescentei, com a voz mais suave. "Tente atrasá-los e me dê mais alguns átimos. Vou fazer o melhor que puder."

Saí do quarto correndo, principalmente porque não me sentia digna de estar ali com eles.

QUADRAGINTA

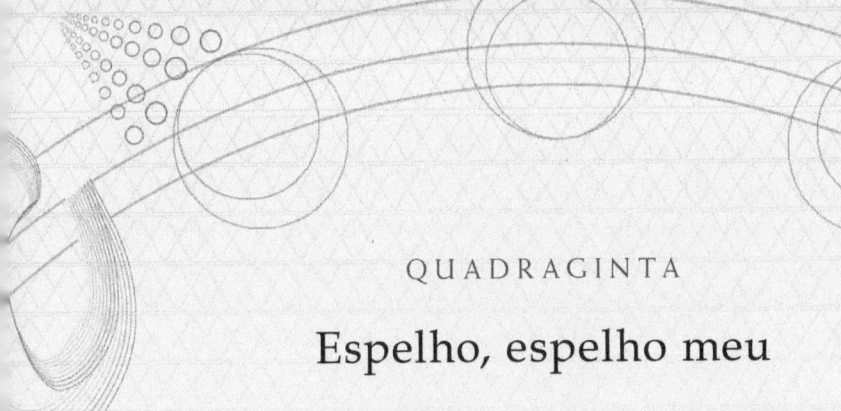

Espelho, espelho meu

Eu SABIA QUE tinha poucos átimos. Os medicadores podiam voltar a qualquer minuto para amputar as pernas de Duf, e eu duvidava que Delph conseguiria impedi-los. Corri até minha casa na Estrada Baixa, peguei Destin e a Elemental e saí correndo de novo, deixando Harry II para trás. Eu não queria colocar em risco a vida de outro wug ou animal, por causa das minhas ações. Assim que saí do vilarejo propriamente dito, dei um salto no ar e ganhei altura no céu. Eu sabia que era arriscado, mas salvar as pernas de Duf, e talvez sua vida, era mais importante do que ser vista voando.

As Chaminés estavam fechadas por causa do Duelo. Pousei a uns vinte metros do prédio, corri até a mesma porta e a abri com minhas ferramentas. Estava claro do lado de fora, mas não ajudava em nada. Estava claro da outra vez e mesmo assim um cobol tentou nos reduzir a pó.

Passei pelo piso principal e não encontrei nada. Dei uma olhada na sala de Julius, para ver se ele tinha achado a Pedra. Subi as escadas correndo, fui até o fim do corredor e, como era de se esperar, a parede que eu havia destruído com a Elemental estava inteira de novo.

Vesti a luva, tirei a Elemental do bolso, mentalizei-a em seu tamanho natural, mirei na parede, e a lança explodiu-a como antes. Guardei a Elemental no bolso, mas continuei com a luva. Subi as escadas devagar, procurando a Pedra, pois podia tê-la deixado cair quando entrei ou saí. Não havia nada. Afinal de contas, a pedra branca se destacaria contra o chão de mármore preto.

Parei no topo da escada e dei uma longa olhada nas palavras gravadas na parede acima da entrada da sala: SALÃO DA VERDADE. Não estava interessada na verdade naquele momento, mas sim na Pedra da Serpente.

Entrei correndo no salão, parei no meio e procurei ao redor, com os olhos arregalados. Não havia um livro sequer, pois não havia mais estantes. No lugar delas, havia uma série de espelhos do chão ao teto. Não consegui acreditar. Olhei para as molduras dos espelhos, todas esculpidas com criaturas retorcidas e rastejantes. Pareciam familiar.

Recuperei a atenção. Percorri todos os cantos do salão, procurando a Pedra. Ao chegar no último canto, já tentava aceitar a derrota. Foi então que olhei para o primeiro espelho. Não estava preparada para ver o que vi.

"Quentin!", gritei.

Quentin Herms estava no espelho e parecia fugir de alguma coisa. Soube no mesmo instante que ele devia estar nas profundezas do Pântano. Não havia árvores, vegetação ou um terreno como o de Artemísia. Olhei para a esquerda e vi o que o perseguia. Meu coração parou de bater.

Não havia apenas um, mas sim um bando de freks, bestas enormes parecidas com um lobo, com focinhos compridos e presas enormes. Eram verdadeiras feras. Uma vez vi um deles ser abatido por um mortiço depois de atacar um wug perto da fronteira de Artemísia com o Pântano. As presas, além de afiadas, deixavam os wugs loucos quando mordidos. O wug ferido tinha se jogado de uma janela do hospital quatro noites depois e morreu.

Gritei para Quentin correr mais rápido, mas era impossível escapar de um frek. Então ele se virou e olhou para mim.

Ele tinha *os dois* olhos!

Se a imagem era real, Thansius havia mentido para nós no Campanário. Embora eu já soubesse que ele tinha mentido, era bom ter uma confirmação. Até mesmo Thansius parecia ter admitido isso para mim mais cedo, quando disse que havia muitas coisas a temer em Artemísia, mas que os forasteiros não eram uma delas. Será que aquela imagem era real?

Um instante depois, o espelho voltou a ser apenas um espelho. Levei um susto quando vi meu reflexo e olhei em volta, imaginando que estivesse presa ali com um frek atrás de mim, mas eu estava sozinha.

Pobre Quentin. Não tinha como ele sobreviver. Senti um aperto no coração. Depois um arrepio.

Lá estava ela, no espelho, a poucos metros da minha mão. A Pedra da Serpente!

A pedra branca reluzente estava repousada no chão de mármore. Olhei em volta de novo porque pensei estar vendo o reflexo verdadeiro da Pedra e que ela estaria no chão perto de mim. Mas não havia nada. Olhei para trás, desconfiada de que tudo aquilo fosse uma armadilha, pois as Chaminés não tinham sido nada gentis comigo a esse respeito.

Pensei em Delph debruçado sobre o pai machucado, esperando pela amputação das pernas. Eu só podia voltar e encarar Delph depois de tentar o impossível para salvar as pernas de Duf.

Estiquei a mão, indecisa, e toquei de leve o espelho. Sacudi-o, mas nada aconteceu. Resolvi agir como uma ingênua. Toquei o espelho de novo – era duro, como são os espelhos, e impenetrável, a menos que eu o quebrasse. Pensei em usar a Elemental, mas e se ela destruísse a Pedra também? Não podia correr esse risco.

Então me lembrei do que fiz com a janela de casa. Não sabia como tinha feito exatamente, mas olhei para o espelho e imaginei que fosse apenas uma parede de água. Concentrei todo meu desejo em transformar vidro em água.

Estiquei o braço de novo e minha mão atravessou o espelho. Um sorriso de satisfação tomou conta do meu rosto. Eu tinha conseguido! Talvez eu estivesse me tornando a feiticeira que Éon disse existir dentro da Pedra da Serpente.

Quando meus dedos tocaram a pedra dura e fria, meu sorriso aumentou ainda mais, até que alguma coisa segurou meu pulso e me puxou, de uma vez só, para dentro do espelho. Depois de um momento aturdida, levantei-me de sobressalto e fiquei em posição de defesa. Agora escuridão me cercava, ao contrário da sala bem iluminada do lado de fora do espelho.

Coloquei a Pedra no bolso e enrijeci o corpo quando escutei alguma coisa vindo na minha direção. Peguei a Elemental e mentalizei-a em seu tamanho normal; mas, pela primeira vez, nada aconteceu. Olhei para a luva, e a lança continuava do tamanho de uma lasca de madeira. Coloquei-a no bolso e tentei levantar voo, mas caí diretamente no chão. Ali, dentro do espelho, Destin parecia tão impotente quanto a Elemental. Engoli o nó na garganta e encarei o que vinha, sem nenhum de meus objetos mágicos.

Surgiu diante de mim uma vaga silhueta um pouco mais clara do que a escuridão que me cercava. À medida que ela foi se aproximando e pude vê-la melhor, suspirei, completamente em choque.

Era um ser bem jovem, mas não era um wug, ou pelo menos um wug que eu já tivesse visto. Usava apenas uma fralda de pano. Tinha poucos fios de cabelo, e sua pele era tão branca quanto a Pedra da Serpente no meu bolso. Nunca tinha visto um rosto tão angelical, mas continuei atenta, pois a doçura podia rapidamente se transformar em maldade. A imagem de Morrígona surgiu-me imediatamente na cabeça.

O ser parou a menos de um metro de mim. Levantou a cabeça e olhou para mim. Meu coração se encheu de compaixão porque ele abriu a boca, e seus olhos se encheram de lágrimas. Depois, esboçou um grito de choro e algo notável aconteceu.

Seus traços se suavizaram e ficaram iguais aos de um wug. Fiquei espantada quando a transformação acabou. Era meu irmão, John, aos 3 ciclos. Ele começou a chorar de novo, mas recuou quando estiquei a mão instintivamente.

"Tudo bem, John", disse eu. "Vou tirar você daqui." Eu sabia que nada daquilo fazia sentido. John não podia estar ali, muito menos com apenas 3 ciclos de idade, mas minha mente não estava funcionando muito bem. Estiquei a mão de novo, e ele recuou de novo. A desconfiança dele dissipou a minha – abaixei-me e peguei sua mão com firmeza.

John parou de chorar e olhou para mim.

"Vega?"

Assenti.

"Vai ficar tudo bem. Vou tirar você daqui."

Só conseguia pensar que Morrígona o havia aprisionado ali para se vingar de mim. Quando olhei para trás, procurando uma saída, soltei a mão dele. Ou pelo menos tentei. Olhei para minha mão e o que vi me deixou levemente enjoada. Os dedos dele agora faziam parte dos meus. De alguma maneira eles tinham se unido. Sacudi o braço, mas acabei tirando John do chão, pois ele estava grudado em mim. Com o outro braço ele segurou meu ombro.

No mesmo instante, senti algo me invadindo. A mão e o braço de John estavam penetrando no meu ombro, atravessando a capa. Olhei para seu rosto e não era mais ele; deparei-me com a criatura mais odiosa e repugnante que já tinha visto na vida. Era como um esqueleto em decomposição, com pedaços de carne pendurados em algumas partes. Não havia olhos no crânio, apenas chamas negras ondulantes. A cada vez que as chamas tremiam, eu sentia uma onda de dor passar pelo meu corpo. Seus dentes eram negros e sorriam arregalados para mim, como algum demônio selvagem que tivesse acabado de capturar uma presa.

Gritei e tentei correr, mas de nada adiantou – só fez com que a criatura me envolvesse com as pernas na cintura. Senti outra vez a dor invasiva mas continuei correndo. Só queria atravessar o espelho de volta, embora não soubesse como. Senti a coisa se mesclando com as minhas costas e depois uma sensação fora do normal – de repente, parecia que eu pesava meia tonelada. Não consegui ficar de pé, minhas pernas se dobraram. Caí de joelhos e depois com o rosto no chão. Senti meu nariz sendo esmigalhado junto com meu olho machucado. Um dente se soltou da minha boca e cuspi sangue.

A criatura agora estava na minha cabeça. Senti seus dedos envolvendo meu crânio como se fossem tentáculos. E se eu achava que aquela sensação já era ruim, o pior ainda estava por vir. Minha mente se transformou numa escuridão tão profunda, tão abrangente, que me paralisou. Achei que tinha ficado cega e gemi de aflição. De repente, algo venceu a escuridão, mas, depois do que vi em seguida, preferia ter continuado na escuridão.

Todos os pesadelos que tive na vida foram multiplicados por mil. Desde minhas memórias mais remotas, até o átimo mais recente, cada lembrança dolorosa do que já tinha vivido explodiu na minha consciência com a força de um milhão de colossais despencando sobre mim.

E então meu cérebro foi inundado por imagens que eu nunca tinha visto antes, passando por cima das visões horríveis.

Todos os wugs que eu amava – meus pais, Virgílio, Calíope, John – fugiam de mim. Quando tentei alcançá-los, uma serpente surgiu de um buraco no chão, enrolou-se na minha cintura e começou a me puxar para baixo. Gritei, pedindo ajuda, mas minha família simplesmente continuou fugindo. Em outro pesadelo, Jurik Krone ergueu o machado no ar e baixou-o de uma vez só, fazendo rolar duas cabeças – a minha e a de Delph. Nossas cabeças ficaram paradas no chão, sem vida, uma de frente para a outra.

No instante seguinte, eu estava diante do catre de meus pais, no Centro de Cuidados. Na minha mão havia chamas. Quando os toquei, eles pegaram fogo. Gritaram para mim, tentaram escapar, mas não conseguiram. O corpo deles queimou e desmoronou, restando apenas ossos, que também foram consumidos pelas chamas. Os gritos, no entanto, continuaram perfurando meus ouvidos – a sensação era de uma faca atravessando minhas costelas.

A última imagem foi a pior; eu estava montada num corcel alado, vestida com uma cota de malha, como a mulher que vi da outra vez. Eu estava lutando. Tinha uma espada numa das mãos e a Elemental na outra. Corpos caíam ao meu redor enquanto eu abria caminho no meio de uma horda de agressores. Fui atingida por uma luz que atravessou meu peito, saindo pelas costas. A dor foi inimaginável.

Me vi olhando a ferida no peito. A ferida mortal. Depois comecei a cair do céu, cair... cair... cair...

Tentei gritar, mas a voz não saía. Senti a criatura nas minhas costas apertando-me ainda mais. Joguei os braços para trás, tentando acertá-la, mas só batia nas minhas próprias costas. Achei que lutar no Duelo era difícil. Agora eu preferia enfrentar mil Nons tentando esmagar minha cabeça, do que isso. A sensação era horrorosa, eu só queria morrer.

A criatura me apertava com tanta força, que comecei a ficar sem ar. Meu peito arfava com dificuldade, como se estivesse preso. Eu sabia que em pouco tempo não teria mais espaço para agir, mas não me importei. Naquele instante, não tinha vontade nenhuma de viver. As imagens aterrorizantes ficaram mais escuras e menores, mas sua força, de alguma maneira, crescia imensamente a cada instante. Eu estava sendo dissolvida de dentro para fora.

Não sabia como tinha tido aquela ideia, porque não me lembrava. Coloquei a mão na cintura. Minha respiração estava tão difícil, que qualquer inspiração poderia ser a última. Consegui, apesar do peso esmagador, soltar Destin do corpo.

Segurei-a com as duas mãos, que ainda, claro, faziam parte das mãos da criatura. Joguei os braços para cima da cabeça e senti a corrente travar na nuca da criatura. Cruzei os braços o mais rápido que pude, fazendo a corrente envolver, apertada, o pescoço da criatura. Se não funcionasse, eu estaria completamente perdida. Puxei com toda força que me restava.

Escutei um gorgolejo, primeiro ruído que a criatura fazia desde que tinha parado de chorar.

A visão seguinte me causou horror, depois alívio, pois a corrente se soltou nas minhas costas. A cabeça da coisa caiu no chão bem na minha frente, quicando uma vez antes de parar. Lentamente, centímetro por centímetro, senti os dedos da criatura se soltarem do meu corpo até perderem a força. Minha mente clareou. Levantei-me com as pernas trêmulas.

Eu não queria olhar para a criatura maligna que quase tinha me matado, pois estava com medo de que ela tivesse se transformado de novo em John. Ela foi ficando escura e começou a secar na minha frente.

Virei para o outro lado e corri o mais rápido que podia. Dessa vez eu sabia para onde estava indo, pois as trevas tinham começado a se dissipar. Era como se a criatura absorvesse toda a escuridão, permitindo que a luz voltasse a brilhar.

Quando vi meu reflexo adiante, acelerei os passos e saltei com as mãos esticadas. Atravessei voando o espelho, caí no chão de mármore e me levantei num instante. Olhei de novo para os espelhos. Todos começaram a desaparecer e sumiram em menos de um átimo, mas consegui ver de novo os desenhos intrincados nas molduras de madeira. Dessa vez, me lembrei de onde os tinha visto antes.

Com a Pedra da Serpente no bolso, desci as escadas e saí pela porta lateral das Chaminés. Liberta daquele lugar, ganhei altura nos céus, impulsionada por Destin, que tinha voltado a ser o que era antes. Precisava voltar para o hospital o mais rápido possível.

QUADRAGINTA UNUS
Pouquíssimos átimos

Poucos átimos depois, pousei mais perto possível do hospital. Corri o restante do caminho, empurrei as portas e atravessei o corredor às pressas. Mais um átimo se passou até que cheguei ao quarto de Duf. Sem fôlego, contornei o lençol pendurado no teto, para dar um pouco de privacidade ao ambiente.

Parei bruscamente. O catre estava vazio. O quarto estava vazio. Delph e o pai tinham ido embora. Voltei correndo pelo corredor, pensando coisas horríveis, uma pior que a outra. Não havia enfermeiras ou medicadores nos corredores, então comecei a enfiar a cabeça em todos os quartos pelos quais passava.

Wugs em diferentes estados de enfermidade ou ferimentos espiavam de volta dos catres. Cabeças machucadas, rostos vermelhos e inchados, pulmões chiando, pernas engessadas, braços amarrados ao corpo – nenhum deles era Duf. Concluí que muitos deles tinham se machucado na construção da Muralha, mas nenhum tão gravemente quanto Duf.

Quando saí de um dos quartos, ouvi o grito. Olhei desesperada ao redor, pois reconhecia a voz. Segui o som, dobrando num corredor, depois em outro. Os gritos continuaram até cessarem. Parei diante de portas duplas, empurrei-as e corri para dentro da sala, ofegante e com o nariz quebrado pulsando e escorrendo sangue. Endireitei o corpo e olhei para o horror diante de mim.

Duf estava deitado sobre uma mesa, coberto com um lençol. Olhei para baixo e senti o estômago revirar. Não havia nada. Suas pernas haviam sido amputadas na altura dos joelhos. Duf estava coberto de suor e inconsciente, pelo que eu agradecia.

Delph estava parado com as mãos cerradas, o peito arfando e lágrimas escorrendo-lhe por todo o rosto, enquanto observava o que tinha restado de seu pai. Olhei para o medicador que estava na sala. Seu jaleco estava todo sujo de sangue, e ele segurava uma serra medonha nas mãos. A enfermeira ao lado dele olhava angustiada para Delph.

Cheguei perto do catre. As pernas de Duf tinham sido reduzidas a dois cotocos. Mal conseguia respirar para manter os pulmões funcionando.

"O que aconteceu?", perguntei, sem fôlego.

"Co-cortaram", disse Delph, hesitante. "Só co-cortaram..."

Segurei a mão dele e olhei para o medicador.

"Quando você fez isso?"

Ele estava olhando para o meu rosto machucado, mas depois se concentrou na pergunta.

"Terminei há um átimo. Delph não queria que eu fizesse, mas tive que fazer. Do contrário, teríamos um wug morto."

"Um átimo?"

A enfermeira me puxou para longe de Delph e disse baixinho:

"Ele tentou impedir o medicador." Apontou para o jaleco rasgado e o rosto machucado do medicador. "Precisamos de cinco assistentes para segurá-lo, enquanto o medicador realizava a amputação. Ele disse que você ia chegar com alguma coisa para ajudar Duf. Nós esperamos um tempo, mas sabíamos que não fazia sentido. Como você não chegou, tivemos que fazer o procedimento. Você entende, questões médicas."

Não tinha fôlego para falar. Tantas coisas se passavam na minha mente, que era impossível formar uma resposta.

Um átimo. Um maldito átimo. Por que eu tinha demorado tanto? Ou melhor, por que fui perder a droga daquela Pedra?

As pernas de Duf não existiam mais. Sabia que a Pedra da Serpente não ajudaria. Mesmo assim, peguei-a no bolso, imaginei Duf com as pernas totalmente curadas e balancei a Pedra sobre ele, disfarçando o movimento como se estivesse arrumando o lençol.

Segurei a respiração, esperando as pernas voltarem ao normal. Continuei esperando, e nada aconteceu. Por fim, com o estômago embrulhando, soltei a Pedra da Serpente, deixando-a cair no fundo do bolso.

O medicador chegou perto de mim e analisou meu rosto.

"O que aconteceu com seu nariz?"

"Duelo", disse, distraída. Tive dúvidas se ele saberia ou não que eu estava mentindo, mas para mim, não fazia diferença.

"Quer que eu cuide dos ferimentos? Posso colocar seu nariz no lugar."

Balancei a cabeça.

"Não foi nada", disse eu, com a voz abafada. E *não era* nada. "Pode... pode cuidar de Duf."

Voltei para o lado de Delph.

"Sinto muito", disse. "Sinto muito mesmo, Delph."

Ele soluçou e esfregou os olhos.

"Você tentou, Vega Jane. Eu sei que você tentou. Por um átimo, não foi? Um átimo..." A voz dele esvaneceu.

"Mas ele está vivo", disse eu.

"E isso por acaso é estar vivo?", disse Delph em um súbito ataque de fúria. Depois se acalmou e olhou ternamente para mim. "Estou feliz que tenha voltado." Ele olhou para o meu rosto e levou um susto. "Vega, você está muito machucada. Você precisa..."

Segurei o braço dele com força.

"Não foi nada, Delph. Nada mesmo. Vai ficar tudo bem."

Minha cabeça pesava como se eu estivesse pendurada de cabeça para baixo. *Sou uma inútil, Delph. Eu o decepcionei. Sou uma inútil.*

Delph assentiu, triste.

"O que importa é que você tentou. Sempre vou te agradecer por isso. Você foi lá..." Ele baixou a voz. "Lá, você sabe... E enfrentou tudo de novo?"

"Fiz uma viagem e encontrei a pedra, só isso."

Ele pareceu aliviado.

"Você se importa se eu ficar um pouco sozinho com meu pai?"

Assenti rapidamente e saí da sala.

Esperei até chegar no final do corredor escuro e úmido, antes de me jogar no chão frio e soluçar incontrolavelmente.

QUANDO FINALMENTE me levantei, já sem lágrimas no rosto, minha tristeza deu lugar a uma raiva fervorosa. Corri para fora do hospital e ganhei os ares. Átimos depois, meus pés tocaram o cascalho. Meu corpo ainda doía onde aquela criatura terrível havia cravado os dedos. Minha cabeça estava zonza por causa das impressões de uma vida inteira de pesadelos concentrada numa única visão, sombria e contínua.

Eu sabia o que era aquela criatura porque, como o cobol, ela estava no livro de Quentin Herms. Não a reconheci antes de me atacar porque era impossível. Ela podia assumir a forma que quisesse. Eu sabia o que era por causa do que fez comigo.

Era um maniak, um espírito maligno que se prendia ao nosso corpo, depois ao espírito, e usava todos os nossos medos para nos deixar loucos de maneira irreversível. Mas parada ali, na estradinha de cascalhos, minha mente clareou, e as dores no corpo diminuíram, embora meu nariz quebrado ardesse como fogo. Nem pensei em usar a Pedra da Serpente para me curar. E naquele instante, não tinha tempo para isso.

Corri pela estradinha, empurrei os portões e continuei correndo até a porta gigantesca. Não me dei ao trabalho de bater. Simplesmente abri e entrei. William, o serviçal gorducho e dedicado, de uniforme limpo e reluzente, apareceu no corredor de entrada e olhou para mim, surpreso.

"O que você está fazendo aqui?!", exclamou.

Eu sabia que devia ser uma visão e tanto. Um olho quase totalmente fechado. O rosto ensanguentado e machucado por causa da luta com Non. Não fazia ideia das marcas que o maniak tinha deixado em mim. Sabia que tinha um dente a menos e o nariz quebrado, mas não estava nem aí.

"William, por favor saia da frente", disse eu. "Preciso ver uma coisa."

Ele continuou bloqueando a passagem.

"Madame Morrígona não está aqui."

"Não quero vê-la", gritei.

"Mestre John também não está."

"Muito menos Mestre John", retruquei.

"Ela disse que não queria visitas. Por isso, não permitirei visitas..."

Ele parou porque o levantei do chão e o pendurei pelo colarinho no suporte de uma tocha apagada, preso na parede. Com Destin presa na cintura, William era tão leve quanto o ar.

"Fique aí", disse eu. "Deixo você descer quando voltar."

Evitando seus gritos de protesto, corri pelo corredor em direção à biblioteca. Abri as portas duplas e entrei. A lareira estava apagada. A luz do sol entrava pelas janelas. Os livros ainda estavam lá. Fui direto ao que me interessava: o espelho preso na parece acima da cornija da lareira.

Eu tinha visto aquele espelho quando tinha estado ali com John para jantar pela primeira vez, quando ainda pensava que Morrígona era uma wug boa e decente. Antes de ela roubar meu irmão de mim e transformá-lo em algo que ele não tinha de ser. Olhei diretamente para a moldura esculpida em madeira. Era o mesmo desenho do espelho nas Chaminés. Quando olhei mais de perto, vi claramente que a moldura esculpida era feita de uma série de serpentes interconectadas, formando uma única criatura repugnante.

Dei um passo para trás, olhando para o espelho como um todo e entendi que ele era idêntico ao das Chaminés. Não tinha a menor ideia do poder que havia permitido Morrígona fazer aquilo, mas sabia que, de alguma maneira, ela havia reproduzido o espelho várias vezes para me capturar nas Chaminés e me matar.

Mas aquele jogo podia ter duas jogadoras.

Peguei a Elemental, mentalizei-a em seu tamanho natural, mirei e a atirei no centro do espelho. Ele se partiu em minúsculos pedacinhos, espalhando-se pela sala bonita e, até aquele momento, imaculada. Depois que os fragmentos se assentaram por todos os cantos, permiti-me abrir um sorriso ameaçador.

Voltei correndo pelo corredor e tirei William do suporte na parede, colocando-o no chão. Ele não parava de esbravejar. Olhou para mim indignado e passou a mão na roupa, endireitando-a.

"Esteja certa de que comunicarei esta imperdoável invasão para Madame Morrígona assim que ela voltar."

"É exatamente o que quero que você faça", disse eu.

Antes de sair, arranquei da parede os castiçais de prata que fiz e os levei comigo. Depois de ganhar altura nos céus e voar costurando o vento, atirei-os o mais longe que conseguia. Tudo que eu queria era também voar para o mais longe possível daquele lugar.

QUADRAGINTA DUO

Brincadeirinha de mau gosto

Duk Dodgson era o membro mais jovem do Conselho e o protegido de Jurik Krone. Ele também era meu próximo oponente. Era alto e forte, mas nunca tinha ganhado um Duelo porque, pelo menos eu achava, era convencido demais para reconhecer que precisava trabalhar nas próprias fraquezas. Ele era bonito, mas tinha a boca truculenta e os olhos arrogantes. Sua ambição era a túnica negra, não o troféu de estatueta, mesmo que junto dele viessem quinhentos níqueis. Eu já tinha visto Duk na Câmara do Conselho – estava sentado ao lado de Jurik Krone e seguia todos os seus passos. Com certeza me detestava porque seu mestre também me detestava. E agora eu o detestava porque era um idiota inveterado.

Estava feliz por enfrentá-lo no Duelo. Acertar as contas não era apenas divertido; às vezes é só o que nos restava.

Delph havia derrotado Duk no último Duelo. Ele me disse que Duk recuaria e não atacaria de imediato, e que tinha o péssimo hábito de manter os punhos muito baixos, deixando o pescoço e a cabeça vulneráveis. Aquilo me deu uma ideia, e acabei entrando escondida no hospital na noite anterior para apanhar um livro. Analisei as páginas e imagens até tarde, aprendendo o que precisava aprender para executar corretamente meu plano.

Assim que amanheceu, levantei-me e vesti minha capa. Deixei Harry II em casa. Tive medo de começar a perder a luta, meu canino atacar Duf, e Jurik Krone usar o fato como desculpa para matar Harry II.

Quando cheguei à arena, vi no quadro de apostas que havia um equilíbrio de possibilidades – eu e Duk tínhamos mais ou menos a mesma quantidade de apostas. Imaginei que ele, membro ambicioso do Conselho, não ficaria muito satisfeito. Minha luta era a segunda. Depois de fazer minha aposta, quase trombei com ele.

Jurik estava usando sua túnica preta como se fosse um halo de ouro.

"Você gosta de perder níqueis?", disse ele, em tom de escárnio. "Não vai ganhar nada hoje."

"Como disse?", perguntei, com a voz indiferente.

"Você apostou em si mesma. Meu estimado colega quase ganhou de Delph no último Duelo. Você não tem chance nenhuma. Por que não se rende de uma vez? Assim mandamos você para seu lugar, Valhala." Depois fez questão de mostrar que entregava vinte e cinco moedas para Litches McGee, apostando na vitória de seu "estimado colega".

"Por que você não me dá suas moedas de uma vez?", perguntei. "Assim evita o trabalho de McGee me entregá-las depois que acabar com seu precioso wug."

Saí andando para o outro lado, antes que ele tivesse a oportunidade de responder.

Assisti a Ted Racksport despachar habilidosamente, em menos de cinco átimos, um wug amedrontado que trabalhava no Moinho. Quando levantaram sua mão em vitória, Racksport olhou nos meus olhos e sorriu maliciosamente. Depois apontou para mim como se eu fosse a próxima.

O prazer é todo meu, pensei.

O segundo sino soou e fui marchando para meu quadrante. Duk parou diante de mim, já sem camisa e flexionando os músculos de maneira intimidadora. Quando o juiz nos chamou para dar as instruções, Duk olhou para mim e repousou o olhar no meu nariz quebrado, que estava inchado e doendo a ponto de me dar enjoo.

"O que aconteceu com seu nariz?", perguntou. "Não me lembro de você ter se machucado *tanto* no Duelo."

Preferi não dizer nada.

Ele deu de ombros e disse:

"Bom, não vou machucar você demais." Sorriu com os lábios truculentos, mas os olhos não acompanharam o sorriso. Depois ele disse com a voz baixa só para eu escutar: "Eu menti. Vou detonar contigo. Você deveria estar em Valhala. Se é o que Jurik quer, é o que ele terá". Também não respondi nada. Em vez disso, olhei para Jurik, que estava na beirada do quadrante, para incentivar seu querido wug. Levantei a mão, abrindo os cinco dedos, abri e fechei a mão cinco vezes representando os vinte e cinco níqueis que ele havia apostado, depois apontei para mim.

Voltei a me concentrar em Duk. Ele viu meu gesto e seu rosto foi tomado pela raiva.

Flexionou os músculos.

"Sem misericórdia, mocinha. Nenhuma!"

"Não me lembro de ter pedido misericórdia", disse eu, com a voz implacavelmente tranquila.

Meu rosto parecia terrível por causa dos ferimentos, eu sabia. Dava medo, mas, naquele instante, eu não me sentia mal por causa dele. Afinal, quanto mais eu olhava para Duk, mais surgia nele uma expressão que eu não via em nenhum dos meus oponentes.

O medo.

O sino tocou, a luta começou e avancei imediatamente para cima de Duk. Como Delph tinha me dito, ele costumava recuar e mantinha, mesmo, as mãos muito baixas. Dei um salto e envolvi o torso e os braços dele, prendendo os pés, como tinha feito na primeira luta, com Cletus. Obrigado a suportar o peso do meu corpo, Duk perdeu o equilíbrio. Joguei o corpo para a direita e ele tombou. Comprimi minhas pernas com força, prendendo os braços dele na lateral. Agarrei seu pescoço e apertei as jugulares pulsantes que lhe subiam para a cabeça. Ele lutou para se soltar das minhas pernas, mas eu era muito mais forte do que parecia, e minhas pernas eram muito mais fortes do que meus braços.

Ele conseguiu golpear sua cabeça contra meu rosto repetidas vezes, até que achei que fosse desmaiar. Senti o sangue escorrer pelos meus lábios e senti o gosto na boca. Parecia que meu rosto estava todo quebrado e que meu olho são já tinha inchado. Mas me segurei. Eu não ia deixar aquele wug ganhar.

Como o sangue que lhe fluía para a cabeça foi bloqueado pelas minhas mãos, suas pálpebras vibraram uma vez, duas vezes, até que ele parou de lutar e fechou os olhos arrogantes. Soltei as mãos e parei. Duk continuou onde estava, inconsciente.

O livro que apanhei no hospital explicava aquele pequeno fato médico e me aproveitei totalmente dele. Duk voltaria a si em pouco tempo e sem nenhum machucado, exceto pelo orgulho ferido e uma dor de cabeça alucinante. O juiz verificou o estado de Duk e levantou minha mão em vitória.

Parada ali na arena, machucada e ensanguentada, com a mão sobre a cabeça, dei de cara com Ted Racksport olhando para mim. Dava para ver, por sua expressão de surpresa, que tinha perdido níqueis por causa da luta. Culpa do idiota. Se eu tinha despachado Non, qualquer wug em sã consciência perceberia que Duk poderia até arrancar sangue de mim, o que ele fez, mas não ser melhor do que eu. Claro, o fato de eu ser mulher era o grande antídoto contra qualquer argumento racional. Como uma mulher poderia derrotar não um, nem dois, mas três homens? Não era possível. Enxerguei todos aqueles pensamentos nos olhos radiantes e perturbados de Ted, mas do mesmo jeito que olhei para Duk pela primeira vez na arena, meu olhar para Ted era totalmente inexpressivo. Limpei um pouco do sangue no rosto e apontei o dedo vermelho para ele, que deu uma risada nervosa e irônica antes de virar de costas.

Depois olhei para Jurik. Não sorri, não gargalhei, não disse uma palavra. Apenas olhei. Repeti o gesto de abrir a mão cinco vezes e apontar para mim.

Seu rosto foi tomado pelo ódio e ele saiu batendo os pés, deixando seu precioso Duk inconsciente no chão.

"Estimado colega, uma ova".

Depois que a rodada terminasse, só haveria quatro combatentes; e depois deles, apenas dois. Eu queria estar entre os dois finalistas. E depois, é claro, ser a combatente dos combatentes: a campeã. Nunca tinha ganhado nada em todos os meus ciclos. Agora, estava determinada a vencer o Duelo.

Coletei os níqueis e saí caminhando pela Rua Principal, pensando na melhor maneira de empregar o que enchia minhas mãos. As Chaminés estavam fechadas por causa do Duelo e ainda não era nem a quarta hora da manhã.

Quando passei pelo Feitiço dos Pombos, Thaddeus Kitchen saiu andando devagar, com a aparência péssima por ter tomado uma dose de aguardente, ou duas, ou três.

"Não vai trabalhar na Muralha hoje?", perguntei.

Ele olhou para mim, e notei que alguma coisa estava errada.

"Eu e Henry fomos demitidos graças a você."

"A mim?", respondi, espantada.

"Por causa da Mu-muralha", soluçou, "que caiu no D-Du... naquele wug lá."

"Eu não fiz a Muralha cair. Foram *vocês* que adulteraram as braçadeiras. Quem demitiu vocês?"

Seu rosto se encheu de fúria, como se só agora ele tivesse entendido quem eu era.

"Seu irmão, foi ele", respondeu, soltando um arroto.

"John demitiu vocês? Mas não foi ele que modificou o design?"

"Foi ele mesmo. Mas que diferença isso faz para o wug", soluçou, "todo-poderoso que agora ele é? E eu tenho uma família para su-su... para cuidar, não é?"

"Sinto muito", disse eu, embora não sentisse nada. "Mas Duf Delphia perdeu as pernas. Você pode conseguir outro emprego."

Ele cambaleou e recuperou o equilíbrio.

"Acha mesmo? Não com uma referência ruim daquele i-i-idiota."

"Meu irmão despediu vocês porque fizeram besteira", disse eu, furiosa. "Tenho certeza de que quando ele descobriu o que aconteceu, teve ódio de si mesmo e descontou em você e Henry. Não estou dizendo que é justo, mas isso não faz dele um idiota."

Thaddeus se aproximou e inclinou o corpo em cima de mim. Chegou tão perto, que senti o hálito de aguardente.

"Ele demitiu a gente, mocinha, por que cumprimos *sua* ordem e não fizemos mais buracos nas malditas braçadeiras. Foi por isso que ele mandou a gente embora. Ele não está nem aí para o tal do Du-Du sei lá o quê. Na minha opinião, ele é um *idiota*", disse, soluçando de novo.

Não disse nada porque não conseguia pensar no que dizer.

Interpretando meu silêncio como consentimento, Thaddeus arrotou de novo e disse:

"Que desgraça é você, Vega Jane. Você vale alguma coisa?" Ele cambaleou um pouco e olhou para mim, com um leve sorriso no rosto. "Mas vou apostar uma ou duas moedas em você na próxima luta, Vega, por isso", soluçou, "não me decepcione, querida. Rá."

Saiu andando aos trancos, deixando-me pensar no que acabava de dizer. Pelo menos eu queria pensar, mas escutei passos nas pedras e me virei para ver quem era. Roman Picus não parecia muito feliz. Junto dele estava Non, que vinha na frente e parecia tão ruim quanto eu me sentia, além de Cletus e Ran Digby, com o nariz enfaixado. Os quatro fizeram um círculo à minha volta, armados até os dentes com mortiços e facas.

"Bom dia, Roman", disse. Antes que ele pudesse responder, acrescentei: "E se está procurando um conselho, eu diria para parar de apostar contra mim".

Ran, é claro, mirou uma cusparada de tabaco no meu pé, mas errou. Cletus assobiou, Non rosnou. Roman apenas me olhou fixamente.

"Quero te fazer uma pergunta, Vega", disse ele, finalmente.

"Acabe logo com o suspense, Roman", respondi com um sorriso.

"Você derrotou três homens, incluindo Non. E fez isso no seu primeiro Duelo. Pouco antes de perder, derrotou Cletus, que é bom mas não se equipara a Non ou ao colega que você derrotou hoje." Ele esfregou o queixo com a mão oleosa. "Agora me diz, como é possível?"

"Aprendi rápido e melhorei."

"E é mais forte. E mais rápida. E mais tudo, parece. Non me disse que você o derrubou com um golpe só e amassou sua armadura."

Olhei para Non, cujo rosto ainda tinha as marcas da surra que lhe dei. Se feições pudessem matar, eu estaria enterrada em pedacinhos no Solo Sagrado.

"Acho que ele não foi páreo para mim no Duelo."

Cletus bufou, gerando de minha parte o olhar mais prepotente que já dei na vida.

"Se quiser uma segunda rodada comigo, Cletus, é só falar." Fingi uma investida e ele caiu de bunda nas pedras.

Ran deu uma gargalhada antes de se dar conta do que fazia e mirou outra cusparada no meu pé, errando mais uma vez. Cletus levantou com um salto, vermelho de vergonha.

Roman continuava olhando para mim.

"Muito curioso", disse, coçando o queixo com tanta força que pareceu arrancar pelos e pele. "Acho que vou ter uma conversinha com o Conselho. Não é certo que outros wugs fiquem em desvantagem no Duelo."

"Concordo plenamente", disse eu. "Por isso o próximo wug que tiver quarenta e cinco quilos a mais que eu, braços e pernas maiores que os meus, pode levantar as mãos enquanto eu bato sem parar."

"Você não está entendendo, mocinha."

"Então explique de modo que um wug inteligente consiga entender."

"Para mim, você está roubando!", gritou ele. "E também todos os outros wugs. Uma mulher derrotando um sujeito como Non?"

O fato de eu ter derrotado todos os meus oponentes sem nenhuma ajuda de minhas armas especiais fez a indignação flamejar no meu rosto.

"Eu diria que a probabilidade é de cem por cento, pois aconteceu." Olhei para Non. "E da próxima vez que você entrar na arena para duelar, lembre-se de como usei seu peitoral estúpido contra você. Não precisei usar truques para acabar com você, seu cocô de creta, pois usei sua proteção de metal primeiro para deixar você cansado e depois inconsciente. Só precisei da sua idiotice."

Olhei Non de cima a baixo até o imbecil virar de costas e sair pisando duro. Cletus e Ran, sem Non para lhes defender, se mandaram e logo sumiram de vista.

"Continuo dizendo que você está roubando", disse Roman.

"Então vá falar com o Conselho. Procuro *você* para coletar meus ganhos depois que o Duelo acabar. Afinal, por que eu deixaria Litches McGee se divertir sozinho?"

"Você parece bem confiante na vitória", disse ele, desconfiado.

"Se eu não acreditar em mim mesma, quem vai acreditar?"

QUADRAGINTA TRES

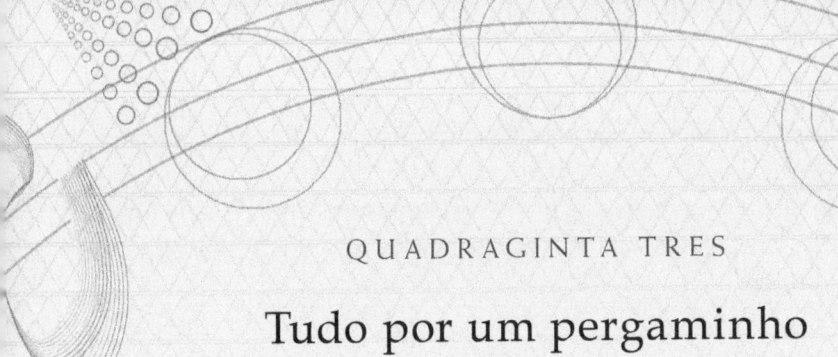

Tudo por um pergaminho

PAREI EM CASA, peguei Harry II e fomos juntos ao Centro de Cuidados. Como Non não vigiava mais o lugar, entrei correndo e encontrei o quarto de Duf. Fiquei surpresa, pois eles o haviam colocado no quarto onde ficavam meus pais. Li a plaqueta na porta duas vezes, para garantir.

Empurrei a porta aberta e espiei. Como já desconfiava, Delph estava sentado na beirada do catre do pai, esfregando-lhe a cabeça com uma toalha molhada. Abri a porta até o final e entrei com Harry II. Delph levantou a cabeça.

"Duelo?", perguntou.

"Ganhei."

"Com quem você lutou?"

"Não importa. Como está Duf?"

Aproximei-me do catre e olhei para ele. Parecia dormir profundamente. Baixei o olhar para suas pernas, ou para onde elas costumavam estar. O lençol estava esticado sobre o catre, pois não havia o que cobrir.

"Está bem, acho", respondeu. "As pernas de pau chegam amanhã."

Assenti. Com pernas de pau, Duf conseguiria andar um pouco, mas nada mais que isso. Nunca mais Duf treinaria animais. Por mais que fossem bons, muitas vezes os treinadores precisavam correr para se salvar, e Duf não conseguiria fazer isso sobre pernas de pau.

"Sinto muito, Delph", disse eu.

"Você não tem culpa, Vega Jane. Foi acidente. Acontece."

Tive dificuldades para dizer as próximas palavras. Como eu diria que meu irmão tinha redesenhado as braçadeiras, fazendo-as arrebentar?

Será que ele atacaria meu irmão e seria mandado para Valhala por causar problemas?

Acabei não dizendo nada. Delph olhou para o meu rosto durante um instante, mas, em seguida, voltou a passar o pano na testa do pai. Olhei do pai para o filho.

"Delph?"

Ele olhou para mim.

"E o Pântano?", perguntei com a voz baixa. "Depois do Duelo?"

Diversas emoções passaram pelo rosto de Delph. Ele olhou para mim, depois olhou de novo para o pai, fixando nele o olhar. Baixou a cabeça.

"Desculpe, Vega Jane."

Virei para o outro lado, sentindo as lágrimas encherem meus olhos. Coloquei a mão nas costas de Delph.

"Eu entendo, Delph. É a escolha certa. É sua... família."

Queria ter ainda uma família.

Caminhei em direção à porta.

"Boa sorte no Duelo, Vega Jane", disse ele, olhando para mim. "Espero que você ganhe", acrescentou.

"Obrigada", respondi, deixando-o a sós com o pai. Enquanto caminhava sob a luz quente do sol, senti uma frieza sem precedentes no coração.

☙

EM SEGUIDA, parei no prédio do Conselho. Subi trotando os degraus, passando por vários membros do Conselho que também subiam a escada. Ignorei os olhares surpresos diante da "traidora" e abri uma das portas gigantescas esculpidas com águias, leões e o que parecia ser um garme assassinado.

Era a primeira vez que passava pela entrada principal. Minha única visita ao Conselho tinha sido feita pela porta de trás, algemada.

Entrei e me deparei com uma câmara imensa de teto elevado, tochas acesas e temperatura mais perfeita possível. Os membros do Conselho e sua equipe, wugs vestidos de maneira mais humilde – a maioria homens, mas também havia algumas mulheres –, passavam de um lado para o outro. Sempre me perguntei por que um lugar pequeno como Artemísia precisava de um Conselho e de um prédio com aquele tamanho e opulência. Como a maioria das minhas perguntas, essa também ficou sem resposta.

Caminhei até um balcão de mármore onde havia uma moça baixa e empertigada, vestida com uma túnica cinza. Seus cabelos estavam tão puxados para trás, formando um coque, que seus olhos pareciam de gato. Ela levantou o nariz e me perguntou, em tom formal:

"Posso ajudá-la?"

"Acho que sim", respondi. "Thansius está aí?"

Ela levantou ainda mais o nariz, a ponto de eu conseguir ver as duas narinas.

"Thansius? Você está procurando Thansius?", disse ela, com ares de autoritária.

Seu tom de voz deu a entender que eu também deveria estar ali para me consultar com a noc.

"Sim, estou."

"E qual o seu nome?", perguntou, mecânica.

"Vega Jane."

Ela contraiu o rosto levemente, indicando que reconhecia meu nome.

"Mas é claro", disse em tom mais amistoso. "O Duelo." Ela olhou para os ferimentos no meu rosto e exclamou, com pena: "Pelo Campanário, veja só seu rosto! Acabei de me dar conta de que já vi você em Artemísia. Você era *tão* bonita. Que tristeza".

Um elogio misto, era óbvio.

"Obrigada", murmurei. "Então, Thansius está?"

Imediatamente ela se colocou numa posição mais defensiva.

"Sobre o que você quer falar com ele?"

"Uma questão pessoal. Como você sabe, meu irmão é assistente especial..."

Ela franziu os lábios.

"Sei tudo sobre seu irmão John Jane, muito obrigada." Ela pensou um pouco. "Só um momento", disse, saindo de trás do balcão. Depois entrou apressada num corredor e olhou duas vezes para mim.

Esperei pacientemente. Olhei para cima e vi uma pintura do nosso fundador, Alvis Alcumus, pendurada sobre a porta de entrada. Ele parecia simpático e estudioso, mas também havia uma nebulosidade em seu olhar, o que achei interessante. Sua barba era comprida e lhe caía até o peito. De onde será que ele tinha vindo para fundar Artemísia? Atravessou o Pântano? Ou naquela época o Pântano não existia? Ou será que brotou do chão como um cogumelo? Talvez ele fosse invenção da mente de algum wug. Eu começava a acreditar que nossa história era mais ficção do que fato.

Comecei a observar as pinturas gigantescas penduradas nas paredes compridas que compunham um corredor lateral do prédio. Quase todas retratavam guerras envolvendo bestas e wugs usando armaduras. Provavelmente eram cenas da Batalha das Bestas, sobre a qual aprendíamos no Preparatório. Histórias de como nossos ancestrais derrotaram as criaturas e as expulsaram de volta para o Pântano recheavam o imaginário popular de Artemísia.

Quando me aproximei das pinturas, vi uma cena que me pareceu muito familiar. Uma guerreira usando cota de malha, montada em um corcel, carregando uma lança dourada e saltando sobre alguma coisa. Observei a luva prateada que a guerreira usava na mão direita. A lança era idêntica à que estava, naquele mesmo instante, dentro do meu bolso – embora em tamanho reduzido. Sem dúvida, a guerreira era a moça que falecida no campo de batalha, não antes de me presentear com a Elemental.

No entanto, o salto que ela dava no quadro era sobre uma pequena pedra. Ela não precisaria dar um salto tão grande para evitar uma pedra tão pequena. Além disso, perseguia um frek. Não havia freks no campo de batalha daquele dia. Ela havia atirado a espada, destruído um cavaleiro montado num corcel *voador*, saltado sobre *mim* e ganhado altura no céu, quando seu slep havia ariado asas, para combater lá em cima outra figura montada num adar gigante. Eu sabia que tinha visto tudo aquilo e jamais me esqueceria.

Imaginei que aquela pintura pudesse ser o retrato de uma batalha na qual não tinha estado, mas todo o resto era tão idêntico ao que eu me lembrava, que talvez houvesse algo errado no quadro. Eu e o cavaleiro no corcel alado fomos apagados, e no lugar dele foi colocado um frek. E o elmo da guerreira estava baixado, pois me lembro claramente de ela ter erguido a viseira, revelando-se para mim como uma mulher. Talvez Morrígona não quisesse que os outros soubessem que sua ancestral havia sido uma guerreira. E certamente não havia colossais na pintura porque, para todos os wugs, exceto para mim, colossais não existiam.

Caminhei para trás quando ouvi passos rápidos atravessando o corredor. A wug empertigada estava voltando, e tive a impressão de que seu rosto estava um pouco enrubescido.

"Thansius vai recebê-la", disse ela, sem fôlego, com os olhos arregalados diante da possibilidade do encontro. "Por tudo que há de mais misericordioso, ele vai recebê-la agora mesmo."

"Isso é incomum de acontecer?", perguntei.

"Não, claro que não. Desde que você considere *comum* convidar um amarok para tomar chá com biscoitos."

Ela me conduziu até uma grande porta de metal no final do corredor. Bateu timidamente e ouvimos um alto e forte "Entre". Ela abriu a porta, me empurrou para dentro da sala, fechou a porta, e escutei o tec tec dos saltos pisando no chão de mármore.

Um pouco esbaforida, olhei em volta da sala ampla e cheia de inúmeros objetos. Fixei o olhar no wug corpulento atrás de uma mesa que parecia pequena demais para ele ou para a sala. Thansius se levantou e sorriu para mim.

"Vega, por favor, sente-se."

Aproximei-me dele com toda confiança que conseguia buscar dentro de mim. Sentei-me numa cadeira delicada do lado de cá da mesa. Quando me sentei, a cadeira estalou e tive medo que desmoronasse, mas segurei firme e relaxei.

Thansius se sentou novamente e olhou para mim, ansioso. Sua mesa estava cheia de cartas, rolos de pergaminho, relatórios e planos da Muralha, além de pergaminhos oficiais do Conselho, em branco. Antes que eu falasse qualquer coisa, ele disse:

"Não me lembro de você quebrar o nariz no Duelo."

"Chaminés", disse eu, indiferente. "Fui descuidada, mas já está curando, não vai demorar muito." Timidamente, esfreguei o olho roxo por causa da fratura. O outro olho ainda estava inchado e também tinha ficado roxo.

"Entendi", respondeu Thansius. Seu tom de voz era de quem sabia que eu estava mentindo.

Limpei a garganta e disse:

"Ganhei a luta de hoje."

Ele puxou uma folha de pergaminho entre as pilhas da mesa.

"Eu sei. O relatório chegou um átimo depois de você ter derrotado com tanta rapidez o sr. Dodgson. Um feito e tanto. Ele é forte e tem técnica, mas se tem também uma fraqueza..."

"Ele é convencido demais para reconhecer que tem fraquezas e que precisa melhorar."

Thansius assentiu, pensativo.

"Exatamente."

"Bom, talvez seja difícil para wugs quase perfeitos admitirem que têm problemas. Mas eu tenho defeitos demais e tento melhorá-los o tempo todo."

Thansius sorriu.

"Acho que isso seria uma grande lição para todos nós, perfeitos ou não."

"Apostei na minha vitória", disse eu, chacoalhando as moedas no bolso.

"As leis do Conselho me proíbem de apostar no Duelo, mas, se eu pudesse tentar a sorte, apostaria em você, Vega."

"Por quê?", perguntei, interessadíssima na resposta. "Duk Dodgson era um oponente formidável e experiente."

Ele estreitou os olhos, mas não diminuiu o sorriso.

"Existe a força daqui", respondeu, erguendo e flexionando o braço. Os músculos formaram uma protuberância por baixo do manto. "E existe a força daqui", continuou ele, tocando o peito. "Acho que você tem muita força aqui, onde está o verdadeiro poder."

Não disse nada, mas continuei olhando para ele, curiosa.

"Mais uma luta e você estará na batalha para ser campeã", acrescentou.

"E ganhar mil níqueis", acrescentei.

Ele balançou a mão em desdém.

"E qual a importância dos níqueis nisso tudo? Lutei em muitos Duelos e os níqueis nunca fizeram parte do prêmio. Acho que..."

Ele parou de repente e achei que sabia por quê. Ele agora prestava atenção em como eu era magra. Como minhas roupas eram sujas. Como meus sapatos eram velhos. E como minha pele era imunda.

Ele baixou os olhos por um momento.

"Como ia dizendo, acho que o prêmio em níqueis é bom, na verdade. Pode ajudar muitos wugs... e suas famílias."

"Sim, pode sim", disse eu. "Mas vim aqui por outro motivo."

"Ah", disse ele, esperançoso e aparentemente feliz com a mudança de assunto.

"Duf Delphia."

Ele assentiu.

"Sei da situação dele. Visitei-o no hospital ontem à noite, antes de ser transferido para o Centro de Cuidados. Uma tragédia."

Fiquei surpresa ao saber que ele tinha visitado Duf. Delph não me disse nada. Mas ele tinha muita coisa para pensar.

"Morrígona disse que o Conselho cuidaria de Duf."

"Sim, é verdade. Ele se feriu enquanto trabalhava para o Conselho na Muralha. Receberá indenização e uma perna de pau por nossa conta."

"Isso é muito generoso", disse. "Mas e a ocupação dele?"

"Você diz como adestrador? Nunca vi adestrador melhor em todos os meus ciclos, mas sem pernas? Não acho que vai ser fácil."

"Eu sei. Mas e se ele trabalhasse com outro wug interessado em adestrar animais? Duf poderia ensiná-lo, pois Artemísia precisará de outro adestrador, é claro. O wug poderia ser as pernas de Duf enquanto aprende."

"E desse jeito o sr. Delphia, além de ganhar níqueis, teria um propósito de vida para o resto de seus ciclos", acrescentou Thansius.

"Sim", respondi.

Thansius abriu um sorriso largo, formando rugas em baixo dos olhos.

"Acho excelente ideia. Vou providenciar tudo isso seguindo seu conselho. Você tem alguém em mente?"

Falei para ele o nome de um wug que poderia ser um excelente treinador. Enquanto ele se virou para pegar uma caneta e colocar os óculos, estiquei a mão e catei um pedaço de pergaminho em branco, com o nome de Thansius e o carimbo oficial do Conselho no topo. Quando Thansius se virou de novo, o pergaminho já estava são e salvo no meu bolso.

Prestei atenção enquanto ele escrevia o nome com a mão rígida, tão diferente do floreado com que vi Morrígona escrever e sem nenhum dos rabiscos típicos de Julius Domitar. Agradeci Thansius e saí.

Passei pela wug empertigada na saída.

"Oh, graças ao Campanário você saiu inteira, querida", disse ela, sentindo um nítido alívio.

Olhei surpresa para ela.

"Como assim? Você achou que Thansius me faria algum mal?"

Ela pareceu horrorizada com a ideia.

"Claro que não. Só imaginei que você, bem, que você entraria em combustão pela honra de estar na exaltada presença de Thansius."

"Então, estou inteira. Rá!", disse eu, mal-humorada, e saí do prédio.

Ao descer pela escadaria, coloquei a mão no bolso onde estava o pergaminho. Tinha acabado de tirar proveito de uma oportunidade que se apresentava para mim. Agora eu sabia exatamente o que fazer: escreveria uma carta.

Era um dia muito especial para mim e eu o aproveitaria ao máximo.

QUADRAGINTA QUATTUOR
É você mesma, Vega?

VOLTEI DIRETAMENTE PARA CASA, onde Harry II me esperava impaciente. Já tinha bolado todo o plano no caminho. Levei a cadeira até minha mesa, peguei a caneta, recarreguei-a e comecei a cumprir minha tarefa com o pergaminho. Eu estava enxergando com um olho só, mas sabia o que queria escrever.

Como eu tinha visto Morrígona escrever no relatório que um trabalhador da Muralha havia lhe entregado, prestei bastante atenção em sua caligrafia. Assim soube que todos os pergaminhos que, nos últimos dois ciclos, chegaram nas Chaminés com instruções para fabricar coisas belas tinham a caligrafias *dela*. Não imaginava que minha raiva por ela pudesse crescer, mas cresceu. Ela me fazia dar duro no trabalho a um baixo salário, e todas as coisas belas acabavam jogadas num buraco.

No entanto, não era a letra de Morrígona que eu imitaria naquele dia, mas a de Thansius. E eu tinha acabado de ver vários exemplos da caligrafia de Thansius sobre sua mesa no prédio do Conselho. A carta foi escrita bem devagar, pois me esforçava para o destinatário acreditar que a carta tinha sido mandada pelo Chefe do Conselho, usando palavras que o tinha ouvido empregar muitas vezes.

Deixei o pergaminho de lado depois que terminei de escrever. Meu estômago roncava. Infelizmente a despensa estava vazia. Enquanto olhava para o espaço vazio, coloquei a mão no bolso e encontrei as moedas que tinha ganhado de Litches McGee. Nunca tinha feito o que faria agora, mas resolvi que aquele era o melhor momento. Quando comecei a sair de casa, olhei para mim mesma: estava surrada, ensanguentada e imunda.

Levei um pouco de água com sabão até os fundos de casa e passei dez átimos esfregando a sujeita, usando também a água da torneira. Tirei todas as peças de roupa até ficar nua. Depois me sequei e voltei para dentro. Meu cabelo estava molhado, mas limpo – pela primeira vez em muito tempo, sentia meu próprio cheiro. Olhei para os níqueis e tive uma ideia.

Era uma ideia extremamente boba, mas pensei: *por que não?*

Encontrei uma calça muito curta e uma blusa muito pequena que minha mãe havia tricotado para mim ciclos atrás – estavam na pilha de coisas jogadas no canto que eu não tinha terminado de organizar. Espremi os pés em um par de sapatos apertados que eu usava havia três ciclos. Pelo menos aquelas roupas estavam limpas, ou muito mais limpas do que as que eu costumava usar.

Havia uma loja na Rua Principal chamada Peças Raras, que vendia roupas femininas. Sempre passava por ela, mas nunca tive intenção de entrar. Quando abri a porta, um sininho pendurado soou, e uma atendente gorducha, com seus quarenta e poucos ciclos e elegantemente vestida, apareceu dos fundos da loja. Ela olhou para mim com olhos sérios.

"Posso ajudá-la?", perguntou, dando a entender que eu não era digna de estar ali.

De repente minha língua travou e me fez perder totalmente a autoconfiança, que costumava ser abalada em situações como aquelas.

"Eu queria algumas coisas novas", murmurei.

"O que disse?", perguntou ela, com a voz baixa.

"Coisas novas", repeti, desanimada. Já tinha decidido dar meia-volta e sair. Wugs como eu não faziam coisas assim. Quando conseguia roupas novas, eram sempre doadas.

"Ora, e por que não falou antes, minha querida?", disse ela. "Suponho que você tenha níqueis", acrescentou. Ergui a mão cheia de moedas e mostrei a ela. Seu rosto se iluminou. "Mais que suficiente", comentou, colocando os óculos no rosto. "Venha cá, deixe-me ver você." Por trás dos óculos, seus olhos aumentaram de tamanho. "Ora, você estava no Duelo. Vega Jane."

"Sim, sou eu."

Ela me olhou de cima a baixo.

"Você é alta, esbelta, tem ombros largos e pernas compridas. As roupas vão cair muito bem você, minha querida."

"Ficarão mesmo?", perguntei, em tom de perplexidade. Eu não sabia nada sobre roupas que nos caíam bem.

"Bom, vou pegar umas coisinhas e a gente vê o que acontece, tudo bem?"

Depois de muitos átimos experimentando várias peças, descartando algumas e escolhendo outras, ela empacotou minhas novas peças enquanto eu já usava uma que ela tinha ajustado em mim, porque era uma verdadeira raridade. As roupas que eu estava usando quando cheguei lá foram direto para a lixeira.

Agora eu estava com um vestido azul, meias brancas e um sapato de salto que me deixava mais alta.

Ela olhou admirada para mim.

"Então é isto! Eu sabia que você era linda, querida. Só precisamos tirá-la debaixo daquelas roupas."

"Acho que sim", respondi, quase sussurrando.

"E agora, o seu cabelo, querida", disse a senhora gentil, embora exuberante, que havia se apresentado para mim como Darla Gunn. Havia um espelho pendurado na parede. Olhei para meu reflexo.

"O que tem *meu cabelo*?", perguntei.

Darla olhou para ele com o que imaginei ser um olhar profissional.

"Bom, precisamos acertá-lo um pouco. Arrumá-lo, eu diria. Talvez um corte, ou dois, ou três, entende? Nada drástico; quer dizer, talvez só um pouquinho." Ela suspirou e acrescentou, tímida. "Precisa de um *tratamento*, minha querida."

Dei umas batidinhas no cabelo com a mão e ele voltou para a mesma posição rebelde de antes. "Como?", perguntei.

"Ah, tem várias maneiras. E como você já gastou muitos níqueis hoje, vou arrumá-lo para você de graça."

"Vai doer?"

Darla riu.

"Caramba! Você pergunta isso? Imagine só se não tivesse participado do Duelo?"

Sorri e toquei meu rosto surrado.

"Vi você derrotando Non, Vega", disse ela. "Vibrei como uma louca. Só não quis dizer nada quando a reconheci. Agora você é, bem, uma celebridade, não é?"

Ruborizei quando ela disse aquilo.

"Mas veja esse pobre rosto. Seus olhos, seu nariz. Bom, vamos ver o que consigo fazer para deixá-la bonita até os ferimentos curarem direito."

E ela cumpriu direitinho o prometido. Eu não conhecia as coisas que fez no meu cabelo e como cuidou do meu rosto. Quando terminou e amarrou uma fita branca com um laço nos cachos que tinha acabado de fazer, olhei no espelho e fiquei sem fôlego. Parecia que eu tinha desaparecido e sido substituída por outra garota.

Ela pegou um frasco com uma mangueira fininha presa na tampa. Na outra ponta da mangueira havia uma bolinha inflada. Ela apertou a bolinha e espirrou um líquido no meu pescoço e nas bochechas. Recuei e ela riu.

"Sinta o cheirinho, Vega", disse ela.

O aroma mais maravilhoso de todos penetrou nas minhas narinas.

"Lavanda", disse eu.

"Com um toque de madressilva. Eu mesma que fiz." Darla fixou o olhar em mim e seu rosto abriu-se num sorriso. "Muito bom, Vega. Muito bom mesmo. Quando seu rosto ficar totalmente todo curado, você vai ficar deslumbrante, minha querida."

Deslumbrante? Uma parte de mim tinha certeza de que eu estava num sonho, e que, assim que acordasse, teria de encarar de novo as roupas imundas e o cabelo desgrenhado. Paguei o que devia, peguei os pacotes e saí da loja, cheia de sentimentos que nunca tinha tido antes.

Dois wugs conhecidos passaram por mim assim que saí. Um deles era um jovem lavrador chamado Rufus, e o outro era Newton Tilt, o serrador das Chaminés que eu sempre achava lisonjeador. Rufus suspirou e deu de cara com um poste que servia de suporte para o telhado sobre a calçada e despencou sobre as pedras da rua.

Newton simplesmente ficou parado me olhando dos pés à cabeça, com um sorrisinho ingênuo no rosto.

"Vega, é você mesma aí embaixo?", perguntou Newton.

Passei por ele apressada, com o rosto vermelho. *Aí embaixo?*

Ainda tinha que passar em outra loja para comprar mais uma coisa. Paguei o produto e o recebi embrulhado em um lindo papel. Tinha acabado de comprar muito mais do que já tinha comprado na vida. O que não significava muito, porque *nunca* havia comprado nada antes.

Voltei para minha casa e saí para passear com Harry II. A princípio, Harry II não me reconheceu, pois ele eriçou o pelo e mostrou os dentes, mas, depois de me cheirar um pouco, pareceu satisfeito ao perceber que eu era mesmo, sua dona.

Encontrei um pedaço de espelho que também tinha pertencido à minha mãe. Inclinei-o de modo a ver meu rosto e meu cabelo. Outra vez, balancei a cabeça sem acreditar. Mas meus olhos ainda estavam inchados, a pele estava roxa, o nariz estava quebrado, e a bochecha, machucada e dolorida. Me senti arruinada.

Suspirei e um desejo ardente pulsou dentro de mim.

Coloquei a mão no bolso do vestido e puxei a Pedra da Serpente. Suspendi-a diante do rosto, pensei coisas boas e as marcas desapareceram instantaneamente. Meus olhos voltaram ao normal, o inchaço sumiu e senti o nariz sendo curado. Guardei a Pedra e saí de casa.

O sol se punha e imaginei que podia ser o momento perfeito. Andei a passos rápidos, pois tinha recuperado a energia por causa da transformação física.

A caminhada até a casa de Morrígona foi rápida e consegui me esgueirar até a porta da frente e inserir o pergaminho pela fenda. Eu sabia que nem Morrígona nem John estariam em casa, mas tinha certeza que o sempre fiel William entregaria o pergaminho a *Madame Morrígona*.

Completada a tarefa, saí correndo para meu próximo destino: o Centro de Cuidados.

QUADRAGINTA QUINQUE

Uma noite especial

DEPOIS DE DEIXAR Harry II esperando do lado de fora, conversei com uma enfermeira que encontrei no corredor. Entreguei-lhe um níquel antes de dizer o que queria. Como imaginei, Delph estava debruçado sobre o pai e levantou a cabeça quando abri a porta.

"Vega Jane? O que você está fazendo aqui de novo?"

"Combinei com a enfermeira para ela ficar aqui com Duf."

"Como?", disse ele, confuso.

"Qual foi última vez que você teve uma refeição decente, Delph?"

Quando entrei e fui iluminada pela luz curiosa do quarto, Delph arregalou os olhos, maravilhado. Na verdade, senti um arrepio na espinha e me peguei sorrindo como uma menina ingênua.

"Vega Jane, o que... o que você fez?", disse ele, nervoso.

"Eu só... só me arrumei um pouco", respondi, envergonhada.

Ele se levantou e veio até mim.

"Arrumou? Você chama isso de arrumar?"

"Como *você* chamaria isso, Delph?", perguntei abruptamente, e fiquei pensando por que tinha sido tão direta.

A pergunta o pegou desprevenido. Ele coçou a cabeça, parecia indeciso.

"Então, eu diria que... Você está bem arrumada, como disse. Bem arrumada mesmo", completou Delph, com o rosto vermelho.

Eu sorri.

"Vim chamá-lo para comer."

Ele começou a dizer alguma coisa, mas balançou a cabeça.

"Sei não, Vega Jane, sei não." Ele olhou para Duf. "E meu pai?"

"Por isso a enfermeira vem ficar com ele."

"Mas você parece tão, bem, você sabe... e eu não", disse, olhando para si mesmo.

Segurei a mão dele.

"Para mim, você parece perfeitamente respeitável. Vou comer alguma coisa no Lesma Faminta e quero que você venha comigo."

Ele sorriu.

"E por que a ocasião especial?"

Resolvi contar a ele.

"É meu aniversário. Estou fazendo 15 ciclos, Delph."

Ele pareceu sem jeito.

"Mas eu não fiz nada... quer dizer, não sei..."

"Você não precisa fazer nada além de aceitar meu convite para comer comigo e comemorar meus 15 ciclos de vida em Artemísia."

Dando mais uma olhada no pai, dessa vez com a expressão mais aliviada, depois que a enfermeira que paguei entrou e disse estar pronta para cuidar de Duf, nós dois partimos.

Os wugs nos observaram de olhos arregalados quando passamos pela Rua Principal, com Harry II atrás de nós. Delph era bem alto, mas os saltos mantiveram minha altura proporcional à dele. Eu estava mais elegante, mas vi que ele molhou a mão na língua e passou na cabeça para arrumar o cabelo. E também parou numa torneira do lado de fora do Centro de Cuidados para lavar o rosto e os braços e tirar um pouco da sujeira da roupa.

"Estou querendo fazer isso há dias", explicou, tímido. "Mas não deu tempo de fazer nada."

Dessa vez nos sentamos numa mesa bem na entrada do Lesma Faminta, e não nos fundos. Sempre que olhava em volta, percebia outros wugs me olhando. As mulheres pareciam irritadas com os maridos e não paravam de puxá-los pelo queixo, chamando sua atenção de volta para a mesa.

"Todos os wugs estão olhando para você, Vega", disse Delph. "Principalmente os homens. Rá!"

"Daqui a pouco eles se cansam. Uma goiabeira nunca vai dar laranjas."

Ele olhou para mim sem entender.

"Você escutou o que disse? Goiabeira, uma ova. Você está..." Ele respirou fundo, levantando os ombros. "Você está linda, Vega Jane."

Delph ficou tão vermelho, que fiquei com medo de ele sufocar.

"Obrigada, Delph", disse eu, sincera, embora eu também estivesse ruborizada. Os únicos wugs que diziam que eu estava bonita eram meus pais, e sempre achei que diziam mais por dever.

Fizemos o pedido e comemos a melhor refeição da minha vida. Mesmo chegando ao ponto de não caber mais nada na nossa barriga, resolvi comer mais um pouco mesmo assim – ainda havia um pedaço do bolo, que comemos juntos enquanto Delph me desejava felicidades.

"Estou feliz, Delph", disse. "Estou muito feliz por você estar comigo."

Ele tentou me impedir, mas eu mesma paguei pela refeição.

"*Eu* que deveria presenteá-la", protestou. "Não o contrário."

"Mas você já me presenteou."

"Não", disse ele, firme.

Estiquei o braço e peguei a mão dele.

"Você me presenteou com o prazer da sua companhia num dia muito especial."

Ele abriu um sorriso tímido e apertou minha mão.

"Não queria estar em nenhum outro lugar, Vega Jane." Fez uma pausa e seus lábios tremeram. "Talvez com meu pai, na verdade."

"Eu sei", respondi, tranquila.

Ele pareceu ler meus lábios. Inclinou-se para frente e baixou a voz. "E sobre a próxima luta no Duelo."

Aproximei-me dele e coloquei os dedos em sua boca, silenciando-o.

"Hoje não, Delph. Hoje vamos só..."

Ele assentiu e minha voz esvaneceu.

"Tudo bem, Vega. Tudo bem."

Acompanhei-o até o Centro de Cuidados e o deixei lá, com o pai.

Olhei para o céu e calculei o tempo. Voltei para casa, tirei o vestido, o sapato de salto e as meias e vesti outras roupas novas – calça, blusa e botas. Peguei Destin, enrolei-a na cintura e vesti minha nova capa. Também coloquei a Elemental no bolso e o pacote embrulhado com papel bonito. Depois saí.

Corri até me distanciar bastante do território de Artemísia. Cheguei ao esconderijo predeterminado exatamente no átimo que queria. A carruagem saiu da casa de Morrígona dois átimos depois. Eu sabia que Morrígona estava dentro dela, pois se encontraria com Thansius na parte sul da Muralha, perto das Chaminés, na segunda hora da noite. Eu sabia disso porque tinha escrito o pedido, imitando a caligrafia de Thansius, no papel oficial. Escolhi o lado sul da Muralha por ser o local mais distante da casa de Morrígona, o que me daria tempo para terminar minha tarefa.

Quando a carruagem passou, não corri até a porta da frente, mas dos fundos. Peguei minhas ferramentas e não demorei a abrir a porta e entrar na casa. Olhei em volta, tentando encontrar qualquer sinal de William ou da criada que tinha visto da outra vez.

O único wug que queria ver era John. Subi as escadas em silêncio, contei as portas até o quarto dele e bati de leve. Dei um passo para trás quando escutei as pegadas. Sabia que era ele pelo jeito de andar.

John abriu a porta. Parecia estar um pouco mais alto, mas sua estrutura física tinha acompanhado o crescimento. Suas roupas eram lindas, mas dessa vez, as minhas também eram. E eu apostava que, naquela noite, eu estava tão limpa e cheirosa quanto ele.

Ele olhou curioso para mim e percebi que não me reconhecia.

"John, sou eu. Vega." Seu queixo caiu levemente. "Mudei tanto assim?", perguntei, em tom jocoso.

"O que aconteceu com você?", perguntou.

"Só umas coisinhas novas."

"O que está fazendo aqui?"

Senti meu rosto empalidecer. Não havia ternura na pergunta, apenas desconfiança e impaciência.

"Eu vim visitar você."

"Morrígona me contou o que aconteceu entre vocês duas. Ela salvou sua vida diante do Conselho. Sua vida, Vega! E você retribui a gentileza com traição."

"Não foi o que você me disse no Centro de Cuidados, quando estava chorando porque nossos pais se foram. Você ficou feliz por eu ter contado a verdade, você me disse isso."

Ele fez um gesto com a mão, descartando meu comentário.

"Tive mais tempo para pensar. Sim, eu precisava saber sobre nossos pais, mas mesmo assim você traiu Morrígona." Ele parou e olhou para mim, ameaçadoramente. "O que você quer, Vega? Ainda tenho muita coisa para fazer durante a noite."

Recuperei minha compostura e disse em tom mais suave.

"Eu vim visitar você. Queria fazer isso antes, mas estive muito ocupada. E sei que você também está, com a Muralha."

Respirei fundo e silenciosamente xinguei a mim mesma. As feições de John ficaram ainda mais ameaçadoras assim que mencionei a Muralha.

"Você disse para meus trabalhadores desobedecerem minhas ordens", disse, categórico.

Seus trabalhadores?, pensei.

"Eles estavam enfraquecendo as braçadeiras por abrirem mais furos. Você sabe o que aconteceu com Duf Delphia? Ele perdeu as pernas."

"Morrígona me passou o relatório do que aconteceu", disse ele, fazendo um gesto de desdém com a mão.

Ela lhe *passou um relatório?*, pensei.

John continuou:

"Ele receberá cuidados. Pernas de pau. Bengalas. Indenizações. Não terá motivo para reclamar."

"Não terá motivo para reclamar?", repeti, incrédula. "Depois de ter perdido as pernas? Como você se sentiria andando com bengalas e pernas de pau?"

"Ele é um *operário*, Vega. Lesões como essas acontecem, mas ele receberá os devidos cuidados. Ele e a família. Somos gratos pelos serviços prestados pelo bem maior."

Somos gratos pelos serviços prestados? Desde quando John tinha começado a falar no plural sobre si mesmo?

"*Eu* sou uma operária", disse. "E se eu perdesse os braços ou as pernas enquanto trabalhasse para *você* e seu maldito bem maior?"

Ele olhou para mim sem mudar a expressão, apesar das minhas palavras francas.

Olhei por cima do ombro dele e observei o quarto. Todas as paredes estavam cobertas de pergaminhos cheios de palavras, símbolos e desenhos que me deixaram boquiaberta. Alguns deles continham coisas horríveis e repugnantes. Havia uma criatura cuja cabeça era um monte de tentáculos viscosos, e outras com pernas de aranha e a boca repleta de presas.

Olhei perplexa para ele, demonstrando todo o horror que sentia. Ele fechou a porta rapidamente, bloqueando minha visão.

"Que coisas são essas, John?", perguntei, com a voz trêmula e apavorada.

"Muitas das coisas que teremos de enfrentar são horríveis, mas isso não quer dizer que não devemos aprender nada sobre elas. Na verdade, quanto mais eu souber, melhor."

"Só não queria que você investigasse coisas que possam... confundir você, John."

"Estou preparado para essas coisas, Vega, posso lhe garantir."

Engoli em seco e tomei coragem para dizer o que queria desde o começo.

"John, você pensa em voltar a morar comigo? Na nossa antiga casa? A gente poderia..."

Mas ele já estava negando com a cabeça.

"Impossível, Vega. Artemísia precisa de mim para fazer o que tenho feito. Morrígona me garantiu que sou absolutamente indispensável."

Todas as minhas esperanças desapareceram instantaneamente. Antes que eu pudesse responder, John continuou:

"Você não deveria estar aqui", disse ele. "Morrígona não vai gostar disso. Ela saiu para se encontrar com Thansius, mas logo estará de volta."

"Tenho certeza que sim. O que ela lhe disse sobre mim além da traição?"

"Nada, absolutamente nada."

O John que eu conhecia tinha acabado de voltar, mas com uma diferença significativa: estava mentindo. E ele não era nada bom nisso, porque não tinha prática. Eu tinha.

"Ela contou que nós brigamos?" Ele piscou rapidamente, como se ignorasse o comentário. "Ela contou que quebrou a janela de casa e desapareceu?" Ele piscou ainda mais rápido. Apontei com o dedo para os desenhos na parede. "O que são essas coisas no seu quarto?"

"Coisas que estou estudando."

"Parecem horrendas e malignas. É isso que Morrígona quer lhe ensinar?"

"Meus estudos não são da sua conta!", disse ele, em tom insolente.

"Você acha que nossos pais gostariam que você aprendesse essas coisas?"

"Eles se foram. Minha vida precisa continuar. Quanto mais eu souber, melhor."

"Você deveria se perguntar por que Morrígona quer que você aprenda essas coisas. É pelo bem maior? Há alguma chance disso ser verdade?"

Deixei o silêncio no ar. Queria que ele pensasse no que eu tinha acabado de dizer.

"Você... ainda está no Duelo."

"Sim, estou. Interessante você saber disso."

"Eu... espero que você ganhe."

"Obrigada."

"Você precisa ir agora."

Coloquei a mão no bolso e peguei o pacote embrulhado em papel bonito e entreguei a ele.

"Feliz aniversário de 12 ciclos, John."

Eu e meu irmão fazíamos aniversário no mesmo dia. Ele olhou surpreso para o pacote, depois olhou para mim, cheio de culpa nos olhos.

"Mas isso quer dizer que... eu me esqueci..."

"Tudo bem. Como você disse, esteve muito ocupado." Fiquei feliz por perceber que, embaixo de uma casca cada vez mais endurecida, meu irmão ainda existia em algum lugar. Mas por quanto tempo mais?

"Abra", disse eu.

Ele abriu rapidamente o pacote. Havia um caderno dentro dele.

"Você já leu tantos livros, John, que achei desnecessário lhe dar outro. Mas como você é tão inteligente, imaginei que talvez quisesse começar a escrever o seu."

Ele olhou para mim com os olhos cheios de lágrimas. Lentamente, nos aproximamos e nos abraçamos. Apertei-o o máximo que pude; ele fez a mesma coisa.

"Eu amo você, John."

"É melhor você ir", disse ele, ansioso.

Assenti.

"É melhor", respondi.

E assim fui embora.

Ao deixar a casa de Morrígona, tive dúvidas se voltaria a ver John. Na verdade, eu tinha ido até ali para saber se ele sairia de Artemísia e atravessaria o Pântano comigo. Obviamente, isso não aconteceria. Então, agora que Delph não poderia mais ir, eu estava sozinha.

E sozinha eu atravessaria o Pântano.

QUADRAGINTA SEX

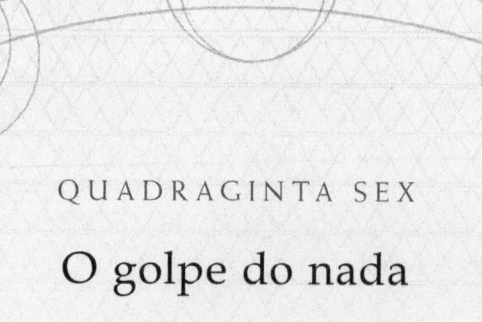

O golpe do nada

A RODADA SEGUINTE de lutas do Duelo aconteceria entre os quatro últimos combatentes. Meu oponente era Ted Racksport. Cheguei cedo à arena, usando as roupas velhas de sempre. Dessa vez, as apostas me mostravam como a predileta, mas com uma leve diferença. Apostei duas moedas em mim, com Roman Picus. Ele rosnou e me entregou o pergaminho.

"Como está indo a patrulha dos carabineiros, Roman?", perguntei. "Não tenho visto vocês ultimamente."

"Estamos por aí, mocinha, pode saber." Ele cheirou o ar. "Que cheiro é esse?", perguntou, com o olhar esquisito.

"Lavanda e madressilva", respondi. "Se gostou da essência, pode comprá-la na Peças Raras na Rua Principal."

O queixo dele caiu.

"Ficou doida? Peças Raras? Qual a probabilidade de eu colocar um dedo meu naquele lugar, hein?"

"Nunca se sabe, Roman. Se quiser uma mulher como companheira, é bom sentir o cheiro de outra coisa além de aguardente e erva de fumo."

Ele fixou o olhar em mim e eu sorri docemente, saindo em seguida para o quadrante. Como só havia duas lutas marcadas, eu e Ted lutaríamos primeiro. A segunda luta aconteceria em seguida. A multidão já gritava naquele momento. Olhei para o palco – havia muitos membros do Conselho e seus colegas. Thansius também estava lá.

Silas, o juiz velhinho, se aproximou enquanto eu endireitava o corpo. Eu não tinha chance nenhuma contra Ted Racksport. Vi de perto como ele era habilidoso e cheio de artimanhas. Não conseguiria usar os mesmos movimentos que tinha usado contra Duk Dodgson, pois Racksport já estaria preparado para isso, mas eu também tinha uma carta na manga. Embora eu pudesse, sem dúvida, derrotá-lo usando Destin, eu já tinha provado ser capaz de vencer usando apenas o talento e a inteligência. Além disso, eu queria ganhar de Racksport de maneira justa e limpa.

Mas ele não estava lá.

Silas se aproximou e ergueu minha mão em vitória. Olhei para ele, confusa, enquanto a multidão, louca para ver sangue, começou a lamentar.

"O que aconteceu?", perguntei, surpresa.

"Vitória por não comparecimento", respondeu de imediato, olhando para minha orelha esquerda.

"Por quê? Onde está Ted?"

"Atirou no próprio pé com um mortiço desgraçado", berrou Roman Picus, chegando bem perto do quadrante. "Acabei de saber. Você não faz ideia de como é sortuda, Vega. Ted é um ótimo lutador."

"É mesmo?", disse eu. "Estava pensando em como Ted foi sortudo. Um tiro de mortiço no pé não é nada perto do que eu ia fazer com ele."

Roman olhou para Silas.

"E eu não vou pagar nenhuma aposta. Não sem luta."

"Naturalmente", respondeu Silas. Limpou a garganta e começou a dizer, com a voz fraca: "Seção quarenta e dois, parágrafo D, do *Regras de Conduta em Combate durante o Duelo* declara claramente que...".

"Ah, que se dane", gritou Roman, saindo imediatamente para o outro lado.

Sorrindo, virei-me para ver a outra luta que aconteceria em seguida. O sorriso sumiu do meu rosto com a velocidade de uma batida do coração.

Newton Tilt, o serrador lisonjeador das Chaminés, estava entrando no quadrante. Eu o vi lutar duas vezes e sabia como era forte, principalmente quando segurava o oponente. Era um lutador excelente e capaz. Mesmo assim, temi por ele, pois do outro lado da arena entrou Ladon-Tosh. Esqueci de verificar quem eram os outros combatentes, e quando olhava o quadro de apostas, eu só prestava atenção na minha luta. O fato é que eu enfrentaria o vencedor dessa luta. Quando olhei para Ladon-Tosh, não tive dúvidas de que seria ele.

Cheguei mais perto, praticamente junto com quase todos os wugs presentes.

O juiz deu as instruções e Newton estendeu a mão para cumprimentar Ladon-Tosh, que não fez nada. Newton sorriu por causa da ironia e recuou alguns metros. Estava com os cotovelos levantados, os ombros retos e o maxilar contraído.

Ladon-Tosh não deu um passo sequer para trás. Apenas continuou parado, olhando para frente, como sempre fazia nas Chaminés. O sino soou. Newton correu na direção do oponente, erguendo cotovelo para trás, e o punho fechado na altura do ombro, e levando o outro braço para frente como proteção.

Ele estava a meio metro de Ladon-Tosh, que continuava parado, quando aconteceu. Nem tenho certeza se vi o golpe. Não, tenho certeza. Não vi. Tudo que vi foi Newton voando para trás mais rápido do que tinha corrido até o oponente. Ele caiu de costas no chão com os braços e as pernas tortos uns seis metros fora da arena e não se moveu mais.

O juiz correu até ele e fez uma careta de dor quando olhou para Newton. Imediatamente começou a acenar para equipe de medicadores. Eles correram carregando as bolsas e se juntaram em volta do wug caído. Todos os espectadores prenderam a respiração, menos Ladon-Tosh, que simplesmente saiu do quadrante e da arena. Olhei para ele, atônita. Olhei de volta para os medicadores e observei horrorizada a cena: eles cobriram o corpo de Newton, incluindo a cabeça, com um lençol. Olhei para um wug mais velho que estava ao meu lado.

"Será que ele...? Não pode ser...", disse eu, zonza, sentindo o corpo inteiro tremer e formigar.

"Temo que sim, Vega", disse ele, com a voz trêmula. "Ladon-Tosh matou o pobre coitado com um golpe só. Também não consigo acreditar."

Eles ergueram Newton, colocaram-no em cima de uma maca e o levaram embora. Sua mãe veio correndo aos prantos e agarrou a mão do filho morto, que pendia para fora da maca. Ela não saiu do lado dele, tomada pela dor do que tinha acontecido.

Olhei em volta e os wugs estavam tão pasmos quanto eu. Até Roman Picus, que continuava no círculo de apostas, estava com os olhos tão arregalados, que pareciam dois pires no meio do rosto. De repente, pedaços de pergaminho começaram a escorregar-lhe por entre os dedos sem que ele percebesse, acumulando no chão aos seus pés.

Senti alguém tocando meu braço e olhei para trás.

Fiquei surpresa ao ver que era Héstia Loon. Ela agarrou meu punho com força e disse, sussurrando:

"Você não vai dar nenhum passo para dentro da arena junto com um sujeito feito Ladon-Tosh. Nem um passo, entendeu, Vega? Pobre da sua mãe. Ela jamais permitiria uma coisa dessas. E como ela não está aqui para falar por si, eu estou. E vou falar diretamente com o maldito Thansius se precisar, mas você não vai lutar com aquele... com aquela *coisa*."

Ela falou gritando, deixando-me com a boca aberta. Quando os wugs começaram a se dispersar, outros se aproximaram de mim. Todos sabiam que eu era a próxima a enfrentar Ladon-Tosh. E, assim como Héstia Loon, ninguém queria que eu lutasse.

Quando fui embora, alguns átimos depois, Roman Picus veio até mim e me devolveu as duas moedas que eu tinha apostado. Olhou para mim nervoso e disse, desanimado.

"Preste atenção, Vega. Você viu aquilo. *Você viu?*"

"Eu vi", respondi, quieta.

Seus lábios e mãos tremiam.

"Não que eu e você vejamos as coisas com os mesmos olhos, é claro."

Abri um leve sorriso.

"Não, não vemos. Na verdade, você me acusou de roubar."

"Eu sei, eu sei", lamentou. Ele olhou para a arena atrás de mim. "Mas eu gostava dos seus pais. E verdade seja dita, também gostava de Virgílio. E não existia uma wug mais admirável do que sua avó, Calíope. E, é claro, John e seu belo trabalho."

"O que você está tentando dizer, Roman?"

"A questão é que... veja bem, é que..." De repente ele se aproximou de mim. "Não há níqueis em Artemísia que paguem sua morte, é isso."

"Você acha que Ladon-Tosh pode me derrotar?"

Ele olhou para mim como se eu fosse a criatura mais esquisita de Artemísia.

"*Derrotar* você, mocinha? *Derrotar* você? Ele vai atirá-la diretamente no Pântano! Não vai restar nada para colocar no Solo Sagrado, que é para onde Newton Tilt está indo agora. Você não pode lutar contra ele, Vega. Ele vai matá-la do jeito que fez com o colega que era robusto."

"Mas sou combatente, tenho que lutar a menos que esteja ferida como Racksport."

"Então vou lhe dar um tiro no pé com um mortiço, e que Ladon-Tosh ganhe o maldito Duelo!"

"Não posso fazer isso, Roman."

"Por que, em nome do Campanário? Por quê? Não é pelos malditos níqueis. Você sobreviveu até hoje sem ter nada."

"Você está certo, não tem nada a ver com os níqueis."

Se eu não lutasse, seria mandada de volta para Valhala. E agora, sem o apoio de Morrígona, provavelmente acabaria decapitada. Se eu tentasse fugir pelo Pântano, eles iriam atrás de Delph, que não me acompanharia na jornada. Eu estava presa e sabia disso. Minha única saída era lutar. Depois eu podia pensar na fuga. E a questão era que eu queria lutar e queria ganhar. E se tivesse que derrotar Ladon-Tosh para ganhar, que assim fosse. Eu nunca tinha me considerado uma guerreira, mas era assim que me sentia naquele momento. Como a ancestral de Morrígona, aquela corajosa wug no campo de batalha, havia muitos ciclos. Ela deu a própria vida para lutar contra algo que eu sabia ser errado e maligno, além de terrível. Será que eu tinha coragem para morrer por uma causa?

Roman me segurou pelos ombros com força, retirando-me daqueles pensamentos.

"Vega, pelo amor que você tem pela memória dos seus pais, não faça isso."

"Sua preocupação me deixa comovida, Roman, de verdade." E eu estava mesmo comovida. "Mas eu tenho que lutar; tenho que finalizar isso." Fiz uma pausa. "Afinal, sou uma finalizadora."

Ele me soltou devagar, mas só desviou os olhos de mim quando se virou de repente e saiu andando, com a cabeça baixa e os braços soltos e pesados ao lado do corpo. Meus olhos se encheram de lágrimas e esfreguei-os com dedos para dissipá-las antes que caíssem.

Quando saí da arena, notei que o painel de lutas tinha sido atualizado. Dali a três dias haveria mais uma luta, e o campeão ou a campeã sairia com o título e com os níqueis. Quem perdesse talvez passasse a eternidade no Solo Sagrado pensando na qualidade das próprias escolhas.

Vega Jane, de (apenas) 15 ciclos, contra Ladon-Tosh, de idade desconhecida, mas definitivamente mais velho que 24 ciclos, e que tinha acabado de matar um wug duas vezes maior que eu com um golpe poderosíssimo, dado com tanta rapidez, que eu sequer havia conseguido ver.

Minha garganta começou a secar enquanto caminhava para casa. Passei pela Rua Principal e tive de atravessar um grupinho depois de outro falando sobre uma única coisa. Quer dizer, talvez duas: a morte de Newton e a minha, que seria a próxima.

Darla Gunn estava parada na porta da loja. Seu rosto triste e pesado dava a entender que ela sabia o que tinha acontecido. Seu olhar de medo também me mostrou que ela sabia ser eu a próxima a enfrentar Ladon-Tosh, o assassino.

Cheguei em casa, tirei a capa e deitei-me no catre. Harry II pulou ao meu lado e colocou a cabeça no meu peito, como se sentisse que havia alguma coisa errada. Acariciei-o e pensei no que estava por vir. Tinha três dias para pensar no assunto. O que, por si só, já era o verdadeiro horror. Queria lutar naquele exato instante para acabar de vez com a situação.

Acho que Ladon-Tosh nunca tinha lutado em um Duelo. Os rumores do estúpido que havia tentado subir no segundo andar das Chaminés passaram pela minha cabeça. Eu tinha falado seriamente com Roman Picus, mas agora não sentia mais a mesma coragem. Tinha visto o olhar de Ladon-Tosh. Ele sabia que tinha matado Newton no momento em que o pobre wug bateu no chão. Acontece que ele nem ligou. Simplesmente nem ligou. De onde tinha surgido um sujeito daqueles?

Sentei-me e repeti a pergunta para mim mesma, mas não era só uma pergunta: era também uma possível solução. E eu sabia para quem deveria perguntar.

Ainda me restavam três dias para encontrar um caminho para a vitória e provavelmente salvar minha vida. E eu iria tomá-lo.

NO DIA SEGUINTE, atrasei-me vinte átimos para o trabalho nas Chaminés. Eu não costumava atrasar, mas a situação não era nada comum. E eu tinha uma excelente desculpa para minha falta de pontualidade.

"Bom dia, Julius", disse eu, em tom sombrio, ao passar pela porta do escritório dele.

Achei que ele ia cair morto de tanto susto. Em vez disso, derrubou sobre a mesa o vidro de tinta Quick & Stevenson. Depois, colocou a mão no peito e olhou para mim.

"Que inferno, Vega, está tentando me mandar para o Solo Sagrado antes da hora?"

"Não, Julius. Só queria lhe fazer uma pergunta."

"O que é?", disse ele, desconfiado.

"De onde veio Ladon-Tosh?"

Julius ficou claramente surpreso com a pergunta e se aproximou da beirada da mesa para me encarar.

"Você está perguntando isso porque vai enfrentá-lo na luta final do Duelo?"

"Sim. E porque ele matou o pobre Newton Tilt com um único golpe."

Julius baixou a cabeça.

"Eu sei", disse, com a voz trêmula. "Terrível, terrível mesmo. A família Tilt é uma família muito boa, de wugs excelentes. Ao que parece, bem..."

Entrei na sala de Julius.

"Você está diferente, Vega", observou ele, olhando para mim.

"Perdi peso. E então, voltando a Ladon-Tosh..."

Julius chegou perto de mim.

"É complicado."

"Por quê?", perguntei, razoavelmente. "Não é fácil dizer de onde vêm os wugs?"

"Na maioria dos casos, sim. No de Ladon-Tosh, não."

"E por quê?"

"Eu o herdei, por assim dizer."

"Isso quer dizer que ele já estava aqui quando você veio para as Chaminés?"

"Exatamente."

"Então como ele pode competir num Duelo restrito a wugs de no máximo 24 ciclos?", perguntei, ríspida.

"Uma pergunta sensata que você deveria levar ao Conselho."

"Muitos wugs me disseram hoje para eu não lutar contra Ladon-Tosh."

Julius se jogou na cadeira e olhou para mim.

"E Ted deu um tiro no pé com um mortiço? Curioso. Bem curioso, na verdade."

Interessei-me pela mudança de assunto.

"Por quê? Ele cuida de uma loja de mortiços. Acidentes acontecem."

"Ele cuida da loja há quase 5 ciclos e nunca atirou em si próprio."

Pensei por um instante e respondi, com a voz serena:

"Quer dizer que o acidente foi proposital para que eu enfrentasse Ladon-Tosh na última luta?"

"A verdade, Vega, é que você fez inimigos. E agora está pagando o preço." Ele hesitou e olhou para o outro lado, tomando a decisão de me contar alguma coisa. "Soube algumas coisas da sua situação, embora não pelo Conselho."

"Então você sabe por que tenho que lutar?"

Julius assentiu.

"E talvez sua aliada agora seja sua inimiga?"

Respondi assentindo.

"Morrígona, como Ladon-Tosh, tem um passado bem misterioso."

"Isso eu não posso negar."

"Tivemos algumas discussões; a maioria, desagradável."

"Ela é uma wug formidável, Vega. Talvez a mais formidável de todos nós."

"Como derroto Ladon-Tosh, Julius? É por isso que estou aqui. Acho que você sabe como. E você precisa me dizer, senão vou morrer na arena."

Julius olhou para o outro lado um instante. Quando olhou de novo para mim, tinha uma expressão estranha no rosto.

"Você já sabe como derrotá-lo, Vega."

Olhei boquiaberta para ele.

"Eu sei? Como saberia?"

"Porque você já fez isso antes."

QUADRAGINTA SEPTEM

Do pó ao pó

No INTERVALO DO MEIO-DIA, não me juntei aos outros para comer. Para ser franca, todos lamentávamos a perda de Newton Tilt, e eu não queria me sentar com os outros trabalhadores para falar da morte dele. Em pouco tempo, eu estaria enfrentando o wug que o tinha matado.

Sentei-me, então, nos degraus de mármore que levavam ao segundo andar. Sentei-me exatamente no lugar onde Ladon-Tosh ficava quando era guarda. Talvez eu pensasse que as respostas seriam transmitidas para meu pobre cérebro simplesmente por estar perto de sua antiga presença.

Quando terminei o trabalho do dia, apanhei Harry II na porta e voltamos caminhando para casa. Comi um pouco, coloquei meu vestido azul, o sapato de salto e saí novamente. Meu destino naquela noite não seria nada prazeroso. Artemísia inteira estava indo para o Solo Sagrado. Naquela noite, enterraríamos Newton Tilt.

Eu não ia ao Solo Sagrado desde que minha avó, Calíope, havia sido enterrada. Era um lugar cheio de paz, sem dúvida, mas não um lugar feliz. E Artemísia já tinha tristezas suficientes – ninguém precisava se afundar no meio de mais infelicidades. Passei pelos portões enferrujados com a imagem de uma mãe com uma criança. A multidão já tinha se juntado em volta da cova.

Cheguei mais perto e vi o caixão de madeira, longa e lisa, onde estavam os restos mortais de Newton. Seus pais choravam ao lado. Newton tinha três irmãos e uma irmã. Estavam todos lá, chorando com a mesma dor. Os outros wugs limpavam lágrimas constantemente dos próprios rostos, pois a família Tilt era boa e amável; não merecia passar por uma tragédia como aquela.

Parei de me aproximar quando vi Morrígona sentada numa cadeira ao lado de Thansius, que olhava para o buraco que logo se tornaria uma cova. Ela não estava vestida de branco, mas de preto. A mais escura das cores parecia lhe cair melhor que o branco, pensei. E eu precisava reconhecer que nunca, em toda minha vida, tinha visto um wug mais estarrecido do que Morrígona. Seu rosto estava inchado e demonstrava uma dor severa e genuína. Ela parecia ciclos mais velha. Linhas que eu nunca tinha visto no rosto dela agora estavam visíveis. Lágrimas lhe escorriam pelo rosto enquanto ela tentava de tudo para escondê-las, mesmo que seu corpo tremesse.

De vez em quando, Thansius colocava a mão larga e solidária sobre seu ombro e lhe dizia palavras que eu não conseguia escutar. Depois, eu teria que pensar com mais cuidado para entender o que acontecia entre aqueles dois wugs especiais.

Continuei olhando em volta e percebi que um wug não estava ali: Ladon-Tosh. Fiquei pensando se ele seria acusado e condenado de alguma maneira. Para mim, ele tinha cometido um assassinato, pura e simplesmente. Ele poderia facilmente bater no pobre Newton sem precisar matá-lo. Tinha sido uma má ação, e pensei se as regras do Duelo isentavam os combatentes de punições, em casos como aquele. Se sim, elas tinham sido modificadas.

Afinal de contas, o que era errado era errado, não importa onde.

Tudo tinha seu aspecto moral, bastava procurarmos por ele.

Surpreendi-me ao ver Delph subindo lentamente a estradinha. Ele ainda estava mancando e segurando o braço direito pelo cotovelo, mas parecia se fortalecer a cada dia que passava. Contudo, fiquei pasma quando vi que Duf já caminhava ao lado dele, usando as pernas de pau e a bengala recebida na noite anterior. Duf parecia já ter se adaptado aos instrumentos e era difícil dizer quem dava mais apoio a quem, o filho machucado ou o pai sem pernas, pois estavam de braços dados.

Corri até eles e abracei Duf, dando-lhe um beijo no rosto, depois abracei Delph, que estava mais limpo do que nunca. Acho que ele tinha usado parte da indenização para comprar roupas novas na loja masculina ao lado da confeitaria de Herman Helvet.

"Soube da última luta, Vega Jane", disse Delph, acrescentando seriamente: "Precisamos conversar".

Fiz um gesto de silêncio, porque Ezequiel vinha se aproximando, a única centelha branca num mar negro.

Ele rezou em voz alta e nos conduziu durante outra oração. Entoamos. Depois ele entregou ao solo o corpo de Newton Tilt, um wug encantador, abatido muito antes de sua hora.

Thansius se levantou e disse algumas palavras de conforto, tremulando de emoção. Artemísia inteira estava atormentada, mas não ouvi nenhum protesto de que o Duelo devesse ser cancelado antes da última luta. Aparentemente, nossa solidariedade coletiva tinha limites.

Quando Thansius terminou de falar, todos os olhares se voltaram para Morrígona na esperança de que ela finalizasse a triste cerimônia com algum comentário apropriado e tipicamente feminino, mas isso não aconteceu. Ela não se levantou da cadeira e não olhou para nenhum de nós. Apenas continuou parada, como se feita de um mármore irredutível. Sua dor parecia ainda maior que a dos familiares de Newton.

Depois, enquanto o caixão era baixado para dentro da cova por alguns wugs bem fortes, a multidão começou a se dispersar. Fiquei surpresa vendo Morrígona se levantar e caminhar até os familiares de Newton. Ela colocou a mão no ombro dos pais dele e falou baixinho com os dois. Eles assentiram, sorriram entre lágrimas e pareceram consolados pelas palavras dela. Morrígona obviamente evocava bondade, compaixão e apoio. Eu nunca tinha visto wug mais misterioso, pois certamente ela havia usado os próprios poderes para tentar me matar dentro do espelho. Eu não desejava ser amiga de nenhum wug capaz de controlar um maniak para matar outro wug.

Virei-me para Duf.

"Você parece ter se adaptado depressa às pernas de pau e à bengala, Duf", disse, encorajando-o. "Já está andando como o Duf que conheço."

Ele pareceu contente com minhas palavras, mas notei que havia dor por trás do sorriso fechado. Notei também que ele apertava e relaxava as mãos o tempo todo.

"Demora um pouco para se acostumar, mas uma hora eu chego lá, pode ter certeza. Além disso, nunca mais vou ter que me preocupar com meus joelhos ruins, não é mesmo?", acrescentou com uma gargalhada sem vida.

"É verdade", disse eu, sorrindo e admirando sua atitude, mas me sentindo estranha por ver seu nítido desconforto.

"Mesmo assim, é melhor eu ficar na cama essa noite", disse Duf, contorcendo de repente o rosto por causa da dor. Ele suspirou e se apoiou em Delph, endireitando o corpo e acrescentando, com a voz mais fraca: "Mas eu conheço a família Tilt há séculos. Tão triste. Não poderia deixar de vir, não seria correto. Não dá para acreditar que o pobre Newton se foi. Peguei-o no colo quando ainda era um bebezinho. Nunca deu trabalho para ninguém. Um sujeito bom, encantador". Uma lágrima escorreu-lhe pelo rosto no momento em que ele deu um grito agudo e agarrou o cotoco direito.

Eu estava cada vez mais confusa com a situação. Imaginava que, com a remoção das pernas e o uso das pernas de pau, não haveria mais dor, mas Delph me explicou, quando olhei para ele com olhos de dúvida: "Eles tiveram de queimar as extremidades, Vega Jane, para preparar os cotocos para as pernas de pau".

"Essa moça bonita não precisa ouvir esse tipo de lixo, Daniel Delphia", disse o pai, chamando-lhe a atenção. Depois abriu um sorriso mesclado com mais uma onda de dor e disse: "E você está usando o vestido mais adorável que já vi em toda minha vida, Vega. Não é, Delph?", completou, cutucando o filho.

Delph assentiu timidamente.

"É sim, pai. É sim."

Coloquei a mão no bolso onde estava guardada a Pedra da Serpente. Depois de quase perdê-la, resolvi carregá-la sempre comigo. Escondi-a na palma da mão de modo que nenhum dos dois a visse. Talvez ela não pudesse fazer pernas crescerem de novo, mas eu sabia que era capaz de acabar com a dor. Quando eles se viraram para falar com um wug que perguntou como Duf estava, balancei discretamente a Pedra sobre o que restava das pernas de Duf e pensei em coisas boas. A mudança em Duf foi quase instantânea. Coloquei a Pedra de volta no bolso assim que ele olhou para mim com a mais serena expressão estampada no rosto.

"Você está bem, Duf?", perguntei, inocentemente.

Ele assentiu.

"Se estou bem? Parece que sou um novo wug!", disse ele, dando um tapa na coxa.

Delph olhou para ele e exclamou: "Caramba, pai, não faça isso!".

Duf bateu na outra coxa e se levantou sem a ajuda do filho.

"Veja isso, Delph! Não estou sentindo mais dor. É um milagre!"

Delph olhou para as pernas do pai e depois para mim, totalmente desconfiado. Ele sabia. Pela expressão no rosto dele, ele sabia o que eu tinha feito. Quando olhou para o outro lado, passei a Pedra sobre ele também, que se virou outra vez e olhou para mim. Sua perna agora estava curada, bem como o braço. Era uma idiotice não ter feito aquilo antes, mas eu estava feliz, e parte da minha culpa também tinha ido embora.

Nos despedimos ao chegar na Rua Principal. Delph e Duf voltaram para o Centro de Cuidados, embora Duf acreditasse que logo iria para casa, principalmente porque não sentia mais dor.

Escutei o barulho das rodas da carruagem bem antes de chegar à esquina. Eu já estava na Estrada Baixa, e a carruagem não devia estar lá.

Acabei virando para trás e me deparei com Tomás freando os sleps perto de onde eu estava.

Quando desceu da carruagem, Morrígona ainda parecia terrível, o que me fez sentir inacreditavelmente melhor, apesar da dor que havia demonstrado no Solo Sagrado e apesar das palavras de consolo ditas para a família de Newton. Ela me examinou com o olhar, e eu apenas olhei de volta, um tanto perplexa. Percebi, com uma satisfação que não fazia questão de esconder, que eu estava mais alta do que ela por causa dos saltos. Ela precisava levantar o olhar *para mim*.

"Fiquei feliz ao ver Duf conosco", disse ela. "As pernas de pau parecem estar dando certo."

"Acho que funcionarão muito bem agora", respondi laconicamente, observando-a com atenção.

"Falei com Delph recentemente. Ele... parece estar bem mais seguro para falar do que antes."

"Está sim", respondi. "Bastou que ele se lembrasse de uma coisa que os outros não queriam que ele lembrasse."

"Entendo."

"Agora você pode parar de dar níqueis a ele, Morrígona. Ele não precisa da sua *piedade* ou das suas moedas como recompensa pelo que você fez a ele."

Finalmente eu entendi por que ela lhe dava dinheiro.

"Você acha que era por piedade?"

"E não era?", desafiei-a.

"Você ainda tem muita coisa para aprender, Vega. No entanto, não estou aqui para falar sobre Delph, e sim sobre Duelo", começou.

"O que tem o Duelo?", perguntei.

"Você contra Ladon-Tosh."

"É o que diz o painel de lutas."

"Ele não queria matar o pobre Newton Tilt."

Balancei a cabeça num gesto de teimosia.

"Eu estava lá. Vi o que aconteceu. Ele não precisava usar toda aquela força."

Ela olhou para baixo e tive a sensação de ver seus lábios tremerem. Depois levantou a cabeça e sua expressão estava séria e serena.

"Acho que ele entende isso agora."

"Sorte para mim, que sou a próxima. A propósito, onde ele está?"

"Pedi para ele não ir. Não acho que seria... apropriado."

"Por que ele está no Duelo, em primeiro lugar?", perguntei.

"E por que não estaria?", retrucou Morrígona, cautelosa.

"É óbvio que ele tem mais de 24 ciclos, para começar."

"Não de acordo com os registros dele."

"Eu gostaria de ver esses registros. Só para confirmar de onde ele veio."

Ela olhou para mim com uma incredulidade que considerei patética, considerando-se as circunstâncias.

"Ele é de Artemísia. De onde mais poderia ser?"

Balancei a cabeça de novo, demonstrando claramente minha decepção com a resposta.

"Bom, se ele é um wug, com certeza é um wug bastante incomum. Eu nunca o ouvi falar. E os rumores sobre ele ter matado aquele wug nas Chaminés... você tem de concordar que é tudo muito duvidoso."

"É mesmo um pouco duvidoso", respondeu ela, surpreendendo-me, de cabeça baixa. Depois levantou a cabeça e olhou diretamente para mim. Seus olhos verdes brilhavam como se estivessem acesos. "Você não precisa lutar com ele, Vega."

"E serei mandada para Valhala?"

"Posso me reunir com Jurik e arrumar outra solução. Qualquer sentença em Valhala seria relativamente curta, mas haveria outra condição."

Cruzei os braços sobre o peito. "Qual?"

"Você sabe muito mais do que é bom saber."

"Você está se referindo à verdade que sei", respondi sem pestanejar.

"A condição é que você não terá permissão de se lembrar dessas coisas."

"Ah, a luz vermelha de novo?", disse eu, friamente. "Acho que agora entendi. A vermelha deve ser mais poderosa do que a azul. Delph era maior do que eu desde aquela época. A luz azul foi suficiente para apagar meus pensamentos quase completamente, embora eu ainda me lembrasse do grito, Morrígona. E da luz azul."

"O quê?", disse ela, nitidamente atônita.

"Eu achava que era só um pesadelo. E Delph acabou lembrando com a minha ajuda. Eu me referi a isso quando disse que ele não gaguejava mais. Ele se lembra, Morrígona. De tudo." Olhamos uma para a outra em silêncio. Por fim, disse: "Portanto, muito obrigada, mas vou me arriscar na arena assim mesmo." E acrescentei, com a voz firme: "Você não vai ferrar com minha cabeça nunca mais".

"Estou bem ciente de que você acabou com os outros competidores com relativa facilidade."

"Com exceção de Ted. Ele atirou no próprio pé acidentalmente. Ou foi o que me disseram."

"Como assim 'ou foi o que me disseram'?"

"Estou dizendo que uma wug desconfiada, ou seja, eu mesma, andou pensando que alguém tirou Ted do caminho para que eu enfrentasse Ladon-Tosh na última luta."

"Se for verdade, trata-se de um wug muito mau", respondeu.

"Concordo plenamente", respondi, olhando para ela. "E também sei que nossos últimos encontros acabaram de uma maneira muito ruim."

"E eu sei que você esteve na minha casa duas vezes enquanto eu estava ausente. Posso saber por quê?"

"Uma vez para confirmar uma coisa."

"O quê?"

"Seu gosto por espelhos."

Olhamos uma para a outra mais uma vez em silêncio. Dava para notar que Morrígona estava me analisando sob uma perspectiva totalmente diferente e que não sabia o que fazer a respeito.

"E da segunda vez?"

"Para desejar feliz aniversário ao meu irmão. E dar a ele um presente."

Ela olhou para baixo.

"Foi um gesto muito atencioso de sua parte, considerando as circunstâncias."

"Ele é meu irmão, Morrígona. Não importa o que aconteça, ele sempre será meu irmão. E eu o amo, incondicionalmente. Muito mais do que você poderia amá-lo."

Disse todas aquelas palavras com a voz bem alta porque eu tinha acabado de perceber que John estava na carruagem ouvindo atentamente.

"Entendo", disse ela. "Sangue é sangue."

"Quanto ao Duelo, por que de repente você se preocupou tanto com meu bem-estar? Você disse que eu precisava dar o melhor de mim. Então, estou dando o melhor de mim. E se eu morrer, que assim seja. Morrerei pelas razões certas, morrerei com a verdade no coração, e não como os adares nos quais se transformaram os wugs, repetindo tudo que lhes dizem e sem entender quem realmente são, de onde vêm e o que Artemísia realmente é."

"E o que você acha que Artemísia é, Vega?", perguntou ela, dando-me um olhar mortal.

"A meu ver é uma prisão."

"Sinto muito que você pense assim."

Inclinei a cabeça e olhei para ela, estudando-a. Senti-me confortável fazendo aquilo porque, mais do que nunca, eu me via de uma maneira diferente. Estava vendo a mim mesma como igual a ela. Talvez melhor do que ela.

"Eu a vi no Solo Sagrado. Acreditei que suas lágrimas fossem verdadeiras."

"E eram. Fiquei devastada com o que aconteceu. Foi algo inconcebível."

"Curioso que você tenha conversado com Ladon-Tosh e que ele tenha dito que entendeu ter feito uma coisa errada."

"Isso mesmo."

"Então *ele fala*, não é?"

Morrígona foi pega de surpresa pelo meu comentário.

"Sim, quer dizer, ele... se comunica."

"Mas somente com... você?"

"Isso eu não posso atestar. Nunca estive com ele por muito tempo."

"Entendo. Você poderia dizer alguma coisa boa a meu respeito para Ladon-Tosh?", perguntei, despreocupada.

Ela agarrou meu braço de repente.

"Leve isso a sério, Vega. Por favor. No mínimo, pense em seu irmão. Você não quer que ele a perca, quer?"

Olhei para a carruagem. Pensei no último encontro tido com John. Pensei nas coisas que tinha visto na parede de seu quarto.

"Acho que *eu* já *o* perdi", respondi, lentamente. "Veja bem, não me resta mais nada. Absolutamente nada."

Ela soltou meu braço, deu um passo para trás e baixou a cabeça.

"Entendo."

"Você entende mesmo, Morrígona?", perguntei.

Ela levantou a cabeça e me olhou profundamente, quase me ameaçando.

"Entendo mais do que você imagina, Vega."

Levantei os ombros e olhei para ela.

"Você me disse que serei livre se lutar. Pretendo lutar até o fim. Se sobreviver, quero ser livre. Realmente livre", acrescentei. Depois, virei para o outro lado e saí andando. Como sempre, era uma excelente ideia não ficar parada em Artemísia.

E assim o fiz.

Ainda me restavam dois dias. Dois dias para viver, talvez.

QUADRAGINTA OCTO

Um plano confuso

Eu ESTAVA PENSANDO em me deitar no catre debaixo dos cobertores, quando alguém bateu na porta. Harry II latiu e começou a rosnar na madeira. Caminhei até a entrada e perguntei:

"Quem é?"

"E aí, Vega Jane?"

Abri a porta e dei passagem para Delph. Ele se ajoelhou para acariciar Harry II, que pulava em volta dele e tentava lamber cada pedaço exposto do corpo de Delph. Fechei a porta e levei-o até a cadeira, perto da lareira vazia. Sentei-me no catre, repousei as mãos sobre os joelhos e olhei para ele.

"O que foi?", perguntei.

"Você está bem?", perguntou ele, olhando-me furtivamente.

"Bem, vejamos. Acabei de ver um wug sendo plantado no Solo Sagrado. Não reconheço mais meu irmão. Meus pais se foram, daqui a dois dias, provavelmente morrerei no Duelo, nas mãos de um assassino. Então, para dizer a verdade, *não*, não estou bem."

Ele baixou a cabeça, me fazendo sentir mal pelo que tinha dito.

"Me desculpe, Delph. Nada disso é problema seu."

"É meu problema sim. Você morrer? Não posso deixar isso acontecer. *Não posso*, entende?"

"Eu tenho que lutar contra Ladon-Tosh", disse. "E nada do que você disser vai me fazer mudar de ideia."

Ele assentiu, deixando-me surpresa.

"Então a questão é essa: você não pode se deixar morrer."

"Isso eu entendo, pode confiar em mim."

"O que você vai fazer, então?"

Olhei para ele. Me dei conta, pela primeira vez, de que, por mais que eu tivesse pensado na luta contra Ladon-Tosh, eu ainda não tinha tido tempo para decidir o que realmente ia fazer para ganhar. Ou pelo menos para sobreviver.

"Andei pensando", disse lentamente, dando-me um tempo para de fato *pensar* em algo.

"Bom, eu também andei pensando", disse Delph, enfaticamente. "E alguns colegas me contaram o que ele fez com o pobre Newton."

Sentei um pouco mais na beirada do catre, me sentindo, de repente, envolvida pela conversa.

"Acontece, Delph, que eu não vi o golpe de Ladon-Tosh, de tão rápido que foi. Ele tirou Newton completamente do quadrante. Ele pesava noventa quilos, mas foi como se tivesse noventa gramas. Já estava morto antes de bater no chão. Morto com um único golpe. Nunca vi nada parecido." Minhas palavras foram motivadas por um medo que vinha crescendo dentro de mim desde que Newton havia batido no chão.

"Mas lembre-se do que você fez com o cobol nas Chaminés", observou. "Aquela coisa pesava muito mais do que Newton, se quer saber. E você não o matou, você o explodiu."

"Por causa da Destin."

"Então você vai usar Destin quando lutar contra Ladon-Tosh."

"Mas aí eu estaria roubando."

"Bobagem! Você acha mesmo que Ladon-Tosh é um wug normal? Ele tem alguma coisa, Vega Jane. Usar Destin para lutar contra ele não vai ser roubo. Para mim, só vai fazer a luta mais justa."

Reclinei o corpo e pensei um pouco. O que Delph estava dizendo fazia todo sentido. Eu tinha ganhado todas as outras lutas por uma combinação de sorte, planejamento e instinto, mas eu sabia, de coração, que nada daquilo me permitiria superar Ladon-Tosh. Ele havia matado um wug com um único golpe. Era impossível, mas aconteceu.

"Muito bem, acho que entendi", disse, finalmente.

Ele pareceu extremamente aliviado com meu comentário.

"Então você deve dar o primeiro golpe antes de Ladon-Tosh."

"Como disse, eu nem vi Ladon-Tosh dar o golpe. Eu posso ter matado aquele cobol com um golpe só, mas nem de longe sou tão rápida quanto Ladon-Tosh."

"Então temos que arrumar um jeito de você ser mais rápida. Do contrário, você vai ter que fazê-lo errar o primeiro golpe e acabar com ele antes que tente dar o próximo."

"E como devo fazer isso?", perguntei, incrédula.

"É por isso que estou aqui. Já lutei em muitos Duelos, não é? Conheço bem aquela arena, não conheço?"

"OK, o que você me sugere?"

"Eu assisti à segunda luta de Ladon-Tosh. Ele não matou ninguém, mas percebi algumas coisas."

"O quê, por exemplo?"

"Ele não se move quando o sino toca. Nem para frente, nem para trás."

"É verdade, ele também não se moveu contra Newton."

"Ele espera você se aproximar e golpeia."

"Mais rápido que um raio", lamentei.

"Onde está a corrente?"

"Por quê?"

"Quero ver uma coisa."

Apanhei Destin debaixo da tábua do assoalho e coloquei-a em volta da cintura. Delph ficou em pé e colocou as mãos para cima.

"Levante as suas também." Obedeci. "Agora eu vou lhe dar um golpe, mas não vou dizer quando..."

Ele imediatamente golpeou minha cabeça. Defendi com facilidade. Delph sorriu, mas eu não.

"Nem de longe foi rápido como Ladon-Tosh", disse eu.

"Encoste na parede ali no fundo."

"O quê?"

"Quero tentar outra coisa."

Obedeci, relutante. Delph pegou uma longa tira de borracha amarrada a um pedacinho quadrado de couro. Depois, apanhou uma pedra no bolso da calça e a colocou no quadradinho. Quando começou a girar a borracha rapidamente, entendi que se tratava de uma atiradeira.

"Consegue ver a pedra?", perguntou.

"Muito pouco."

Ele a girou mais rápido.

"E agora?"

"Só de relance."

Ele a girou ainda mais rápido.

"Agora?"

"Não vejo na..."

Antes que eu terminasse de falar, ele atirou a pedra bem na minha direção. Olhei para baixo um átimo depois e vi a pedra na minha mão.

Levantei a cabeça, espantada.

"Como fiz isso?"

Delph sorriu e apontou para Destin.

"Acho que a resposta está aí."

"Destin me faz voar e me dá força. Mas..."

Delph me deixaria chocada com a próxima frase.

"Acho que Destin, Vega Jane, lhe dá o que você precisa, e quando precisa."

Olhei boquiaberta para ele. Mas aquilo era fascinante. Não o que Destin podia fazer, que *já era* maravilhoso, mas sim o fato de Delph ter pensado naquela resposta e eu não.

"Você acha mesmo?", perguntei, esperançosa.

"Você voa quando precisa, destrói um cobol quando precisa, evita que uma pedra a atinja no rosto quando precisa."

Toquei em Destin. Ela estava quente, como se tivesse se exercitado.

"Mas isso não é tudo, Vega Jane."

Olhei para ele, franzindo a testa.

"Como assim?"

"A corrente é uma grande ajuda, sem dúvida, mas você precisa ter outra maneira de derrotar Ladon-Tosh. Ele é grande, forte e rápido. Não dá para contar só com a rapidez."

"O que seria, então?"

"Você precisa se mover. Deixá-lo cansado. Fazê-lo golpear." Delph fez uma pausa. "E se você tiver que voar, Vega Jane, voe!"

Arregalei os olhos para ele.

"Muito bem, com essa frase você está parecendo um maluco. Quer que eu voe? Na frente do Conselho? Na frente de todos os wugs?"

"Prefere ser mandada para o Solo Sagrado por toda a eternidade?"

O que mais me irritava na discussão era o fato de Delph parecer o mais lógico de nós.

"Uma pequena parte de mim diz que sim. A maior parte diz que não."

"Então escute a maior parte."

"E o que mais devo fazer?"

"Quando o sino tocar, não se mova. Isso vai deixá-lo confuso. Vai fazer com que ele se aproxime *de você*. Quando ele der um golpe, você se afasta. E golpeia-o se conseguir, primeiro com pequenas pancadas. Deixe-o criar confiança."

"Acho que ele já tem confiança até demais."

"Você viu o que fez com aquele cobol nas Chaminés?"

"Não sabia que você estava assistindo."

"Eu estava. Você o fez girar como um pião. Deixou-o totalmente biruta, não foi?" Delph apontou o dedo para mim. "Acho que você deve fazer o mesmo com Ladon-Tosh. Você só vai ter uma chance de acabar com ele e precisa dar tudo que tem. Tudo que você e a corrente têm."

Olhei para Destin e me senti culpada de novo.

Delph devia ter lido meus pensamentos, porque vociferou em seguida:

"Não seja boba. Como eu disse, você não acha que existe algo estranho com Ladon-Tosh? O sujeito nem fala! E ele não tem menos de 24 ciclos, se quer saber. E para dizer a verdade, nem sei se ele é mesmo um wug. Rá."

"Acho que você está certo", disse eu, lentamente.

"É claro que estou. O que vamos fazer agora é praticar durante cada átimo que tivermos até a hora da luta."

"Você acha mesmo que consigo derrotá-lo, Delph?"

"Você *vai* derrotá-lo."

"Obrigada, Delph."

"Agradeça depois de vencer o Duelo, Vega Jane."

NOS PRÓXIMOS DIAS E NOITES, em todos os lugares em que passava, wugs de todos os cantos de Artemísia vinham me desejar boa sorte ou, em alguns casos, se despedir. Pedaços e pedaços de pergaminho eram colocados por baixo da porta de casa. A maioria era gentil e encorajadora. No entanto, um deles foi particularmente detestável. Como reconheci a caligrafia pobre de Cletus Loon, não dei a mínima importância.

Eu e Delph praticamos a estratégia dele sem parar, até eu conseguir executá-la dormindo. Meu humor chegou às alturas. Sentia que tinha uma chance de ganhar, o que, para mim, era todo meu direito.

Thansius me visitou na noite anterior à luta final. Não chegou de carruagem; eu teria ouvido. Simplesmente caminhou até minha humilde porta e bateu. Eu, é claro perguntei quem era. Harry II o deixou acariciá-lo na cabeça antes de se sentar perto do meu catre. Insisti para Thansius se sentar na cadeira mais confortável, enquanto eu ficava com a outra. A princípio, Thansius ficou em silêncio, pensativo, passando os longos dedos entre a barba. Por fim, depois de tomar a iniciativa para falar, inclinou o corpo para frente e olhou para mim.

Interrompi o silêncio primeiro.

"Eu vou lutar com Ladon-Tosh. Então, por favor, não perca tempo tentando me impedir."

"Nunca foi minha intenção. Acho que você deve lutar."

Fui pega de surpresa. Inclinei o corpo para trás, boquiaberta.

"Está surpresa com minha afirmação?", disse ele desnecessariamente, pois meu queixo estava praticamente no chão.

"Sim, estou."

"Muitos wugs nunca conseguem ver além do dia que estão vivendo. Além dos limites de Artemísia, ou de suas mentes estreitas. Pois nossos limites, na verdade, são estreitos, Vega."

"Você fala isso com uma eloquência muito maior do que jamais tive, Thansius."

"Soube que você e Morrígona tiveram algumas discussões recentemente. Discussões difíceis."

"Se ela diz, eu não nego."

"Você acha que ela é má."

"Não acho. Eu *sei* que ela é má. O que você acha que ela é?"

"A história dela é interessante. Veio de uma família próspera. Teve uma boa criação. Foi brilhante no Preparatório."

"Ela tem muitos livros. A maioria dos wugs, não."

"É verdade."

"E a casa dela talvez seja a mais bonita de Artemísia."

"Sem dúvida."

"E as coisas que é capaz de fazer? De onde surgiram?"

Ele fez uma pausa e me olhou de modo tão penetrante, que tive a sensação de sangrar.

"As coisas que você também sabe fazer?"

"Como você..."

Ele fez um gesto de desdém para minha surpresa.

"Todo wug tem um trabalho, do mais pobre ao mais rico. E meu trabalho é saber as coisas, Vega. Não sei de tudo, mas sei de quase tudo. E sei que os poderes dos quais Morrígona é dotada estão se manifestando em você. No entanto, acho que existe uma diferença crítica."

"Qual?"

"Simplesmente que os seus poderes são maiores."

Desviei o olhar dos olhos penetrantes de Thansius.

"Não tenho a menor ideia do que estou fazendo. Ela tem."

"Ao contrário, acho que você tem. Lembra-se da sua árvore?"

Olhei para ele de novo.

"O que tem minha árvore?"

"Não estava petrificada, é claro", disse Thansius, sem rodeios. "Mas eu sabia que a explicação que dei seria suficiente para wugs como Non e seus seguidores."

"Você não endureceu minha árvore para protegê-la?", perguntei, achando que era aquele o caso.

"Na verdade, não. Não tenho meios para isso. Você, Vega, salvou sua árvore."

"Como?"

"Acredito que apenas desejando que ela sobrevivesse. Vi seu rosto. Dava para perceber o que estava sentindo. Por isso, sua amada árvore ficou tão dura quanto pedra. E sobreviveu."

Pensei um pouco no que ele disse.

"E meu avô?"

"Acho que você já sabe a resposta. Essas coisas são transmitidas através das gerações, pouquíssimos wugs as detêm. Parece que a passagem do tempo as diluiu, reduzindo-os a quase nada, para a maioria de nós."

"Mas *o que são* essas coisas, Thansius?"

"Poder, Vega. E o poder é engraçado, pois, ao ser manipulado por diferentes wugs, por diferentes motivos, o mesmo poder pode parecer bem incomum."

"Acho que entendo." Na minha imaginação, vi Morrígona usando Ladon-Tosh como uma marionete letal para me matar.

"Seu avô possuía esse poder em abundância. E esse é o motivo de não estar mais entre nós."

Olhei para ele, ávida por respostas.

"Então você sabe para onde ele foi? Você disse que sabe de tudo, ou pelo menos de quase tudo."

"Ele se foi, Vega. Para outro lugar, mais precisamente. Sem dúvida, um lugar além do Pântano."

E por que ele se foi?"

"Era o destino dele", respondeu Thansius. "Por favor, não me pergunte mais nada sobre esse assunto, pois não terei respostas para lhe dar."

Desviei o olhar, decepcionada.

"Então o que é Artemísia, Thansius? E por favor, não responda com outra pergunta, ou com um enigma."

Ele não respondeu de imediato. Quando abriu a boca, sua fala foi suave e ponderada:

"Para a maioria dos wugs, Artemísia é seu lar, o único que sempre terão. Para alguns de nós, é nosso lar, mas não nosso destino, como Virgílio."

Olhou para baixo por um átimo, depois levantou a cabeça e olhou para mim. "Acha que fui misterioso demais?"

"Aprendemos o tempo inteiro que Artemísia é tudo que existe."

Ele olhou ao redor.

"Aprendemos, talvez, mas aprendizado não é o mesmo que crença, ou melhor, que a verdade, é?"

Balancei a cabeça.

"Não, não é."

Ele assentiu, aparentemente satisfeito por eu entender a diferença.

"Por que você continua aqui, Thansius? Você é um wug forte e poderoso. É claro que seu destino não pode estar apenas em Artemísia."

"Na verdade, acho que meu destino é aqui. Artemísia é meu lar. Os wugs, meus irmãos. Esses conceitos precisam sempre ser levados a sério."

"E os forasteiros? A Muralha?"

Pelo que me lembrava, aquela era a primeira vez que Thansius, o poderoso Thansius, parecia desconcertado e envergonhado.

"Muitas vezes, Vega, há um sentido de dever que obriga até os wugs mais honestos a fazerem coisas que carecem de honestidade", disse ele.

"Então é uma mentira?"

"Muitas vezes mentiras são ditas com as melhores intenções."

"E você acha que esse é o caso?"

"Superficialmente, sim, sem dúvida; mas, quando analisamos a questão um pouco mais a fundo", continuou, entristecido, balançando a cabeça, "acho que é apenas um ato desonesto para o qual não há fundamento."

"Meu avô uma vez me disse que o lugar mais terrivelmente impressionante de todos é aquele que os wugmorts sequer sabem ser tão errado quanto o mais errado pode ser." Fiquei em silêncio e olhei para ele, esperando um comentário.

Thansius observou suas mãos largas e fortes por alguns momentos antes de olhar para mim.

"Eu diria que seu avô era um wug muito sábio. Mas agora o dever me chama, preciso ir", disse ele, se levantando.

Quando chegou à porta, Thansius olhou para trás.

"Boa sorte amanhã, Vega." Fez uma pausa e pareceu olhar para fora, antes de olhar para mim de novo. "Amanhã e além. Pois sei que esse momento vai chegar."

E foi embora.

QUADRAGINTA NOVEM

Rumo à morte

Não me surpreendi por não conseguir dormir naquela noite. Às quatro da madrugada, desisti. Vesti minha capa e, usando um fio bem forte, costurei Destin por baixo das mangas e dos ombros da roupa. Isso esconderia a corrente de vista e evitaria que se soltasse facilmente. Coloquei a Pedra da Serpente e a Elemental no bolso e saí com Harry II.

Eu tinha criado uma espécie de carregador portátil para o corpo, parecido com uma mochilinha, usando alças de couro e metal, que consegui nas Chaminés. Quando chegamos a uma distância segura do território de Artemísia, amarrei as alças nos ombros, coloquei Harry II no carregador e o afivelei junto ao peito. Eu já tinha carregado meu canino daquele jeito e ele parecia ter gostado, pois agiu naturalmente.

Tomei impulso e saltei. Talvez aquela fosse minha última chance de voar e sentir o vento no rosto, deixando-o atravessar e suspender meus cabelos. Poderia ser meu último dia, o que me deixava pensativa.

Voei durante vários átimos com Harry II feliz, pendurado sob meu corpo. Não sabia qual de nós sorria mais. Meu sorriso, no entanto, escondia uma melancolia por razões óbvias. De vez em quando, eu olhava para Harry II e seria capaz de dizer que ele sentia a mesma coisa. Era como se meus sentimentos fossem magicamente transferidos para ele. Caninos eram, de fato, criaturas curiosamente maravilhosas.

Quando aterrissamos na terra, soltei Harry II das alças que o prendiam ao meu corpo. Dividi em dois pedaços o biscoito que levei no bolso e dei uma parte para ele, que o abocanhou de uma só vez. Mastiguei minha parte lenta e metodicamente, talvez porque quisesse que cada átimo passasse devagar. Tudo estava muito triste e eu não queria me sentir daquela maneira.

Muitas coisas passaram pela minha cabeça. Fiquei pensando se morrer era doloroso. Lembrei-me da aparência de Newton Tilt depois que o golpe de Ladon-Tosh apressou sua ida para o Solo Sagrado. Para dizer a verdade, não achava que Newton tivesse percebido que morreu. Aconteceu de um jeito muito rápido. Talvez, então, não existisse dor. Mas, mesmo sem dor, morríamos, o que queria dizer que não havia consolo, por menor que fosse. Naquele momento, olhei para o céu, por acaso, e senti um arrepio quando vi.

Uma estrela cadente. Ela atravessava o céu enquanto todos os outros pontinhos de luz permaneciam parados, deixando-os todos para trás. Uma ideia me passou pela cabeça.

Ela parecia perdida, aquela estrela. E solitária. Num lugar tão imenso como o céu, estar sozinho era sempre uma possibilidade. Lembrei-me do que meu avô tinha me dito. *Quando você vir uma estrela cadente, ocorrerá uma mudança com algum wugmort.* Tive de acreditar que uma mudança aconteceria comigo. Se seria minha morte ou minha fuga de Artemísia, só o dia me diria.

Não conseguia tirar os olhos da estrela. A cauda de fogo continuava iluminada, como se impulsionasse a estrela a velocidades inimagináveis. Nunca acreditei de verdade no que meu avô tinha me dito, assim como as crianças não costumavam acreditar no que diziam os mais velhos quando tentavam lhes ensinar alguma coisa. Mas, naquele instante, sentada ali, eu sabia, de alguma maneira, que Virgílio tinha sido totalmente literal. A mudança chegaria, simplesmente. Talvez ele soubesse que, um dia, ela chegaria para mim. Continuei sentada, olhando para aquela vibração luminosa. Como eu nunca tinha visto uma estrela cadente antes, não sabia por quanto tempo ela seria visível. Por alguma razão, na minha cabeça, eu desesperadamente não queria perdê-la de vista. Para mim, se ela desaparecesse, eu desapareceria junto.

E ela continuou no céu durante muito tempo, até que algo surgiu para dissipá-la. Ou pelo menos dissipá-la dos meus olhos. Os primeiros raios de sol.

Quando o brilho da estrela finalmente desapareceu, esfreguei os olhos e espreguicei o corpo todo. Peguei Harry II no colo e o coloquei no carregador. Levantei voo, fiz uma longa curva e comecei a descer, atravessando o céu iluminado. Harry II pareceu adorar aquela manobra e latiu, feliz.

Pousei nos arredores da casa de Delph. Não os acordei, embora soubesse que ambos estariam logo de pé. Tinha levado comigo um pedaço de pergaminho e uma caneta. Anotei algumas palavras e passei o papel por baixo da porta.

Agachei-me e dei um longo abraço em Harry II. Era difícil deixar os wugs. Parecia igualmente difícil dizer adeus a um canino amado. Disse para Harry II ficar com os Delphias. Disse também que eles leriam o bilhete e que entenderiam.

No bilhete, pedia para Delph cuidar de Harry II se eu fosse morta. Eu sabia que ele cuidaria. Meu canino levaria muita felicidade para a vida de Duf e Delph. E não me sentia mal com aquilo. Harry II me deu muitas alegrias durante o breve período em que esteve comigo. Eu esperava ter feito pelo menos o mesmo por ele. Além de Harry II, não tinha nenhuma instrução para dar a respeito de mais nada. Não me restava nada com que os outros se importariam. John já estava encaminhado na vida. Meus pais tinham partido. Minha casa voltaria a ser vazia. Outro finalizador ou finalizadora me substituiria nas Chaminés. A vida em Artemísia continuaria como sempre continuou.

Não voei de volta para minha casa. Caminhei. Quando cheguei lá, já estava quase na hora de ir para a arena. Não chegaria lá antes da hora, nem atrasada, mas no átimo exato. Surpreendi-me ao ver flores deixadas na minha porta com bilhetinhos de esperança. Levei-os para dentro e os coloquei sobre a mesa, onde ficaram perfeitos.

Sentei-me na cadeira diante da lareira vazia e contei os átimos na cabeça. Olhei para a janela quando escutei passos do lado de fora. Os wugs começavam a se dirigir à arena. Esperei um pouco mais, levantei-me e verifiquei se Destin estava bem presa na minha capa. A corrente estava quente ao toque, o que interpretei como um bom sinal, embora não soubesse dizer por quê. Depois, coloquei a mão no bolso e senti a Pedra da Serpente e a Elemental. Para dar sorte? Também não soube dizer.

Caminhei pela sala e toquei todas as coisas que encontrei ao redor. A pilha de roupas e papéis. Os desenhos que fiz quando criança. Olhei para cada pedacinho do que tinha sido minha casa no passado e voltou a ser no presente. Quando abri a porta para sair, olhei em volta pela última vez. Dei um passo para fora, fechei a porta e segui para a arena.

Parecia que cada wugmort de Artemísia estava lá. Nunca tinha visto a arena tão cheia. Olhei para o placar de apostas e fiquei chocada – ninguém havia apostado um níquel sequer. Litches McGee e Roman Picus pareciam não estar nem aí. Na verdade, eles estavam murmurando coisas um com o outro, e, em suas mãos, não havia nenhum pedaço de pergaminho.

Quando os wugs me viram chegar, algo verdadeiramente extraordinário aconteceu. Todos começaram a aplaudir. No início, apenas alguns, mas um átimo depois, a arena inteira tremeu com o som das palmas. Continuei marchando adiante e o mar de wugs respeitosamente abriu passagem para mim. Senti o rosto enrubescer e os olhos se encherem de lágrimas.

Selena Jones, que cuidava do Empório Noc, na Rua Principal, deu um passo adiante e disse, empolgada:

"Li seu futuro ontem à noite, Vega. Adivinhe só."

Olhei para ela, curiosa.

"O que você viu?", perguntei, finalmente.

"Bem, digamos apenas que vi sacos e sacos de dinheiro no seu futuro, meu amor."

Sorri agradecida, embora suas palavras não tivessem me comovido. Que eu soubesse, nunca tinha feito uma profecia correta em todos os seus ciclos.

Darla Gunn surgiu aparentemente do nada e segurou minha mão.

"Você é tão corajosa, Vega, tão corajosa, mas eu não queria que fizesse isso. Quer dizer, acabamos de arrumar tão bem seu cabelo, não é?"

Ri, tomada por uma onda de bom humor.

"*Você* arrumou meu cabelo lindamente, Darla. Não tenho nada a ver com isso."

Desviei a cabeça quando meus olhos lacrimejaram. Eu não ia chorar. Se chorasse, Ladon-Tosh provavelmente me mataria ainda com mais força.

Como só restava mais uma luta, fui conduzida ao centro da arena, onde alguém havia montado um sino especial. Ela parecia tão pequena que Ladon-Tosh podia simplesmente ficar em uma ponta e me matar com um golpe, sem que nenhum de nós nos movêssemos um centímetro. A estratégia planejada por Delph era boa, mas naquele instante parecia absurdamente inadequada. Minha confiança tinha desaparecido por completo.

O juiz era o velho Silas, cuja visão parecia ter piorado nos últimos dias – ele estava parado numa ponta da arena, olhando para o lado errado, esperando os dois combatentes chegarem. Silas continuou na mesma posição até que Thansius surgiu da multidão e gentilmente o apontou a direção correta.

Em seguida, vi Tomás chegando com a carruagem. De dentro dela saíram Morrígona e John. Olhei um instante para ela, que desviou o olhar. Já os olhos de John se fixaram em mim. Eu esperava ver alguma coisa neles, alguma coisa que me dissesse que... eu não sabia exatamente o quê. Mas John, obediente, seguiu Morrígona até o palco e se assentou, enquanto os outros membros do Conselho ocupavam os lugares numa fileira adiante.

Jurik Krone estava sentado no final daquela fileira junto com Duk Dodgson. Os dois pareciam bem satisfeitos, como se meu destino já estivesse decidido.

O sorriso de superioridade dos dois fez com que todos os músculos do meu corpo se contraíssem. Ladon-Tosh podia acabar me matando, mas ele guardaria as marcas de que tinha me matado numa luta.

Delph chegou um átimo depois, junto com Harry II. Olhou nos meus olhos e suspendeu meu canino, como se dissesse: *tudo bem, estou com ele até você sair para pegá-lo de volta.*

Sorri e tive que desviar o olhar antes que as lágrimas caíssem. Eu estava ali para lutar, não para chorar. As palmas continuaram durante todo aquele tempo, até pararem de repente. Um instante depois, descobri o motivo. Ladon-Tosh vinha se dirigindo à arena. Usava uma camisa lisa e calças velhas e escuras. Estava descalço. Seus olhos não olhavam para a direita, tampouco para a esquerda. Os wugs começaram a se empurrar, tentando sair do caminho. Quando o vi se aproximando, senti Destin esfriar encostada na minha pele e entrei em pânico. Por que minha corrente estava me abandonando naquele momento crucial?

O sino oficial tocou. Silas acenou para mim e para Ladon-Tosh, chamando-nos ao centro da arena para escutar as instruções. Caminhei adiante, embora minhas pernas parecessem não quererem obedecer o comando da mente. Ladon-Tosh andou até o centro da arena como se estivesse saindo para passear. Não olhou para mim, e eu só conseguia dar olhadelas para ele. Escutei meu coração batendo tão forte, que mal prestei atenção nas palavras já conhecidas de Silas.

"Luta justa. E honesta. Uma penalidade será dada para quem pisar fora do ringue." Naquele momento, Silas parou e pareceu se lembrar do que tinha acontecido com Newton Tilt. Olhou para mim e tive a sensação, pela primeira vez, de que ele *me via*. O medo em seu olhar não era nada encorajador. Depois, de rabo de olho, vi Ezequiel abrindo caminho no meio da multidão, vestido com seu manto branco flutuante. Imaginei que ele estivesse ali para medir meu tamanho para o caixão e fazer uma prece adequada, quando tudo estivesse acabado.

Silas deu um passo para trás, mas antes de dar o segundo sinal, indicando o início da luta, Thansius se aproximou.

"Esta luta vai determinar o campeão ou a campeã do Duelo", disse ele. "Como todos sabem, houve uma tragédia na luta passada e esperamos que não se repita."

Thansius disse a última frase olhando para Ladon-Tosh, cujos olhos estavam fixados em algum ponto a uns dois metros acima da minha cabeça. Até olhei na mesma direção para ver o que ele fitava, mas não vi nada.

Thansius continuou:

"Se Vega Jane ganhar, será a primeira campeã da história e receberá o prêmio de mil níqueis." Ele olhou para Ladon-Tosh de novo, mas como o imbecil obviamente não estava prestando atenção, Thansius preferiu não continuar o que ia dizer. "Que comece a luta", acrescentou, saindo do ringue.

Silas fez um gesto para que eu e Ladon-Tosh nos dirigíssemos a lados opostos do ringue, ao que obedeci de boa vontade, naturalmente querendo me distanciar ao máximo de Ladon-Tosh.

Um átimo antes de o sino tocar, levantei a cabeça e vi Julius Domitar do outro lado. Ele olhava diretamente para mim. Podia jurar que estava tentando me dizer alguma coisa e tentei ouvir as palavras.

"Tudo antes. Já fez isso antes", foi o que consegui entender.

Concentrei-me de novo na luta. O sino tocou. Nem eu nem Ladon-Tosh nos movemos. Apesar de toda minha desesperança, eu tinha uma estratégia – quer dizer, uma estratégia de Delph – e era minha intenção levá-la adiante.

Por dois longos átimos, simplesmente ficamos parados, olhando um para o outro. Meu coração continuou batendo como um slep em fuga, enquanto o tempo passava. A multidão inteira estava em silêncio, com a respiração presa e sem se movimentar.

Então aconteceu. Não tinha a menor ideia de como ou quando. Simplesmente aconteceu.

Vi o punho de Ladon-Tosh vindo tão rápido na minha direção que parecia impossível evitar o impacto, mas, quando a junta de seus dedos estava prestes a encostar em mim, dei um salto no ar para o lado e bati com os dois pés no chão. A multidão gritou – de repente, Ladon-Tosh estava no meu lado do ringue.

"Oh, meu santo Campanário!", gritou Darla Gunn.

Distancie-me de Ladon-Tosh enquanto ele endireitava o corpo e olhava para o próprio punho, sem entender como eu não tinha morrido. Depois, se virou para mim. Dobrei um pouco os joelhos e o examinei. Foi então que outra coisa extraordinária aconteceu. Tudo, exatamente tudo, desacelerou. Minha respiração, os movimentos da multidão, os pássaros no céu, o vento e até os sons. Tudo parecia se mover a um centésimo da velocidade normal. Um wug espirrou e pareceu levar um átimo inteiro para terminar. Outro wug empolgado estava pulando e pareceu ficar suspenso no ar antes de começar a cair.

Mais importante que tudo foi que Ladon-Tosh também desacelerou.

Ele deu o próximo golpe, mas consegui visualizá-lo tão bem, que tive a sensação de já ter me movido mesmo antes de o golpe ter sido dado. Na verdade, observei, sem pressa, ele atingir o local exato onde eu estava um momento antes. Ladon-Tosh deu um giro e olhou para mim. Sim, agora ele olhava para mim. Fiquei feliz pelo idiota finalmente se dar ao trabalho de olhar *quem* ele estava tentando matar. No entanto, quando vi os olhos dele, desejei não tê-los visto. Eram aterrorizantes, para ser exata. Mas também eram outra coisa.

Os olhos de Ladon-Tosh eram *familiares*. Eu já os tinha visto antes; só não me lembrava de quando.

Ouvi um grito. Tinha perdido o foco, mas consegui sair do lugar no momento exato em que um punho fechado passou por mim com tanta força, que parecia carregar consigo uma onda de turbulência. Dessa vez, eu o acertei. Dei um soco tão violento nas costas do meu oponente, que tive a sensação de atravessá-lo, deixando um buraco.

A dor tomou conta de todo o meu braço e me subiu até o ombro. Nunca tinha batido em algo com tanta força, em toda minha vida. Nem mesmo no cobol de pedra que explodi, eu tinha batido tão forte. Ladon-Tosh não explodiu, mas consegui o aparentemente impossível.

Eu o derrubei de cara no chão. A multidão gritou empolgada.

Mas ali na arena, com o braço direito solto como uma corda flácida, eu não tinha motivo nenhum para me alegrar, pois Ladon-Tosh estava se levantando. Eu o havia atingido com toda a força que eu podia e, mesmo assim, ele se levantou, sem nenhum traço de dano permanente. Eu tinha me esquecido das instruções de Delph: dar pancadas leves, e não bater nele com força no primeiro golpe. Mas bati. Cometi um erro enorme.

Tive um instante para olhar para a plataforma e estremeci ao ver Morrígona olhando diretamente para Ladon-Tosh, como se desejasse-o de pé. Foi então que soube que não conseguiria vencer. Ladon-Tosh tinha uma aliada que eu não podia derrotar.

Ele veio de novo na minha direção. Com meu braço direito totalmente inútil, mas os sentidos intactos, desviei-me dele com facilidade. Em vez de atingi-lo com minha mão boa – pois ela ficaria inútil com qualquer golpe –, girei para o outro lado, apoiando-me no braço esquerdo, e chutei-o na bunda quando passou por mim. Ladon-Tosh foi empurrado para fora do ringue, chegando até a multidão. Os wugs correram de um lado para o outro saindo, do caminho. Ele parecia um creta furioso, só que cem vezes mais poderoso e mil vezes mais assassino.

O velho Silas deu um passo adiante e gritou:

"Wug fora do ringue. Penalidade contra Ladon-Tosh. Um golpe livre para Vega Jane. Muito bem, moça."

Felizmente, Delph tirou Silas do caminho antes que fosse esmagado por Ladon-Tosh, que deu um salto para dentro da arena e veio me atacar.

Ele agora desferia golpe depois de golpe a uma velocidade estonteante. Esquivei-me de todos e comecei a empregar minha outra tática. Comecei a correr em círculo em volta dele. Ele girava junto comigo, tentando me golpear, mas errava o tempo inteiro. Pensei que, em algum momento, ele teria de se cansar.

Olhei para Morrígona, que continuava com os olhos fixados em Ladon-Tosh, mas agora com um pânico crescente em sua expressão. Ela estava confusa por eu ainda não ter morrido. Estava com medo que eu ganhasse. Afinal, eu poderia ganhar.

Corri mais uma vez em volta dele, dei um salto e chutei-o na cabeça, com o pé esquerdo. Outra vez, a dor descomunal me subiu pela perna. Outra vez, ele caiu com toda força no chão. Notei satisfeita que ele demorou mais tempo para se levantar. Mas se levantou.

Além disso, eu havia cometido outro erro ainda mais grave. Eu podia correr com um braço só, mas jamais com uma perna só.

"Droga!", gritei, furiosa comigo mesma. Mas em seguida bati na minha cabeça, com o braço bom.

A Pedra. A maldita Pedra da Serpente. Peguei-a no bolso e, escondendo-a na mão, balancei-a rapidamente sobre o braço e a perna machucados.

Curei-me no mesmo instante, mas também perdi o foco. Ouvi a multidão gritando coletivamente, e senti o golpe me atingir no ombro. Fui jogada a quinze metros de distância e estatelei-me no chão, fora do ringue.

Ladon-Tosh não me esperou entrar de novo na arena. Ele deu um salto e veio correndo com o cotovelo para baixo, apontando para mim. Ou para onde eu estava um instante antes. Ele acertou o chão com tanta força que fez um buraco de um metro de profundidade, lançando pelo menos vinte wugs no ar com o impacto.

Voltei correndo para o ringue, virei-me e, sem fôlego, esperei-o voltar. Eu sabia que Destin tinha salvado minha vida daquele golpe. Seus elos continuavam frios como gelo, como se tivessem absorvido quase toda a energia de um golpe que, havia poucos dias, tinha matado na mesma hora um wug já adulto.

Se eu não podia atingir meu oponente sem me machucar, como ganharia a luta? Se continuássemos por muito mais tempo, um de seus golpes acertaria o alvo e estaria tudo acabado. Apesar das minhas táticas, ele não estava se cansando.

Eu estava. Meus pulmões estavam ofegantes, e meu coração já devia estar batendo em sua capacidade máxima. Eu não duraria muito tempo.

Ladon-Tosh ficou estático, mas senti que juntava dentro de si uma energia imensa. Estava prestes a dar tudo de si numa única pancada, atingindo-me de modo a não sobrar nada de mim. Senti o coração na garganta e o estômago revirar.

Olhei para Morrígona, que continuava vidrada em Ladon-Tosh. Nunca tinha visto seu rosto tão sério, tão... implacável. Era óbvio que tinha tomado uma decisão: eu devia morrer. E Ladon-Tosh era a ferramenta que ela usaria para me matar. Newton Tilt tinha sido um erro do qual ela se arrependia profundamente. Duvidei que ela sentiria a mínima tristeza com minha morte.

Olhei de novo para Ladon-Tosh, sabendo que o momento havia chegado.

No entanto, quando ele fez seu ataque final, ocorreu-me exatamente o que eu tinha que fazer. Tinha de acabar com aquilo, e tinha de ser naquele exato instante. Ele estava tentando me matar, mas o caminho tinha duas direções.

Como não era uma assassina por natureza, preparei-me para me tornar uma.

Tirei a capa. Por baixo dela, eu estava usando calças e camisa, mas Destin estava na capa. Segurei a corrente pelas extremidades e esperei.

Quando Ladon-Tosh se atirou sobre mim, com a velocidade maior do que de um raio, eu já tinha saltado sobre ele. Assim que passou por mim, girei o corpo no ar e lancei a capa e Destin em volta de seu pescoço. Finquei os pés no chão e puxei com toda força que tinha.

O gigante Ladon-Tosh saiu do chão e voou sobre mim para o outro lado. Enquanto passava, cruzei os braços e as pontas da corrente, como tinha feito com o maniak dentro do espelho.

O resultado não foi o mesmo. Na verdade, foi bem diferente.

Escutei o berro antes de *ver* qualquer coisa.

O som me deixou imediatamente paralisada de medo, mas o que *vi* depois tornou o som insignificante.

Ladon-Tosh estava se levantando lentamente. Na verdade, Ladon-Tosh estava se desfazendo. Sua cabeça se soltou, mas o corpo ficou ereto. Gritos apavorados surgiram da plateia. Homens e mulheres desmaiaram diante daquela visão. Exclamações de horror atravessavam a multidão, como bandos de pássaros apavorados.

Mas aquela não era a pior parte. Eu sabia qual era, e estava prestes a acontecer.

O corpo de Ladon-Tosh se abriu, caindo metade do torso para a direita e metade para a esquerda.

"Não", gritou uma voz. Olhei a tempo de ver Morrígona gritando sem parar: "Não! Não!".

Passei os olhos pela multidão e vi Jurik Krone. Ele estava fugindo junto com Duk Dodgson, seu rosto transparecia pânico e pavor. Jurik chegou a atropelar uma criança enquanto corria. Malditos covardes.

A multidão começou a correr como se fosse uma manada, mas logo todos olharam para trás para saber por que Morrígona gritava tanto. Eu já sabia. Os chiados doíam nos ouvidos.

As duas jábites que quase tinham me matado nas Chaminés foram catapultadas de dentro da casca do que havia sido Ladon-Tosh. Como criaturas tão grandes tinham sido comprimidas no corpo de um wug, por maior que fosse, eu não podia imaginar. Elas bateram no chão com tanta força, que a arena pareceu tremer sob nossos pés. E então, quinhentas cabeças e mil olhos olharam para todos os wugs; elas estavam tão perto da multidão e de mim mesma, que pude ver em seus olhos a cobiça de uma ferocidade mortal.

Todos os wugs fugiram, tentando salvar suas vidas. Os pais agarraram os filhos. Os gritos não cessavam nunca, mas agora já não estavam próximos o suficiente para abafar o chiado sibilante que prenunciava um verdadeiro massacre.

Olhei mais uma vez para Morrígona. Admiravelmente, ela não fugiu. Em vez disso, estava balançando as mãos e parecia que, por mais difícil de acreditar que fosse, estava tentando recompor o corpo de Ladon-Tosh com a força do pensamento, mas era óbvio que não tinha conseguido controlar as criaturas na luta contra Newton, e também era óbvio que não conseguiria controlá-las agora. Nossos olhares se cruzaram. Seus olhos apavorados encheram de lágrimas. Ela parecia desesperada.

Gritos de "os forasteiros, eles estão vindo" vinham de todos os lugares.

Procurei Thansius e o vi abrindo caminho no meio da multidão, indo na direção das jábites. Ele tirou alguma coisa do manto. Era a mesma espada que havia usado no meu interrogatório no Conselho. Ele disse que não tinha poderes especiais, mas tinha coragem de sobra. No entanto, não achei que ele teria a chance de usar sua lâmina a tempo.

Pensei aquilo porque as jábites se levantaram, colocaram as presas à mostra e se prepararam para atacar os wugs mais próximos. Seria uma carnificina não vista havia centenas de ciclos.

Olhei mais uma vez para Morrígona, que agora olhava estática para mim. Sua boca se movia. Ela estava gritando alguma coisa. Por fim, consegui entender o que dizia, apesar dos gritos da multidão.

"Me ajude, Vega! Me ajude!"

Não me lembrava de colocar a mão no bolso e vestir a luva. Não me lembrava mesmo. Mentalizei a Elemental em seu tamanho natural, dei um salto no ar, girando o corpo para a esquerda, e arremessei a lança dourada com o mais preciso movimento de torção que consegui.

A lança cruzou o céu no momento exato em que as jábites atacaram. Elas agiam em paralelo, como quaisquer outras bestas, o que para mim era perfeitamente perfeito. A Elemental atingiu a primeira jábite, atravessou seu corpo e colidiu com a segunda, um instante depois.

Houve uma explosão tremenda e a onda de choque me atingiu enquanto eu ainda estava a uns cinco metros do chão. Fui lançada para trás, como um peixe levado por uma grande onda. Tive a sensação de voar uma distância muito grande, antes de atingir algo extraordinariamente duro.

Depois disso, não vi mais nada.

QUINQUAGINTA

A campeã do Duelo

ABRI OS OLHOS de repente e tentei me sentar, mas uma mão me empurrou para baixo. Olhei para a direita e não fiquei tão surpresa ao ver que era Delph.

"E aí, Vega Jane?", disse ele, com a voz cansada, mas não aliviada.

Deixei escapar, sem pensar em nada:

"Onde estou? No hospital? Centro de Cuidados? Solo Sagrado?"

Ele tocou minha testa, como se verificasse a temperatura.

"Está confusa?"

"Onde, Delph?", insisti.

"Na sua casa."

Olhei em volta para confirmar.

"Como cheguei aqui?"

"Eu carreguei você."

"Eu me lembro de bater numa coisa muito dura."

"Exatamente, você bateu *em mim*."

Sentei-me devagar e vi uma protuberância do tamanho de um ovo de galinha na testa dele.

"Como caí em cima de você? Fui jogada para muito longe dos outros wugs."

"Bom, eu corri para... para segurá-la, depois que você foi atingida."

"E as jábites?", perguntei, empalidecendo só de mencionar o nome.

"Mortas. Graças a você."

"Algum wug ferido?"

"Só os que se atropelaram tentando fugir. Eles vão ficar bem."

"Ladon-Tosh tinha jábites dentro dele", disse eu, devagar, tentando entender o que eu mesma dizia.

Delph fez uma careta.

"Bom, eu diria que as jábites tinham Ladon-Tosh *por fora delas*."

Virei de lado, apoiei a cabeça sobre o braço e olhei para ele.

"Acho que é uma maneira de ver a questão." Naquele instante, lembrei-me de uma coisa. "Minha capa? A Elemental?"

"Não se preocupe. Estão ali e ali", acrescentou, apontando.

A capa estava pendurada na parede. Dava para ver o volume de Destin embaixo dela. No canto, a Elemental, em seu tamanho natural.

"Quase me esqueci de vestir a luva antes de pegá-la", disse Delph.

As próximas palavras que eu disse saíram com um peso quase insuportável para mim.

"Delph, os wugs tiveram de ver o que fiz."

"Os wugs viram duas jábites saindo de um wug. Depois disso, não viram nada. Exceto você as matando. E ninguém sabe muito bem como você fez aquilo. Mas pode ter certeza de que nenhum wug vai usar isso contra você."

"Então o que os wugs estão falando?"

"Forasteiros. Foi o que gritaram quando viram o que aconteceu. 'Os forasteiros entraram no corpo de Ladon-Tosh' foi o que todos disseram."

"Que loucura."

"Claro que sim, mas isso não significa que eles acreditaram."

Suspirei e me sentei de novo. Eu estava exausta.

"Já está se sentindo recuperada, Vega Jane?"

Examinei-o com os olhos.

"Por quê?"

"Bom, eles estão esperando, não é?"

"Quem está esperando?", perguntei, desconfiada.

Ele estendeu a mão. Segurei-a e me levantei devagar do catre.

Delph me levou até a janela. Meu queixo caiu no instante em que espiei lá fora.

"*Eles* estão", disse Delph, sorrindo.

Quando Delph abriu a porta da minha casa e dei um passo para fora, todos começaram a gritar e jogar os chapéus para cima. Parecia que todos os wugs estavam ali.

"Ve-ga Jane. Ve-ga Jane", repetiam, como um grito de torcida.

Escutei um canino latindo e baixei a cabeça: Harry II estava perto de mim, aparentemente protegendo minha privacidade. Acariciei-lhe a cabeça e olhei para Delph.

"O que é isso?", perguntei, perplexa.

"Você está falando sério? Hora de receber o prêmio. Você é a campeã, sua boba."

Tinha me esquecido de que, com a derrota de Ladon-Tosh, *eu* era a campeã.

"Silêncio, por favor. Silêncio."

A voz era de Thansius. À medida que a multidão abria caminho e fazia silêncio, ele avançou, segurando duas coisas. A primeira, uma estatueta de metal. A segunda, um saco de lã amarrado na ponta com um cordão.

Thansius fez um gesto para mim.

"Vega, por favor, venha até aqui."

Soltei a mão de Delph e caminhei, hesitante, até o Chefe do Conselho. Eu ainda estava um pouco zonza, mas não podia deixar de ir até ele.

Thansius se virou para a multidão e disse:

"Declaro oficialmente Vega Jane como campeã do Duelo."

A multidão gritou e aplaudiu de novo. Passei os olhos pelos wugs e vi muitas lágrimas e sorrisos, e, entre eles, poucos olhares mal-humorados de gente como Ran Digby, Ted Racksport – de muleta por causa do tiro no pé – e Cletus Loon, que, como sempre, olhava-me com cara de assassino. Quando me virei para a direita, vi Jurik Krone e Duk Dodgson me fuzilando com os olhos.

"Entrego-lhe agora o troféu", disse Thansius, quando a multidão fez silêncio, passando-me a estatueta.

Eles deviam ter feito uma edição especial, pois era uma *mulher* que segurava um *homem* na altura da cabeça. Thansius inclinou o corpo e disse no meu ouvido.

"Jasper Forke, o jovem dáctilo que trabalha com você nas Chaminés, fez especialmente para você. Só por vias das dúvidas", acrescentou.

Segurei a estatueta e abri um sorriso até as orelhas. Passei os olhos pela multidão e encontrei Gaspar. Agradeci-o com os olhos e ele, envergonhado, baixou a cabeça.

Levantei a estatueta acima da cabeça, e a multidão gritou de novo.

Quando se acalmaram, Thansius prosseguiu:

"E agora, o prêmio de mil níqueis", disse ele, entregando-me o saco de lã. "Como primeira mulher campeã na história do Duelo. E pelo trabalho excepcional que você fez." Ele olhou para mim. "Pelo trabalho excepcional que lhe rendeu não só um prêmio, mas pelo qual muitas vidas foram salvas." Thansius estendeu a mão para mim. "Obrigado, Vega Jane. Em nome de toda Artemísia."

Quando apertei sua mão, a multidão enlouqueceu. Olhei para Delph, que parecia sorrir com o corpo inteiro. Uma lágrima escorreu pelo meu rosto.

Olhei para Thansius, que exibia um sorriso largo no rosto. Olhou para multidão e disse:

"Bebidas por minha conta no Feitiço dos Pombos. E para as crianças, refrigerante rosa. E comida para a barriga de todos. Vamos!"

A multidão deu uma salva de palmas e gritos de alegria enquanto se dirigia ao bar, com as crianças pulando, girando e fazendo barulho.

Quando ficamos sozinhos, coloquei a mão no braço de Delph.

"Podemos visitar seu pai?"

"Não quer comemorar no bar, como sugeriu Thansius?"

Olhei para o saco de moedas na mão.

"Vamos ver seu pai primeiro."

NO CAMINHO, Delph me contou que Duf Delphia tinha ficado em casa, porque uma das pernas de pau havia rachado. Duf estava sentado nos degraus, sem a perna rachada e com um cachimbo entre os dentes quando aparecemos. Ele bateu no bojo do cachimbo para retirar o fumo queimado, colocou mais erva e acendeu. Depois, nos saudou quando nos aproximamos. Vi que o curral estava vazio.

Delph sorriu e apontou para mim.

"Eu sabia", disse ele. "Você conseguiu. Ganhou o maldito duelo, não foi? É claro que ganhou, eu sabia!"

"Como você sabia?", gritei, sem conseguir esconder o sorriso no rosto.

"Porque você não morreu, ora!"

"Pai!", exclamou Delph, mortificado.

"Ele está certo, Delph!", disse eu. "Não estou morta, logo, venci!"

"E o que está fazendo aqui?", perguntou Duf. "Você devia estar... comemorando, não?"

Caminhei até os degraus e me sentei ao lado dele. Harry II, que havia nos acompanhado, deixou Duf lhe acariciar as orelhas.

"Muito bom esse canino", disse Duf. "Ele estava aqui mais cedo, não estava, Delph?"

"Estava sim", disse Delph. "Mas agora voltou para Vega Jane, como tinha de ser."

"Como você está lidando com as pernas de pau?", perguntei. "Delph me disse que uma delas rachou".

"Sim, mas vai ficar tudo bem. Estou me acostumando com as coisas."

Peguei o saco de níqueis na capa e suspendi no ar.

"O prêmio", disse.

"Rá", disse ele, apontando com o cachimbo para o saco. "Isso sim é um belo prêmio, se quer saber. Mil níqueis. Não é, Delph?"

"É."

"Mas o prêmio é *nosso*", disse eu.

"O quê?", disse Delph, de queixo caído.

"Delph me ajudou a treinar, Duf. Eu nunca teria vencido sem a ajuda dele."

"Continue", disse Duf, dando uma baforada no cachimbo e me analisando curioso com os olhos.

"E como não tenho cabeça para lidar com níqueis, quero que você e Delph fiquem com o prêmio."

"Vega Jane, você enlouqueceu?", exclamou Delph.

"Você estaria me fazendo um favor, na verdade", disse eu. Olhei ao redor. "Onde estão os animais?", perguntei. "O adar e o filhote de slep?"

Duf bateu na perna de pau e, pela primeira vez, vi desesperança em seu rosto. "Foram embora, não?"

"Para onde?"

"Para um wug que poderá treiná-los apropriadamente. E esse wug não sou eu."

"Que wug?", perguntei.

"Crank Desmond."

"Crank Desmond! Mas ele não sabe nem diferenciar o traseiro do focinho de um slep!"

"Seja como for, ele tem duas pernas e eu não tenho nenhuma. Rá!"

Levantei o saco de níqueis mais alto.

"Então o que nós vamos fazer é arrumar um wug mais jovem, pagá-lo um salário adequado e treiná-lo." Olhei para os cercados vazios. "E vamos transformar isso num negócio."

"Negócio? Como assim?", perguntou Delph.

"Já conversei com Thansius sobre isso. Dei a ele o nome de um wug que gosta de animais. Ele disse que era totalmente a favor." Fiz uma pausa, pensando nas próximas palavras, enquanto Duf e Delph continuavam olhando para mim, de boca aberta. "Eles vendem animais por aí, filhotes, não vendem? Cretas, sleps, uístes, adares etc. E wugs que têm níqueis querem esses animais. Os trabalhadores do Moinho e os lavradores precisam de cretas. Wugs, como Roman Picus, precisam de uístes. E quem não pagaria uma boa quantidade de níqueis para ter um adar como companhia, para transportar mensagens e coisas do tipo?"

Duf se mexeu no degrau.

"Mas os wugs simplesmente me dão os animais para serem treinados."

"Então agora você poderá vender os animais junto com o treinamento. Aposto que será mais vantajoso para os wugs comprar animais escolhidos a dedo."

"Não sabemos nada de negócios", protestou Delph.

"Mas vocês entendem de animais, não entendem?", observei. "Isso é o que importa."

Os olhos de Duf brilharam.

"Ela tem razão, Delph."

Delph ainda parecia confuso.

"Mas você tem que lucrar com o que ganharmos."

"Ah, pode apostar que sim", menti.

Devia ter respondido muito rápido, pois Delph me olhou de um jeito engraçado. Entreguei o saco com os níqueis para Duf, levantei-me e me despedi. Quando estava indo embora, Delph me alcançou.

"Me explica o que foi isso, Vega Jane?", perguntou Delph.

"Você e Duf podem fazer isso dar certo. Só precisam de alguns níqueis."

"Tudo bem, mas a gente precisa conversar sobre o assunto."

"A gente conversa. Amanhã. Agora, quero descansar um pouco."

Eu jamais teria aquela conversa com Delph.

Porque *eu iria* embora de Artemísia e entraria no Pântano. E faria isso naquela noite.

Continuei andando.

QUINQUAGINTA UNUS

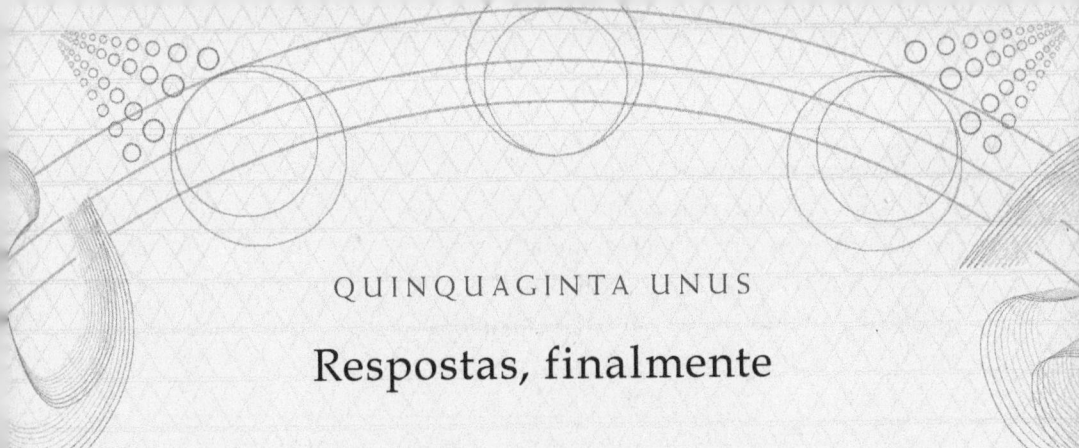

Respostas, finalmente

As Chaminés se erguiam diante de mim como um castelo sem fosso de proteção por fora; sem rei ou rainha por dentro. Enquanto os outros wugs enchiam a cara no único bar de Artemísia, decidi voltar ao meu local de trabalho pela última vez. E não por motivos de nostalgia.

Abri a porta larga e espiei lá dentro. Como as duas jábites estavam mortas, não tive medo de entrar, certamente não enquanto ainda era dia. Sabia agora que Ladon-Tosh guardava o lugar de dia e de noite, só que de diferentes formas.

Julius estava sentado junto à mesa de sua sala. Sobre ela, não havia pergaminhos, nem vidros de tinta, mas sim uma garrafa de aguardente.

"Estava esperando você chegar", foi o cumprimento surpreendente de Julius, fazendo um gesto para que eu entrasse. Serviu-se de um copo de água ardente e deu um gole.

"Você derrotou o patife."

"Você quer dizer as jábites?"

Ele pressionou os lábios.

"Difícil não vê-las."

Pela expressão de Julius, ele sabia qual seria minha próxima pergunta.

"Como você sabia?", perguntei.

Ele fingiu estar surpreso, mas notei que não era sua intenção.

"Você disse que eu já tinha feito aquilo antes. Derrotado Ladon-Tosh. Na verdade, você se referia às jábites."

"Eu disse isso?"

Ignorei o comentário.

"Isso só pode significar duas coisas."

Ele colocou o copo sobre a mesa.

"Estou ouvindo", disse, cordialmente.

"Uma, você sabia que estive nas Chaminés durante a noite. E também que fui perseguida pelas jábites até a salinha no segundo andar."

"Ai, ai, ai...", disse Domitar.

"Mas eu não as derrotei", prossegui. "Apenas escapei delas."

"Tenho a mesma opinião, mas continue", disse ele, quando fiz uma pausa.

"Ou você me viu derrotando uma jábite alada numa grande batalha há muitos ciclos."

Imaginei que ele olharia para mim estatelado, quando eu falasse a segunda possibilidade, mas ele continuou inabalável.

"Reconheço a primeira, não a segunda", disse ele, encostando o copo no queixo. "Você fez uma bagunça e tanto por aqui", prosseguiu. "Muitos cacos para limpar. Não é meu trabalho, mas que você fez, fez."

Comecei a me entusiasmar.

"Então você sabia das jábites aqui?"

Ele tomou o resto de aguardente do copo.

"Não sei por que bebo esse troço", disse ele. "Acho que virou hábito. Boa parte da vida é constituída de hábitos, não é?"

"Eu quero saber das jábites!", gritei.

"Tudo bem, tudo bem, mas nenhum wug tem permissão de entrar aqui à noite, não é?"

"Essa é sua resposta?"

"Preciso dar outra?"

"É melhor que dê. Eu *quase* fui engolida por aquelas criaturas asquerosas."

"Que você tome isso como lição."

"Julius, elas eram *jábites*."

"Sim, sim, já entendi, obrigado. Criaturas detestáveis." Ele tremeu.

"E a sala cheia de sangue? E a volta ao passado? E os livros que explodem no nosso rosto? E os espelhos com demônios?"

Ele me olhou, sem expressão.

"Acho que o Duelo afetou sua mente, Vega Jane. Quer descansar um pouco?"

"Então você está dizendo que não sabe nada sobre essas coisas? Você disse que aqui sempre foram as Chaminés."

"Eu disse que aqui sempre foram as Chaminés desde que cheguei", corrigiu.

Cruzei os braços sobre o peito e continuei olhando para ele.

"Com o que as Chaminés se parecem para você?", perguntou.

"Para mim parecem um lugar mágico, encantado, demoníaco ou seja lá o que for. É estranho."

"Estou perguntando como elas se parecem do lado *de fora*."

Pensei na pergunta.

"Como um castelo que vi num livro no Preparatório, mas aquilo era fantasia, não era real."

"Quem disse?", perguntou ele, de forma pedante.

"Bem..." Respirei fundo. "É tudo bobagem, eu sei."

"Muito bem."

"Então que castelo era esse?"

"Não posso lhe responder porque não sei."

"Se você sabe que foi um castelo, como pode não saber que castelo foi?", perguntei.

"Podemos ter uma perspectiva rasa de alguma coisa sem conhecê-la profundamente."

Meditei sobre a resposta durante um momento.

"Muito bem. E o Pântano, sempre foi o Pântano?"

Ele encheu de novo o copo, derramando aguardente sobre a mesa. Tomou um gole rápido, deixando respingar um pouco no queixo.

"Pântano? Você está me perguntando sobre o Pântano? Não sei nada sobre o Pântano, simplesmente porque nunca estive lá, nunca irei até lá e agradeço ao santo Campanário por isso."

"Então seu destino é ficar e morrer em Artemísia?"

"Assim como o de todos nós."

"Não o de Quentin Herms."

"Não, os forasteiros o pegaram."

"Quem está falando bobagem agora?"

Ele colocou o copo sobre a mesa.

"Você tem alguma prova de que é mentira?", perguntou, com a voz firme.

"Pretendo obtê-la."

"Vega, se você está planejando fazer o que estou pensando que vai..."

"Acho que ela está, Julius. Posso lhe garantir isso."

Virei para trás ao ouvir a voz. O pequeno Dis Fidus estava parado na porta, segurando um pano e uma garrafinha cheia de algum líquido.

"Olá", disse eu, sem entender o que ele queria dizer. Como o velho Dis Fidus poderia saber alguma coisa sobre meus planos?

Ele entrou na sala.

"Fiquei feliz com sua vitória hoje, Vega Jane."

"Obrigada, mas o que você quis dizer..."

Ele se dirigiu imediatamente a Julius.

"Nós sabíamos que esse momento ia chegar. E nem precisaríamos de uma Selena Jones para prevê-lo."

Domitar assentiu lentamente.

"Chegou *a hora*, suponho."

Dis Fidus colocou o pano na boca da garrafa e o empapou com o líquido.

"Estenda a mão, Vega", disse.

"Por quê? O que é isso no pano?"

"Só estenda a mão. A mão carimbada."

Olhei para Julius, que assentiu devagar para mim.

Hesitante, estendi a mão. Olhei diretamente para o azul no dorso, resultado de dois ciclos sendo carimbada por Dis Fidus sem nenhum motivo.

"Você vai sentir um certo desconforto", disse Dis Fidus. "Me desculpe, é inevitável."

Puxei a mão e olhei para Julius, que dessa vez não retribuiu o olhar.

"Por que você acha que vou suportar a dor?", perguntei. "Qual vai ser a consequência disso?"

"Vai ser muito menos doloroso do que você encontrará no Pântano se estiver com a tinta na mão."

"Não entendo."

"Nem deveria", disse Julius. "Mas se esse é seu plano, é fundamental retirar a tinta." Parou de falar e olhou para a parede.

Olhei de novo para Dis Fidus. Estendi a mão de novo, semicerrei os olhos e me preparei para a dor. Ele encostou o pano no dorso da minha mão e senti uma picada de mil ferrões. Tentei puxar o braço, mas não consegui. Abri os olhos e vi que Dis Fidus me segurava pelo punho. Ele era surpreendentemente forte para o tamanho e a velhice.

Gemi, cerrei os dentes, mordi os lábios, revirei os olhos e senti as pernas balançarem. Quando chegou ao ponto do insuportável, Dis Fidus disse:

"Acabou."

Ele soltou meu punho e abri os olhos. O dorso da minha mão estava todo marcado e ferido, com uma coloração rosada, mas não havia nenhum traço de tinta. Olhei para ele, esfregando o dorso com a outra mão, e perguntei:

"Por que você teve que fazer isso?"

"Você deve ter se perguntado porque passo o dia inteiro carimbando mãos aqui", disse Dis Fidus. Assenti. "Você vai saber a resposta agora. De maneira bem simples, entrar no Pântano com a mão carimbada é sentença de morte."

"E Quentin Herms?", perguntei, contrariada.

Olhei de Julius para Dis Fidus. Os dois balançaram a cabeça, até que Dis Fidus disse:

"Se ele entrou no Pântano com a mão carimbada, tenho medo do que pode ter acontecido."

"Então você não acredita que os forasteiros o levaram?", disse eu, com uma sensação de triunfo.

O olhar de Dis Fidus me mostrou que a pergunta era desnecessária.

"Certamente você já abandonou essa teoria", disse ele, com uma voz que nunca tinha ouvido antes. A timidez e a submissão de Dis Fidus haviam desaparecido. Ele continuava velho e fraco, mas seus olhos flamejavam de um jeito que nunca vi.

"Sim", respondi.

"Então não vamos perder mais tempo falando sobre isso", disse Dis Fidus, finalizando o assunto. Ele tampou a garrafa com uma rolha e a entregou para mim com um pano limpo.

"Tome."

"Mas minha mão já está limpa."

"Pegue mesmo assim", pediu.

Guardei-os na minha capa.

"O que é essa tinta, então? Por que é prejudicial?"

"No Pântano, é como mel para as abelhas", respondeu Julius. "Ou como a essência exalada por uma slep para atrair machos."

"Então as bestas são atraídas pela tinta", disse eu, fervorosa. "É mesmo uma sentença de morte", acrescentei, acusatoriamente. "E você sabia disso!"

"Os wugs não devem entrar no Pântano", disse Julius, defendendo-se. "E se não devem entrar, as marcas de tinta são insignificantes."

"Mas e se as bestas saírem do Pântano?", perguntei. "Um garme me perseguiu, me cercou até minha árvore. Agora sei o motivo, por causa das marcas na minha mão."

Julius, culpado, olhou para Dis Fidus antes de continuar.

"Nenhum sistema é perfeito."

"E qual sistema era esse?", perguntei.

Surpreendentemente, Dis Fidus respondeu:

"Sempre foi assim, que eu saiba. E não há wug vivo que tenha vivido mais ciclos do que eu."

"E Morrígona? Ou Thansius?"

"Nem Thansius é tão velho quanto Dis Fidus. Já Morrígona é um caso à parte, você sabe", disse Domitar.

"Ah, ela é mesmo um caso à parte!", exclamei.

"Ela não é uma wug má, tire isso da cabeça agora mesmo", disse Dis Fidus com uma energia espantosa.

"Se eu quiser achar que ela é má, vou continuar achando que ela é má, muito obrigada", retruquei.

"Muito bem, mas você estará errada", disse Julius, aborrecido, enquanto bebericava do copo. "Não é tão fácil categorizar wugs e Artemísia."

"O que somos nós, então?", perguntei.

Julius respondeu:

"Em certo sentido, somos wugs, pura e simplesmente. O que podemos ter sido antes disso, bom, são nossos ancestrais que têm de nos dizer."

"Eles estão mortos!", gritei.

"É isso aí", disse Julius, impassível.

"Você fala em círculos!", exclamei. "Diz que Morrígona não é má e espera que eu acredite nisso. Ela estava controlando Ladon-Tosh. Ela era a razão das jábites dentro dele, e não conseguiu controlá-las. Teve de implorar minha ajuda para matá-las."

Para minha surpresa, nenhum dos dois se abalou com o que eu disse.

Dis Fidus simplesmente assentiu, como se eu estivesse apenas confirmando o que ele já suspeitava.

"Sim, seria difícil para ela", comentou, em tom de indiferença.

"Para ela?", gritei. "E quanto a mim?"

"Alguns wugs herdaram deveres", explicou Julius. "Morrígona é um deles. Antes dela, era responsabilidade de sua mãe cuidar do bem-estar dos wugs. E foi isso que ela tentou fazer hoje de manhã."

"Tentando me matar?"

"Você é um perigo para ela e para toda Artemísia, Vega, será que não entende isso?", perguntou Julius, exasperado.

"Como eu posso ser um perigo para ela? Ela fingiu ser minha amiga. Me fez pensar que Jurik era meu verdadeiro inimigo. Além disso, tentou me matar no Duelo. Por quê?"

"Isso você precisa descobrir sozinha."
"Julius!"
"Não, Vega. Estas são minhas últimas palavras sobre o assunto."
Olhei para os dois.
"Então a que ponto chegamos com isso?"
Julius Domitar se levantou e tampou a garrafa com uma rolha.
"Eu continuo seguro em Artemísia. Aparentemente, você não."
"Você não acha que vou conseguir atravessar o Pântano, não é?"
"Na verdade, acho que você vai conseguir", disse ele, suspirando e baixando a cabeça. "E que o Campanário proteja todos os wugs."
Olhei para Dis Fidus, que também havia baixado a cabeça.
Saí da sala e das Chaminés, para nunca mais voltar.

QUINQUAGINTA DUO
O fim do começo

VOLTEI PARA MINHA CASA, juntei tudo que tinha – o que não era muito – e coloquei na mochila. No bolso da capa, coloquei a Pedra da Serpente e a Elemental encolhida. Coloquei a mochila embaixo do catre e resolvi gastar uma das moedas que tinha no bolso da capa, com uma última refeição em meu local de nascimento.

Foi no Lesma Faminta que eu e Delph comemos juntos. Enquanto caminhava pela rua Principal com Harry II no meu encalço, ouvi os gritos de comemoração que ainda perduravam no Feitiço dos Pombos. Os wugs estavam espalhados na rua com seus canecos e pedaços de carne, pão e batatas.

Roman Picus parecia tranquilo do outro lado da multidão, assim como Thaddeus Kitchen e Litches McGee. Os três cambaleavam como se estivessem sobre o gelo, cantando a plenos pulmões. Em seguida, vi Cacus Loon encostado num poste. Seu rosto estava vermelho por causa da água ardente, como o fundo de uma frigideira de Héstia Loon recém-tirada do fogo.

Desviei diretamente para o Lesma Faminta, antes que qualquer um pudesse me notar. Eu queria comida, e não companhia. O Lesma não tinha wugs exceto os que trabalhavam lá, porque no bar estavam dando comida de graça. Suspendi a moeda, como de costume, para mostrar que eu podia pagar minha refeição, mas o wug grande e de cara achatada que me conduziu à mesa a dispensou com um gesto.

"Seu níquel não é bem-vindo aqui, Vega."

"O quê?"

"Por nossa conta, Vega. É uma honra para nós."

"Você tem certeza de que pode fazer isso?", perguntei.

"Tanta certeza quanto do fato de você ter reduzido Ladon-Tosh a nada."

Quando ele me trouxe o rolo de pergaminho com a lista de pratos, escolhi um de cada. A princípio, ele pareceu surpreso; mas logo depois abriu um sorriso ingênuo no rosto e respondeu:

"Trago tudo já, já, minha querida."

Comi como nunca havia comido em todos os meus ciclos. Era como se nunca tivesse tido uma refeição. Quanto mais comia, mais queria, até que não consegui engolir mais nada. Eu sabia que talvez jamais tivesse outra refeição como aquela. Empurrei o último prato, bati na barriga, satisfeita, e me concentrei no que estava por vir. Olhei para fora da janela. A noite começava a cair.

Eu esperaria até a quarta hora da madrugada. Para mim, parecia o melhor horário para enfrentar o Pântano. Descobri que atravessar a escuridão *durante* a escuridão era um excelente plano. Havia perigos a serem encarados, e enfrentá-los o mais rápido possível parecia-me mais plausível do que tentar evitá-los. Eu precisava saber se tinha determinação para fazer ou não aquilo. Para que hesitar?

Eu também duvidava seriamente que alguém conseguiria percorrer todo o Pântano sob a claridade do sol. Só sabia que, para atingir a luz dourada do dia, era preciso atravessar a escuridão das sombras. Aquele pensamento nostálgico, no entanto, era o máximo de poesia que eu poderia ter.

Saí com um pouco de comida para dar a Harry II. Essa era outra preocupação: comida. Precisaríamos comer enquanto estivéssemos no Pântano. Olhei para as poucas moedas que me restavam. Fui a outra loja e gastei tudo comprando provisões básicas para mim e meu canino. Não era muito, mas parte de mim estava feliz assim. Eu não podia me atolar com o peso de muita comida se estivesse fugindo de um garme. Não fazia a menor ideia de quanto tempo levaria para atravessar o Pântano.

A comida que comprei claramente não duraria muito tempo. E eu também precisava levar água, mas água também era pesada, e eu não conseguiria carregar o suficiente para durar meio ciclo. A verdade é que eu precisaria encontrar comida e água no Pântano. De algum modo, encorajava-me o fato de que as bestas, por mais detestáveis, também precisavam comer e beber. Só não queria que nós fôssemos a comida delas.

Era a segunda hora da madrugada. Eu tinha acabado de chegar em casa, quando alguma coisa no céu me chamou a atenção.

Adares eram criaturas desajeitadas quando estavam no solo. No ar, no entanto, eram cheias de graça e beleza. Havia um adar planando no céu, voando muito melhor do que eu conseguiria.

Ele foi baixando, baixando, até pousar bem perto de mim. Olhei-o mais de perto e notei que se tratava do adar que Duf estava treinando para Thansius. Também notei que carregava um saco de lã no bico. Aproximou-se lentamente de mim e soltou o pacote aos meus pés.

Olhei para o pacote no chão, depois para o adar.

"Presente de Thansius", disse o animal num tom quase idêntico ao da voz de um wug.

Ajoelhei-me, peguei o saco e o abri. Havia duas coisas dentro dele.

O anel do meu avô.

E o livro sobre o Pântano.

Olhei para o adar. Tive de fechar os olhos e abri-los de novo. Por um instante, eu podia jurar que olhava para o rosto de Thansius.

O adar continuou:

"Ele disse para aceitar o presente com a fé e a crença de que a coragem pode mudar tudo."

Guardei o anel e o livro na capa. Achei que já tinha resolvido tudo com o adar, mas era foi bem assim. As próximas palavras dele me paralisaram, embora só por um instante. Depois, entrei em casa correndo e peguei a mochila como uma louca. Abri a porta num golpe só e saí correndo pela rua de pedra, com Harry II bem perto de mim.

O adar já tinha levantado voo. Olhei para cima e o vi ganhando altura no céu.

Suas últimas palavras me voltaram à mente. Na verdade, eu sabia que jamais iria esquecê-las.

Eles estão vindo para cá, Vega. Eles estão vindo agora mesmo.

Eu e Harry II só paramos de correr quando saímos do território de Artemísia. Olhei para o céu e pisquei. Havia uma única estrela. E ela se movia. Era a segunda estrela cadente que eu via, e parecia idêntica à anterior, mas aquilo era impossível. Além disso, elas estavam distantes demais. Como um wug conseguiria saber se eram diferentes ou não, observando ali de baixo? Ela parecia me seguir enquanto eu corria pelo caminho que me levaria até um ponto específico da Muralha.

Pensei, comigo mesma, que aquela estrela parecia solitária. Solitária e talvez perdida, como tinha pensado antes. Ela cruzava um céu onde não havia nada além da escuridão, e se dirigia a algum lugar, ou pelo menos tentava. Mas quando não sabíamos para onde ir, eu imaginava que qualquer caminho nos levasse ao nosso destino.

Depois de uns quinhentos metros, parei e tirei algumas coisas da mochila. Eu havia feito um peitoral com restos de materiais que havia encontrado nas Chaminés. Ajoelhei-me diante de Harry II e o mandei ficar quieto. Coloquei nele o peitoral e o prendi com tiras de couro. Era leve, mas forte, do jeito que eu queria. Depois, prendi um capacete na cabeça de Harry II. Meu canino aceitou a preocupação sem reclamar e usou os apetrechos como se tivesse nascido para aquilo. Acariciei-lhe as orelhas e agradeci por ser tão bonzinho. Depois, prendi o carregador nos meus ombros. Eu carregaria Harry II dentro dele quando chegássemos perto da Muralha.

Parei quando escutei um barulho.

O que quer que se aproximasse não tinha a menor preocupação em ser discreto. O barulho era tão alto, que me assustou. Predadores sem medo do que encontrariam pela frente faziam barulho. A vítima ficava quieta, nas sombras. Escondi-me atrás de um arbusto largo e esperei para ver o que era.

Vesti a luva, peguei a Elemental, mentalizei-a em seu tamanho natural e esperei.

O barulho foi ficando mais próximo. Em menos de um átimo, eu saberia o que estava prestes a enfrentar.

"Delph!"

Ele estava passando pelo arbusto onde eu estava escondida. Quando ouviu minha voz, parou de repente e olhou em volta, confuso, até que me levantei.

"O que você está fazendo aqui?"

"O adar de Thansius me disse que eles estavam vindo. E me disse que falaria a mesma coisa para você. Então por isso me mandei às pressas."

"Se mandou para onde?"

Ele fechou a cara na mesma hora.

"E precisa me perguntar isso, sua imbecil?"

Olhei boquiaberta para ele. Daniel Delphia nunca tinha me chamado daquele jeito desde que o havia conhecido, o que queria dizer praticamente toda minha vida.

"Imbecil?", repeti, atônita. "Você me chamou de imbecil?"

"Que tipo de wug você acha que sou? Se disse imbecil, é porque disse imbecil", disse ele, irritado.

Avancei com a intenção de lhe dar um tapa. Levei a mão lá atrás, mas notei que ele tinha uma mochila nas costas.

"O que é isso?"

"Minhas coisas. Você tem uma igual, não tem?", disse, apontando para minha mochila. Depois olhou para Harry II, vestido com a armadura, e disse: "Caramba, que legal".

"Para onde você está indo?", perguntei.

"Para o mesmo lugar que você."

"Não, não está não."

"Sim, estou sim."

"Delph, você não vai comigo."

"Então você não vai."

"Você acha que pode me deter?"

"Acho que posso tentar."

"Por que você está fazendo isso?"

"Foi o que planejamos desde o início, certo?", disse ele.

"Mas seu pai... eu pensei que..."

"Eu contei algumas coisas para ele. Nós dois conversamos e ele concordou que eu devia ir. Você o livrou da dor e... ele pediu para agradecer você por ter tirado a confusão da minha cabeça. Ele queria lhe dizer isso pessoalmente, mas não parava de chorar enquanto conversávamos. Acho que ele nunca vai poder lhe dizer isso pessoalmente."

"Eu... fiquei muito emocionada."

"Além disso, ele tem níqueis e um sujeito para treinar. Um negócio, como você disse."

"Mas eu disse que era para vocês dois cuidarem do negócio."

Ele balançou a cabeça, obstinado.

"Não posso deixar você atravessar o Pântano sozinha, Vega Jane. Não posso."

Ficamos parados, olhando um para o outro. Eu estava prestes a dizer alguma coisa, quando por acaso olhei para o céu.

Havia duas estrelas cadentes, uma ao lado da outra. Para mim, era uma lição para não me concentrar apenas em mim mesma. Delph, eu tinha certeza, também queria escapar dos confins de Artemísia. Havia outros wugs, além de mim, cujos destinos estavam fora daquele lugar.

Olhei para ele e segurei sua mão.

"Estou feliz por você ter vindo, Delph."

O rosto dele se iluminou.

"Está mesmo? Sério?"

Fiquei na ponta dos pés e lhe dei um beijo. Ele ficou todo vermelho.

"Eu seria muito maluca se quisesse entrar no Pântano sem você. Posso ser muitas coisas, mas maluca eu não sou."

"Não, Vega Jane, maluca você não é."

Ele me levantou do chão e me beijou com tanta força, que senti a respiração parar, como se eu fosse desmaiar. Nós dois estávamos com os olhos fechados quando ele me colocou de volta no chão. Ao abrirmos, quase simultaneamente, ficamos nos olhando por longos e longos átimos.

"E agora?", disse ele, finalmente.

"A Muralha", respondi. Uma coisa me passou pela cabeça. "Como você sabia que eu estaria aqui?"

"Não sabia. Vim correndo tentando te encontrar."

"Há um instante, passei por um trecho finalizado da Muralha. Acho que é o melhor lugar para atravessarmos."

"Há guardas nas torres", disse ele, ansioso.

"Eu sei, mas a distância entre uma e outra deixa uma lacuna."

"Trouxe a corrente?", perguntou, olhando para minha capa.

Assenti.

"Está pronto?"

Quando chegamos ao local planejado, nos escondemos atrás de um arbusto e olhamos para a Muralha. A sessenta metros para cada lado, havia torres iluminadas e vigias de plantão, armados com mortiços.

Coloquei Harry II no carregador e o pendurei contra o peito. Com Destin atravessada nos ombros dando-me força, ele não pesava mais do que poucos gramas.

"Me abrace pelos ombros, Delph, como fizemos antes."

Ele nem teve chance.

"Lá estão eles!", gritou uma voz.

Senti um aperto no peito ao ouvir o som.

Olhei para a direita e vi um bando de wugs correndo na nossa direção, com mortiços na mão. Meu coração parou quando vi quem era. À nossa esquerda, estava Ted Racksport, mancando por causa do pé machucado, Cletus, com olhos assassinos, e Ran Digby, com a barba horrorosa e a cara imunda.

À nossa direita estava Jurik Krone e Duk Dodgson.

E, comandando todos eles, estava Morrígona.

"Não, Vega!", gritou ela. "Você não vai deixar Artemísia. Você não pode!"

Todos pegaram seus mortiços e se prepararam para mirar.

Segurei Delph pela mão e corri, com Harry II batendo contra meu peito a cada passo. Estávamos a cinquenta metros da Muralha quando dei um salto no ar, levando Delph comigo. Não consegui ter muito equilíbrio e pendi para o lado de Delph, até conseguir me aprumar para ganhar altura.

Olhei para baixo e vi Morrígona apontando as mãos para nós. Eu já estava com a Elemental na mão e rebati o raio de luz vermelha que ela atirou em nós, o qual bateu na Muralha e abriu um buraco. Conseguimos ganhar mais altura.

"Fogo!", gritou Jurik.

O barulho dos tiros atravessou o céu. Senti algo passando de raspão pela minha cabeça. Delph deu um grito, e seu corpo ficou mole. Segurei-lhe pelo braço, com mais força.

"Delph!", gritei.

"Continue, continue", disse ele, com a voz estranha. "Eu estou bem."

Mas eu sabia que ele não estava bem. Inclinei-me para a esquerda e depois para a direita, quando os mortiços começaram a ser disparados de novo. Harry II latiu, uivou e gemeu. Depois ficou em silêncio. Senti algo molhado no meu rosto.

Harry II também tinha sido atingido. Encolhi a Elemental, guardei-a no bolso e amparei Harry II com a mão livre, enquanto a outra segurava Delph.

"Parem de atirar!", gritei.

Não imaginei que parariam, pois já tinham atingido dois de nós. Eu só queria um instante para fazer o que precisava. Fiz uma curva fechada à direita, dei a volta numa árvore, dei suporte a Harry II com o cotovelo, arranquei um galho quando passei e, ao terminar de fazer a curva, dei de cara com os wugs.

Atirei o galho sobre eles, dispersando-os, e ele bateu no chão exatamente no lugar onde eu estava. Fiz outra curva e voei em direção ao topo da Muralha.

Os mortiços se aquietaram por um momento, mas eu sabia que não tinha tanto tempo assim. Delph gemia. E, mais assustador do que isso, Harry II estava totalmente mole no carregador, sem mover um músculo. Dirigi-me diretamente para a Muralha, mas eu estava com uma dificuldade tremenda de ganhar altura, por causa do peso de Delph e Harry II.

Congelei de medo ao olhar para trás.

Jurik Krone, o atirador mais exímio de Artemísia, estava com o mortiço apontado para minha cabeça. Eu não podia pegar a Elemental, porque estava segurando Delph com uma das mãos e apoiando Harry II com a outra.

Consegui ver Jurik sorrindo quando começou a puxar o gatilho que acertaria um tiro bem na minha cabeça. Nós três cairíamos mortos.

Mas algo atingiu Jurik com tanta força, que ele foi jogado uns dez metros para o lado. Ele bateu no chão e rolou, deixando o mortiço cair.

Olhei para saber o que tinha salvado minha vida.

Morrígona estava baixando as mãos, apontadas para o lugar onde Jurik estava. Ela se virou e olhou para mim. Por um instante, imaginei um elmo envolvendo a cabeça de Morrígona, o escudo levantado, e como ela se parecia com aquela wug que havia encontrado no campo de batalha, ciclos e ciclos atrás. Depois, ela ergueu as mãos outra vez, e senti uma força invisível, como um cabo de aço, agarrando minha perna. Morrígona começou a mover os braços, como se puxasse uma corda. Meu movimento foi interrompido e, com um solavanco, senti que estávamos sendo puxados para baixo.

Era isso. Aquele era o momento. Se eu não fizesse nada, tudo teria sido em vão.

Com um grito que pareceu durar átimos, reuni toda a força que tinha. Senti a energia tomando conta do meu corpo. Dei um chute e senti a corda invisível se afrouxar. Chutei com mais força e joguei os ombros para frente, como se fizesse esforço para levantar algo extremamente pesado. Dando mais um grito longo e com os músculos contraídos a ponto de quase me paralisar, consegui me libertar e ganhei altura acima das toras de madeira – na verdade, os pés de Delph rasparam nelas – e atravessamos a Muralha.

Quando olhei de novo para trás, vi Morrígona no chão, cansada, suja e derrotada. Trocamos olhares.

Ela levantou uma das mãos para mim – não para tentar me deter – mas só para se despedir.

No instante seguinte, ultrapassamos o fosso cheio de água lá embaixo e entramos no Pântano. Aterrissamos sobre o primeiro grupo de árvores e arbustos. O peso ficou tão grande, que tive de me jogar rapidamente no chão.

Foi bom ter feito aquilo. Eu já estava com a Pedra da Serpente na mão. Delph estava atirado no chão, segurando o braço, com a camisa ensopada de sangue. Balancei a Pedra sobre ele, e a ferida desapareceu imediatamente, junto com a expressão de dor. Ele endireitou o corpo e suspirou.

"Obrigado, Vega Jane."

Mas eu não estava prestando atenção. Tirei Harry II do carregador e o coloquei no chão. Seu corpo estava mole. De olhos fechados, ele mal conseguia respirar.

"Não", sussurrei. "Por favor, não!"

Retirei o peitoral e vi onde o tiro de mortiço tinha entrado. Esfreguei a Pedra da Serpente sobre a ferida provocada pela bala. Ele estava tão gravemente ferido, que encostar a Pedra no corpo dele talvez acelerasse o processo de cura. Continuei esfregando e pressionando a Pedra contra sua pele, passando-a pela ferida. Nada. Lágrimas começaram a escorrer pelo meu rosto, enquanto Delph se ajoelhava ao meu lado.

"Vega Jane."

Delph colocou a mão no meu ombro, tentando me puxar.

"Vega Jane, deixe-o. Ele se foi."

"Me solta!", gritei, empurrando-o com tanta força, que ele tombou para trás, caindo no chão.

Olhei para Harry II e pensei todas as coisas boas que conseguia pensar.

"Por favor, por favor", murmurei. "Por favor, não me deixe de novo." No meu desespero, eu estava misturando os dois caninos. Meus olhos se embaçaram por causa das lágrimas.

Harry II não se movia. Sua respiração foi ficando cada vez mais lenta, até que não vi mais seu peito se mexer.

Não conseguia acreditar. Havia perdido meu Harry II. Olhei para trás e me concentrei em Delph, que começava a se levantar. Foi então que senti alguma coisa cutucando minha mão. Fiz um gesto brusco, imaginando ser uma criatura do Pântano, testando minha carne.

Harry II tocou minha mão de novo com o focinho molhado. Agora ele estava de olhos abertos e respirando normalmente. Levantou-se do chão e se chacoalhou inteiro, como espantasse de vez a morte do corpo. Acho até que ele sorriu para mim. Eu estava tão feliz, que gritei de alegria e o abracei com força.

Ele lambeu meu rosto e latiu.

Delph se ajoelhou ao nosso lado.

"Graças ao Campanário", disse ele, acariciando o focinho de Harry II.

Sorri e parei de sorrir imediatamente. Eu estava olhando para a mão de Delph.

O dorso da mão dele carregava a marca de ciclos e ciclos de carimbos na entrada do Moinho.

Naquele mesmo instante, escutei grunhidos por todos os lados.

Virei-me lentamente.

Havia um garme à direita e um frek gigantesco à esquerda.

A tinta azul: mel para abelhas.

Não esperei nem mais um instante. Peguei a Elemental e a imaginei inteira na minha mão. Atirei-a no momento em que o frek deu um salto para cima de Delph. A lança atingiu a criatura no centro do peito, desintegrando-a imediatamente.

Mas o garme já tinha avançado na nossa direção, jorrando sangue pelo peito e exalando um cheiro horroroso, que tomou conta dos meus pulmões. De sua mandíbula poderosa saía um som apavorante, típico de quando ele caçava. Eu sabia que suas mandíbulas estavam prestes a soltar uma rajada de fogo pronta para nos cremar vivos.

Peguei o recipiente com água, que carregava na mochila, e atirei na criatura, atingindo-o no meio do focinho. O recipiente se abriu, caindo no chão e espirrando água na cara do garme.

Ganhei apenas um momento, mas era tudo que eu precisava. Assim que a Elemental voltou para minha mão, atirei-a sobre o garme.

A lança passou bem no meio da boca do garme e atravessou sua cabeça. A criatura ficou inteira da cor laranja e começou a incinerar por dentro, como se as chamas de seu interior não pudessem sair. Um instante depois ele explodiu numa nuvem de fumaça negra. Quando a fumaça se dissipou, não havia mais nenhum sinal da criatura.

"Caramba", exclamou Delph.

Não tinha como não concordar.

Não tínhamos tempo para comemorar a vitória. Agarrei a mão de Delph e peguei no bolso a garrafinha e o pano que Dis Fidus tinha me dado.

"O que é isso?"

"Fique quieto e saiba que vai doer como brasa."

Derramei o líquido no tecido e o pressionei no dorso da mão de Delph.

Ele cerrou os dentes e, num gesto admirável, não deu um pio sequer, por mais que todo seu corpo tremesse como se estivesse intoxicado, depois de comer carne podre de creta.

Depois que o líquido fez efeito, sua mão ficou tão machucada e rosada quanto a minha, mas não havia mais tinta.

"Isso é bom?", perguntou ele, fazendo cara feia e chacoalhando a mão.

"Sem a tinta, ficará mais difícil para as bestas nos encontrarem."

"Então é bom", disse ele, convicto.

Pegamos as mochilas no chão.

"Precisamos continuar, Delph."

Saí na frente, com a Elemental inteira na mão. Delph veio atrás de mim e, por fim, Harry II, dando-nos proteção pelas costas.

Ultrapassamos a árvore e a vegetação densa, e então aconteceu algo extraordinário. O Pântano se abriu para uma vastidão plana de campos verdes, com pequenos grupos de árvores altíssimas, permitindo-nos enxergar a quilômetros de distância. A oeste, havia um rio coberto de neblina, por onde corria uma água negra. A leste, havia um despenhadeiro que não levava a lugar nenhum. Bem à nossa frente, ao norte, havia uma montanha alta e bem arborizada que, naquela escuridão desagradável, não parecia verde, mas azul.

Só havia um problema. Antes de chegarmos à planície onde poderíamos ver o perigo se aproximando a quilômetros de distância, precisávamos ultrapassar mais um obstáculo. Estávamos na beira de um precipício. Olhei para baixo. Calculei que a queda devia ser de mais de um quilômetro. Olhei para Delph, e ele me olhou de volta.

"Está pronto?", perguntei.

Ele agarrou minha mão e assentiu.

Coloquei Harry II no carregador e acariciei-lhe a cabeça. Tinha estado tão perto de perder os dois ali no Pântano, que uma parte de mim quis voltar para Artemísia; mas, no fundo eu sabia que não poderia voltar. Não agora. Talvez um dia.

Ouvimos o barulho atrás de nós de algo que se aproximava muito rápido. Pela quantidade de grunhidos diferentes, imaginei que deveriam ser três ou quatro garmes e o que parecia um bando de freks. Sem dúvida, eles tinham ficado sabendo da nossa presença por causa da luta que acabávamos de ter.

De repente, eles saíram da floresta atrás de nós. Virei a cabeça. Eu estava errada: não eram quatro garmes, mas dez. E não eram freks, eram amaroks. Isso fosse possível, os amaroks eram ainda mais amedrontadores que os freks.

Olhei adiante, para a montanha azul, que, de alguma maneira, eu sabia ser nosso destino. Além dela, no céu, estavam as estrelas, ou estrelas perdidas, como eu as via agora. Perdidas como nós. Será que um dia encontrariam seu caminho? Será que nós encontraríamos o nosso? Talvez não. Talvez fracassássemos, mas precisávamos pelo menos tentar.

Olhei de novo para Delph e esbocei um sorriso. Depois, saltamos. Nós três ficamos suspensos no ar durante um longo momento, enquanto as bestas ferinas se aproximavam de nós.

Mergulhamos no precipício, totalmente envolvidos pelo Pântano.

Este livro foi composto com tipografia Electra Std e impresso
em papel Chambril Avena 80 g/m² na Gráfica EGB.